O Filho do Traidor

Pedro Urvi

O Filho do Traidor

O guardião do bosque

Tradução
Larissa Bontempi

Rio de Janeiro, 2024

Copyright © 2019 por Pedro Urvi. Todos os direitos reservados.
Copyright da tradução © 2024 por Casa dos Livros Editora LTDA.
Design de capa © Sarima. Todos os direitos reservados.

Título original: *El Hijo del Traidor*

Todos os direitos desta publicação são reservados à Casa dos Livros Editora LTDA. Nenhuma parte desta obra pode ser apropriada e estocada em sistema de banco de dados ou processo similar, em qualquer forma ou meio, seja eletrônico, de fotocópia, gravação etc., sem a permissão dos detentores do copyright.

COPIDESQUE	IBP Serviços Editoriais
REVISÃO	Mariana Gomes e Rachel Rimas
ADAPTAÇÃO DE CAPA	Guilherme Peres
DIAGRAMAÇÃO	Abreu's System

Dados Internacionais de Catalogação na Publicação (CIP)
(Câmara Brasileira do Livro, SP, Brasil)

Urvi, Pedro
O filho do traidor : o guardião do bosque / Pedro Urvi ; tradução Larissa Bontempi. – Rio de Janeiro : HarperKids, 2024.

Título original: El hijo del traidor
ISBN 978-65-5980-119-0

1. Ficção - Literatura infantojuvenil 2. Ficção de fantasia I. Título.

24-203577 CDD-028.5

Índice para catálogo sistemático:
1. Ficção : Literatura infantojuvenil   028.5
2. Ficção : Literatura juvenil   028.5
Bibliotecária responsável:
Cibele Maria Dias – Bibliotecária – CRB-8/9427

HarperKids é uma marca licenciada à Casa dos Livros Editora Ltda. Todos os direitos reservados à Casa dos Livros Editora LTDA.

Rua da Quitanda, 86, sala 601A,
Centro, Rio de Janeiro/RJ
CEP 20091-005
Tel.: (21) 3175-1030
www.harpercollins.com.br

*Dedico esta série ao meu grande amigo Guiller.
Obrigado por toda ajuda e apoio incondicionais
desde o início, quando não passava de um sonho.*

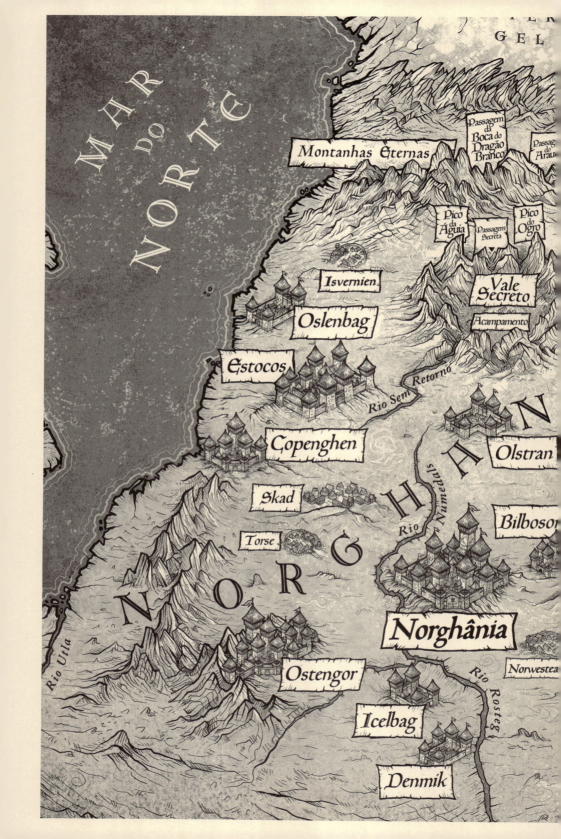

Prólogo

Com lealdade e valentia, o guardião cuidará das terras do reino, defenderá a Coroa dos inimigos internos e externos, e servirá a Norghana com honra e sigilo.
Não há soldado, mago, feiticeiro ou besta que não tema a habilidade do guardião, pois sua flecha certeira lhe dará morte sem que nem sequer suspeite-se de sua presença.

Excerto de *O caminho do guardião*,
dogma dos Guardiões norghanos

Capítulo 1

— MEU PAI NÃO FOI UM TRAIDOR E EU VOU PROVAR! — defendeu-se Lasgol enquanto balançava a cabeça desviando do enorme punho que passou roçando seu nariz.

— Seu pai é o maior traidor do Reino de Norghana em cem anos! — gritou Volgar, soltando o braço em um golpe cruzado que Lasgol evitou abaixando a cabeça.

— Mentira! — respondeu Lasgol e recuou para sair da zona de alcance do grandalhão, com cuidado para não escorregar na neve que cobria parte do chão da praça.

— Sujo, filho de traidor, vou quebrar sua cabeça!

— Me deixe em paz — disse Lasgol, afastando-se um pouco mais. — Eu só quero negociar as peles e a carne de caça. Depois, vou embora. — E apontou com o polegar para a mochila em que carregava meia dúzia de lebres caçadas com as armadilhas.

— Já falei várias vezes. Aqui só pessoas honradas e justas negociam. Você não pode vir contaminar a praça do povo com esse seu fedor de traidor. Esta é uma aldeia respeitável — acrescentou Volgar com os braços abertos. — Me dê a caça e desapareça. Quem sabe assim eu não corte sua cabeça.

— De jeito nenhum! Quem é você para me proibir de alguma coisa? Eu pertenço a esta aldeia tanto quanto você — disse Lasgol, dando uma olhada rápida ao redor.

Ao fazê-lo, notou que Igor e Sven, os dois valentões que sempre acompanhavam Volgar, se aproximavam por trás, para que ele ficasse sem saída. À sua frente, estava aquele brutamontes; à direita, a fonte da praça; à esquerda ficava o tanque de água para os cavalos dos mercadores e atrás dele, os dois capangas. Estava encurralado.

— Não se atreva a me contrariar. Serei obrigado a te dar uma lição!

— Terá que me pegar antes — disse Lasgol enquanto olhava em todas as direções em busca de uma saída.

Volgar o cercara na porta do peleiro, em frente às Casas dos Ofícios, na praça principal de Skad. Agora percebia que tinha caído em uma armadilha. Estavam esperando por ele. Estava muito cedo para aquele selvagem estar acordado, mas era dia de mercado e sabiam que Lasgol teria que ir vender a caça.

Volgar lançou um golpe com a esquerda, mas o garoto se adiantou e, com um movimento do torso, desviou outra vez. Tinha que continuar desviando dos ataques e não podia deixar que o pegassem. Se parasse para trocar golpes, seria despedaçado. Lasgol já tinha aprendido isso quando eles tinham dez anos. Ainda se lembrava *daquela* grande surra. Se Volgar o capturasse, aconteceria o mesmo.

— Fique quieto e lute! — gritou o grandalhão com a cara vermelha de ira por não conseguir pegá-lo.

— Nem brincando — respondeu Lasgol, movendo-se ao redor de seu rival com agilidade, mas com cuidado por causa da neve.

Sabia que não tinha chance de vencer aquele mastodonte com cabeça de serradura. Embora ambos tivessem recém-completado quinze anos, Volgar era duas vezes mais largo e uma cabeça mais alto que Lasgol. Ninguém na aldeia era tão grande e tão feio quanto ele. O pior de tudo era que, apesar de seu enorme corpo ser formado boa parte por gordura, principalmente na barriga, também tinha muitos músculos. Ele tinha uma enorme força bruta e sabia utilizá-la para aterrorizar todos, até mesmo os que eram maiores que ele.

— Vou arrancar sua cabeça! — gritou o valentão, bufando.

Fazia muito frio naquela manhã de inverno, apesar de a primavera estar se aproximando. De fato, ali no norte de Trêmia nunca fazia calor.

— Tal pai, tal filho. Um covarde e um traidor!

— Meu pai não traiu o reino, e eu não sou um covarde — disse Lasgol bruscamente, desesperado para encontrar uma rota de fuga.

O peleiro estava na porta e observava a briga de braços cruzados. Se um norghano alguma vez se intrometesse em uma disputa alheia, não seria para ajudá-lo. Lasgol era filho de Dakon Eklund, o guardião traidor. Ninguém em toda a aldeia — de fato, em todo o reino — moveria um dedo para socorrê-lo. O garoto percebeu que o ferreiro deixou de trabalhar na espada de aço que forjava sobre a bigorna e foi até o alpendre presenciar a briga. Do outro lado da praça, o açougueiro e os dois filhos se aproximaram, seguidos de vários vizinhos da pequena aldeia montanhosa. Não se aproximavam com a intenção de separá-los, mas para ver se dariam uma boa surra em Lasgol. Aplaudiriam se o garoto apanhasse, e ele sabia disso. Todos o desprezavam por ser quem era e o tratavam como um pária.

— Seu pai traiu o rei Uthar, o vendeu para Darthor, o Senhor Obscuro do Gelo. Você deveria ser expulso do Norte. Sua presença fétida mancha nossa terra imaculada — disse Sven atrás dele.

Lasgol olhou para ele com os olhos semicerrados. Nada do que dissesse ou fizesse o livraria de uma surra.

— Me deixe em paz, eu não fiz nada de errado.

— Já me cansei! Peguem o garoto! — disse Volgar aos seus dois comparsas, que esperavam a ordem para agir.

Em Norghana, os duelos entre homens eram uma tradição e eram sempre respeitados. Mas Volgar tinha perdido a paciência, o que acontecia com muita frequência.

— Quem é o covarde agora? Precisa de seus capangas para me derrotar corpo a corpo? Você, sim, é uma vergonha de norghano.

— Segurem esse traidor! Vou destruí-lo!

Igor tentou pegar Lasgol, mas ele conseguiu escapar. Sven se jogou aos seus pés e quase o derrubou.

— Quando eu provar a inocência do meu pai, vocês terão que engolir suas palavras — prometeu Lasgol, fazendo força para se soltar.

— Engula isto — disse Volgar e lhe deu um soco.

Lasgol tentou desviar, mas Igor o segurou pelo braço e Sven pela cintura. O punho acertou o rosto de Lasgol como um martelo. O garoto sentiu tanta dor nos lábios e uma pontada tão forte na cabeça que quase perdeu os sentidos.

— Peguei você! Segurem ele direito! — ordenou Volgar aos dois companheiros.

Lasgol mexeu a cabeça e, meio atordoado, viu que o grandalhão se jogava em cima dele. O brutamontes facilmente o esmagaria. O garoto conseguiu se libertar com um puxão que Igor não pôde evitar. Com os braços livres, usou os antebraços para bater nas costas de Sven e se livrar dele. Este, em uma tentativa de se apoiar em Lasgol, pegou o bornal e se jogou no chão.

— A caça! — exclamou entre dentes ao perceber que tinham agarrado a mercadoria.

— Segure-o! — gritou Volgar, e Igor tentou pendurar a bolsa no pescoço.

Lasgol se livrou com um pulo para o lado e viu passar à sua frente o punho de Volgar, que não acertou coisa alguma além de ar. Pensou em recuperar a bolsa das mãos de Sven, que sorria triunfante no chão. Sem a caça, Lasgol estava encrencado. No entanto, descartou a ideia; tinha que sair dali antes que o esmagassem. Deu dois passos atrás, para pegar impulso, e pulou na fonte. Igor o seguiu. Lasgol deu um longo pulo para o tanque.

— Fique parado! Maldito esquilo covarde! — gritou Volgar.

Lasgol manteve o equilíbrio, sem cair na água, e pulou de novo; desta vez, no alpendre da casa mais próxima. Pendurou-se ali, agarrando-se com força, e sentiu o frio e a umidade da neve através das luvas de couro curtido que vestia. Teria que redobrar a atenção no movimento seguinte para não escorregar e cair de costas no chão.

— Aonde você vai? Fique quieto!

Lasgol se balançou pendurado no alpendre e, em seguida, com um movimento fluido, pegou impulso e escalou a cerca de madeira. Ia escapar por ali quando Igor segurou seu tornozelo. O grandalhão tentou levá-lo ao chão usando o peso do próprio corpo. Lasgol se agarrou ao teto e se segurou com força, mas, se Igor o puxasse, ele cairia e seria derrotado.

— Puxe! — gritou Volgar enquanto Sven chegava para ajudar.

O pânico começou a tomar conta de Lasgol, mas ele se recompôs. Com a bota esquerda, chutou várias vezes a mão que apertava seu tornozelo, ao mesmo tempo que se segurava. Igor gemeu de dor, soltou o tornozelo e caiu no chão. Lasgol subiu na parte mais alta do telhado, ficando em pé.

Ouviam-se murmúrios entre os aldeões que presenciaram a briga.

— Desça daí! — gritou Volgar, vermelho de raiva.

— Suba para me pegar, se conseguir.

Igor e Sven tentavam subir no telhado do alpendre. Volgar jamais conseguiria, era muito pesado, mas aqueles dois, sim, se pensassem em subir um no outro. Por sorte, pensar não era o forte dos três. Temendo que acontecesse um milagre e eles resolvessem usar a cabeça, Lasgol decidiu não esperar e gritou:

— Até nunca mais!

O brutamontes ficou com a cara tão vermelha que parecia estar a ponto de explodir como um tomate maduro pisoteado.

— O que é seu está guardado!

Lasgol deu a volta e deslizou pela outra lateral da cobertura. Com cuidado, começou a pular de telhado em telhado, cruzando a aldeia pelas alturas. Devia ficar muito atento, a neve era traiçoeira. Se escorregasse, poderia cair no chão e quebrar algum osso. Pôs toda a atenção em cada salto. As botas de couro cobertas de pele não escorregavam muito, mas ainda assim ele não confiava. Levou alguns sustos e com grande esforço manteve o equilíbrio sem vir abaixo. Chegou à última casa ao norte da aldeia e se deixou cair no chão. Depois, correu, embrenhando-se e desaparecendo no bosque.

Quando estava certo de que não o seguiam e que estava a salvo, ele subiu na copa de um enorme pinheiro próximo do rio. Subir em lugares altos era algo que Lasgol adorava fazer. Não sabia muito bem por quê, mas era assim. Desde pequeno, sempre se sentiu atraído pelas alturas. Talvez por causa da sensação de triunfo ao alcançar o cume ou das paisagens maravilhosas que podia aproveitar, ou ainda por causa da paz que sentia ao ficar sozinho no topo. Era provável que se tratasse de todas essas razões e alguma outra que ele ainda desconhecia. Sempre que tinha a oportunidade, quase de maneira intuitiva, acabava subindo em algum lugar: uma torre, uma colina ou, como naquele caso, uma árvore. Além disso, a sensação de que era mais complicado subir porque estava tudo coberto de neve o motivava ainda mais.

Respirou fundo o aroma fragrante do bosque. Isso o relaxou. Sentiu uma pontada de dor na boca e limpou o sangue do lábio cortado com a manga da túnica de inverno surrada. Ao fazê-lo, percebeu que seu velho casaco de pele de foca estava com uma manga rasgada. Lasgol suspirou. Ele mesmo teria que remendá-la. Sorriu. Quantas coisas uma pessoa aprendia por ser pobre e odiada. Já sabia costurar, cozinhar e um sem-fim de tarefas aprendidas por necessidade. Olhou as calças de lã grossa cobertas de peles e viu que estavam boas. Se precisasse substituí-las, seria muito complicado, mas as brigas no Norte eram assim: alguém sempre terminava espancado e com a roupa esgarçada.

Lasgol apalpou o rosto e as pernas para verificar se tinha alguma ferida. *Nada grave, nem vai deixar marcas*, pensou. Não era a primeira vez, nem seria a última, que ele levava uma surra. Estava acostumado com os golpes. O que doía, embora tentasse com todas as forças fazer com que não fosse assim, era o desprezo. Não tanto com ele — já estava acostumado, e a cada dia o afetava um pouco menos —, pois aceitava em silêncio, mas com o pai, Dakon. Não conseguia suportar que maldissessem seu falecido pai. Nunca se acostumaria com aquilo.

Já haviam se passado três longos e tortuosos anos desde aquele fatídico dia. O dia da traição ao rei, o dia da morte de seu pai. O dia em que a vida que Lasgol conhecia acabou para sempre e se transformou em um pesadelo do qual não conseguia acordar, por mais que tentasse.

Ouviu um leve barulho à direita e virou a cabeça devagar. Um esquilo o observava com curiosidade. Ao vê-lo, Lasgol se lembrou da caça que havia perdido. Suspirou e sacudiu a cabeça. Havia recolhido as armadilhas que colocara nos bosques baixos a nordeste da aldeia quando caiu na emboscada. Agora, só lhe restava voltar para a casa de seu senhor, Ulf, sem a moeda que deveria ter conseguido no mercado. Isso ia lhe custar caro. Ele o faria dormir ao ar livre ou algo pior. Embora fazer isso no meio do inverno gelado do reino mais ao norte de toda a Trêmia, famoso por permanecer frio durante três quartos do ano, fosse considerado um castigo desumano aos olhos de meio mundo civilizado, não o era aos olhos de Ulf. Por azar, Lasgol já havia passado por isso.

Levou as mãos à boca.

— Isso forma caráter. Um norghano tem que saber dormir até em cima de um bloco de gelo. Não é à toa que somos o Povo das Neves — disse Lasgol ao esquilo, imitando a voz rouca e grave de Ulf.

O animal subiu correndo e pulou em outro galho até desaparecer entre as árvores. Lasgol sorriu enquanto via o bicho se afastar.

Preciso parar de falar sozinho. Parece que não bato muito bem da cabeça, pensou.

Mas não havia o que fazer, pois ele não tinha nem um amigo sequer e todos riam dele, o insultavam e tentavam espancá-lo. Deu de ombros. Seu pai havia lhe ensinado a não sentir pena de si mesmo.

"Mantenha sempre uma atitude positiva, sem importar a dificuldade da situação. Olhe sempre para a frente, com otimismo", dizia. Era muito provável que não tivesse previsto a situação que Lasgol acabaria vivendo, mas seguiria o conselho, assim como sempre seguiu todos os outros.

Olhou para o sol oculto entre as nuvens que ameaçavam uma tempestade. Seria melhor enfrentar o castigo o quanto antes. Desceu da árvore o mais rápido possível. Sempre fazia assim, tanto na subida quanto na descida. Treinava os músculos e a coordenação. Mãos fortes e pés seguros eram essenciais, sobretudo para alguém como ele, que não tinha um porte físico avantajado. Lasgol observou e balançou a cabeça. Ele não era o arquétipo de norghano. De fato, era o contrário. Os norghanos eram um povo de homens rudes e temperamentais; altos e fortes, como os carvalhos do Norte; guerreiros calejados e treinados no uso do machado e do escudo redondo de madeira. De pele branca como a neve que cobria sua terra, olhos claros como o gelo do Norte e cabelos loiros como o fraco sol do reino. Ainda que fosse loiro e tivesse olhos azuis, Lasgol não era nem rude nem temperamental, não sabia usar o machado nem o escudo e, principalmente, não era alto nem musculoso, muito pelo contrário.

O garoto deixou escapar um sorriso. Uma coisa ele certamente era: muito ágil, mais do que qualquer pessoa que conhecia. Então, sempre que podia, treinava seu corpo para aumentar essas vantagens e conseguir a força física que faltava. Afinal, todos podem ser altos e fortes como ursos, mas Lasgol nunca vira um urso pegar um esquilo. Soltou uma gargalhada e começou o caminho de volta para a aldeia.

Quando chegou, certificou-se de que não havia perigo à sua espera nas ruas e se dirigiu à casa de Ulf. Pegou a rua principal, que era mais larga e permitiria escapar com mais facilidade no caso de novas ameaças. Passou na frente de seu antigo lar e, como sempre, parou para contemplá-lo. A casa fora construída com pedra e madeira, no estilo norghano, e era rodeada por uma muralha simplória. Era maior e mais luxuosa do que as outras edificações da aldeia. Tanto a casa quanto os vários hectares de terra e parte do bosque atrás dela, haviam pertencido ao seu pai. Aquele lugar tinha sido a fazenda da família. Agora não mais.

A aldeia de Skad era uma comunidade mineira do Noroeste. A maioria das casas era humilde, e a única que parecia ser de um comerciante rico ou talvez de um nobre era a do pai. Havia uma explicação: ele não fora rico, nem um nobre, mas tampouco um homem comum. Ele havia sido o primeiro guardião de Norghana. Um cargo que pouquíssimos homens conseguiram alcançar. Era possível contar os afortunados com os dedos de uma mão.

Lasgol suspirou. Sentia tanta falta dos bons tempos em que sua mãe, Mayra, seu pai, Dakon, e ele viveram e foram felizes ali… Entristecia-se por se lembrar tão pouco da mãe, que morreu quando ele era criança. Seu pai costumava falar dela para manter sua memória viva. Por desgraça, também o perdera. Parecia que havia se passado uma vida desde o incidente, mas acontecera apenas três anos antes.

— O que está olhando? Você esqueceu de novo que esta não é mais a sua casa? — disse uma voz, e Lasgol voltou à realidade.

No portão da entrada, no meio da muralha, um guarda fazia sinal para que ele se afastasse dali. Ao lado dele, um outro encarava o garoto com uma expressão ríspida.

— Siga seu caminho — ordenou o segundo guarda.

— Não estou fazendo nada de errado.

— Mandei ir embora. Meu senhor não quer ver você olhando a casa como um paspalho. Ele não fica nem um pouco contente.

Lasgol fez menção de responder, mas pensou melhor e fechou a boca. Quando o pai caiu em desgraça, o rei Uthar retirou suas posses de títulos e terras — tanto dele quanto de seus descendentes. Assim funcionava a lei norghana. Lasgol tinha perdido seu pai, seu lar e tudo o que tinham. O conde Malason, senhor daquele condado, tinha concedido a casa e as terras ao primo de segundo grau, Osvald, cujo apelido era Chicote, devido ao seu carinho por aquele instrumento, que sempre carregava enrolado na cintura, pronto para ser usado. Ele era o responsável pela gestão das duas minas de ferro e de carvão da região.

— Tudo bem, já vou embora.

Lasgol continuou a caminhada até seu *lar*. A velha casa solitária de um soldado aposentado na parte norte da aldeia. Era pequena e já havia visto tempos melhores, mas tinha bom firmamento, o telhado ainda aguentava. O mais importante era que o lar era quente o suficiente para que ele não morresse congelado quando a temperatura caía a níveis abissais, coisa que acontecia com frequência a cada inverno. Lasgol parou na frente da porta e hesitou em entrar. Temia enfrentar a ira de Ulf e começou a dar meia-volta.

— Garoto, é você? — Ouviu a voz rouca e profunda de Ulf vinda do interior da residência.

Lasgol ficou rígido. Como ele soube?

— Onde está o meu calmante?

O garoto suspirou, abriu a porta e se dispôs a receber seu castigo.

Capítulo 2

LASGOL VIU SEU SENHOR CABISBAIXO E DE OMBROS CAÍDOS. O HOMEM já tinha passado da meia-idade e era grande e feio como um urso, ruivo e estava sempre com o cabelo e a barba ruivos desajeitados. Era caolho e não fazia questão de esconder, o que acentuava seu aspecto feroz e cruel. A primeira vez que Lasgol o viu, pensou estar diante de um urso dos bosques do Sul. Ainda pensava isso sempre que o homem gritava ou, melhor dizendo, rugia. Ulf apoiava o corpo em uma muleta de madeira e pano, pois havia perdido a perna direita na guerra contra os zangrianos. Essa era a razão pela qual Lasgol estava ali. O guerreiro gigante não conseguia fazer tudo sozinho. Ao pensar nisso, Lasgol estremeceu. Se Ulf Olafssen soubesse o que ele acabara de pensar, arrancaria a cabeça do jovem com um grito.

— Onde está a minha bebida, garoto? — rosnou Ulf.

— É que... — Lasgol tentou se explicar.

O rosto do velho soldado começou a enrubescer.

— É que o quê? Hein?

— Volgar e seus comparsas armaram uma emboscada para mim em frente ao peleiro...

— Por que está com as mãos vazias? — perguntou Ulf, ignorando a tentativa de explicação de Lasgol.

— Levaram a minha caça... Não consegui vendê-la... E sem moeda, não consegui comprar o vinho noceano no taverneiro.

— Pelos cinco Deuses do Gelo! — exclamou Ulf e levantou o braço esquerdo, gesticulando como se estivesse tendo um ataque apoplético enquanto tentava manter o equilíbrio, apoiando o peso na muleta.

— Sinto muito… Quando notei a presença deles era tarde demais.

Ulf ficou a um palmo de Lasgol e se inclinou sobre o garoto para olhá-lo de frente tal qual uma besta furiosa. O jovem não se moveu nem um único centímetro de onde se encontrava. Sabia que deveria aguentar naquela posição, acontecesse o que acontecesse.

— Desculpas para cima de mim! De mim! O que sempre falo sobre as desculpas? — trovejou na cara de Lasgol.

— Um norghano não dá desculpas… — Lasgol começou a recitar.

— Exato! — interrompeu seu senhor. — Um norghano não dá desculpas, um norghano faz o que for necessário, mas nunca dá uma desculpa!

— Sim, senhor… — disse Lasgol, fechando os olhos com força.

Os gritos eram tão altos que pensou que ficaria surdo.

— Trinta anos no Exército Real norghano para acabar com o pior servente do reino!

— Sinto muito, senhor.

— Quem te acolheu quando te espancaram na rua aos doze anos?

Lasgol baixou a cabeça e engoliu em seco. Sabia o que viria depois e não tinha como se defender.

— Eu…

— Quem colocou um teto sobre a sua cabeça, lhe ofereceu um fogo para se esquentar e deu comida para que não morresse de frio e fome nas ruas?

— Sinto muito — repetiu Lasgol, mantendo os olhos baixos para não encontrar o olhar enfurecido do senhor.

Quando estava bêbado, o que acontecia com frequência, Ulf era difícil de lidar, pois transparecia todo o seu lado obscuro. No entanto, quando estava de ressaca e sem vinho, era quase pior. Ele era tomado pela fúria e se transformava em um ogro selvagem que não se acalmava enquanto não conseguia álcool. Nada do que Lasgol dissesse ou fizesse o tranquilizaria — nada exceto seu *calmante*, como ele dizia. Restava apenas aguentar a tempestade da melhor forma possível.

— Quem permitiu que você ficasse e o protegeu quando todos queriam jogá-lo nos bosques para ser comido pelos lobos?

— Meu senhor...

— Quem aceitou você como servente em casa?

— Vou conseguir o vinho — garantiu Lasgol.

— Mas é claro que vai trazer o vinho! Pelos ursos brancos do Norte, terei o meu vinho!

— Estou saindo agora mesmo.

— Vá e não volte sem o meu vinho, ou dormirá à intempérie, e acredito que esta noite haverá uma tempestade — disse em tom ameaçador, semicerrando o olho bom e se inclinando para tocar o coto da perna direita. — Sim, com certeza a tempestade se aproxima, uma das fortes. Este velho soldado das neves já sabe. Sinto dor, e a dor nunca traz nada bom...

Lasgol assentiu sem levantar a cabeça, atravessou a cozinha e se dirigiu aos fundos da casa, onde Ulf guardava as armas. O velho soldado tinha um armeiro de madeira na parede de pedra. O garoto observou as armas: uma espada de soldado de infantaria, a posse que o senhor da casa mais apreciava, pois os norghanos usavam machados para lutar, e ter uma espada significava pertencer ao Exército e ter alcançado a patente de oficial ou pertencer a uma das unidades de elite; e três machados: um curto de lançamento, um longo de combate e um enorme de duas lâminas que precisava ser usado com as duas mãos.

— Nem se atreva a olhar para as minhas armas! Para tê-las, é preciso muito trabalho, são anos de sacrifício e serviço à Coroa!

Lasgol não se virou. Ele odiava a Coroa e tudo relacionado a ela depois do que havia acontecido com seu pai, mas não disse nada. Não era uma boa ideia enfurecer ainda mais o velho soldado. Um comentário negativo sobre o rei ou o Exército, e ele seria decapitado.

— E saiba que eu percebo que você deseja empunhá-las, mas para isso deve-se ser um verdadeiro norghano, e você é só um servente esquelético!

Lasgol suspirou. Estava proibido de tocar nas armas de Ulf. Uma vez, quando o velho não estava em casa, tentou usar o machado grande; para sua surpresa e horror, só conseguiu levantá-lo a um palmo do chão. Ele achava incrível como um homem conseguia lutar com tamanho peso nas mãos, mas, tendo em conta que no Norte os homens eram grandes e fortes como ursos, entendeu a origem daquela arma. Era provável que quatro machadadas derrubassem meia casa.

No armeiro também havia dois arcos: o curto de caça e o longo de guerra. Lasgol passou as mãos sobre ambos, como se estivesse as cumprimentando. Aquelas armas magníficas não eram de Ulf, eram suas. Ulf odiava os arcos; para ele, eram armas de covardes. Os homens deviam brigar corpo a corpo, cara a cara, e não à distância para matar de forma traiçoeira. Aquela era uma crença muito difundida em Norghana. Os arqueiros eram malvistos e os guardiões reais, muito mais. Lasgol era filho de um deles, e não de um qualquer, mas do primeiro e melhor entre todos.

— Não alimente esperanças, rapazinho — disse Ulf, em tom de desdém.

Lasgol não se virou, em vez disso pegou o arco curto e a aljava cheia de flechas que estava pendurada ao lado.

— Você é muito fraco para ser um bom soldado, falta corpo. Com essa idade, já deveria ser duas vezes maior.

— Eu não quero ser um soldado — respondeu Lasgol em tom suave, olhando por cima do ombro.

— Pois é melhor que não queira ser um maldito guardião real. Esses covardes, que se camuflam na paragem para matar a distância sem ser vistos. E todo esse falatório dos aldeões de que os guardiões são misteriosos, que desaparecem em um relance, como por efeito de magia, que seus inimigos não veem a morte chegar... Tudo isso não passa de bobagem! Eles não têm nada mágico!

— São o grupo de elite do rei... — murmurou Lasgol, sabendo que chatearia Ulf.

— São uns covardes!

— O rei os tem em alta estima.

— Ora! Ele os usa para rastrear e caçar homens e animálias. Não são nada além de cães farejadores! Para isso ou para missões de espionagem. Mas em campo aberto, cara a cara, um soldado os despedaçaria.

— Essa não é a finalidade deles. A função é proteger o reino de inimigos internos e externos e servir ao rei — disse Lasgol, lembrando-se do que o pai havia dito muitas vezes.

— Não me diga que quer seguir os passos do seu pai? Veja como ele terminou — disse Ulf, deixando Lasgol amuado.

— Não, não quero ser um guardião. Nem quero servir ao rei, nem a Norghana.

— Você fala como um maldito traidor! Não há honra maior para um norghano do que lutar por seu reino e por seu rei!

— Não para mim…

— Doninha desgraçada! Pegue o arco e vá antes que minha paciência acabe! — esbravejou Ulf e lançou a muleta, que bateu com força na parede à direita.

Lasgol se dirigiu à porta.

— Aonde pensa que vai? — gritou Ulf.

— Vou caçar…

— Pelas minas do esquecimento! É o pior servente do Norte! Traga a minha muleta!

Lasgol fez o que Ulf ordenou.

— Aqui está, meu senhor.

— Agora saia da minha casa e não volte sem a minha bebida!

O garoto obedeceu e se dirigiu imediatamente aos bosques a nordeste. Não tinha muito tempo, precisava se apressar. A caminhada seria longa. Levaria cerca de meio dia para alcançar os bosques onde a caça era boa. Com um pouco de sorte, poderia voltar antes do anoitecer. Teria que encontrar uma boa peça ou não conseguiria a moeda de que precisava. Por azar, suas armadilhas estavam vazias e só ficariam cheias de novo em dois ou três dias.

Com passos rápidos, se embrenhou nos bosques. A travessia não o preocupava tanto, mas o frio e a neve, sim. Seu casaco velho, a capa e o gibão de lã de ovelha que ele usava por baixo o protegeriam o bastante. Estava acostumado a entrar nos bosques nevados. Para conseguir uma boa caça, teria que fazê-lo, mas, por cautela, não costumava se afastar muito. Os bosques e o frio podiam enganar até os mais experientes. Qualquer distração nas montanhas poderia acabar com a vida de qualquer pessoa, até mesmo as mais calejadas. Ele ainda era um pouco amador e tinha muito respeito pelas terras hostis do Norte.

Costumava partir antes do amanhecer e chegar cedo às áreas boas para caça. Assim que chegava, reconhecia a região em busca de pegadas recentes, uma das coisas que mais gostava de fazer. Ao encontrá-las, punha armadilhas apropriadas ao tipo de presa em lugares propícios. Em seguida, se escondia em uma posição elevada, contra o vento, para que as presas não o descobrissem, e esperava uma caça grande. Reconhecer os rastros dos animais e escolher os lugares corretos para se posicionar e caçá-los era uma arte. Uma arte que Lasgol havia aprendido com o pai.

Acelerou o passo bosque acima, pulando sobre as raízes e a folhagem com a agilidade de um felino. Infelizmente, mais adiante não poderia ir tão rápido, já que a neve cobria os bosques altos e dificultava o avanço. Naquele dia, não teria tempo suficiente para reconhecer a região, por isso, teria que se dirigir a um de seus lugares preferidos, onde quase sempre encontrava uma peça mediana, como um veado. Com um pouco de sorte, isso seria mais que suficiente. Os animais selvagens eram esquivos e detectavam os homens a léguas de distância nos bosques altos.

Levou um tempo, mas por fim encarou uma última encosta. As pernas doíam por causa do esforço e os pulmões queimavam enquanto avançava entre as bétulas com a neve na altura dos joelhos. Sentia o frio úmido fisgando as pernas, mas já estava muito perto e isso o animou. Da colina, olhou rapidamente o riacho que cruzava a zona de caça. Por entre as copas das árvores, conseguia enxergar um céu cada vez mais escuro que ameaçava uma tempestade, e a temperatura começava a cair.

Está ficando feio, preciso me apressar, pensou.

Chegou ao riacho e começou a procurar rastros de animais na margem. Logo encontrou as primeiras pegadas, se abaixou e as analisou. Eram de raposa prateada. Provavelmente estava fazendo a mesma coisa que ele: procurando o rastro de um animal menor para caçar. Lasgol tinha razão; um pouco mais adiante, na neve, descobriu o rastro de uma lebre que adentrou o bosque. Continuou procurando; o tempo urgia, e agora ele sentia o frio mais intenso no rosto.

Ajustou bem as peles que o cobriam do tornozelo até o joelho nas duas pernas, pois reforçavam a proteção das botas de inverno e eram imprescindíveis para andar na neve. As botas e as peles eram impermeabilizadas com gordura de foca para evitar que a umidade passasse para a parte interna.

Um pouco mais à frente, uma pegada chamou sua atenção. Ele a analisou com olhos atentos e a identificou: corço. Sem dúvida. Seu pai havia lhe ensinado a reconhecer a maioria das pegadas e rastros que tanto homens quanto animais deixavam nos bosques. Poucas escapavam ao seu olhar, por mais que às vezes se confundisse. Não era infalível e ainda tinha muito a aprender, mas deixava poucas passarem.

Deixou-se levar pela nostalgia. Rastrear era a atividade favorita de seu pai, Dakon, que o levou junto pela primeira vez quando completara quatro anos. Lasgol ainda se lembrava, embora as recordações ficassem cada vez mais difusas com o tempo. Desde esse dia, passaram inúmeros momentos nos bosques como mestre e aluno, como pai e filho. Lasgol aproveitou cada um deles. O pai passava longas temporadas afastado de casa, servindo ao rei e aos Guardiões. Por isso, para ele, aquelas pequenas expedições na companhia do pai eram tão preciosas.

Ele nunca sabia quando o pai partiria ou voltaria, pois Dakon nunca dizia. Uma manhã, Lasgol se levantava e o pai já tinha partido. Outra noite, ia se deitar e o pai abria a porta. Por mais que Lasgol perguntasse, Dakon nunca contava sobre as missões dos guardiões. *Os guardiões e seus segredos… Sempre com segredos*, pensou. A verdade era que Lasgol havia passado a maior parte da infância com Olga, uma mulher em idade avançada, aia de seu pai. Ela o criara como se fosse seu neto. Era maravilhosa; severa, mas compassiva e, sobretudo, cheia de amor. Havia lhe ensinado a ser disciplinado, a trabalhar, a valorizar as coisas. Como ele gostava daquela mulher de caráter firme! Por sorte, Olga faleceu no verão anterior ao fatídico incidente e não presenciou o que ocorreu depois. Teria partido seu coração. Lasgol dava graças aos Deuses do Gelo por ter poupado a bondosa mulher daquele sofrimento.

Ele suspirou. Quando o pai voltava das missões, a primeira coisa que fazia era levá-lo aos bosques altos e colocá-lo à prova ao escolher rastros quase imperceptíveis ou muito confusos. Lasgol havia aproveitado bastante cada momento daquelas jornadas junto ao pai, e rastrear se tornou o que ele mais gostava de fazer no mundo.

— O que é rastrear? — perguntara o pai certa vez.

— Procurar, encontrar e seguir o rastro de algo — respondera Lasgol.

Dakon sorrira.

— Sim, essa poderia ser a resposta correta, mas é muito mais do que isso.

— Muito mais?

— Sim, filho. É resolver um pequeno enigma.

— Não entendo, pai.

— A cada vez que nos embrenhamos nos bosques e encontramos um rastro, devemos tratá-lo como se estivéssemos resolvendo um enigma. Que homem ou animal deixou esse rastro? O que fazia aqui? Quanto tempo ficou? Para onde se dirigiu? E, o mais importante, por quê?

Fascinado, Lasgol observara o pai.

— Nunca pensei sobre isso.

— A próxima vez que você rastrear, olhe sob essa perspectiva, faça essas perguntas. Elas te ajudarão não só a rastrear melhor, mas também farão com que a experiência seja mais satisfatória.

— Vou fazer isso, pai.

Desde aquele dia, Lasgol sempre se fazia aquelas perguntas quando rastreava algo, pois, assim como em muitos outros assuntos, o pai estava certo: não só rastreava muito melhor, mas aproveitava ainda mais. Ele voltou a examinar as pegadas do corço sobre a neve. Era uma fêmea jovem, não muito grande, e se mexia muito, então seria difícil caçá-la. Lasgol se surpreendeu com os detalhes que o olho treinado conseguia ler nos rastros. Sorriu.

Ajeitou a aljava, verificou o arco e o pegou com a mão esquerda. Era a hora de caçar a presa. Agachou-se e, muito devagar, começou a seguir as pegadas que o animal tinha deixado depois de ter descido até o riacho para beber água. Lasgol pisava com muito cuidado, precisava evitar fazer qualquer barulho, ou a presa se assustaria. Conforme avançava, parava e verificava a direção do vento. Se o animal o farejasse, fugiria. Ele foi avançando com muita paciência, aproximando-se da presa sem que ela o notasse. Lasgol não conseguia vê-la, mas não precisava; as pegadas o guiavam.

À medida que avançava pelos bosques, teve o pressentimento de que o observavam. Olhou ao redor, mas estava completamente sozinho. Apenas ele, o bosque, a neve que cobria tudo e um céu cada vez mais escuro. Lasgol tinha sensações estranhas de vez em quando. De fato, fazia uma semana que a sensação era mais recorrente. Isso o preocupou: geralmente, havia uma razão para essas "sensações", e nem sempre era boa.

Não pense em nada estranho, é por causa da tempestade que se aproxima, disse a si mesmo, balançando a cabeça, e seguiu em frente.

Passou sobre uma árvore caída, enterrada sob o peso da neve, e checou as pegadas. Eram frescas. Estava muito perto. Observou o bosque com olhos atentos, apesar de ter visto apenas neve. Caminhou devagar até chegar a uma rocha grande, parcialmente enterrada. Ele contornou a rocha e parou. Ficou tão quieto quanto o rochedo ao seu lado, como se fizesse parte dele. O corço estava entre as árvores, a vinte passos dali. Comia as folhas de alguns arbustos que ainda sobreviviam ao frio, meio cobertos pela neve.

Lasgol se escondeu atrás da rocha e verificou a direção do vento.

De frente. Estou com sorte. Não vai me detectar.

Respirou fundo e se preparou. Muito devagar, em um movimento demorado, para tentar passar despercebido pelo animal, tirou uma flecha da aljava e a pôs no arco. Por ser uma fêmea jovem, não conseguiria muito com a galhada, mas com a pele e a carne, sim. Ele se concentrou para atirar.

Vamos, você consegue!, encorajou-se.

Atirar não era seu forte. Era muito bom com as armadilhas, mas não com o arco; aquilo o consumia por dentro. Treinava todos os dias, embora não parecesse melhorar. Sem alguém para ajudá-lo, não avançava. Tinha certeza de estar fazendo algo de errado, mas não sabia o quê.

Tentou relaxar.

— Está perto, eu vou conseguir.

Com toda a certeza, se desse mais cinco passos, falharia. No entanto, àquela distância, havia uma chance. Ponderou sobre se aproximar um pouco; quanto mais perto, maior era a probabilidade de acertar o tiro, mas ele descartou a ideia. O risco de ser descoberto era muito alto. Não, teria que acertar daquela posição. Inalou fundo enquanto levava a pena da flecha até a bochecha, puxando a corda. Apontou. De novo, foi invadido pela sensação de que alguém o observava e sentiu um calafrio.

— *Agora!* — disse, exalando no momento em que soltou a flecha.

Ouviu um golpe seco, e o corço caiu de lado sobre a neve. Lasgol se colocou em pé com o braço para cima, entusiasmado.

Consegui!

Correu até a peça e se agachou perto dela. Estava morta.

Que grande tiro! Hoje não vou dormir na rua!

Ele tinha acertado o animal na cabeça com tamanha força que ele morreu no mesmo instante. O que causava vergonha é que Lasgol tinha apontado para o coração...

Sem dúvida preciso que alguém me ajude com o arco. Sou a vergonha dos caçadores. Seria melhor que eu lançasse pedras, com certeza acertaria mais, pensou. No entanto, o desgosto passou logo em seguida. O importante era que tinha a presa.

Estava tão contente que não percebeu que a temperatura começava a cair perigosamente. Uma rajada de vento frio atingiu seu rosto, e ele levantou a cabeça para observar o céu.

Muito escuro. Até demais.

A tempestade estava quase chegando, e ele devia partir imediatamente. Foi preparar a peça para transportá-la nas costas quando notou algo estranho e parou. Estava sendo observado, olhos que estavam fixos nele. Lasgol congelou. A dez passos, entre as bétulas, pairava um lobo cinza.

Lasgol encarou o lobo de soslaio, com a cabeça baixa. Não deveria fazer movimentos bruscos ou arriscaria ser atacado. Pensou, hesitante, em usar o arco, mas acertar um lobo prestes a atacar estava fora de suas possibilidades. Quando apontasse, o lobo iria para cima dele, e era muito provável que Lasgol errasse o tiro. Logo depois, pensou na faca que trazia na cintura. Era uma faca de pelar, muito pequena para enfrentar um lobo. Além disso, Lasgol não sabia lutar, ainda mais contra um animal selvagem. O medo começou a atormentá-lo.

Não posso deixar que ele sinta o cheiro do medo, senão serei atacado.

Tentou se acalmar. O lobo soltou um grunhido longo, encolheu o nariz e mostrou os enormes caninos em sinal de clara ameaça. Lasgol sabia que o animal estava a ponto de partir para cima dele. Só lhe restava uma opção; precisava sair aos poucos, sem tirar os olhos da fera, e esperar que ele não o atacasse. Respirou fundo, se imbuiu de coragem e começou a se mover. O garoto olhou para a peça em cima da neve. Com muito cuidado, começou a puxá-la para levá-la junto com ele.

O lobo deu um salto para a frente e rosnou, feroz. O garoto ficou paralisado. Ele achou que o coração sairia pela boca, de tão forte que batia. O animal queria a peça, mas o jovem também precisava dela. Ele a largou enquanto olhava para o lobo. *Vamos, vá embora, é minha*, pensou. Fez um gesto para afugentar o animal, mas o animal deu outro passo para a frente, grunhindo, lançando dentadas no ar, mostrando a boca. Lasgol sentiu tanto medo que seus joelhos amoleceram.

Ele se recompôs, levantou a mão na direção do lobo e, com o olhar fixo naqueles olhos selvagens, insistiu com todo o seu ser.

— Vá! A peça é minha!

Um clarão verde percorreu a cabeça e o braço dele. O lobo recuou e gemeu. Lasgol continuou com o olhar fixo nos olhos do animal. Tentou mais uma vez com toda a sua força.

— Saia! — repetiu, enquanto mantinha a mão firme.

Outro clarão verde acompanhou a ordem. O lobo uivou, depois baixou a cabeça e as orelhas, deu meia-volta e saiu em direção ao bosque.

Lasgol respirou e soltou toda a tensão do corpo. Tinha conseguido afugentar o lobo. O perigo tinha sido imenso, uma loucura, agora que pensava com mais frieza. Pegou a peça, carregando-a nos ombros, e começou a correr quando caíram os primeiros flocos de neve.

Tenho que me apressar e voltar antes que a neve se transforme em gelo.

Capítulo 3

Quando Lasgol chegou à aldeia, já era noite, e a tempestade vinha logo atrás dele. Estava muito cansado. Parou no meio da praça da aldeia, próximo à fonte. Deixou a peça no chão e se apoiou nos joelhos, tentando recuperar o fôlego. Ainda que sentisse dor em todos os músculos do corpo, estava muito contente. Tinha conseguido. Estava com a peça e tinha chegado à aldeia antes que a tempestade começasse. Como o pai costumava dizer: "Aquele que persegue o objetivo com a alma e com garra, consegue. Nunca se dê por vencido".

Deu uma olhada rápida ao redor. Os últimos vizinhos corriam para se refugiar em seus lares e fazendas. A praça estava ficando deserta. As luzes das casas iluminavam os alpendres, e as lâmpadas a óleo, que o delegado logo retiraria, iluminavam a praça e a pequena estalagem. Lasgol contemplou a casa do peleiro; depois, a do açougueiro. O correto seria preparar a peça e vender a carne e a pele separadas. Olhou para trás, depois para o firmamento. Estava tão escuro que a qualquer momento viria o temporal. Não teria tempo de ir para casa, preparar a peça e voltar, era muito tarde.

O peleiro se debruçou para fechar as janelas.

— Espere, por favor — implorou Lasgol, se aproximando.

— Já fechei — respondeu, com a expressão arisca, a mesma que fazia quando Lasgol levava peles, que ele geralmente aceitava.

Negócios eram negócios, e a moeda não distinguia filhos de traidores.

Lasgol foi depressa até a janela.

— Trouxe algo bom.

O peleiro olhou hesitante.

— Vejamos o que tem aí. Rápido, que a tempestade se aproxima e quero ir jantar.

O garoto largou o arco e mostrou a peça.

— Não está ruim. Volte amanhã com a pele — disse o peleiro, começando a fechar a janela.

— Senhor, preciso do dinheiro agora.

— Sim, e eu de uma boa esposa — respondeu o homem, de má vontade.

Todos sabiam que a esposa do peleiro tinha um mau gênio e tornava a vida do homem impossível — o que ele provavelmente merecia.

— Por favor…

— Nada de "por favor", eu não compro peças sem preparar, você já sabe, todos sabem. Faça seu trabalho e volte amanhã.

— Mas…

— Sem mas! — E fechou a janela em uma pancada.

Lasgol suspirou. Não se daria por vencido. Correu até a porta do açougueiro e chamou com urgência. A tempestade tinha começado. A chuva e a neve batiam nele com a força do vento gelado. Ninguém abriu. Chamou outra vez e esperou. Nada. Deu meia-volta. O que mais poderia fazer? Então, a porta se abriu.

— Tenho uma boa peça — disse Lasgol, virando-se.

O açougueiro, um homem grande e bojudo, apareceu na entrada. Era calvo e tinha uma barba loira e espessa. Observou o garoto de cima a baixo com os olhos azuis pouco amistosos.

— Já encerrei, você interrompeu minha janta.

— Sinto muito… — Lasgol mostrou a peça.

— Não está preparada.

— Eu sei, mas preciso da moeda agora — implorou o garoto, desesperado.

O açougueiro assentiu, como se entendesse por quê.

— Não há exceções. Eu não faço o trabalho dos outros. A caça é vendida bem preparada ou não é vendida.

— Por favor… Senhor…

— Volte amanhã.

O açougueiro corpulento deu as costas, fechou a porta e, para que não restasse dúvida de que não abriria, a trancou.

Lasgol abaixou a cabeça e suspirou. O temporal ficou mais forte e, o que era pior, o taverneiro já tinha fechado. Não conseguiria o vinho. Os ventos gelados o despentearam e ele sentiu a umidade da neve no rosto. Tirou do punho uma fita de couro e jogou o cabelo loiro para trás, fazendo um rabo de cavalo. Dessa forma, enxergava melhor. *Nunca se renda*, disse a si mesmo. Semicerrou os olhos e percorreu a praça com o olhar. Só um lugar ainda estava aberto: a estalagem. Não pensou duas vezes e correu até lá. O vento soprava tão forte que era difícil caminhar. O frio atravessava sua roupa e a neve molhava seu rosto e seu cabelo. Pensou na noite ao ar livre que teria que passar e sacudiu a cabeça.

Abriu a porta da estalagem. Na mesma hora, uma luz brilhante e um cheiro forte e rançoso o atingiram. Virou o pescoço e, após se recuperar, observou o casarão. Reconheceu vários paroquianos. Drill, o bêbado do povoado, discutia com Bart, o hospedeiro, no balcão. Três mineiros jogavam baralho em uma mesa e consumiam suas cervejas. Pelo visto não tinham se dado conta de que a tempestade começara. Ao fundo, Ulric e seus dois filhos, mais conhecidos como os Lenhadores, terminavam o jantar.

— Feche a porta! — gritou um homem magro, irritado.

Lasgol se virou com rapidez e a fechou.

— Muito melhor — disse o homem, que, a julgar pelas vestimentas, parecia um mercador que Lasgol nunca tinha visto na aldeia. Devia estar de passagem.

— O que você quer? — perguntou Bart em tom áspero.

Lasgol não se alterou; estava habituado a ser recebido daquela maneira aonde quer que fosse. Ainda assim, a verdade era que o hospedeiro dava medo. Media mais do que duas varas e era muito corpulento. Na aldeia, diziam que ele tinha partido inúmeros crânios separando brigas em seu estabelecimento. O que não era difícil de acontecer, porque os norghanos adoravam beber cerveja e brigar. Lasgol não entendia aquela fixação por distribuir socos para ver quem ficava de pé no final e alardear que era o mais forte e ousado. Conforme tinham lhe contado, em outras culturas, como a rogdana, as brigas não eram bem-vistas. Talvez um dia ele pudesse ir para o oeste, no reino de Rogdon. Não se importaria nem um pouco de sair dali e conhecer o mundo.

— O Ulf te enviou? — perguntou Drill com uma pronúncia que indicava, sem sombra de dúvida, que ele tinha bebido mais do que aguentava. Além do fato de que se apoiava no balcão para não cair no chão.

Lasgol improvisou. Sabia que Ulf era cliente habitual do lugar e Drill era um de seus companheiros de bebedeira.

— Sim, senhor — respondeu, tentando demonstrar segurança.

Drill olhou para ele, surpreso.

— Senhor? Estamos bem-educados, hein? — disse, sorrindo. Não tinha os dentes da frente, que perdera em uma briga de bar, algo muito comum entre os norghanos: dentes feios e punhos de ferro.

— O que ele quer? — perguntou o hospedeiro.

Lasgol se aproximou e pôs a peça em cima do balcão.

— Quer fazer uma troca. A peça por quatro garrafas de vinho noceano — disse o jovem, tão sério quanto em um funeral em alto-mar, embora sentisse o estômago se revirar.

— Mas o que é que Ulf está pensando? Aqui só aceitamos moeda em troca de bebida, nada de animais mortos!

— É uma boa peça, senhor, e muito fresca. Acabei de caçá-la nos bosques altos — argumentou Lasgol.

— Pois prepare-a e leve-a ao açougueiro. Nesse estado, ela não me serve para nada.

— Está fechado até amanhã…

— Então vá amanhã.

— Ulf me disse que precisa do vinho agora, senhor.

— Aquele carrancudo disse isso? Aqui não vendemos fiado nem fazemos trocas. Onde já se viu?!

— Sou testemunha de que ele não vende fiado — disse Drill, balançando a cabeça várias vezes para enfatizar —, estou tentando convencê-lo a me servir algum licor há meia tarde e o teimoso se nega.

— Por favor... — implorou Lasgol.

— Já disse que não. E não me aborreça.

Lasgol suspirou. Não teria sorte naquele dia.

— Eu te dou três moedas pela peça — disse alguém atrás dele.

Todos se viraram na direção da voz. Lasgol viu um homem sentado ao fundo, no canto, entre as sombras formadas por duas paredes. Ele estava encostado no canto e, na penumbra, ficava quase imperceptível. Lasgol poderia jurar que o homem não estava ali quando entrou. O garoto semicerrou os olhos, mas só conseguiu enxergar uma silhueta. Vestia uma capa com capuz que cobria todo o corpo e se fundia com as sombras.

— Obrigado... senhor... — gaguejou Lasgol, sem saber quem era o personagem misterioso.

— Traga a caça — pediu o homem.

Lasgol deixou a peça em cima da mesa do desconhecido. Notou que mesmo agora, a dois passos de distância e com luz na estalagem, conseguia vê-lo apenas pela sombra projetada no canto.

O homem estendeu as três moedas e Lasgol as pegou. O forasteiro usava luvas de couro e seu movimento foi tão rápido que durou uma piscadela.

— Pode me emprestar o bornal?

— É claro, senhor.

Lasgol o entregou. O desconhecido assentiu e não disse mais nada. O garoto voltou até o hospedeiro e largou as três moedas no balcão.

— Vou te dar três garrafas do vinho noceano de que o Ulf gosta.

— Só três? Por três moedas, o taverneiro me dá seis...

— Este vinho é melhor que o do taverneiro. Além do mais, aqui é mais caro, eu também tenho que lucrar.

— Mas... a diferença...

— É pegar ou largar — disse o hospedeiro, que sabia muito bem que Lasgol não tinha opção, a não ser aceitar o que estavam lhe oferecendo.

— Tudo... bem...

— Não vai enrolar o garoto depois do trabalho que ele teve para caçar este corço, né? — interveio prontamente o desconhecido.

— Enrolar? Eu? Este estabelecimento é digno!

— Não duvido, mas por três moedas deveria dar ao menos quatro garrafas ao garoto.

— Quatro?

— É lucro suficiente — disse o forasteiro, e o fez de maneira tão fria que soou como uma ameaça.

O hospedeiro se levantou e fez menção de responder, parecendo ofendido, mas não se atreveu.

— Tudo bem, quatro — cedeu.

Então se virou e foi buscar as garrafas.

— Aqui estão, leve-as e desapareça da minha vista.

— Obrigado — disse Lasgol, e depois se virou para o desconhecido. — Muito obrigado, senhor.

O desconhecido fez um pequeno gesto de concordância com a cabeça, e Lasgol não soube o que dizer. Não entendia por que o homem o tinha ajudado, mas agradecia. Nunca o ajudavam na aldeia, em nada. Deu meia-volta e saiu da estalagem.

Correu pelas ruas desertas sob a neve e o temporal gelado. Chegou em casa com uma tempestade muito forte. A temperatura continuava caindo, e os ventos, por sua vez, estavam cada vez mais intensos.

— Trouxe a bebida, senhor — anunciou ao entrar na residência.

— Já estava na hora! — reclamou Ulf, de mau humor. Sempre ficava mal-humorado quando não tinha vinho. — Pelos Deuses do Gelo! Aqui só tem quatro garrafas! — berrou.

— Foi tudo o que consegui...

— Tarde e pouco!

— Mas...

— Sem mas! Hoje você dorme no alpendre!

— Não é justo...

— Desde quando a justiça manda no Norte gelado? Aqui são os fortes que mandam, não a justiça.

— Sim, senhor — disse Lasgol, abaixando a cabeça.

Ele sabia que, infelizmente, Ulf tinha razão. No Norte, um braço potente valia mais do que ter razão, muito mais.

— Para o alpendre, eu falei!

— Com a lenha?

— Sim. Não fez o que foi ordenado, e um soldado sempre cumpre as ordens que recebe. Assim vai aprender a lição.

Lasgol quis argumentar que não era soldado coisa nenhuma e também que eles não estavam no Exército Real, mas sabia que não adiantaria. Ulf continuava vivendo como se nunca tivesse abandonado a infantaria. De fato, nunca havia abandonado; tinha sido aposentado por causa da idade e das feridas.

— Às ordens, senhor — acatou Lasgol, resignado.

— Em marcha, para fora, eu quero aproveitar meu vinho em paz e tranquilidade.

— Posso pegar uma manta para me cobrir?

— Nada de mantas. Passei centenas de noites à intempérie, sem agasalho, durante as campanhas! Isso é o que forma caráter, isso é o que forja um soldado.

— Sim, senhor — disse Lasgol, abatido, e se retirou fechando a porta.

Foi recebido pelo temporal com braços gélidos e tentou se proteger. Correu até a parte dos fundos da casa, onde estava o alpendre com a lenha. Tinha três paredes frágeis e um telhado não muito melhor. No entanto, aquela frágil estrutura protegia um pouco da tormenta. O vento gelado entrava pelas fendas e pela parte frontal, que estava aberta. Lasgol percebeu como o vento batia com golpes gelados em seu rosto e em seu corpo sem piedade. Olhou para a lenha que ele mesmo havia passado meio outono cortando e empilhando para se prevenir contra o inverno difícil e coçou o nariz.

Tenho que fazer alguma coisa com essa parede descoberta.

Teve uma ideia e sorriu. Começou a mover uma pilha de troncos para colocá-los de tal modo que tampassem a parte descoberta do alpendre. Ele demorou um bom tempo, mas não se importou: dessa maneira, se aqueceria. No fim, conseguiu criar uma barreira de troncos cobrindo grande parte da face descoberta e se protegeu atrás dela. Rodeado de madeira por todos os lados, se acomodou em seu casaco de pele e ficou o mais confortável possível. Conseguiu, inclusive, deitar-se no chão. Teve a impressão de ter construído uma pequena cabana, ainda que ela pudesse cair em cima dele se o vento soprasse muito forte.

A tempestade continuou batendo na casa e no alpendre, mas o refúgio improvisado aguentou. Lasgol sentia frio, mas sabia que suportaria. *Sou um norghano e, para os norghanos, o frio é nosso irmão*, disse a si mesmo, procurando se animar. Bufou. Não merecia estar ali, à noite, sozinho, no meio da tempestade e congelando. Ele sabia disso, mas a vida era assim: muitas vezes, injusta. Suspirou. Era uma lição que tinha aprendido de forma cruel graças ao que havia acontecido com o pai. "A vida é injusta, mas de nada adianta se lamentar e chorar. Devo seguir adiante. Nunca me render, e seguir adiante." Aprendera isso com o pai. Com aquele pensamento e a lembrança em mente, ele dormiu.

Na manhã seguinte, quando apareceu o primeiro raio de sol em meio à tempestade, Lasgol entrou na casa e acendeu o fogo. Estava gelado até os ossos e demorou meia manhã para se aquecer. Ulf dormia feliz depois de ter usufruído do vinho. Seus roncos eram tão altos que parecia haver outro temporal no quarto dele. Lá fora, a tempestade continuou por mais dois dias. Foi a última do inverno.

Três dias depois, Lasgol acompanhou seu senhor ao povoado. Fazia isso em caráter oficial, pois era o Festival da Primavera e Ulf presidia os combates. O guerreiro estava radiante com sua armadura de gala e só Lasgol o reconhecia. Parecia um herói norghano autêntico. Exibia o capacete alado da infantaria, a armadura de cota de malha longa com escamas até os joelhos e, por cima dela, um longo macacão vermelho-vivo com linhas diagonais brancas, o que o identificava como pertencente ao Exército do Trono. No entanto, o que mais chamava a atenção de Lasgol era o escudo de Norghana no centro do macacão: a majestosa águia branca, de asas abertas, a ave símbolo do reino, de um branco resplandecente.

Naquela manhã, Ulf havia demorado uma eternidade para colocar a armadura que, a bem da verdade, ele mantinha impecável. Cuidava dela como se fosse de ouro, assim como de sua preciosa espada e de seu escudo redondo, que Lasgol carregava, como o servente que era. Ambos pesavam muito. O garoto se perguntava como era possível que alguém conseguisse lutar com algo tão pesado em cada mão. Ele mal conseguia carregar! Com certeza ficavam exaustos depois de três golpes. Por outro lado, vendo como Ulf era grande e percebendo que outros da aldeia tinham um tamanho semelhante, Lasgol concluiu que aquele peso esmagador não devia ser nada para eles.

— Pesado, não é?

— Sim, muito.

— Somente um guerreiro autêntico consegue usar a espada e o escudo.

— E um muito grande e forte...

— Sim! Certo, mas há outros muito maiores e fortes do que eu entre os nossos. Um dia, quando você for um homem, deveria viajar para o norte do reino, onde o frio é tão intenso que congela seus pensamentos. Ali, você vai encontrar homens mais altos que eu e tão fortes que derrubam uma árvore com três machadadas.

Lasgol pensou que Ulf estava exagerando, embora não fosse de seu feitio. Era habituado, sim, a grunhir e reclamar, mas não inventava histórias. Lasgol olhou bem para o rosto do velho guerreiro, que lhe devolveu uma expressão que não deixava dúvidas: era verdade.

— Eu gostaria, sim — disse o jovem, que nunca havia saído do condado.

O mais longe que tinha viajado fora até o castelo do conde Malason, acompanhando o pai. O conde os convidara, pois, naquela época, o primeiro guardião e o conde eram amigos. Como o pai passava a maior parte do tempo fora, Lasgol não teve a oportunidade de viajar. E, quando ele voltava, passavam o tempo juntos na aldeia, já que não sabiam quando seria recrutado de novo, o que costumava ser bastante frequente.

— Hoje vai ser um bom dia — afirmou Ulf, que bambeava ao lado de Lasgol, examinando o céu limpo do primeiro dia de primavera com o olho bom, e repetiu: — Sim, hoje vai ser um bom dia.

O garoto o observou de soslaio. Não sabia se o velho estava contente porque havia bebido sua dose matinal ou porque estavam indo para o Festival da Primavera. Era provável que fosse por ambos os motivos. Quando Ulf estava contente, o tratava bem, por isso Lasgol também estava feliz naquela manhã. Ulf seria jurado em várias provas de combate. Ele era o maior especialista na arte da luta entre todos da aldeia.

— Você deveria competir. Um norghano sempre compete. Ainda mais um soldado norghano — sugeriu Ulf.

— Eu? Não, obrigado.

— Se você ganhar uma das provas, vão parar de te tratar como se tivesse uma doença contagiosa.

— Duvido, senhor. Além do mais, em que prova eu poderia competir?

Ulf examinou o entorno. Na esplanada, tinham preparado recintos diferentes para as diversas competições.

— Vejamos… No centro será disputado o combate desarmado. Não, você é muito magrelo, o destruiriam em dois golpes. Espada e escudo, já percebi que não; não consegue nem levantá-los. Hmmm… lançamento de machado curto? Porque combate com machado a duas mãos, com certeza não.

— Não sei lançar o machado, senhor. Só uso para cortar lenha.

— Um norghano nasce com o machado debaixo do travesseiro! Eu sabia lutar com o machado antes de começar a falar!

— Sinto muito…

Ulf negou com a cabeça e soltou uma série de impropérios.

— Ali, à esquerda, fazem a competição de arco. Você sabe usar o arco. Não é algo muito digno, mas pelo menos é uma arma.

— Sim… mas não sou nada bom…

— Pelos gólens do gelo! Você não tem nenhuma habilidade digna de um norghano?

O garoto encolheu os ombros.

— Sou muito bom escalando.

— Maldita habilidade! Isso não serve para nada!

— Sou ágil?

— Sim, como uma lebre! Será a janta de alguém! — Ulf bufou e soltou outra longa ladainha de impropérios. — Deixe para lá. Não saia do meu lado e tente aprender alguma coisa.

Chegaram à praça e a encontraram abarrotada. Todos os mineiros e fazendeiros da região tinham ido aproveitar a festa. A celebração do primeiro dia da primavera era uma das festividades favoritas de todos na comarca. Os invernos em Norghana eram extremamente rígidos e a chegada da primavera era um verdadeiro acontecimento, a calmaria depois de um longo período de tempestades gélidas. Havia celebrações em cada aldeia grande o suficiente do reino. Os habitantes das aldeias menores se deslocavam às mais próximas onde havia festas. Ninguém ficava sem festejar.

Gondar Vollan, o chefe da aldeia, se aproximou deles, seguido de Limus Wolff, seu ajudante.

— Ulf — cumprimentou o chefe com um pequeno gesto de cabeça.

— Gondar — disse Ulf, devolvendo o cumprimento.

Gondar lançou um olhar de desgosto para Lasgol.

— E este ingrato... — começou a reclamar.

— Ele tem direito — cortou Ulf, com um olhar duro.

— Tudo bem... — cedeu o chefe. — Mas você é responsável por ele — adicionou, apontando com o dedo indicador. — Não quero alvoroço na festa. Na primeira perturbação, tire-o daqui.

Ulf assentiu.

Lasgol abaixou a cabeça. Sabia que ninguém o queria ali, sabia que todos desejavam que ele ficasse em casa ou que desaparecesse — o que ele também faria, se pudesse —, mas seu senhor não permitiria. Para Ulf, Lasgol era seu servente e devia acompanhá-lo e ajudá-lo sempre, não importava o que dissessem ou quem se incomodasse. Ulf não ligava para a condição de Lasgol e enfrentaria quem se opusesse. Seu senhor era muitas coisas, nem todas boas, Lasgol bem sabia, mas era, acima de tudo, um homem honrado.

O garoto observou o chefe Gondar. Sempre o impressionava. Era tão grande quanto Ulf, mas muito mais jovem. Diziam que era um lutador formidável. Em sua juventude, tinha ganhado as competições ano após ano. Ao ser nomeado chefe da aldeia, parou de competir e passou a ser juiz junto a Ulf. Eram os dois melhores guerreiros da aldeia e — diziam — de toda a comarca.

— Este ano as competições serão boas — garantiu Gondar —, há sangue novo batalhando com os veteranos.

— Maravilhoso. O ano passado foi um pouco fraco — disse Ulf.

— Sim, quase quis voltar a competir para pôr alguma emoção.

— Um chefe não pode competir...

— Eu sei, eu sei, a inveja e tudo o mais...

Ulf assentiu.

— Tudo pronto? Quero ver um bom espetáculo.

O ajudante de Gondar respondeu com uma afirmação.

— Está tudo preparado — disse, com a voz aguda.

Limus era um homem pequeno, tinha cara de rato e, pelo que diziam, era muito inteligente. Ele se responsabilizava por todos os trabalhos administrativos da aldeia para o chefe.

— Percebi que este ano você abriu o cofre — disse Ulf, olhando em volta.

A praça toda estava cheia de bancas onde comerciantes e granjeiros vendiam e trocavam mercadorias. Os comércios dos ofícios também estavam abertos e enfeitados, do ferreiro ao peleiro, passando pelo taverneiro, que faria o negócio do ano, e, sem dúvida, pelo dono da estalagem, que estava completamente cheia. A praça, abarrotada, era um formigueiro de pessoas e conversas. Ouviam-se gritos de exaltação e alegria de todos os lugares. Lasgol deduziu que, como bons norghanos que eram, ficariam um tempo bebendo. Um cheiro gostoso de carne assada chegou a seu nariz, e seu estômago roncou com força. De um lado da praça havia duas vacas e três porcos na brasa. Lasgol ficou com água na boca.

Limus assentiu.

— Quem planta, colhe — explicou, com um sorriso e olhos que brilhavam de inteligência. — O ano passado foi ruim, mas este está bom. Temos que ajudar a fomentar o comércio e os negócios. Esta festa marcará como o ano correrá. É muito importante.

Ulf olhou para Gondar sem compreender. O chefe deu de ombros.

— Comércio, impostos e essas coisas — disse.

— Ah — respondeu Ulf, ainda sem entender.

Lasgol observou os dois. Eram grandes e fortes como ursos, bons lutadores, mas quanto à inteligência... O pequeno Limus superava os dois juntos várias vezes. O jovem sorriu para o ajudante, ao que este percebeu e fez um pequeno gesto de aceitação para ele, ainda que sua expressão demonstrasse que a presença de Lasgol o incomodava.

— Vamos, que comecem as competições! — disse Gondar com o rosto ansioso, e se dirigiram para presidir a primeira: tiro com arco, a menos apreciada por Ulf, e provavelmente por Gondar também.

Lasgol gostou muito aquela competição que Helga, a caçadora da aldeia, havia vencido por três anos consecutivos. No entanto — para o desgosto das mulheres da aldeia, que a idolatravam —, naquele ano, um jovem de dezessete anos a venceu com um tiro que deixou todos boquiabertos. Helga tinha acertado o alvo na final, e todos pensavam que ela venceria de novo, mas Ostron acertou uma flecha justamente no mesmo ponto que a flecha da caçadora. Por pouco não a partiu em duas. Ulf e Gondar tiveram que medir e deliberar por um bom tempo, pois os dois tiros eram quase idênticos. No final, Limus decretou que a flecha de Ostron estava um pelo mais ao centro que a de Helga e o declararam campeão. Os homens comemoravam e jogavam Ostron para o alto enquanto as mulheres vaiavam.

A manhã passou em um suspiro entre competições, música, cerveja, comida e várias discussões. Lasgol estava gostando muito, para a própria surpresa. Podia ver que todos o olhavam, mas ninguém se atrevia a mexer com ele, pois estava acompanhado de Ulf e Gondar. Na primeira hora da tarde, dirigiram-se à competição de machado e passaram perto de Volgar e seus dois comparsas, Igor e Sven, que o olhavam como se fossem estrangulá--lo. Debochado, Lasgol deu uma piscadela e sorriu para eles, sabendo que não poderiam fazer nada. Só por ver as caras de extrema frustração dos três covardões, o dia já tinha valido a pena.

A competição de lançamento de machado começou, modalidade que sempre fascinou Lasgol. Não entendia como conseguiam lançar o machado, fazendo-o girar pelo ar, e conseguiam fixar-se com força em um alvo. Ele tinha tentado muitas vezes e, em todas, não havia conseguido que o fio batesse primeiro. Os participantes eram, em sua maioria, homens experientes, mas naquele ano alguns jovens tinham se inscrito. Ficaram a dez passos de um alvo colocado em uma árvore e cada um executou cinco lançamentos com machado curto. Lasgol ficava maravilhado com a destreza de todos. Ninguém falhou um lançamento sequer. Continuaram atirando em turnos eliminatórios. O garoto apreciou o espetáculo, assim como a centena de espectadores que torcia por seus favoritos sem parar enquanto consumia grandes quantidades de cerveja. A final foi entre o veterano Usalf e a surpresa do ano, Mistran, um dos jovens, e foi decidida no último lançamento. Usalf lançou o machado com um golpe potente do braço direito para acertá-lo no centro do alvo. Os espectadores irromperam em aplausos e exclamações. Logo ficaram em silêncio, e Mistran, que Lasgol conhecia, pois era só um ano mais velho do que ele, lançou com precisão, mas não com força suficiente, já que o machado acertou três dedos abaixo do de Usalf. Nesse momento ouviram-se vivas ao vencedor. Ulf coroou Usalf como o campeão do torneio em meio a uma ovação. Gondar, por sua vez, entregou-lhe dez moedas como prêmio. Com um sorriso de orelha a orelha, Usalf pagou uma rodada de cerveja.

A festa continuou a tarde toda e o astral foi para o alto; a celebração estava sendo bem-sucedida. Eis que chegou o momento das duas provas principais: luta de machado e escudo e luta de espada e escudo. A primeira, a favorita do público, era uma verdadeira demonstração de poder físico. Os golpes descomunais deixavam Lasgol de olhos saltados. Ali imperava a força bruta. Os machados batiam nos escudos com tamanha violência que os espectadores exclamavam assustados. O ganhador foi Toscas, um mineiro tão grande e forte como um ogro. Ele tinha destruído os escudos e os braços de seus oponentes com golpes impressionantes. Lasgol deduziu, depois de ter contemplado a competição, que nunca poderia empunhar o machado e o escudo. Se recebesse um impacto como aqueles, seria partido ao meio.

Entretanto, a prova de espada e escudo foi diferente. Era a favorita de Ulf, já que os soldados de elite — como ele tinha sido — não usavam machado de guerra para lutar, mas, sim, a espada, cujo controle era difícil de dominar. Requeria graça, coisa que os homens do Norte não tinham em demasia, ou melhor, nem sequer tinham, e a pilha de escudos destruídos comprovava isso.

Os primeiros combates foram semelhantes aos de machado e escudo, pois ninguém dominava a arte da espada, mas quando Nistrom começou a participar, tudo mudou. Axel Nistrom era um mercenário que tinha se retirado nas montanhas havia alguns anos. Ninguém sabia muito sobre ele, era muito reservado. Vivia em uma cabana afastada nos bosques ao leste, nos arredores da aldeia. O que todos sabiam era que ele sabia usar a espada como ninguém. Embora não fosse muito alto nem muito forte, era muito atlético. Tinha cabelo castanho com mechas grisalhas, olhos pequenos e castanhos e nariz adunco. Andava com desenvoltura e confiança. Sempre carregava uma espada e um punhal na cintura.

— Olhe e aprenda — disse Ulf para Lasgol.

— Sim, senhor — respondeu o garoto, que já tinha percebido que aquele homem não era como os outros.

Nistrom não usava a força, mas a destreza. Ele se deslocava com movimentos laterais rápidos e fluidos e escapava dos golpes brutais dos oponentes. Não só isso: contra-atacava com uma celeridade felina quando via um adversário desferir um golpe incerto, deixando o corpo desprotegido ou se desequilibrando. O que Lasgol mais admirava era como ele desarmava os oponentes com movimentos e giros de punho imperceptíveis. Espadas e escudos voavam pelos ares diante dos olhares atônitos de todos os espectadores.

— Esse, sim, sabe lutar! — exclamou Ulf, balançando a cabeça.

— Já acredito — disse Gondar. — Espero que não se desvie. Seriam necessários muitos homens para pará-lo. É do Sul do reino… Já sabe o que penso do povo do Sul…

— Sim, que são todos víboras. — Ulf sorriu. — Esse mercenário foi do exército, isso eu te garanto. Melhor que o vigie, por via das dúvidas.

— Já estou fazendo isso — disse Gondar, piscando para Ulf.

Nistrom ganhou os combates com facilidade e foi proclamado vencedor. Gondar e Ulf entregaram a ele o título de campeão e o prêmio em moeda. Ainda que todos vissem o homem com desconfiança por ser um forasteiro, Lasgol simpatizou com ele. Era um dos poucos que ainda se dignavam a lhe dirigir a palavra quando passava por ele na aldeia. Talvez porque, por não ser dali, não soubesse quem o garoto era. Ou talvez soubesse, sim, mas não se importasse, o que era bastante improvável. De todo modo, sempre que se cruzavam, o que não era muito frequente, o mercenário conversava com o garoto, que recebia isso como um dos maiores elogios.

Após a última competição, começou a música na praça, e todos voltaram para dançar e beber até tarde da noite.

Depois de algumas jarras de cerveja, Ulf deu uma palmada nas costas de Lasgol e disse:

— Melhor irmos embora. Se eu tomar mais uma, você vai ter que me arrastar para casa, e não acho que seja capaz.

— Sim, senhor — respondeu o garoto com gratidão, pois sabia que não conseguiria carregar aquele grandalhão.

Demoraram um tempo, pois se Ulf já caminhava devagar com a muleta, era duas vezes mais lento depois de algumas cervejas, mas enfim chegaram em casa. Lasgol foi colocar o escudo e a espada de seu senhor no armeiro quando sentiu de novo aquela estranha sensação, como se estivesse sendo observado. Ficou quieto em meio ao silêncio e examinou as sombras. No fundo do cômodo, envolto na penumbra, quase invisível, havia algo... ou alguém. Ulf não percebeu.

— Senhor, cuidado! — avisou Lasgol, apontando para a escuridão.

O velho guerreiro olhou na direção apontada.

— O que houve? — perguntou, sem conseguir ver o que o garoto já distinguia.

— Espero não incomodar — disse o estranho, que saiu das sombras envolvido em uma capa com capuz.

Ulf pegou um facão com a mão esquerda e o empunhou. Lasgol, assustado, deixou cair o escudo.

— Vim devolver seu bornal de caça — explicou o estranho.

Então, Lasgol se deu conta de que era o estranho da estalagem.

— Você... mas... Quem é você? — perguntou o garoto, desconcertado.

— É um maldito guardião! — resmungou Ulf. — É isso que ele é!

Capítulo 4

—Sim, isso mesmo — disse o estranho, deixando que o vissem e fazendo uma pequena reverência.

— O que está fazendo em minha casa? Saia daqui agora mesmo! — ordenou Ulf.

— Estou em uma missão real. Não é uma visita de cortesia. Pode guardar o facão.

Ulf o observou com o olho bom semicerrado.

— Vocês dessa classe me deixam nervoso — reclamou, negando com a cabeça, mas guardou a arma.

— É natural, acontece com muitas pessoas — disse o guardião com tranquilidade, sem se ofender.

— Sempre entre as sombras... — murmurou Ulf. — À espreita...

— É para sair à luz e enfrentar os inimigos que existem os corajosos soldados da infantaria — disse o guardião, apontando para Ulf. — Exército do Trono?

Ulf jogou balançou a cabeça, surpreso.

— Como você sabe?

— Você tem jeito de ser desses que abrem brechas.

— É isso mesmo. "Somos os que abrem caminho, os que derrubam muros, os que tomam fortalezas." — recitou Ulf, com orgulho, o lema do Exército do Trono e relaxou um pouco. — Se está em missão oficial, não negarei minha hospitalidade. Lasgol, acenda a lamparina a óleo e prepare o fogo.

— Sim, senhor — respondeu o garoto, que foi correndo guardar a espada e o escudo de Ulf no armeiro e fazer o que foi ordenado.

— Algo para beber? — ofereceu Ulf.

— Não, obrigado. Nós, guardiões, não bebemos. O álcool turva a mente, e isso leva a erros, alguns deles mortais.

— Ora! Bobagem!

— O peixe morre pela boca…

— Ditado inútil!

— Pode ser que seja, mas tem muito de verdade nele — respondeu o guardião, mostrando as mãos com luvas de couro curtido.

Depois de conviver com Ulf, Lasgol soube por experiência própria que o álcool era um péssimo companheiro.

— Bom, eu lhe ofereci minha hospitalidade. Agora diga: o que quer?

O estranho se aproximou de Lasgol, ao lado do fogo. Vestia uma capa com capuz que cobria todo o corpo, quase encostando no chão. Era de um tom específico de verde-escuro com linhas marrons que pareciam se fundir às sombras. Envolto nela e em meio à penumbra, parecia um espírito sinistro da natureza. Debaixo do capuz havia um rosto pálido e olhos castanhos e intensos. Lasgol não conseguiu ver todo o rosto, mas parecia jovem.

— Vim por ele — disse o guardião, apontando para Lasgol.

O garoto franziu a testa, surpreso.

— Por mim?

— Sim, você completou quinze anos. Já está na idade.

Ulf praguejou.

— Está falando sério? Ele? Depois do que aconteceu com o pai? Mas ele é um fraco!

O guardião ignorou as reclamações do soldado.

— Você sabe sobre o recrutamento? — perguntou para Lasgol.

O jovem negou, apesar de soar vagamente familiar sem que ele soubesse por quê. Talvez o pai tivesse mencionado em alguma ocasião quando era pequeno… embora não se lembrasse.

— Todas as primaveras, os guardiões norghanos recrutam novos jovens em nossas fileiras para fortalecer o corpo.

— E para repor os que morreram — interrompeu Ulf.

O homem fez uma pausa longa com o olhar fixo no senhor. Não tinha gostado nem do comentário nem da interrupção. Ulf percebeu e foi se servir uma taça de vinho, retirando-se da conversa.

O guardião continuou:

— Os jovens recrutados devem ter quinze primaveras ou completá-las no presente ano em que foram recrutados. Para pertencer aos Guardiões, é preciso receber o convite real. Os convites são enviados apenas aos familiares de guardiões e pessoas de interesse especial para a Coroa. Eu sou um recrutador. Vim lhe entregar um convite por ser filho de um guardião real.

O guardião se adiantou e entregou um rolo de pergaminho lacrado com o selo da Coroa.

Lasgol o abriu e leu:

Por decreto real e por meio desta missiva, comunica-se a Lasgol, filho do guardião primeiro Dakon Eklund, o convite para se juntar ao Corpo de Guardiões do Reino de Norghana.

Com lealdade e valentia, o guardião cuidará das terras do reino e defenderá a Coroa de inimigos, internos e externos, e servirá Norghana com honra e em segredo.

Assinatura:
Sua Majestade
Uthar Haugen
Rei de Norghana

Quando acabou de ler, um redemoinho de emoções o invadiu. Não sabia se chorava, se ria, se ficava bravo ou se gritava.

— Você... está me convidando para fazer parte dos Guardiões?

— Cumpro com minha obrigação como recrutador. Tenho observado você há algum tempo. Você é apto física e emocionalmente. Portanto, é meu dever lhe entregar o convite.

— Mas eu não sei lutar nem sou forte...

— Essas não são as principais qualidades que procuramos em um guardião, embora sejam bem-recebidas se identificadas em um iniciado. Nós, guardiões — disse, fazendo um gesto para si mesmo —, somos ágeis, sorrateiros e leves. Já avaliei você em seu ambiente. Está apto.

— Você tem me observado? — perguntou Lasgol ao se lembrar da sensação estranha que vinha lhe acompanhando havia algum tempo.

— Sim, faz duas semanas.

— Me avaliando?

— Sim.

— Mas eu não fiz nada além do que sempre faço.

— Foi suficiente. Em alguns casos, se permanecem dúvidas, o candidato passa por um período de provas ao chegar ao acampamento. Vi e testemunhei o suficiente. No seu caso, não será preciso. Suas habilidades e seu caráter cumprem os requisitos.

— Ora! — exclamou Ulf, bufando, sem conseguir se conter.

— Pensava que essa visita tinha algo a ver com meu pai, não comigo.

— De certa forma, tem. Você é filho de um guardião. Esse é o motivo pelo qual está recebendo o convite: seu pai, Dakon.

— Entendo… — disse o garoto, pensativo. — O que envolve se juntar aos Guardiões? Meu pai nunca me contava muitas coisas…

— Isso é compreensível. Os guardiões não revelam seus segredos — esclareceu o homem, aproximando-se de Lasgol e olhando-o nos olhos. — A primeira coisa que você deve entender é que os guardiões são os protetores da Coroa e do reino. Somos um corpo de elite do rei. Nós o protegemos de todos os inimigos: soldado, mago, feiticeiro ou besta. — Lasgol assentiu e escutou sem pestanejar. — Você vai treinar durante quatro anos com os guardiões instrutores no acampamento, ao norte do reino. No Vale Secreto. Ao fim de cada ano, sua competência será avaliada. Se for competente, será permitido que passe para o próximo ano. Se não, será expulso. Ao terminar o quarto ano, receberá o grau de guardião e ficará a serviço do rei. Em alguns casos, os iniciados que se sobressaírem serão convidados a seguir um quinto ano de especialização de elite em um lugar que só alguns conhecem. Ali serão treinados em matérias avançadas, secretas e inclusive arcanas. Os que se graduam passam a fazer parte dos Guardiões de Elite e servem diretamente ao rei. Esse foi o caso do seu pai, que chegou a ser primeiro guardião do Reino de Norghana.

— Hmmm... não vai ser nada fácil, não é?

— Será difícil, tanto física quanto emocionalmente. Só aqueles com a força de vontade e a coragem necessárias se tornarão guardiões. E alguns poucos se tornarão guardiões de elite. Não é para todos...

Lasgol intuiu, pelo tom e pelo olhar do guardião, que aquilo não era para ele.

— Não parece muito alentador.

— A recompensa é. Os Guardiões são uma irmandade, cuidamos dos nossos, nos protegemos. Você sempre terá um lar, companheiros e amigos. E o que é mais importante: terá um propósito, zelar pelo reino e protegê-lo de todos os inimigos — adicionou o homem.

Houve um silêncio, e nenhum dos três o quebrou durante um longo instante. Por fim, Lasgol falou:

— O que você acha de meu pai, do que aconteceu?

O guardião deu um passo para trás e cruzou as mãos nas costas.

— Minha opinião não tem nada a ver com minha missão.

— Eu gostaria de saber — insistiu Lasgol.

— Tudo bem, como quiser. Seu pai foi o primeiro guardião. O melhor entre todos os guardiões e, por isso, deve ser admirado. Mas cometeu uma grave traição, por isso mereceu a morte e nosso desprezo eterno. Os inimigos do rei devem ser capturados e executados. É uma das principais missões dos guardiões. Sejam internos ou externos. O fato de seu pai ter sido um dos nossos é uma desonra que sempre levaremos com vergonha. Uma mancha na honra do corpo que jamais será apagada.

— Todos pensam isso dele?

— Não posso falar por todos, mas, sim, é o sentimento geral.

— E, me diga: por que eu deveria entrar para os Guardiões se todos pensam que meu pai foi um traidor e uma desonra?

O guardião assentiu devagar.

— Meu dever é lhe entregar o convite, se você for apto, e já o cumpri. A decisão de se unir aos Guardiões é sua.

— Todos vão me odiar ali por quem eu sou, inclusive mais do que aqui...

O guardião respondeu:

— Sim, é verdade, não vou mentir.

— Sendo assim, me recomenda ir?

O homem cruzou os braços.

— Não posso lhe recomendar nem que vá nem que não vá. Essa é sua, e só sua, decisão.

Lasgol não ficou contente com a resposta.

— Você iria, se fosse eu?

O guardião olhou para o lado e ficou pensativo.

— Não, não iria. Sua vida será mais complicada lá do que a que leva na aldeia. É o filho de Dakon Eklund, o Traidor... Isso sempre vai persegui-lo e você sempre receberá o tratamento correspondente. Ninguém o perdoará e você será lembrado disso com dureza a cada momento.

— Eu já imaginava.

— E qual será sua resposta ao convite? — solicitou o guardião com um olhar que pedia uma decisão.

Lasgol ponderou. Desde o ocorrido com seu pai, odiava de toda a alma tudo o que tinha a ver com o reino, com a Coroa e, especialmente, com os Guardiões. Mas o convite o tinha pegado de surpresa. Ele não esperava mesmo por aquilo. Precisava de um pouco mais de tempo para refletir e tomar a decisão certa.

— Posso pensar?

— É claro. É uma decisão que mudará a sua vida para sempre. Ficarei por mais dois dias na aldeia. Parto no amanhecer do terceiro dia. Se aceitar, me encontre na saída do povoado, próximo ao moinho após atravessar o rio. Traga o convite assinado com o seu sangue.

— Assinado com o meu sangue?

— É um costume antigo. Você faz um corte no polegar e o pressiona no pergaminho. Muitos dos iniciados não sabem ler nem escrever.

— Ah, entendi. Obrigado.

Lasgol sabia ler e escrever, seu pai havia insistido que ele aprendesse. Sempre dizia que seria muito útil quando crescesse. Na aldeia quase ninguém sabia, e os poucos que sabiam, como o taverneiro, tinham um conhecimento muito básico, mais números e contas do que o alfabeto ou a caligrafia. O necessário para administrar os negócios. Nem mesmo o chefe Gondar sabia, e por isso precisava de Limus, que era um especialista em escrita e contas.

— Se decidir vir, traga apenas um bornal de viagem. Os Guardiões viajam sem peso.

Lasgol assentiu.

— E não traga nada do seu pai com você. Não seria bem-aceito...

Lasgol franziu as sobrancelhas e o olhou sem compreender. Não tinha nada do pai. Tinham tirado tudo dele, até as roupas.

— Não tenho nada do meu pai.

O guardião lançou um olhar estranho para Ulf. O velho guerreiro baixou os olhos e os desviou para o fogo. Houve uma pausa, quebrada pelo forasteiro:

— Lembre, dois dias. Partirei com ou sem você.

E, sem dizer mais uma palavra, saiu pela porta.

— Espere — pediu Lasgol. — Qual é o seu nome?

A resposta veio em um sussurro.

— Meu nome é Daven Omdahl.

Lasgol ficou com o olhar perdido na noite, a cabeça cheia de ideias conflitantes.

— Feche a porta ou vamos congelar! — berrou Ulf.

— Sim, agora mesmo — disse Lasgol, voltando à realidade e fechando a porta depressa.

— E tranque-a. Não quero mais visitantes surpresa na minha casa — ordenou de mau humor.

Lasgol assentiu e obedeceu. Deu meia-volta e viu Ulf observando-o com o olho bom semicerrado e uma expressão pouco amistosa.

— Não está pensando em ir, não é? — perguntou com uma voz ameaçadora.

— Não... Não sei...

— Se acha que está mal aqui, não sabe o que o espera lá. Todos acabariam com você: dos seus companheiros aos instrutores. A cada dia, a sua presença os lembraria da traição que seu pai cometeu e da desonra aos guardiões. Não teriam piedade. Seria uma agonia diária.

— Não disse que vou…

— Eu não posso negar um convite real, mas o que posso lhe dizer é que, se você for, será o maior erro da sua vida. Aqui você tem um teto e comida no prato. E eu posso ser um pé no saco, mas o que vai viver lá será muito pior.

— Não posso ficar aqui para sempre… Já completei quinze anos… Terei que procurar uma profissão…

— Se quer um futuro, aliste-se no exército; faça como anônimo, renunciando ao seu nome. Isso é o que tem que fazer. Esse, sim, é um futuro que fará de você um homem. Não os malditos Guardiões e seus segredos. Eu fui soldado a vida toda e não me arrependo um dia sequer.

— Mas eu não tenho vocação para ser soldado, você mesmo me diz isso sempre!

— Não para o Exército do Trono ou o Exército da Neve, onde estão as melhores infantarias. Com certeza também não para os Invencíveis do Gelo, que é a elite do nosso exército. Mas para o Exército da Nevasca, o exército de apoio tem arqueiros, cavalaria leve, mensageiros. Ali vai encontrar o seu lugar. Seria um bom mensageiro.

— Mas… teria que ocultar minha identidade.

— Sem mas!

— Vou pensar…

— Não tem nada em que pensar! Por todos os leopardos das neves! Que cabeça-dura! — berrou Ulf e saiu desgostoso para a cozinha enquanto continuava reclamando.

Naquela noite, Lasgol não conseguiu pegar no sono. Em sua cabeça havia um redemoinho de pensamentos tortuosos. Tinha dois dias para decidir se acompanharia o guardião ou não. Seu coração dizia que não devia ir e sua mente reafirmava. Para que sofrer uma tortura desnecessária? Já passava maus bocados o bastante com Ulf e a aldeia. Sempre desejou ir embora dali, mas nunca tinha tido a oportunidade. Aos poucos, a ideia de ingressar no Exército começou a parecer muito mais atraente. Ao menos teria um futuro, uma profissão. Se renunciasse a ser quem era, não teria problemas e aprenderia a lutar como um verdadeiro norghano. Sim, talvez essa fosse a melhor opção.

Os pensamentos continuaram invadindo sem trégua. No fim, prestes a dormir, ouviu o chirriar de uma coruja em uma árvore próxima. Por algum motivo, se lembrou do olhar estranho que o guardião tinha lançado para Ulf e da reação desse, que tinha sido ainda mais estranha. Ulf nunca desviava o olhar nem recuava diante de nada, ainda que não tivesse razão. Era como um touro desembestado às cegas.

Hmmm... Sem dúvida, há algo estranho.

Capítulo 5

LASGOL SE LEVANTOU COM AS PRIMEIRAS LUZES DO DIA. ESTAVA COM muito sono, não tinha dormido nada. Ele se lavou na bacia de madeira que havia enchido com a água fria de uma jarra de louça. Aquilo terminou de acordá-lo. Lavou as remelas, depois o resto do corpo em frente às brasas do fogo. Atiçou-o e jogou mais lenha. Ulf gostava de se levantar e sentir a casa quente. Ele ainda dormia, era possível ouvir seus roncos a uma légua.

O garoto se vestiu e se ocupou das tarefas diárias com cuidado para não acordá-lo. Limpou a casa, pegou água e lenha do lado de fora, preparou o café da manhã e recolheu a roupa que Ulf tinha deixado jogada por todos os cômodos. Como estavam fedendo, ele levou as peças para fora e as lavou no riacho que passava por trás da casa. Não se importava de fazer as tarefas domésticas; quando criança, costumava ajudar Olga. Era como uma brincadeira que os dois faziam todos os dias. Agora, porém, era uma obrigação que não o incomodava, pois muitas vezes o lembrava de tempos melhores, como a época em que o pai era vivo, e ele era feliz.

Depois de terminar tudo, pegou seu arco e o bornal de caça e se dirigiu aos bosques baixos para verificar as armadilhas. A neve estava começando a derreter por causa da primavera e os bosques começavam a despertar da longa inércia invernal. Logo estariam cobertos de vida e caça.

A caminho da aldeia, na ponte de madeira sobre o rio, na entrada norte, ele passou por Dana e Alvin acompanhados do pai, Oltar, o moleiro. Lasgol conhecia Dana e Alvin desde os cinco anos. Eram da mesma idade e tinham sido amigos até o fatídico dia da traição de seu pai; desde então, não lhe dirigiam a palavra. Lasgol perdera as amizades e, entre todas elas, a deles doía mais. Alvin tinha sido como um irmão, iam juntos a todos os lugares, eram inseparáveis. E Dana... Dana o deixava sem ar com sua doçura, com sua beleza... O subconsciente o traiu e ele os cumprimentou com a cabeça quando passou. Os dois desviaram o olhar.

— Como se atreve a os cumprimentar, sangue de traidor? — repreendeu Oltar, muito incomodado.

Por um instante, Lasgol olhou para Dana e Alvin, esperando um gesto, um olhar, algo que permitisse entrever uma aproximação. Mas só obteve desprezo. Baixou a cabeça, suspirou e, magoado, seguiu em frente.

Ao chegar à aldeia, parou e inspecionou a praça para ter certeza de que Volgar e os dois comparsas não estavam esperando. Observou pelo tempo necessário, se escondeu entre as sombras dos edifícios e observou a praça. Aquilo era outra coisa que ele fazia muito bem: se esconder. Tinha aprendido isso com o pai para caçar e colocar armadilhas nos bosques, e agora havia se aperfeiçoado na aldeia para escapar dos brutamontes. Sempre que via uma sombra, tentava desaparecer nela. E, caso ela se deslocasse, ele a seguia. Foi assim que se salvou de várias surras.

O chefe Gondar estava falando com o ferreiro. Encomendando algo sobre o que pareciam discutir o preço. Limus negava com a cabeça. Lasgol não quis que o pegassem espiando a conversa e se escondeu nas sombras. O ferreiro levantou a espada em que trabalhava. O ajudante do chefe continuava negando com a cabeça e a discussão continuou. Pelo que Lasgol deduziu, Limus estava pechinchando enquanto Gondar, como chefe da aldeia, pressionava o ferreiro. No fim das contas, o ferreiro pareceu concordar, já que entrou em casa feito uma fera. Gondar deu um tapinha nas costas de Limus como congratulação e saiu, sorridente. O auxiliar enxuto quase quebrou ao meio.

Lasgol seguiu Limus até a casa do chefe.

— Bom dia — cumprimentou o garoto.

O auxiliar do chefe se virou e observou Lasgol de cima a baixo sem disfarçar o mal-estar.

— O que você quer? Se não for algo oficial, não quero falar com você.

— É oficial — respondeu Lasgol, que não se surpreendeu com o desprezo de Limus.

— Muito bem, o que é? Fale rápido, tenho muito o que fazer.

— É sobre o meu pai... sobre seus pertences...

— A Ordem Real já comunicou por escrito. Todos os seus pertences foram apreendidos pelo rei Uthar.

— Sim... eu sei... Não me refiro a esses...

Limus franziu as sobrancelhas:

— Então a quais?

— Pertences pessoais... — disse o garoto, na tentativa de obter informações.

Aquilo não era nada além de uma tentativa, mas, de toda forma, poderia ter sorte.

— Pertences pessoais?

— Sim...

— Os encontrados na casa foram leiloados.

— E... algum outro? — perguntou Lasgol, desesperado.

Limus o observou com olhos inquisitivos.

— Outro? Você se refere ao pacote enviado pelos Guardiões?

Lasgol teve que aguentar e disfarçar a alegria pelo sucesso da investigação.

— Sim — disse de forma sucinta para que Linus continuasse falando, já que ele não sabia nada sobre aquele envio.

— Foi entregue a você.

— A mim?

— Sim. Bom, foi entregue na sua casa.

Lasgol entendeu, então. Tinha sido Ulf! Esteve a ponto de maldizer seu nome em voz alta, mas, com dificuldade, conteve-se.

— Quando foi isso? — perguntou, tentando parecer calmo.

— Hmmm, chegou uns seis meses depois do incidente. Os Guardiões enviaram os pertences ao familiar mais próximo. Era você. É a tradição. Foram enviados para o chefe e eu me responsabilizei pela entrega, pois você não morava mais na sua antiga casa.

— Entendi...

— Houve algum problema?

Lasgol negou com a cabeça.

— Não, nenhum — mentiu.

Não adiantava explicar que nunca havia recebido o pacote. Não o ajudariam. Se quisesse recuperá-lo, teria que fazê-lo sozinho.

— Alguma outra coisa? — perguntou Limus em tom impaciente.

— Não, nada. Obrigado.

O ajudante olhou para ele incomodado pela perda de seu precioso tempo e saiu a passos rápidos.

Lasgol suspirou. Ulf tinha ocultado o pacote. Não sabia por quê, mas precisava procurar e verificar o que continha. Sim, faria isso. Decidido, ele se encaminhou à estalagem para comprovar se Ulf estava lá. Se estivesse, teria tempo para procurar em casa.

Logo escutou um tumulto. Pela entrada sul da praça, chegou um ancião em uma carroça puxada por duas mulas. Tanto o ancião quanto a carroça eram singulares e inconfundíveis. Ele estava vestido de vermelho e verde dos pés à cabeça: uma metade do corpo verde e a outra vermelha, para ser exato. Calçava botas cravejadas, calças grossas e um cinto vermelho. Por cima deles vestia uma túnica, um casaco, luvas e um chapéu pontiagudo de lã verdes. Era visível a léguas de distância. A carroça tinha uma placa grande de madeira que dizia O MARAVILHOSO MUNDO DE RAELIS e uma dúzia de chocalhos pendurados nela. A cada giro das rodas, o chacoalhar a anunciava.

Lasgol soube na hora quem era: o pitoresco funileiro ambulante. Chegou à praça e parou perto do bebedouro para que as mulas bebessem água, depois se dirigiu ao centro da praça. Uma multidão começou a formar um círculo ao redor do homem. O funileiro era muito popular na aldeia. Realizava uma rota que começava em Norghânia, a capital do reino, e parava em vários povoados mineiros do condado, entre eles Skad, antes de prosseguir para o Norte. Era um velho charlatão meio louco, mas todos o escutavam com muita expectativa, pois sempre tinha notícias e rumores, tanto do reino como de outras regiões distantes de Trêmia, e suas mercadorias estranhas eram o deleite de todos os jovens. Lasgol sabia que tanto as notícias quanto os objetos eram de qualidade duvidosa, mas sempre eram os mais interessantes. Naquela pequena aldeia, quase nunca acontecia algo de grande relevância e o mais próximo de uma peça exótica que tinham era o bastão de ordens de Gondar.

— Aproximem-se, aproximem-se todos! Meninos e meninas, homens e mulheres, anciões e anciãs! Mineiros e reis! Venham todos! — repetia o ancião com uma voz teatral enquanto os aldeões começavam a se aproximar.

— Venham e admirem minhas posses valiosas! Formem um círculo para poder ver melhor!

As pessoas seguiram as instruções de Raelis e formaram um círculo grande em volta da carroça. As duas mulas estavam acostumadas às pessoas e Raelis lhes deu umas cenouras para que comessem e não ficassem impacientes.

— Deliciosas, não? — disse para as mulas, esquecendo por um instante onde estava. — Como vocês gostam das hortaliças, não é mesmo, amiguinhas?

Os aldeões cercaram o homem, e Lasgol aproveitou para fazer o mesmo sem que ninguém reparasse. Raelis continuava falando com suas mulas, completamente alheio ao entorno.

— Funileiro, que novidades traz da capital? — quis saber Bart, o hospedeiro.

— Sim, quais notícias tem? — perguntou, por sua vez, o peleiro.

De repente, Raelis notou que estava rodeado por toda a aldeia, reagiu e deu meia-volta.

— Ah, sim! Notícias! Sim, trago novidades!

— Quais? — perguntou o ferreiro, impaciente.

— O rei deixou os Guardiões em alerta.

— Por quê? — perguntou Gondar.

— Há rumores… Comentam… que no Norte… o mal está à espreita de novo… Que aquele que quis acabar com o rei e ficar com o reino está de volta.

Fez-se um silêncio absoluto. Todos escutavam atentos a cada palavra e Lasgol esticou o pescoço para não perder os detalhes. Aquilo lhe interessava e muito, pois estava relacionado com a morte de seu pai.

— O gélido vento do Norte sussurra o retorno de Darthor, Senhor Sombrio do Gelo… — disse Raelis em tom soturno.

Com a simples menção ao nome do mago, os aldeões soltaram exclamações e o medo correu entre os presentes como uma brisa contagiosa.

— São apenas rumores. Inclusive, se Darthor reaparecer, o rei Uthar tratará de cortar a cabeça dele pelo que fez — garantiu Gondar.

— Ele conseguirá? — indagou Raelis com uma pausa longa, com todos os olhares fixos nele. — O Senhor Sombrio do Gelo é muito poderoso, extremamente perigoso. Não esqueçamos a lição do passado… Esteve a ponto de conseguir o impensável: matar o rei de Norghana e ficar com o reino, e por muito pouco não conseguiu.

— Mas não conseguiu. O traidor que o ajudou foi descoberto e castigado. O rei Uthar e seus magos do gelo repudiaram Darthor.

Assim que escutou aquilo, Lasgol sentiu uma pontada de dor intensa no peito. O traidor a quem se referiam era seu pai.

— Sim, mas o preço que a Coroa pagou foi alto — continuou Raelis. — Vários dos magos do gelo reais morreram… O próprio Uthar ficou ferido e não se recuperou… Alguns dizem que nunca se recuperará… E, por outro lado, fala-se que Darthor ficou mais forte. Não será renegado de novo…

— Não tente assustar as pessoas! Se os magos do rei não conseguirem, os generais dos três exércitos norghanos o deterão — garantiu Ulf, que tinha saído mancando da estalagem.

— É possível, sim… Este velho funileiro só conta o que escutou… — disse Raelis, sorrindo.

— Quais são as outras novidades? — perguntou Limus, interessado.

Lasgol achou que aquela interrupção do ajudante de Gondar tinha sido uma tentativa de mudar de assunto.

— Outras novidades, sim, trago outras… — respondeu Raelis, coçando a têmpora. — O Reino de Rogdon enviou emissários. O poderoso Reino do Oeste quer reforçar a aliança conosco, o Reino do Norte. Um novo tratado de paz, é isso o que dizem…

— Sem dúvida para enfrentar o poder crescente dos noceanos ao sul — deduziu Limus.

— Sim, assim dizem os rumores. No longínquo Sul, o Império noceano continua conquistando os povos dos desertos e expandindo o poder.

Uma aliança entre o Oeste e o Norte é boa para desviar o olhar do Sul de nossos territórios...

— E o Leste? Que notícias tem do Leste? — quis saber Ulf.

— No distante Leste, as Cinco Cidades-Estado continuam suas disputas de sempre. Muito entretidas para olhar para o resto de Trêmia — disse Raelis, cobrindo os olhos com a mão. — E agora que já repassamos as notícias, quem quer ver minha mercadoria encantada?

Armou-se uma confusão entre os presentes, que de repente se esqueceram das notícias preocupantes sobre Darthor, e se interessaram pelas extravagâncias que o funileiro tentaria lhes vender, a maioria completamente inúteis. Mas esse não era o caso de Lasgol. As notícias o haviam afetado. Sentia uma pressão no peito que mal o deixava respirar.

Meu pai não traiu o rei Uthar e não se uniu a Darthor. Nunca acreditei nisso e nunca vou acreditar. Não importa o que todos digam. Ninguém conhecia meu pai tão bem quanto eu, ele nunca trairia o rei e se aliaria ao Mago Corrupto. Nunca!, pensava o jovem.

Saiu dali muito incomodado e foi correndo para casa. Ao chegar, foi depressa até o quarto de Ulf. Ainda tinha algum tempo; o velho guerreiro tinha que mancar todo o caminho de volta da praça. Nos pés da cama havia um enorme baú de ferro onde guardava as posses mais preciosas, as poucas que tinha. Lasgol nunca tinha visto o conteúdo porque Ulf sempre fechava a porta da alcova quando Lasgol xeretava, mas o garoto sempre se perguntava sobre o que tinha no baú. Uma vez, se atreveu a olhar pelo buraco da fechadura; para sua desgraça, o corpo enorme de Ulf bloqueava todo o baú, ele não conseguiu ver nada e, sem querer arriscar ser descoberto, não olhou mais.

Mas hoje vou fazê-lo, vou olhar. Se o pacote está na casa, tem que estar ali. O garoto se agachou e tentou abrir o baú. O enorme objeto estava trancado com chave. Ele já temia isso. *Onde será que ele escondeu a chave?* Olhou no armário antigo de pinho. Nada, só roupa velha, botas, casacos, e tudo o mais. Dirigiu-se à cômoda e a examinou de cima a baixo, gaveta por gaveta. Nada. Saiu da alcova e vasculhou a cozinha e a área comum. Ali ele não a esconderia, Lasgol sempre mexia naquela região, sobretudo na cozinha, da qual Ulf nem chegava perto.

O garoto conferiu seu quarto minúsculo na parte posterior da casa. Não, ali não esconderia. Então onde? Consciente de que o tempo corria, começou a analisar a casa desesperadamente sem encontrar a chave. Onde um soldado aleijado esconderia uma chave? Então teve uma ideia: as botas no armário. Voltou ao quarto de Ulf e abriu o armário. Havia três botas velhas, uma única de cada par. Menos as botas de gala do regimento; dessas ele guardava o par. Lasgol colocou a mão na bota que Ulf nunca mais calçaria. E, surpreso, tocou algo metálico no cabedal. A chave!

Com um grande sorriso, levantou a chave em sinal de triunfo, a encaixou na fechadura e girou. O baú abriu com um *clic*. Olhou para trás por via das dúvidas. Estava sozinho. Abriu a tampa. A primeira coisa que viu foi um machado de guerra norghano de excelentes qualidade e materiais. Deveria ser um presente. Colocou o objeto de lado com cuidado e remexeu. O som inconfundível de moedas o fez puxar uma bolsa de couro. Ele a abriu e ficou surpreso. Ali havia moedas o suficiente para comprar a estalagem toda. Lasgol pensou que talvez fosse o pagamento pela aposentadoria de Ulf pelos serviços prestados à Coroa e muito mais, por isso preferiu não imaginar de onde tinham saído. Então, sua mão encontrou algo sólido e embrulhado na parte mais funda do baú. Tirou e viu que era um pacote embrulhado e amarrado com corda. Nunca tinha sido aberto. Em uma das laterais, alguém tinha escrito:

Pertences do primeiro guardião Dakon Eklund
Aldeia de Skad
Condado de Malassan

Não restava dúvida. Aquele era o pacote com os pertences de seu pai. Lasgol cortou as cordas com sua faca de descascar e o abriu. Dentro, havia uma capa com um capuz de um verde estranho com listras marrons e uma caixa de madeira cor vermelho-sangue, com ornamentos específicos de ouro. Era certamente chamativa, inconfundível. Pegou a capa e a analisou. Era a capa de guardião de seu pai. Debaixo dela estavam a túnica, as calças e as luvas que Dakon vestia. A túnica tinha um buraco do tamanho de uma maçã no meio do peito. Lasgol a colocou contra a luz e descobriu que nas costas, na mesma altura, o buraco continuava. Segurou a capa e a colocou junto com a túnica; dessa forma, comprovou que também tinha um buraco na mesma altura, como se algo as tivesse transpassado de fora a fora.

Ficou pensando na estranha descoberta. E, de repente, horrorizado, percebeu que, fosse o que fosse, o que tinha atravessado as roupas era provavelmente o que matara seu pai. Ele as soltou imediatamente. Um calafrio percorreu seu corpo e lhe causou um enjoo. Demorou um tempo para ele se recuperar. O garoto se concentrou em analisar a caixa e não pensar na morte do pai. Com cuidado, soltou o trinco de ouro e a abriu. Os olhos do jovem se arregalaram. Ali dentro, protegido com feno e linho, todo coberto, ele encontrou uma coisa extraordinária.

Um ovo!

Ele não acreditava. Piscou várias vezes para ver se estava tendo uma alucinação, mas não, era um ovo e estava ali no meio da caixa. Tirou o feno e o linho com cuidado e segurou o ovo na palma da mão. *O que é você? Por que está entre as coisas do meu pai? Eu nunca soube que ele tinha algo assim. Não faz sentido.* Sentado no chão, examinou a descoberta singular. Era totalmente branco, tão branco que machucava os olhos. Lasgol conhecia bem os ovos das aves da região e aquele não parecia com nenhum deles. Era maior e pesava mais do que o ovo de qualquer ave dos bosques da comarca. Ficou desnorteado.

O que será? Talvez um réptil? Sim, poderia ser algo grande. Uma serpente, um lagarto ou algo assim. Ou uma ave grande...

Lasgol o examinou atentamente. Parecia um ovo de verdade, não um objeto de decoração, e isso o desconcertava ainda mais. *O que é este ovo? Por que o meu pai o tinha? Para quê?*, pensava. Quanto mais olhava, maiores eram suas indagações e mais vontade ele tinha de descobrir o significado daquilo.

Por um momento, pensou que talvez fosse um presente que seu pai guardava para ele e nunca chegou a lhe dar. Às vezes, ele levava coisas incomuns que encontrava nas viagens. Mas aquilo era intrigante. Por que um ovo? De todo modo, depois de tanto tempo, se fosse um ovo real, independentemente do que havia dentro dele, devia estar mais do que morto. Lasgol o aproximou do ouvido e se concentrou. Não ouvia nada. Pôs as duas mãos ao redor e sentiu a temperatura. Deveria estar frio, mas, por algum estranho motivo, estava morno, até um pouco quente. Fazia cada vez menos sentido. Ele observou o ovo com tanta intensidade que por um momento pensou que fosse quebrá-lo. Mas não, aconteceu uma coisa ainda mais estranha. A palma de sua mão resplandeceu com um lampejo dourado e o ovo ficou na vertical, no meio dela.

Ficou em pé!

Ele ficou sem reação por causa do susto. Boquiaberto, olhava para o objeto, sem saber o que fazer ou pensar. O ovo tinha ficado perfeitamente na vertical sobre a palma de sua mão. Lasgol murmurou uma incoerência. Uma palavra surgiu em sua mente. Uma palavra que todos temiam, que nunca era dita em voz alta no Norte: *magia*. Com cuidado, colocou o ovo de volta na caixa e, ao fazê-lo, descobriu uma pequena inscrição na parte interna da tampa. Inclinando-se, fechou o olho direito e semicerrou o esquerdo para ver melhor.

OS OLHOS DO REINO,
OS PROTETORES DO REI,
O CORAÇÃO DE NORGHANA.

Lasgol reconheceu o lema. Seu pai tinha repetido inúmeras vezes: "Os olhos do reino, os protetores do rei, o coração de Norghana: os Guardiões". Não sabia o que pensar de tudo aquilo. As roupas com o furo, o ovo... Tudo era muito estranho. Ali, havia muito mais do que parecia à primeira vista. Aquilo, junto com as circunstâncias incomuns da morte de seu pai, apontava para algo muito esquisito. Além do mais, Lasgol acreditava com todo o coração que o pai não tinha traído a Coroa, nem se juntado ao Senhor Obscuro do Gelo, por mais que todos, do rei aos valentões do povoado, repetissem isso para ele.

Tenho que descobrir o que tudo isso significa. Deve haver uma explicação. Preciso encontrá-la. Provarei que meu pai era inocente. Limparei seu nome. E, para conseguir isso, tudo apontava para a mesma direção: os Guardiões. Eles são a chave para esclarecer o mistério do que aconteceu com meu pai.

Um guincho agudo seguido de um *crec* fez com que Lasgol virasse a cabeça. A porta de entrada tinha sido aberta. Ulf havia chegado. O garoto escondeu com rapidez a caixa debaixo da túnica e recolheu as coisas de seu pai. Ficou em pé, deu meia-volta e esperou sem se mexer.

Ulf chegou até a porta do quarto e o semblante dele mudou.

— Pelo abismo branco! — berrou, enfurecido.

Lasgol ficou de pé, sustentando o olhar de Ulf, com uma expressão que dizia que ele sabia a verdade.

— Como você se atreveu? Como? — gritou o velho, fora de si.

Lasgol cruzou os braços e semicerrou os olhos.

— Por que não me deu os pertences do meu pai?

— Isso não lhe interessa! Como ousou mexer nas minhas coisas? Minhas coisas! Meu quarto! Meu baú! — Ulf estava da cor de um tomate.

— Só peguei o que é meu. O pacote me pertence.

— Isso não te dá o direito de fazer o que fez!

— Não teria precisado fazer isso se você tivesse me dado o que me pertence.

O velho estava cada vez mais fora de si. Parecia que ia explodir.

— Vai pagar muito caro por isso! Vai dormir na rua uma semana seguida. Sem casaco!

Lasgol negou com a cabeça.

— Não, isso acabou.

— Como acabou? Aqui nada acaba até que eu diga. Esta é a minha casa! Você é meu servente, fará o que eu ordenar!

— Não sou mais. Vou embora.

O semblante de Ulf mudou de repente.

— Como assim, vai embora?

— Decidi me juntar aos Guardiões.

— Essa burrada é tão grande quanto um iceberg! — reclamou Ulf, ainda que seu rosto não mostrasse fúria, mas uma mistura de raiva e preocupação.

— Já decidi. Amanhã vou com o guardião Daven.

— Está cometendo um grande erro — disse Ulf, mais calmo.

— Pode ser, mas é o que acho que tenho que fazer.

— Fique mais um ano comigo; aos dezesseis poderá se unir ao Exército. É a melhor opção. Acredite. Eu não mentiria para você.

— Acredito, mas não é o que quero.

— Se é por causa deste incidente, vamos esquecê-lo. Amanhã terá sido como se nunca tivesse acontecido — cedeu Ulf, com um gesto apaziguador.

— Obrigado, mas não é por isso. Tenho que seguir o meu caminho e ele passa pela minha união aos Guardiões.

— Para quê? Por quê? Com eles, só dor e sofrimento esperam por você.

— Pelo meu pai.

Ulf se apoiou na muleta e, com a voz calma, disse:

— É precisamente por causa do seu pai que não deveria ir. Vai para o lugar onde ele é mais odiado e, assim como o odeiam, vão odiar você também.

— Vou mostrar que estão errados.

Ulf balançou a cabeça.

— Então é isso. Agora começo a entender. Compreendo o que você quer fazer. Você tem bom coração, é valente, mas está errado. É seu bom coração que está lhe levando pelo caminho errado. Quer acreditar que seu pai é inocente, mas deixe-me garantir que não é. O rei Uthar foi testemunha da traição, e eles eram amigos. Não há dúvida sobre a culpa dele. Você tem que aceitar, pelo seu próprio bem, antes que destrua sua vida.

Lasgol negou com a cabeça.

— Meu pai era uma pessoa honrada, nunca trairia o reino. Eu o conhecia melhor do que ninguém. Nada mudará o que penso sobre ele. Não ligo que digam o que ele fez. Eu sei que não foi assim.

— Está defendendo o indefensável.

— Eu sei que não foi ele. Deve haver outra explicação.

Ulf suspirou fundo.

— O amor nos cega. Somos humanos e nos deixamos enganar por sentimentos profundos, mas esses sentimentos não nos deixam ver a realidade.

— Ele era o homem mais íntegro de toda Norghana.

— Até os mais valentes e honrosos podem cometer atos impensáveis. Há muitas forças mais poderosas do que o valor e a honra.

— Meu pai daria a vida dele para não fazer algo assim.

— E de fato ele deu — confirmou Ulf.

O garoto fechou os punhos e ficou com os olhos marejados. A resposta de Ulf doeu nele, mas Lasgol engoliu em seco e, com um esforço enorme, conteve as lágrimas.

— Eu vou limpar o nome dele.

Lasgol passou próximo de Ulf ao deixar o quarto. Parou ao seu lado, olhou para ele uma última vez e disse:

— Obrigado por me dar abrigo, por tudo. Nunca vou me esquecer.

Dessa vez foi Ulf que ficou com o olho bom marejado. Assentiu devagar, aceitando a derrota.

— Boa sorte, Lasgol.

— Obrigado, Ulf, eu vou precisar.

Capítulo 6

Com as primeiras luzes da aurora, Lasgol já estava de pé e pronto para partir. Colocou o bornal no ombro, pegou seu arco curto e a aljava e saiu do quarto. Atravessou a área comum, tudo estava em silêncio. Ulf dormia no quarto, embora estranhamente não desse para ouvir os roncos. O garoto suspirou e chegou à porta. Encontrou uma pequena bolsa de couro pendurada no batente. Dentro dela, havia dez moedas. Sentiu uma pressão no peito e seus olhos lacrimejaram.

— Obrigado... — sussurrou.

Mas Ulf não respondeu.

Lasgol saiu da cabana e, com um sentimento agridoce no coração, foi ao encontro do guardião Daven. A brisa matinal era fresca e tinha cheiro de primavera: de natureza e vida. O céu estava limpo, ia ser um bom dia. Isso o animou. Ele respirou e relaxou um pouco. Um pequeno sorriso aflorou em seu rosto. Tinha tomado uma decisão: ia se juntar aos Guardiões. Uma decisão difícil, mas que sentia que era a correta.

Chegou até o rio e começou a cruzar a ponte velha de madeira. Ainda não conseguia ver Daven. O moinho estava logo mais adiante, atrás de uma curva; logo, logo chegaria. Olhou para trás uma última vez e reconheceu à distância a fazenda de seu pai e a praça um pouco mais longe. Muitos sentimentos conflitantes o tomaram. Boas lembranças da infância misturadas a experiências horríveis dos últimos anos. Suspirou. Naquele dia, ele iniciava uma nova jornada e deixava tudo aquilo para trás. *Espero que minha nova vida, mesmo que árdua, me faça alcançar meu destino. E que este seja bom.* Olhou para o sol e sentiu o calor no rosto. *Sim, vou conseguir, de uma forma ou de outra. Eu te prometo, pai.*

O jovem retomou a caminhada. Quando cruzou a metade ponte, se deu conta de que havia alguém caído na outra extremidade, de cabeça para baixo. Temendo que a pessoa estivesse ferida, Lasgol se aproximou para ajudar. Quando estava prestes a alcançá-lo, o corpo se mexeu e se levantou com rapidez. Estranhando, o garoto parou.

— Aonde pensa que vai, traidor? — perguntou a desagradável voz de Volgar, com um sorriso cheio de malícia no rosto embrutecido.

Lasgol se assustou tanto que teve um calafrio. O que Volgar fazia ali? Estava impedindo sua passagem. A ponte não era muito larga e, enquanto negava com a cabeça, Volgar abriu os braços para que ele não conseguisse passar. Aquilo não cheirava bem, e Lasgol começou a ficar preocupado.

— Me deixe passar — disse Lasgol, tenso.

— Não. Você não vai a lugar algum. Vai pagar pelo que fez no outro dia, na praça. Ninguém me ridiculariza na frente de todo mundo. — Volgar bateu o punho na palma aberta da outra mão.

Lasgol sabia muito bem o que ia acontecer: uma surra. Por isso, deu meia-volta para escapar por onde tinha vindo, quando descobriu Igor e Sven se aproximando abaixados atrás dele.

É uma armadilha!

O estômago do garoto se revirou e seus músculos ficaram tensos. Estava tão imerso nos próprios pensamentos que não tinha percebido a emboscada que armaram para ele. Tinha que pensar em um jeito de sair dali, e rápido. Volgar deu um passo à frente. Lasgol o viu e teve que decidir em um instante entre desviar dele ou fugir em direção a seus comparsas. Optou pelo primeiro. Deslocou-se rápido para o lado e tomou impulso para a frente; assim, desviou de Volgar. Por um momento, pensou que tinha conseguido. No entanto, logo o brutamontes agarrou seu bornal e puxou com força. Lasgol esteve a ponto de soltar o saco, mas a caixa com o ovo estava ali dentro. Não podia deixar que aqueles brutamontes o levassem. O único jeito seria brigar por ele. Girou e puxou o bornal com força para liberá-lo das garras de Volgar.

Foi um erro. Lasgol não era forte o bastante para tirar o bornal do grandalhão. Enquanto tentava desesperado, puxando a bolsa com tudo de si, Igor e Sven foram para cima dele. De imediato, sentiu o peso dos dois e foi para o chão. Virou-se com determinação, mas não conseguiu se soltar. Estavam por cima e o imobilizaram no chão.

— Peguei você, traidor! — gritou Volgar, vitorioso, e deixou cair o bornal. Ele se agachou, se apoiando em um joelho para bater melhor.

O primeiro golpe foi direto no olho direito. Lasgol sentiu uma dor tão aguda que pensou que ficaria caolho como Ulf. O segundo soco acertou o nariz, que começou a latejar. O sangue começou a escorrer. Os olhos lacrimejavam e sua visão estava borrada.

— Vai levar a surra da sua vida!

Volgar continuou batendo no rosto dele com seus punhos enormes. Doía tanto que Lasgol pensou estar apanhando com uma marreta de ferro. Enquanto era massacrado, só pensava em uma coisa: precisava escapar ou Daven partiria sem ele. E, se isso acontecesse, não poderia se juntar aos Guardiões e tudo teria terminado sem nem sequer começar. Esses pensamentos e a angústia amorteceram os golpes seguintes. Lasgol tentou se livrar de Igor e Sven. Sem sucesso. Ele estava bem preso e não o soltavam. Nem mesmo tentavam bater nele, só queriam mantê-lo preso, e conseguiram. Volgar batia em seu corpo para que não se mexesse.

— É isso o que fazemos com os traidores em Norghana!

Os golpes o deixaram sem ar, e Lasgol começou a tossir e se retorcer. Pensou que tudo estava perdido. Daven iria embora sem ele. Não podia deixar que ele fizesse isso, tinha que alcançá-lo. Em um esforço sobre-humano, se virou debaixo do peso de seus captores e começou a se arrastar sobre a ponte com eles em cima.

— Segurem-no! Não o deixem escapar! — ordenou Volgar.

Igor e Sven fizeram força para mantê-lo no chão, mas Lasgol se arrastava até o final da ponte com toda a sua alma. *Tenho que chegar ao guardião.* Era tudo o que passava por sua mente em meio à horrível dor que sentia.

— Quieto! — disse Volgar, com raiva, e se lançou sobre Lasgol.

O último golpe foi na nuca. Sentiu o impacto, a dor, e depois foi tudo escuridão.

O garoto acordou completamente zonzo. Tentou ficar em pé, mas o corpo machucado o impediu. Estava jogado em cima da ponte, não havia ninguém ao redor. Fez um movimento para olhar o sol, embora estivesse com um dos olhos tão inchado que não abria, e o outro não muito melhor. Com muito esforço, conseguiu localizar o sol e, pela posição, calculou que era quase meio-dia.

— Não… — murmurou, e a dor do lábio cortado o obrigou a se calar.

A ansiedade tomou conta do garoto. Era muito tarde! Daven devia ter partido sem ele. Não poderia mais se juntar aos Guardiões Reais, nem descobrir o que tinha acontecido com o pai, ou limpar seu nome. Sentiu tanta angústia que quase vomitou. *O que vou fazer agora?*, perguntou-se, desesperado. Tentou se levantar de novo, mas não conseguiu. A dor era muito intensa e ainda estava muito enjoado. Volgar cumpriu sua promessa: tinha lhe dado a surra de sua vida. Com cuidado, apalpou as pernas e os braços. Estavam doloridos, mas não quebrados. Em seguida, fez a mesma coisa com o tronco. A dor era insuportável. *Pode ser que tenha quebrado alguma costela. Não vou saber enquanto não conseguir ficar de pé.* Tocou o rosto. Estava todo inchado e ensanguentado. O nariz não parecia quebrado, tivera sorte. Grunhiu de dor.

Muito devagar, arrastou-se como pôde até o rio. O frescor da água lhe caiu bem e fez com que a tontura sumisse. Ao lavar as feridas, a dor ficou mais intensa. Ardiam muito. Uivou, mas, com cuidado e, entre grunhidos, conseguiu se lavar. Por fim, ficou de pé. Respirou fundo e exalou várias vezes até se certificar de que não tinha quebrado alguma costela, embora várias estivessem machucadas. *Devo ser feito de argila: absorvo uma quantidade enorme de golpes e ainda assim me recomponho. Essa é uma boa qualidade*, pensou, com um sorriso de resignação. Ao fazê-lo, o lábio voltou a flagelá-lo.

De repente, se lembrou do bornal. Procurou em volta, preocupado. Ele o encontrou na beira da ponte, quase na água. Abriu-o e, cheio de temor, verificou se a caixa estava ali. Estava! Ele a pegou e a abriu. O ovo continuava intacto, como se nada tivesse acontecido. Lasgol sentiu um alívio imenso. Não sabia o que era aquele ovo, nem por que o pai o mantinha, mas sentia que devia protegê-lo. Também podia ser que a fragilidade do ovo despertasse nele esse sentimento. *Seja o que for, tenho que mantê-lo a salvo. E, se estou fazendo papel de bobo, bom, não será a primeira nem a última vez,* consolou a si mesmo. Guardou o ovo na caixa. Parecia que Volgar e os dois comparsas só tinham uma coisa em mente: dar uma grande surra nele. Satisfeitos, foram embora e deixaram o bornal intacto, ou talvez tivessem pensado que Lasgol estava morto e se assustado. Sim, era provável que aqueles covardões tivessem se assustado e fugido.

Lasgol esperou um pouco mais até ter condições de caminhar. Sabia que não havia o que fazer, o guardião tinha partido havia muito tempo, mas ainda assim, ele foi mancando até o ponto de encontro. Pelo menos não poderiam dizer que Lasgol não fez o que pôde para comparecer. Com o corpo destruído e sentindo uma dor aguda a cada passo, andou olhando sempre à frente.

Chegou ao moinho. Parou de repente e ficou boquiaberto.

Daven ainda estava ali!

Lasgol o encontrou acariciando um belo corcel cinza. O guardião olhou para o jovem e balançou a cabeça em negação.

— Chegou um pouco tarde. Essa é uma péssima qualidade.

Lasgol quis explicar o que tinha acontecido, mas tudo o que saiu de sua boca foi:

— Sinto muito, senhor.

— Não devia parar e brigar quando tem um encontro importante — disse Daven, irônico.

Lasgol ficou petrificado.

— Você viu?

— Sou um guardião, nada em um raio de uma légua escapa ao meu olhar.

— Mas... Por que não...?

— Por que eu deveria ter intervindo?

— Eram três... contra mim... Maiores...

— Sim, grandes e estúpidos. Você devia ter conseguido se livrar deles.

Lasgol balançou a cabeça. Não acreditava que Daven não o ajudara.

— Mas sou um iniciado...

Daven negou.

— Ainda não. E o título correto é iniciado. Decidiu se juntar aos Guardiões? — perguntou em um tom oficial.

Havia um quê de desaprovação em sua voz, como se aquilo não fosse o que ele queria.

Lasgol, que havia dado aquela opção como perdida, se surpreendeu.

— Ainda posso?

O recrutador assentiu.

— Não recomendo, mas pode. Está em seu direito por lei. Pense bem. O que aconteceu hoje com você vai acontecer de novo e vai ser pior... Tem certeza de que quer continuar?

O garoto pensou por um instante. Sentia dor no corpo inteiro, enxergava mal e só ouvia bem de um ouvido, mas seguiria adiante, qualquer que fosse o obstáculo.

— Sim, senhor. E não precisa se preocupar, sou feito de barro — disse Lasgol, tentando parecer tão seguro e digno quanto possível.

Daven levantou uma sobrancelha e inclinou a cabeça.

— De barro?

— Coisa minha, senhor.

O guardião o observou achando graça.

— Trouxe o convite assinado com seu sangue?

— Sim, senhor, está aqui — respondeu o jovem, vasculhando o bornal, e o entregou.

— Tudo em ordem — disse o homem ao examiná-lo. — Última chance para mudar de ideia.

— Quero me juntar aos Guardiões. — Lasgol se manteve firme.

Daven respirou fundo.

— Pois bem, não diga que não o avisei. — O guardião colocou o convite na túnica e deu a Lasgol um aceno de cabeça. — Bem-vindo aos Guardiões.

O garoto respondeu imitando o gesto e, enfim, se sentiu um pouco melhor. Tinha assinado e entregado o convite ao guardião. Estava feito. Soltou uma bufada com discrição para que Daven não percebesse.

— Agora, se quiser, podemos ir atrás desses três covardões e acertar as contas...

Lasgol olhou para ele incrédulo.

— É sério?

Daven assentiu.

— Os guardiões cuidam uns dos outros, e, agora, você é um dos nossos.

— Mas antes você...

— Antes eu queria verificar como você se comportaria em caso de uma adversidade grave. E passou. É preciso muita coragem para fazer o que você fez. Vamos atrás deles? — perguntou, com uma expressão séria.

Lasgol olhou em seus olhos. Ele não estava brincando. Com uma palavra sua, ele os caçaria, e os Guardiões eram extraordinários caçadores de homens.

— O que vai fazer com eles?

— Vou castigá-los de acordo com o delito — disse, apontando para o rosto e o corpo de Lasgol. O tom era frio e mordaz.

O garoto ficou com medo.

— Não, não faça nada com eles.

— Tem certeza? A maioria das pessoas em seu lugar buscaria justiça. É seu direito.

Lasgol balançou a cabeça.

— Deixe estar. Quero olhar para a frente e deixar tudo isso para trás.

O homem o observou por um longo instante, como se o analisasse. Depois concordou.

— Muito bem, assim será — afirmou.

— Obrigado, senhor.

O guardião procurou nos alforjes de seu cavalo e entregou a Lasgol um recipiente de cerâmica coberto com linho e um saquinho de couro.

— Um unguento, para evitar que as feridas infeccionem. No saquinho há um pó de várias raízes medicinais que fará com que as feridas sarem. Espalhe-o depois que tiver aplicado o unguento.

Lasgol ficou sem palavras. Entendia cada vez menos o guardião. Primeiro, não o ajudou, mas agora não só tinha se oferecido a dar uma lição nos covardões, como também lhe ofereceu remédios. O jovem deu de ombros e aplicou o unguento e o pó, de acordo com as indicações do guardião.

Quando Lasgol terminou, o guardião devolveu os remédios ao recipiente de cerâmica.

— Sabe montar? — perguntou ao jovem.

— Sim, senhor, meu pai me ensinou, embora eu não seja muito bom. Não pude praticar muito nos últimos anos... — disse, encolhendo os ombros com ar de quem pede desculpas.

Na verdade, o garoto não queria dizer, mas havia mais de três anos que não chegava perto de um cavalo. Os soldados, como Ulf, não tinham. Em Norghana, os cavalos eram um privilégio e custavam uma fortuna.

— Sem problemas. O importante é que sabe montar. Do contrário, teria que montar comigo, e isso nos atrasaria muito.

Daven levou os dedos à boca e assobiou. Um cavalo robusto, branco e de pelagem longa atendeu ao chamado.

— Esse é para você — disse o guardião, apontando para um cavalo norghano das neves.

— Para mim? — perguntou o garoto, estupefato.

— Sim. Um guardião não é nada sem sua montaria.

Lasgol ficou sem palavras. Seu pai sempre montava o Volante, um corcel preto magnífico, rogdano, da terra dos Cavaleiros do Oeste, mas Lasgol nunca tinha imaginado que todos os guardiões tivessem um.

— Ah... Tudo bem, senhor... Muito obrigado, senhor — balbuciou, e se aproximou do cavalo.

Acariciou o pescoço e a crina do animal, que respondeu com um movimento de cabeça e soltou uma bufada. Os cavalos norghanos eram de um tamanho considerável para sua raça e muito fortes. Também tinham certo temperamento.

— Agora você é o responsável por ele. Não há vergonha maior para um guardião do que perder sua montaria. Lembre-se disso — advertiu Daven.

— Sim, senhor. Com certeza — disse Lasgol, que estava feliz pela primeira vez em uma eternidade.

Ele tinha ganhado um cavalo! A surra que levara mais cedo foi completamente esquecida. Passou a mão no animal e sussurrou em seu ouvido. Quanto mais olhava para ele, mais o robusto cavalo lhe parecia imponente e bonito.

— Ele precisa de um nome — disse Daven.

— Posso escolher qualquer nome?

— Sim, para que ele te reconheça.

Lasgol pensou por um longo instante e enfim se decidiu:

— Eu o chamarei de Trotador.

— Belo nome.

— Obrigado, senhor — disse Lasgol, acariciando o equino. — Gosta de seu nome, Trotador?

O cavalo assentiu e lambeu o pelo. Lasgol estava tão contente que quase começou a dançar, só que na situação em que seu corpo estava, teria caído de bruços no chão.

— Vamos, temos uma longa viagem pela frente.

— Aonde vamos?

— Para o acampamento. Para o Norte.

— Acampamento? Na aldeia dizem que ninguém sabe onde fica. Exceto os guardiões, claro.

— Isso é porque ninguém consegue chegar lá. Fica no Vale Secreto.

— Ninguém, senhor?

— Ninguém que não seja um guardião ou um homem do rei.

— E onde fica o Vale Secreto?

— Se eu te dissesse, deixaria de ser secreto.

— Sim... Claro... Eu...

— Sempre faz muitas perguntas? — reclamou Daven, com um olhar incomodado.

— Ahn... Sinto muito, senhor.

— Cavalgue atrás de mim, observe o que eu faço e aprenda. Pergunte somente o indispensável. Não gosto de conversa fiada.

— Sim, senhor. Perdão.

— A travessia será difícil, espero que esteja à altura e que eu não tenha me enganado com você.

— Estarei — garantiu Lasgol, tentando dissimular as próprias dúvidas.

— Lembre que você veio por decisão própria, contra o meu conselho. Não se esqueça.

— Sim, senhor... — disse, e a advertência o feriu. Mas não o faria mudar de ideia.

Daven fez um gesto com a cabeça e indicou ao cavalo que seguisse em frente. Lasgol o imitou e começaram a andar. Como Daven tinha dito, a viagem foi longa e difícil, pelo menos para Lasgol. Para o guardião, parecia não ter sido nada além de um passeio pelos bosques do reino. Cavalgaram quase sem descanso por mais de duas semanas. Só paravam quando os cavalos pareciam muito cansados para continuar. Não colocavam os animais em risco. Mal dormiam, e Lasgol esteve a ponto de cair e pegar no sono em cima da montaria. Por algum motivo, Daven não seguiu as estradas do reino; se embrenhava em bosques frondosos, subia colinas escarpadas e descia em planícies inóspitas. Lasgol tinha a impressão de que ou o guardião não gostava das estradas e das pessoas, ou estava tentando confundi-lo mesmo antes de chegarem ao acampamento. Mas, por mais cansado que estivesse, por mais que sentisse dor devido à montaria ininterrupta e muita fome e sede, não desistiria. Não reclamou uma única vez nem pediu que o guardião diminuísse o passo, muito menos que parassem para descansar. De vez em quando, Daven dava uma olhada em Lasgol para verificar se ele ainda estava firme em cima do cavalo, e depois seguia em frente.

A partir do quinto, não conversaram mais. Lasgol estava exausto demais até para falar. Quando descansavam, ele se concentrava em devorar a comida que Daven lhe oferecia. A verdade é que era muito escassa. Se os guardiões comiam aquilo, Lasgol não sabia explicar como sobreviviam nas montanhas. O desgaste físico era muito maior do que o que eles repunham com tão pouca comida. A única coisa boa do trajeto foi a melhora de suas feridas. O unguento e os pós que aplicava a cada noite tinham conseguido um milagre: curar as feridas e não deixar cicatrizes.

O jovem aguentou a caminhada o máximo que pôde e, no décimo quinto dia, Daven parou no cume de uma colina e apontou para baixo. Lasgol parou ao lado do homem e olhou na direção que ele apontava. Um rio amplo de águas claras se estendia em ziguezague para Sudeste. Em uma curva, dava para ver três navios atracados. Os dois primeiros, de uma vela, eram navios de assalto. Leves e de baixo calado. O terceiro era um barco de carga. O que estavam fazendo ali?

— Chegamos — anunciou Daven, e, ao ouvir sua voz de novo, Lasgol se assustou.

O garoto ia perguntar onde, mas pensou melhor e se calou. O recrutador esperou a pergunta por um instante. Como ela não veio, assentiu. Fez um gesto com a cabeça para que Lasgol o seguisse. Depois, com cuidado, começou a descer a colina em direção aos navios.

Conforme se aproximavam, Lasgol começou a decifrar o que estava acontecendo. Em frente aos barcos havia um grupo grande de pessoas, por volta de uma centena. Na frente do barco de carga, estavam os cavalos, em um grande curral feito com cordas e estacas. Os dois foram até ali. Ao chegar, Daven parou sua montaria e cumprimentou vários homens que cuidavam dos animais. Todos vestidos como ele, com as capas singulares que os cobriam dos pés à cabeça. Estavam armados com arcos, e Lasgol imaginou que debaixo da capa levavam mais armas. A verdade é que tinham um ar sinistro... secreto... Eram guardiões.

— Até que enfim, Daven — cumprimentou um dos homens.

— O garoto estava em dúvida, tive que esperar que se decidisse — respondeu, acenando para Lasgol com a cabeça.

— É ele?

Daven assentiu.

— Desça, Lasgol — ordenou.

Ele obedeceu e segurou Trotador pelas rédeas.

O homem se aproximou, sem dizer uma palavra, segurou as rédeas do cavalo. Depois, cuspiu nos pés de Lasgol. Desconcertado, o garoto recuou.

— O filho do Traidor — alfinetou outro guardião que estava com ele, e também cuspiu nos pés de Lasgol.

Trotador bufou e sacudiu a cabeça, como se estivesse descontente. O guardião o levou até onde estavam os outros cavalos.

— É melhor você ir com os outros iniciados — disse Daven.

Então desceu do cavalo e o entregou a um terceiro guardião. Este, ao pegar as rédeas, lançou um olhar ríspido para Lasgol e murmurou por entre os dentes:

— Maldito sangue de traidor...

Lasgol respirou fundo e começou a se afastar.

— Segundo barco. O primeiro já está cheio, traidor. Ou pode dar meia-volta, ainda dá tempo — disse outro guardião.

Lasgol não se virou nem respondeu. Seguiu em frente com os olhos fixos no chão. Chegou ao grupo de iniciados diante do segundo barco. Havia uns cinquenta garotos e garotas ali, todos de sua idade. Havia mais meninos do que meninas. Meia dúzia de guardiões os observava sem dizer nada, um deles o olhou de cima a baixo.

— Espere com os outros — disse, apontando para o grupo.

Lasgol assentiu e se aproximou deles. Não sabia muito bem o que fazer ou falar e, sendo quem era, decidiu que era melhor ficar calado. Afastou-se um pouco e permaneceu em pé, observando como os outros interagiam. Logo identificou os corpulentos; não foi muito difícil, pois a maioria não era excessivamente alta nem forte, o que era surpreendente para ele, já que imaginava que todos seriam do tamanho de Gondar ou Ulf. O que de fato parecia verdade era que os guardiões procuravam outras qualidades. Também identificou os de famílias nobres. Dava para ver de imediato pela roupa e pelo nariz empinado. Também ficava óbvio quem era de família pobre como ele. Com as meninas, era mais difícil distinguir a qual classe pertenciam.

— Que coletivo mais heterogêneo, não é mesmo? — disse uma voz à sua esquerda.

Lasgol se virou e viu um garoto, também afastado do restante, observando os outros. O jovem era muito magro e mais baixo do que ele. Parecia muito frágil, sobretudo para querer ser guardião.

— Coletivo heterogêneo?

— Grupo de pessoas muito diferentes — explicou o garoto, com um sorriso.

— Ah, é, sim.

— Meu nome é Egil Vigons-Olafstone. — O garoto estendeu a mão.

— O meu é Lasgol Eklund — respondeu, cumprimentando-o.

— É uma honra e um privilégio conhecê-lo neste contexto ilustre.

— Ahn... O prazer é meu... Você sempre fala difícil?

— Difícil? Ah! Receio que sim. Tenho um particular interesse pela leitura e pelas artes, isso costuma influenciar a maneira como me expresso ao conversar — comentou, mostrando o livro que tinha guardado nas costas.

— Entendi... — disse Lasgol, que a cada vez entendia menos como aquele garoto poderia estar ali.

— Estimo que logo embarquemos para o nosso glorioso destino como guardiões e subamos o rio Sem Retorno até o Vale Secreto. Soa mal, não é? Consultei vários mapas do reino antes de partir, e não há referência de onde fica. Somente consta que desemboca no mar de gelo. Também estudei vários tomos sobre a topografia de Norghana e não há nenhuma referência — explicou o garoto, desconfiado, com uma sobrancelha erguida.

Lasgol balançou a cabeça.

— Você se preparou para a viagem? Tem certeza de que quer se juntar aos Guardiões?

Egil sorriu.

— Surpreendente, não é? É uma longa história, para um momento mais propício. Mas não confie na minha aparência. Talvez seja uma metamorfose.

— Uma metamorfose? — perguntou Lasgol, sem compreender.

— Uma mudança de forma.

— Desculpe, não sei do que está falando.

— Não ouviu falar dos metamorfos?

Lasgol fez que não.

— Uma pessoa ou ser que consegue mudar de forma e adquirir a de outra pessoa ou a de um animal sem que seja distinguível.

— Ouvi falar algo, sim... mas pensava que era apenas falatório.

— É parte da nossa mitologia. Há muitos exemplos de seres poderosos que adotam a forma de meros mortais. Os metamorfos fazem parte da nossa cultura. Seja mito ou verdade, estão presentes nas lendas que os avós contam aos netos junto ao fogo.

Lasgol levou a mão ao queixo.

— Ah, como quando os Deuses do Gelo se transformam em Panteras das Neves para visitar os homens?

— Exato.

Lasgol assentiu.

— Isso, sim, eu já tinha ouvido.

— Pois eu sou um metamorfo — disse Egil com um sorriso —, atualmente em minha forma menor. Logo me transformarei em um gigante de gelo. — O garoto começou a rir.

Lasgol não conseguiu evitar e começou a rir também.

— Você acredita que os metamórficos existem? — perguntou Lasgol, intrigado.

— Se tenho que ser sincero, me baseando nos mitos, no folclore e nos tomos que consultei a respeito, eu diria que é muito provável que sim — respondeu Egil.

— E é impossível detectá-los?

— Assim dizem. Não por meios naturais. Enquanto mantiverem a forma, são indistinguíveis. Li que conseguem enganar até os animais, até sabujos, e por isso é dificílimo identificá-los.

— Que tipo de ser eles são?

— Boa pergunta. Alguns acreditam que são seres com poderes, outros, que são apenas homens com uma habilidade inexplicável. Mas, é claro, são só conjecturas, não há provas. É um tema fascinante.

— Já percebi.

— Quando eu voltar à minha forma natural, você vai ver — disse Egil, e piscou um olho.

Lasgol riu e concordou.

— Em todo caso, acredito que minha presença trará uma ponta de cor aos iniciados, em contraposição evidente à de alguns, como esse grandalhão — disse Egil, apontando para um grupo perto deles.

— Saia daqui, idiota! — ordenou o valentão de tamanho muito considerável, empurrando um garoto de aparência mais frágil.

O jovem foi jogado de costas e derrubou várias pessoas. Uma delas caiu sobre o grupo que estava mais perto de Lasgol e Egil. Uma garota loira ajudou o garoto que caiu perto deles a se levantar e depois se virou na direção do valentão.

— Escute aí, você! — gritou, e começou a caminhar até ele.

Lasgol a observou. O que ela ia fazer? Não ia...

A garota parou na frente do covardão e o enfrentou. Os olhos azuis dela estavam fixos nos olhos acinzentados dele. Ela era alta e musculosa. Tinha cabelos compridos com várias tranças que caíam pelas laterais do rosto. Com as sobrancelhas erguidas e uma expressão rude, Lasgol não sabia dizer se era bonita ou não. O grandalhão era um palmo mais alto e dois palmos mais largo do que ela. Aquela garota ia se meter em confusão.

— Isso não foi nem um pouco certo — recriminou ela, com as mãos na cintura.

— Isso não é da sua conta — respondeu ele, com tom depreciativo.

— Só eu decido o que é da minha conta — retrucou, com o semblante firme.

— Aqui não é lugar para garotas — disse o garoto, em tom de superioridade.

A expressão dela mudou na hora para uma de desagrado, quase de ódio.

— Isso é o que você diz, seu bocó.

— Bocó? Se não fechar a boquinha, vai ver o que é bom. — Ele ergueu a sobrancelha.

— Não vai ser você que vai fechar. Meu nome é Ingrid e eu digo o que quero onde quero.

Aquilo ia se complicar em instantes. Lasgol deu um passo à frente para ajudar a garota.

— Você não devia estar entre nós. O que está fazendo aqui? — perguntou o valentão, cutucando o ombro de Lasgol duas vezes, mas não teve tempo para a terceira.

— Isto — respondeu Ingrid, dando um soco na mandíbula dele com a mão direita.

O valentão caiu de costas, como uma árvore derrubada. Não se levantou.

Lasgol ficou parado no meio do caminho. Ouviram-se exclamações de surpresa. Depois, houve um silêncio sepulcral entre todos que observavam a briga. Ingrid se virou e voltou para o grupo perto de Lasgol, que a olhava boquiaberto, sem conseguir tirar os olhos dela.

— Você também tem algo a me dizer? — indagou ela em tom ameaçador ao perceber que ele a olhava fixamente, ajeitando o braço para dar outro soco.

— Não! Nada! Não tenho nada para dizer — disse Lasgol depressa enquanto fazia gestos para que ela se acalmasse.

— Foi o que pensei. — Ela abaixou o braço.

O garoto a observou meio aterrorizado e meio encantado. Nesse momento, receberam a ordem dos guardiões para embarcar.

Egil ficou perto de Lasgol e sussurrou em seu ouvido:

— Acredito que seria conveniente fazermos amizade com essa donzela.

Lasgol olhou para ele e concordou. Tinha o claro pressentimento de que iam precisar de toda a ajuda possível e um pouco mais.

Capítulo 7

Embarcaram, e Lasgol sorria enquanto analisava o navio com olhos vorazes. Era a primeira vez que pisava em uma embarcação. Já havia visto barcos na costa, mas sempre de longe; nunca tivera a oportunidade de apreciá-los em detalhes. Eram fascinantes para ele, que tinha sido criado nos bosques, em terra firme. Não conseguia explicar como aquelas frágeis estruturas de madeira com uma vela eram capazes de navegar em rios e muito menos no gélido mar do Norte.

Egil devia ter lido sua expressão.

— É a primeira vez que você vê um navio de assalto?

Lasgol assentiu, depois notou que não devia ser o único, a julgar pela cara de muitos dos recrutados que se amontoavam no mastro e observavam a embarcação com olhos escurecidos pelo medo.

— São velozes, embora um pouco frágeis, e não podem transportar muita carga. São os preferidos das tropas de incursão. Devem ser também do agrado dos Guardiões. Intuo que os utilizem em suas missões secretas, pois são navios rápidos e silenciosos.

— Não entendo como consegue carregar todos nós e não afundar. Somos uns quarenta, além de uma dúzia de Guardiões. — disse Lasgol, ao que Egil respondeu com uma risadinha.

— Fique tranquilo, não vai afundar. Calculo que poderia suportar o dobro da carga sem ceder.

— Está falando sério?

— Sim, eu sempre falo sério. O humor não é uma de minhas qualidades, você já vai ver. — Egil sorriu, encolhendo os ombros. — Em alto-mar, a sensação seria diferente. As ondas e as tempestades poderiam afundá-lo. Mas aqui, em um rio, garanto que estamos a salvo. Fique tranquilo.

— Mas a água quase toca no parapeito.

— Denomina-se borda em termos marítimos. A parte dianteira, onde estão os guardiões, é a proa. A enorme cabeça de serpente marinha que está ali é a figura de proa. Costuma-se decorar esses navios com a cabeça de bestas abomináveis. Em tese, aterrorizam o inimigo. A parte traseira — continuou, apontando para os fundos — é a popa. Também decorada, neste caso com a cauda da serpente. Mas o que é de fato importante a respeito dessa seção é que ali fica o timão, que decide o rumo do embarcação.

— Você sabe de tudo? — questionou Lasgol, surpreso.

— Tudo? É claro que não. Leio muito e aprendo o máximo que posso. Não há coisa pior do que uma mente vazia. — O garoto deu uma risadinha, mas Lasgol não chegou a entender a ironia. — Percebe o que eu disse sobre meu senso de humor...?

— Eu vou me acostumar — respondeu Lasgol, com uma piscadela.

Egil era estranho, mas lhe agradava. Não parecia ter maldade e tinha um conhecimento infinito. Lasgol não estudara e, ainda que o outro garoto negasse, era provável que soubesse de quase tudo.

— Esse tipo de embarcação tem o casco trincado e é muito estável, pois seu calado é de apenas meia vara.

Lasgol lhe lançou um olhar confuso, mas Egil sorriu.

— Deixe-me explicar: a parte inferior do barco é feita de tábuas sobrepostas e apenas meia vara fica submersa. Isso permite que seja muito veloz. Pelo mesmo motivo, não pode transportar muita carga. Imagine uma casca de noz em uma poça. É muito semelhante. Se você sopra, ela se desloca, mas, se coloca uma pedra sobre ela, afunda.

— E por que é tão estreito? Não seria melhor que fosse mais largo? Quer dizer, para que seja mais estável...

— Este tipo de navio de assalto mede umas quinze varas de fora a fora, uma boca de duas varas e um calado de apenas meia vara. Ou seja, é longo e estreito, e tem pouca profundidade na água, por isso é muito veloz. Mas não precisa se preocupar, não vai afundar, eu prometo.

Então um dos guardiões se dirigiu a eles.

— Atenção, todos! — disse, com uma voz profunda e autoritária.

Era de meia-idade e seu semblante revelava sua experiência..

As conversas cessaram.

— Sou o capitão Astol — apresentou-se. — Esta beleza de uma vela abaixo de seus pés é meu navio. Não há melhor nem mais rápido em toda Norghana. Enquanto estiverem a bordo, vocês o respeitarão como se fosse sua mãe e a mim como se fosse seu pai. Aquele que não seguir essa regra básica acabará pelado na água. Simples assim, entenderam?

Houve um murmúrio de "sim" acompanhado de tímidos gestos de concordância. Ninguém se atreveu a falar alto.

— Tomarei a resposta como afirmativa. É hora de partir. Os de quarto, terceiro e segundo anos já o fizeram. Como é tradição, os de primeiro ano são os últimos a zarpar e atracar. Escutem bem, porque não vou me repetir. Sentem-se em pares. Dez pares de cada lado do navio.

Os iniciados se olharam sem saber com quem se sentar. Os dois trocaram um olhar, assentiram e foram os primeiros a se sentar na bancada ao lado.

— Vamos, não temos o dia todo!

Os jovens começaram a se juntar de qualquer jeito e foram se sentando nas bancadas até todos estarem em seus lugares.

— Até que enfim! — reclamou o capitão. — Agora, cada par pegará um remo. Vamos!

Todos obedeceram, apressados.

— Ninguém remará até que eu dê o sinal. Vela! — ordenou, e dois dos guardiões içaram a vela e a seguraram.

Lasgol abaixou a cabeça e sussurrou para Egil:

— Vamos remar?

Egil observou a vela, depois assentiu.

— Vamos rio acima e não há vento. Teremos que remar.

Lasgol ficou perplexo. Achou que o vento os levaria. Não seria uma travessia tranquila, teriam que trabalhar arduamente para vencer a correnteza.

Os guardiões se posicionaram ao longo do navio e explicaram aos jovens como deviam segurar os remos entre duas pessoas e remar seguindo a cadência marcada pelo capitão. Não parecia muito complicado, e Lasgol sorriu para Egil. Mas o sorriso se apagou quando o capitão Astol deu a ordem para remar. Foi um completo caos. Cada um remava em um tempo diferente, vários quase perderam o remo e um dos recrutas, uma garota ruiva com o rosto cheio de sardas, caiu da bancada. Seu colega tentou ajudá-la ao se sentar. O remo, por causa da correnteza, bateu neles e os derrubou de novo. Seria cômico, se não fosse a cara de susto da garota enquanto tentava se levantar, pisando no colega e tentando segurar o remo, que parecia possuído e se movia em todas as direções.

— Por todas as serpentes marinhas! — berrou Astol, enfurecido.

Tentaram dominar os remos e fazer movimentos simultâneos, mas foi outro desastre. Os gritos do capitão quase os deixou surdos.

— Você fica com a extremidade exterior. A inércia é maior devido ao efeito de alavanca e requer mais força — falou Egil no ouvido de Lasgol.

Lasgol não entendeu bem, mas assentiu.

— Certo — respondeu, e trocaram de lugar.

Egil se sentou próximo à borda, e Lasgol na outra extremidade do banco, segurando o remo.

Tentaram remar juntos com muita dificuldade. Mas se dominar o mesmo remo já era complexo, seguir o ritmo da dupla da frente era impossível. Ainda mais porque na frente de Egil estava sentado um mastodonte de duas varas de altura e de ombros tão largos quanto os de Lasgol e Egil juntos. Remava como se estivessem em uma competição e só não fazia o companheiro voar e cair do barco porque ele estava agarrado ao remo.

Egil tocou o ombro do garoto para chamar sua atenção.

— Ahhh! — gritou o grandalhão, assustado, e levantou os braços.

Ao soltar o remo, o colega saiu voando e rodopiou pelo assoalho até chegar ao mastro. O garoto se virou para o lado. Tinha o rosto de um guerreiro Norghano autêntico. Cara quadrada e queixo de pedra. O cabelo loiro caía liso nos ombros. Intimidava só com a aparência. Lasgol pensou que ele seria grosseiro com o pequeno Egil por tê-lo assustado e se preparou para defendê-lo. No entanto, os olhos do outro, azuis como o mar, não mostravam chateação, mas algo diferente... mostravam medo.

— Não estamos em um campeonato real, meu senhor remador — disse Egil com um sorriso.

Ao ver o sorriso, os olhos do gigante se iluminaram e o medo desapareceu. Seu rosto rochoso se suavizou.

— Estou indo muito rápido? É que não sei o que estou fazendo. Fui criado em uma granja com vacas e porcos, não sei nada de barcos nem de remos — respondeu, com a voz tímida.

— Parecido comigo, eu também não faço ideia — disse Lasgol, tentando tranquilizar o garoto.

O outro se sentou na bancada de novo e lhe lançou um olhar furioso.

— Sinto muito... Não me dei conta... Eu me assustei.

— Tenha mais cuidado ou vai me matar — recriminou o outro.

— Sinto muito...

— Contem até cinco, depois voguem, quer dizer... remem — aconselhou Egil. — Verão como vai melhorar.

— Ah, muito bem, vamos tentar.

A coisa melhorou de imediato. O colega do gigante agradeceu tanto que abriu um sorriso gentil para Egil.

Levou meia manhã para aprenderem a remar com uma mínima destreza, de modo que a embarcação seguisse um rumo estável. Astol acabou sem voz. Os guardiões ofereciam ajuda e conselhos para os remadores inexperientes. Graças a eles, aos poucos conseguiram.

As três embarcações seguiram o curso do rio, subindo a correnteza. Avançavam devagar, e os gritos dos capitães caíam sobre os remadores como uma tempestade invernal. Por sorte, o tempo era favorável, a brisa era temperada e o sol os aquecia, o que fazia com que os gritos e o esforço fossem suportáveis. Remavam o dia todo e atracavam ao pôr do sol. Era permitido que descessem à terra firme para esticar as pernas. Acendiam fogueiras a uma distância cautelosa dos navios e jantavam o que era fornecido, peixe defumado ou carne seca. Depois, voltavam aos navios e dormiam ali. De acordo com o capitão Astol, cada um deveria amar sua bancada e seu remo, e nada os uniria mais do que passar a noite com eles. Os dois primeiros dias foram difíceis. Remar requeria um imenso esforço que o corpo desacostumado não aceitava muito bem. Lasgol e Egil conversavam do jeito que podiam para esquecer as dores.

— Daqui a pouco vai anoitecer e vamos descansar — disse Lasgol para Egil enquanto remavam.

Egil suspirou.

— Tomara que cheguemos rapidamente. Minha mente proeminente não consegue mais enganar meu corpo derrotado.

Lasgol, que aos poucos se acostumava com a forma de falar de Egil, entendeu mais ou menos.

— Então é melhor conversarmos, me conte algo sobre você. Assim vai se distrair.

— Magnífico. Vejamos, sou o terceiro filho do ilustríssimo duque Olafstone, senhor do ducado de Vigons-Olafstone, homem de alta alcunha, cavaleiro unido por sangue à Casa de Vigons, pertencente à Coroa.

— É filho de um duque?

Egil assentiu.

— De um dos duques mais poderosos do reino, senão o mais.

Lasgol soltou um assovio longo.

— Então você é rico. Deve ter crescido entre serviçais e luxo. — Quando terminou de falar, Lasgol percebeu o quanto tinha sido inconveniente. — Perdão, falei sem pensar.

— Não se preocupe. — O garoto sorriu. — Todos deduzem isso. Não obstante, há algumas circunstâncias peculiares sobre a minha pessoa que talvez valha a pena esclarecer — completou, fazendo uma careta estranha.

Lasgol inclinou a cabeça. O que seria?

— Embora eu seja de uma casa nobre, a Casa de Vigons, por parte de meu avô paterno, para ser exato, o fato de ela ser herdeira da Coroa a coloca em uma posição demasiado comprometedora. Nosso querido rei Uthar e meu pai, Vikar, não têm uma relação muito amigável. O rei obrigou o meu pai a renunciar a seus direitos à Coroa e a adotar o nome da família Olafstone, no lugar de Vigons, pois este último concede direito à Coroa. Meu pai teve que jurar lealdade a Uthar assim como o resto dos duques e condes do reino. No entanto, de fato, são rivais.

— Rivais? Por quê?

— Porque se o rei morresse sem descendentes, os quais até agora não tem, a Coroa poderia passar para a minha casa, para o meu pai.

— Ah! Já entendi...

— E tamanha tensão política é sentida no seio da minha família. Meu pai vive sob pressão constante, e isso é passado aos seus filhos. Bom, isso e o fato de que meu querido pai não é exatamente uma pessoa amável. Muito pelo contrário. Tem um gênio muito forte. Dizem que arrancou a cabeça de alguns aos gritos. Para ele, homens sem caráter não valem nem a roupa que vestem. E quem não é capaz de derrubar uma porta também não.

Lasgol arregalou os olhos, surpreso.

— Você mencionou seus irmãos...

— Sim, sou o menor de três. Em todos os sentidos — disse Egil, com um sorriso e uma expressão de resignação. — Eles são grandes, fortes, norghanos autênticos. Eu, bem... Já sabe... — E olhou o próprio corpo magro e pequeno.

— Músculos não são tudo.

— Em Norghana são, ainda mais na casa do meu pai. Se não for capaz de lutar como um touro enraivecido em defesa da casa, não é digno do meu progenitor.

— Eu não tenho irmãos. Deve ser bom crescer com alguém...

— Era, na infância. Depois tudo mudou, meus irmãos são orgulho do meu pai e aos poucos ele os esculpiu à sua imagem. Deixaram de brincar comigo para empunhar as armas e nunca mais dispuseram de tempo ou energia para me dar atenção. Meu pai contratou os melhores instrutores marciais do reino para eles e os obrigou a treinar dia e noite.

— Eles vão para o Exército Real?

— Ah, não! — Egil sacudiu a cabeça. — Meu pai não confia no rei ou em outros duques e vice-versa. Não deixará que os filhos o sirvam. Ele os quer por perto, para continuar o ducado. Cada duque e cada conde tem um pequeno exército a seu serviço e com ele governa as terras.

— Eu achava que o rei Uthar tinha um exército de soldados — confessou, pensando em Ulf.

— E ele tem. No entanto, não é muito grande. Custa muito dinheiro mantê-lo, é mais eficiente que seus senhores, duques e condes tenham o próprio exército e paguem por ele — explicou, com um ar inteligente.

— Ah, não sabia de nada disso.

— Não se preocupe, para isso você tem a mim — disse Egil com uma piscadela.

Lasgol riu e ficou pensativo.

— Mas, então, o que você faz aqui? Por que não está no ducado do seu pai?

— Ahhh, isso tem uma explicação simples e triste.

Intrigado, Lasgol o observou.

— O rei requer de todos os seus duques e condes uma prova de lealdade. Sempre foi assim, desde o início do reino, há quase um milênio. Cada um envia um de seus filhos para servir ao monarca de modo que não tenham a tentação de trair o rei.

— Porque teria um refém de cada um deles… — completou Lasgol.

— Exato. Eu sou esse refém. Meu pai me enviou para servir aos Guardiões porque não me aceitariam no Exército Real, dada a minha condição física.

— Entendo… E a parte triste?

— Que o pai envia o filho de que não gosta, o mais frágil e menos hábil, o descendente do qual se envergonha e que, em último caso… poderia perder…

— Não diga isso.

— É a verdade. Meu pai é um homem estoico, frio como as montanhas do Norte. Ao perceber que eu nunca seria como meus irmãos, perdeu o interesse em mim e se concentrou neles. Basicamente me repudiou. A partir de então, raras vezes falou comigo e, quando o fazia, era com o objetivo de me dar ordens, nunca para uma palavra gentil. Fiquei sozinho e me refugiei nos livros. Por sorte, no castelo há uma biblioteca prodigiosa que ele construiu para a minha mãe. Ali passei quase toda a minha vida, praticamente recluso.

— E sua mãe?

— Faleceu de tuberculose quando eu completei cinco anos.

— Sinto muito... Meu pai também morreu quando eu era pequeno.

— Temos algo em comum. — Egil sorriu.

— Sinto muito mesmo pelo seu pai...

— Não se preocupe, não há o que se possa fazer. Não existe amor entre nós.

Mas Lasgol ficou com a impressão, pela tristeza nos olhos de Egil, de que ele amava, sim, o pai, embora este o desprezasse. Ficou comovido pela confiança que o garoto depositou nele, revelando tudo aquilo. Pensou em contar seu segredo... Aquilo que mantinha oculto, que tinha jurado não voltar a utilizar após a morte de seu pai. Mas não se atreveu.

Na terceira jornada da travessia, Lasgol começou a aproveitar de verdade a experiência. Sentia dor nas palmas das mãos e nos braços, mas a paisagem era realmente alentadora. A água do rio era cristalina, os campos próximos, onde a neve tinha derretido, formados por um verde intenso. Os bosques ainda estavam cobertos por uma fina capa de neve que logo se transformaria em água e seria absorvida pela terra. Ao fundo, estavam as montanhas de Norghana, majestosas, cobertas por cristais de gelo... desafiadoras. Uma paisagem que deixava Lasgol sem fôlego. Egil tinha dito que se dirigiam ao nordeste, e por isso o tempo ficaria um pouco mais frio, mas por ser primavera seria tranquilo.

Por sua vez, Egil não estava aproveitando tanto o trajeto. O trabalho estava começando a afetar seu físico. Lasgol se certificava de fazer a maior parte do esforço diário com o remo, e ainda assim eram muitas horas contínuas de exercício para Egil. No sétimo dia, ele parecia um cadáver sobre o remo. Estava muito pálido, com olheiras muito marcadas. E não era o único. Lasgol observou ao menos mais uma dúzia de jovens que pareciam fantasmas. E do restante, só a metade aguentava o esforço.

— Você está bem? Quer que eu peça ajuda?

Egil negou com a cabeça.

— Tem certeza? Sua aparência não está boa.

— Não se preocupe, posso aguentar mais do que pode parecer à primeira vista.

— Não quero que nada aconteça com você.

Naquele momento o capitão Astol gritou:

— Na idade de vocês eu conseguia rebocar este navio com um bote rio acima. Sozinho!

O comentário inoportuno ajudou Egil a se decidir.

— Serei alvo de piadas.

— Mas é muito esforço.

— Não é para você, portanto, não pode ser para mim.

Lasgol quis rebater, mas sabia que não o convenceria. Havia um brilho em seus olhos pretos que claramente significava que não se renderia.

— Tudo bem... — Lasgol aceitou a contragosto.

Procurou uma maneira de animar Egil e fazer com que sua mente esquecesse o sofrimento do corpo.

— Me diga, qual é o seu tema de estudo favorito?

O rosto de Egil se iluminou.

— Magos... — respondeu, com um brilho no olhar.

— Magos?

— Sim. Sabia que há pessoas que têm o dom, ou o talento, como denominam aqui no Norte, que conseguem fazer coisas inimagináveis para pessoas normais como você e eu? — Egil contou com tanta animação que Lasgol não teve dúvidas de que o tema o fascinava.

— Dakon... meu pai, me contou algo sobre isso... Sei um pouco...

— De fato, é fascinante — continuou Egil, com os olhos cintilantes. — Uma pequeníssima porcentagem da população nasce com o dom, com o talento, e aqueles que descobrem que o têm e o desenvolvem podem chegar a ser grandes magos, com um poder devastador, capazes de salvar um reino ou acabar com ele.

— Meu pai me contou que os magos têm um poder incrível, que conseguem destruir edificações e causar enormes baixas em exércitos inteiros.

— E é verdade. Os magos do gelo que servem ao rei são capazes de manipular o elemento água e transformá-lo em gelo ou qualquer uma das suas manifestações na natureza, causando efeitos catastróficos. — Lasgol fez uma expressão confusa, então Egil adicionou: — Conseguem congelar pessoas onde elas estiverem, criar tempestades letais, congelar o até o ar que respiramos. Dizem que os olhos de um mago do gelo podem lançar raios que congelam.

— Mas você disse que só uma pequeníssima porcentagem da população tem o dom, não é?

— Sim, são pouquíssimos. Parece que é transmitido pelo sangue, de pai para filho, mas nem sempre. Pelo que está estipulado nos compêndios que eu pude estudar sobre o tema, para que alguém nasça com o dom, algum antepassado tem que ter nascido com ele também. O dom corre em famílias, no sangue. Não pode ser adquirido nem transmitido de outra forma que não seja hereditariamente, isto é, de pai para filho.

— Que interessante. Não sabia disso.

— Sim, há pouquíssimos deles. Em toda a Norghana não deve haver mais do que uma dúzia, e nem todos têm o mesmo poder.

— Não são todos magos muito poderosos?

— Não. É certamente curioso. Deixe-me explicar, pois é algo que me fascina. Em algumas pessoas, o dom se manifesta de forma muito poderosa. A maioria daqueles que o manifestam estudam os elementos e quando encontram um com o qual têm mais afinidade, como a água, se especializam.

— E então se transformam em magos do gelo.

— Isso mesmo. Ou em magos do fogo, terra ou ar. Dominam os elementos e são poderosíssimos pelas habilidades que podem chegar a desenvolver. Alguns deles conseguem criar erupções, terremotos e até mesmo furacões com seus desígnios.

— Entendo, mas não todos, espero…

Egil sorriu.

— Não todos. O dom é um tanto enigmático. Não se sabe muito sobre. Não se manifesta em todos da mesma maneira. A forma mais conhecida é a do domínio dos quatro elementos e as habilidades derivadas deles, mas há casos de muitos outros tipos de talentos… dos quais pouco se sabe. Por exemplo, no longínquo Sul, nas Terras dos Desertos, dizem que há feiticeiros que podem fazer com que uma pessoa morra só com o olhar, jogar uma maldição sobre ela ou fazer com que seu sangue ferva.

— Isso é horrível.

— É, sim. O império noceano tem magos de sangue e maldições. O Reino de Rogdon tem magos dos quatro elementos que não são especializados em nenhum, mas podem usar habilidades desenvolvidas a partir dos quatro. Nosso reino, há magos do gelo especializados no elemento água. Pelo que dizem os livros que pude consultar, a especialização em um só elemento deixa as habilidades desenvolvidas muito mais poderosas.

— Faz sentido. Ser mestre em uma matéria é mais fácil do que ser mestre em muitas.

— E não se conhecem todos os tipos de magia. Há também xamãs em lugares remotos de Trêmia, nosso querido continente, com habilidades desconhecidas.

— Xamãs...

— Sim, bruxos.

— Entendi — disse Lasgol, assentindo, tão encantado quanto assustado com o assunto.

— Mas o mais curioso é que, além disso, existem outras manifestações do dom das quais pouco se sabe.

— Como quais? — perguntou Lasgol, muito interessado.

— Os magos e feiticeiros são os mais conhecidos e há livros e compêndios sobre eles. No entanto, sobre outras... pessoas com o dom... que não são tão poderosas nem tão chamativas como os magos e feiticeiros, pouco se sabe, mas elas existem.

— Curioso... Pessoas que têm o talento, mas não o mostram abertamente?

— Isso, ou aquelas que têm um dom não tão poderoso como o de um mago dos quatro elementos ou de um feiticeiro de sangue, mas que, no entanto, têm o dom e o desenvolveram para ter as próprias habilidades específicas.

— Que interessante... Que tipo de poder elas têm?

— Há os que conseguem manipular a mente dos outros. Imagine, são capazes de obrigar você a fazer coisas que nunca faria.

— Que horror!

— Exato. São chamados dominadores e são muito perigosos, pois afetam a mente das vítimas, fazendo-as acreditar em coisas que não são reais. Dizem que podem fazer você pegar no sono em qualquer lugar, ou tirar a própria vida... E, o que é muito pior, tirar a vida de outra pessoa.

— Isso é assustador!

— Sim, são muito perigosos... Li em algum livro que eles marcam as vítimas.

— Marcam? Como?

— Com uma Runa de Poder sobre a carne, para que a dominação seja mais potente e as pessoas não consigam resistir.

— Terrível!

— Sim. Também existem os que desenvolvem habilidades para fortalecer o corpo e se transformar em assassinos letais.

Lasgol assentiu.

— Isso faz sentido.

— Outros que se especializam em práticas relacionadas à natureza, como interagir com bestas ou se camuflar nos bosques.

— Que legal.

— Na verdade, uma pessoa com o dom pode desenvolver várias aptidões. Os tomos de conhecimento se concentram nas mais comuns de que se tem registro, mas não há limite. Se eu tivesse o dom, passaria o dia testando para ver até onde chegaria. As maravilhas que conseguiria seriam incríveis.

— Se você tivesse o dom, tenho certeza de que em alguns poucos anos seria o mago mais poderoso de toda a Trêmia.

Lasgol riu.

Egil riu com ele.

— Garanto que, em vez de vir servir aos Guardiões, iria servir os magos do gelo e a outros feiticeiros. Experimentaria, aprenderia e me transformaria em uma força da natureza — disse Egil, sorrindo e flexionando os braços frágeis.

Os garotos ficaram calados por um momento, refletindo sobre as implicações de tudo aquilo.

— Se você tivesse o dom, que tipo de mago seria? — perguntou Lasgol.

Egil ponderou.

— Um dominador de magos. Assim poderia usar qualquer poder ao controlar outras pessoas com o dom.

Lasgol concordou, rindo.

— Muito sagaz. Mas e se você encontrasse uma pessoa que não tem muito dom, só um pouco?

— Então a usaria para que ela me conduzisse até um mago poderoso que eu pudesse dominar.

Lasgol soltou uma gargalhada.

— Muito bem, você venceu.

Egil sorriu.

— A verdade é que nosso conhecimento sobre as pessoas com o dom é escasso. Sabemos que são raras e que se escondem, pois são temidas e repudiadas. Pelo que li, foi comprovado que existem pessoas com graus diferentes de poder e que conseguem desenvolver habilidades diferentes. Mas fora dos círculos dos magos, que trabalham em segredo, sabe-se pouco.

— Você quer dizer como os Guardiões?

— Sim, não é muito diferente dos Guardiões. Tudo secreto. Leve em consideração que as pessoas, o povo ignorante, odeiam o que não entendem. A maioria teme e despreza os magos e todos aqueles que têm o dom. O ódio e o medo conduzem à perseguição e à morte. Por isso eles se escondem.

Lasgol assentiu.

— Muito interessante tudo isso que você me contou.

— Não é mesmo? Fico fascinado com esse assunto. Adoraria conhecer alguém com o dom e fazer experiências com seus poderes.

— Falando assim, não sei se alguém deixaria...

— Você já me conhece bem — brincou Egil.

Lasgol sorriu.

— Claro.

O garoto ponderou confiar seu segredo a Egil, era provável que ele entendesse. Mas tinha prometido a si mesmo guardá-lo e enterrá-lo em seu interior. Não, não o confiaria a ninguém. Já tinha muitos problemas, não precisava de mais um tão grande.

Naquela noite, depois da conversa, Egil apenas comeu e cochilou próximo a uma fogueira. Lasgol o cobriu com uma manta. Quando embarcaram para passar a noite no navio, Lasgol o carregou nas costas. Na passarela, encontrou com Ingrid. A moça o olhou de cima a baixo, e depois para Egil em suas costas. Balançou a cabeça em negação.

— Devia cuidar das suas próprias forças, ele não vai conseguir — disse, em tom de desaprovação.

— Veremos — respondeu Lasgol, incomodado.

— Sim, é claro que veremos. — Ela passou na frente dele com a cabeça erguida e as costas muito eretas.

Enquanto cruzava a passarela, Lasgol a observou. Admirava a força daquela garota; era mais desenvolvida que ele, mais que a maioria. Mas não gostou da atitude dela. Embarcou e deixou Egil o mais confortável possível para descansar. Ao amanhecer, os guardiões os acordaram para começar a jornada. Lasgol acordou Egil, que continuava com a aparência ruim.

— Acho que deveríamos avisar os guardiões. Você não está bem.

Lasgol desejou que Daven estivesse no navio para falar com ele. Infelizmente, não estava. O garoto não sabia se o guardião tinha entrado em outra embarcação ou partido em uma missão.

— Me sinto melhor. Não se preocupe — respondeu Egil, mas Lasgol não acreditou.

Os guardiões distribuíram água e comida. Lasgol obrigou Egil a comer. O capitão deu a ordem e começaram a remar. Na metade da manhã, Egil perdeu os sentidos e quase caiu no chão. Lasgol o segurou e o ajudou.

— Guardiões, socorro! — gritou ao ver que Egil segurava o remo, mas estava com o olhar perdido, como se não o reconhecesse. Algo estava errado.

— Pelas sereias de água doce! — reclamou o capitão.

Um guardião se aproximou de Lasgol.

— Ajuda! — disse o garoto, preocupado com o colega.

Todos pararam de remar e se viraram em seus bancos, para ver o que estava acontecendo.

O guardião, um homem experiente, olhou para Lasgol com interesse. Então o reconheceu. Ele arregalou os olhos, que faiscaram de ódio.

— O que temos aqui?

Lasgol ia dizer algo, mas o guardião levantou a mão para que ele não pronunciasse nem uma palavra. Em voz muito alta, garantindo que todos o ouviriam, disse:

— Ora, se não é o filho do guardião Dakon, o filho do Grande Traidor! — E cuspiu em Lasgol. — Não há ajuda para você.

Lasgol sentiu uma raiva imensa revirar o estômago.

Murmúrios de surpresa e perguntas começaram a surgir ao longo do banco. Um tempo depois, a voz ecoou por todo o navio, e os murmúrios viraram desaprovação e desprezo.

Os olhos do garoto umedeceram.

— O filho do Traidor entre nós — disse um.

— Incrível… Como se atreve? — adicionou outro.

— Deveriam expulsá-lo…

— É melhor espancá-lo e dar uma lição — afirmou outro.

O murmúrio se transformou em um rebuliço e, por fim, dava para ouvir insultos em voz alta. Agora todos sabiam quem ele era e o odiavam por isso.

Lasgol apertou os punhos com força. Contraiu a mandíbula, ouvindo mancharem seu nome e o de seu pai. Levantou o olhar para o guardião e apontou para Egil. Continuou apontando sem dizer nada. O guardião, enfim, se deu conta.

— Saia da frente — disse para Lasgol, aproximando-se para examinar o outro. Levantou o braço. — Venham, ele está com febre — chamou, e pelo menos três guardiões o ajudaram.

Levaram Egil semiconsciente até o capitão e o examinaram na proa. Prepararam várias poções e o obrigaram a beber. Depois, o esfregaram com água fria. Todos observaram e se esqueceram de Lasgol por um instante. Os guardiões pareciam preocupados. O capitão ordenou que atracassem, e assim fizeram os três navios. Prepararam dois cavalos do cargueiro, que dois guardiões montaram. Colocaram Egil com um deles, amarrado para que não caísse, e o levaram a galope.

Lasgol implorou à Deusa dos Gelos que conseguissem salvá-lo.

Capítulo 8

No décimo dia de viagem, o rio se bifurcou e o capitão Astol seguiu na direção nordeste. Lasgol remava sozinho. Sentia-se sozinho. Durante as noites, já não descia do navio para sentir o calor das fogueiras, assim evitava os xingamentos e a vontade de brigar dos companheiros de viagem. Pegava a porção do jantar e voltava à bancada, ignorando piadas, olhares insidiosos e provocações.

Na escuridão da noite, mexia em seu bornal e tirava a caixa com o ovo estranho. Ficava cada vez mais fascinado com aquele objeto. No início, temia quebrá-lo, mas esse medo já tinha passado. Em uma noite, ele escorregara das mãos de Lasgol, que levou um grande susto e se jogou no chão com todo o empenho para salvá-lo, mas não teve tempo de pegá-lo. Após bater na madeira com força, o ovo rodou entre as bancadas. Ao recuperá-lo, o garoto o analisou com angústia, quase certo de que estaria quebrado ou descascado. Mas não, permanecia intacto. Se isso já era singular, mais ainda era a estranha sensação que o acometia ao segurar o objeto. Na primeira vez, na casa de Ulf, ele não tinha percebido, mas durante aquelas últimas noites em que observou o ovo intensamente, notou uma sensação estranha no estômago, como se estivesse nervoso, o que não era normal. E quando Lasgol percebia coisas estranhas, geralmente havia alguma razão forte por trás, embora não conseguisse saber exatamente qual.

Enquanto andava, perdido em seus pensamentos, a embarcação entrou em um desfiladeiro estreito. Era como se um deus guerreiro tivesse batido na montanha com um machado e a tivesse partido em duas para que o rio transcorresse. As duas paredes laterais eram altíssimas e de pura rocha vertical.

— Estamos atravessando a Garganta sem Retorno! — anunciou o capitão.

Assim que a cruzaram, duas torres surgiram dos dois lados do riacho. Os guardiões de guarda, com os arcos prontos, os observavam atentos. Mais adiante, havia algo que parecia um porto de madeira que dava acesso a algo semelhante a uma pequena aldeia. Dirigiram-se até ali e atracaram.

— Este é o pé do acampamento! Fim do trajeto! — anunciou Astol.

Lasgol estudou o lugar onde se encontravam. Tinham adentrado um vale gigante rodeado de uma enorme cordilheira montanhosa. Ele olhou para trás. Não parecia possível entrar naquele vale sem seguir o rio, cruzando a garganta. O jovem começava a entender por que ninguém sabia onde ficava o acampamento dos guardiões. Semicerrou os olhos e esquadrinhou ao longe. O vale parecia não ter fim, mas o que mais chamou atenção de Lasgol foi a estranha neblina que cobria os bosques, como se tivesse aterrissado no vale e se recusasse a sair. Por cima da névoa despontavam as copas das árvores, ainda cobertas de neve.

Receberam a ordem para desembarcar e se agrupar em frente às casas. Na verdade, não se tratava de uma aldeia. Era um conjunto de armazéns onde os guardiões preservavam todos os tipos de mantimentos. Era o acampamento-base. Até ali, as provisões e os suprimentos eram transportados rio acima. Um dos edifícios, um pouco mais robusto, tinha uma torre adjacente e nela havia vários guardiões de guarda. Era o cargo de comando. Os capitães das três embarcações entraram para dar um relatório.

Lasgol teve a sensação de que o gigantesco vale diante deles pertencia aos guardiões, eram seus domínios. Permitiram que os jovens relaxassem, ao que todos agradeceram. Enquanto esperava um pouco, separado de seu grupo, Lasgol observou o que acabava de desembarcar. Contou outros quarenta iniciados. No total, eram cerca de oitenta. Perguntou-se quantos resistiriam e durante quanto tempo. A travessia de barco já tinha trazido consequências para vários deles, e nem sequer tinham chegado ao acampamento.

Os dois grupos se misturaram e trocaram cumprimentos, conversas e fofocas enquanto os guardiões estavam ocupados com as providências. Entre a multidão, uma pessoa despertou a curiosidade de Lasgol. Era uma garota de cabelo longo e ondulado, preto como uma noite sem estrelas, nada habitual nas terras do Norte, onde predominava o loiro. Seus olhos verdes enormes no belo rosto feroz cativavam qualquer pessoa que os olhasse. Durante um instante, Lasgol a observou, deslumbrado, até se esqueceu de onde estava. Gostaria de se aproximar e conhecê-la, mas sendo quem era... melhor evitar. Além do mais, estava rodeada de três garotos enormes que buscavam a atenção dela. Em um momento da conversa, ouviu como se chamava: Astrid. Belo nome.

De repente, Lasgol notou um formigamento e o reconheceu: tinha acontecido quando teve a sensação de estar sendo observado. E não estava enganado, um garoto alto e atlético do segundo grupo o fitava. Mais do que isso, estava com os olhos fixos nele. Olhos pouco amistosos. O garoto se aproximou decidido, deixando para trás vários colegas de seu grupo. Lasgol não sabia por que ele vinha em sua direção, mas ficou nervoso.

— Dizem que é você — disparou o outro, em tom frio e seco, parando na frente de Lasgol, deixando pouco espaço entre eles.

O desconhecido queria intimidá-lo. Era quase um palmo mais alto e muito mais forte do que Lasgol, mas havia agilidade em seu corpo; não era um corpulento, era atlético e musculoso. Tinha cabelo loiro curto, coisa rara entre os norghanos, que costumavam deixar o cabelo crescer, e seus olhos azuis como o gelo o atravessavam.

— Quem diz o quê? — devolveu Lasgol, com a sobrancelha erguida, pois não ia se deixar amedrontar.

O garoto fez um gesto com a cabeça na direção de seu grupo.

— Dizem que você é o filho de Dakon Eklund, o Traidor — respondeu, em tom acusatório.

O garoto encarou Lasgol com raiva.

— E por que o interessa quem sou eu?

— Responda à pergunta — disse o outro, semicerrando os olhos ameaçadores e tensionando os braços.

Os olhos atentos de Lasgol perceberam uma boa musculatura naqueles membros superiores. O conflito não seria conveniente. Respirou fundo e decidiu não procurar mais problemas além dos que já tinha.

— Sou o filho de Dakon, e daí? — disse, orgulhoso, sem conseguir se reprimir.

Os olhos do garoto se arregalaram, exalando ódio.

— Eu me chamo Isgord Ostberg. Você e eu temos uma conta pendente.

— Que conta? — perguntou Lasgol, desconcertado. Não esperava por aquela resposta.

— Logo você vai saber.

O garoto deu meia-volta e saiu tão decidido quanto estava quando se aproximou.

Lasgol ficou confuso, inquieto. O tom e a forma que o garoto utilizara pareceram uma ameaça real, muito real. Estava acostumado aos insultos, aos gestos ruins, às abordagens, mas quase nunca era pessoal, apenas ódio mal direcionado. Ele pagava pelos erros dos outros. O ódio sempre busca um bode expiatório, mas aquela ameaça tinha sido diferente. O ódio era real. Ele sentiu como se tivessem cravado um punhal gélido em seu estômago. Precisava andar com cuidado. Isgord. Lasgol se lembraria daquele nome.

— E aí, está fazendo mais amigos? — perguntou uma voz suave em tom nitidamente irônico.

Lasgol se virou e reconheceu um dos garotos de sua embarcação. Até então, não tinha falado com ele. Também costumava se manter afastado do grupo. À noite, nas fogueiras, sempre se sentava sozinho e observava os colegas. Mais do que observar, analisava-os, como se estivesse estudando um a um. Lasgol raramente o tinha visto conversando com alguém. Era alto e magro, de cabelo preto na altura dos ombros, que sempre usava solto, e olhos verdes muito intensos. Tinha um ar duro e ao mesmo tempo esquivo, quase sinistro.

— Faço o que posso — respondeu Lasgol, com um sorriso amarelo.

O garoto apontou com a cabeça na direção de Isgord, que já tinha voltado ao próprio grupo.

— Sujeito popular — disse ele sobre Isgord, em um tom que denotava certa inveja.

Lasgol o observou. Sim, parecia um sujeito popular, todos estavam ao redor dele em busca de atenção. Especialmente as garotas.

— É o que parece.

— Se quiser um conselho, se afaste dele — disse o garoto.

— Por quê?

— Esse nasceu para ser primeiro guardião. Ninguém nem nada o deterá.

— Como você sabe disso?

— Se você for atento e reparar, saberá muitas coisas.

Lasgol concordou.

— Foi ele quem se aproximou de mim.

— Pior ainda. Quer algo com você.

— Mas eu nem o conheço.

— Cuidado com ele.

O garoto deu de ombros.

— Por que está me avisando?

— Porque você já tem muitos problemas e hoje me sinto generoso. Deve ser por pisar em terra firme — respondeu, com um sorriso que, dessa vez, pareceu sincero.

— Obrigado. Qual é o seu nome?

O garoto o encarou com sarcasmo.

— Não vamos ser amigos, não se iluda.

Deu meia-volta e saiu andando, soltando um risinho.

Lasgol respirou fundo.

— Não existe uma pessoa normal aqui? — murmurou entre os dentes.

O pior de tudo era que aquilo tinha sido apenas o começo. Lasgol olhou para o céu limpo e sentiu o calor do sol primaveril no rosto. Acalmou-se. *Não deixe que essas coisas te afetem. Está aqui por um motivo, concentre-se*, disse a si mesmo.

Os capitães saíram do posto de comando e chamaram a atenção de todos.

— Escutem! Hora de trabalhar esses músculos preguiçosos! — disse Astol.

Os iniciados se dispuseram a obedecer às ordens do capitão.

— Os guardiões desembarcaram os cavalos. Agora é a vez de vocês. Descarreguem os mantimentos e levem para os armazéns! — ordenou outro capitão.

Lasgol agradeceu pelo trabalho. Enquanto estivessem ocupados, os iniciados paravam de encará-lo e de incomodá-lo. Não demorou muito para acabar a tarefa. Assim que estava descarregaram tudo, os três barcos partiram rio abaixo e os deixaram ali, sem ter como sair daquele vale gigantesco. Lasgol suspirou.

Não havia mais como voltar atrás.

— Primeiro grupo, comigo! — disse um guardião.

Lasgol reconheceu a voz: Daven.

— Segundo grupo, comigo! — gritou outro, que Lasgol não conhecia.

Daven os conduziu até estábulo. Cada um buscou a própria montaria. Lasgol cumprimentou Trotador com afeto, e ele o recebeu com uma alegre bufada, balançando a cabeça.

— Eu também senti sua falta — disse Lasgol, sorrindo e acariciando as costas e a crina de cor creme do animal.

— Os que sabem montar, façam isso. Os que não, levem a montaria a pé.

Começaram a subir seguindo o rastro do rio e adentraram o vale. Daven ia na frente e Lasgol ao final da fila, onde teria menos problemas. O segundo grupo partiu um pouco mais tarde. O garoto estava feliz por voltar a montar Trotador, que tinha mordido a orelha dele de forma carinhosa, e o garoto tinha certeza de que ele o tinha reconhecido. Andaram durante dois dias, sem sair de perto da margem do rio. Lasgol sussurrava palavras carinhosas para Trotador, que bufava em resposta e assentia.

No terceiro dia de caminhada, Daven se dirigiu ao grupo:

— Alto. Desmontem. — ordenou. Os iniciados que estavam a pé pararam e os que estavam montados desceram dos cavalos. — O restante do trajeto até o acampamento será a pé.

Lasgol acariciou o pescoço de Trotador para acalmá-lo. Segurou o cavalo pelas rédeas e seguiu o grupo que já estava caminhando. Dirigiram-se até os bosques cobertos pela névoa.

— Olhem onde pisam. A bruma é espessa e ficará ainda pior no interior — avisou o recrutador.

Logo após adentrarem o bosque de pinheiros, a ruiva que tinha tido problemas com o remo tropeçou na pata do próprio cavalo e caiu de bruços no chão com tanto azar que começou a rolar por um desfiladeiro íngreme. Ela tentou se segurar em algo, sem sucesso. Uma árvore freou sua queda. O grupo caiu na risada. Daven a ajudou a se levantar enquanto ela tirava o barro e a grama do corpo. Tinha sido um belo tombo.

Continuaram bosque adentro até o fim da tarde. A névoa ficava cada vez mais densa. Mal dava para ver o solo, e as raízes e a folhagem dificultavam a caminhada. A temperatura não estava muito baixa, mas a umidade os obrigava a se cobrirem bem. Lasgol avistou um veado e vários esquilos, além de pássaros autóctones, e isso o tranquilizou. Ainda que a névoa fosse estranha, quase enigmática, a fauna estava tranquila, e isso significava que não havia perigo iminente.

Por fim, Daven ordenou a parada.

— Chegamos — anunciou.

Lasgol olhou para a frente e tudo o que viu foi a fronteira com uma mata completamente fechada e espessa. Formava um muro intransponível. As árvores se agarravam umas às outras e uma vegetação densa impedia que passassem entre elas. Lasgol nunca tinha visto coisa igual. A vegetação se expandia por várias léguas de ambos os lados. Era uma cerca criada pela própria natureza. Ou teria sofrido intervenção humana? Se tivesse, seria impossível explicar como. Lasgol se perguntou como continuariam avançando, ainda mais com as montarias.

— Chegamos? Aonde? — perguntou o garoto sinistro que tinha advertido Lasgol.

— Ao acampamento dos guardiões.

— Você está brincando?

— Não, não é uma brincadeira — respondeu Daven, sério. — Esta é a entrada para o acampamento. O que estão contemplando é o muro exterior, que rodeia todo o perímetro e o protege. É quase inacessível. Uma barreira natural.

— Bastaria botar fogo — disse o jovem, com desdém.

— Errado — corrigiu Daven —, a umidade aqui é muito alta e essas árvores e seus troncos estão encharcados, o fogo não acenderia. Vejo que você não prestou atenção. As copas estão cheias de neve. Ainda que o fogo acendesse, a neve cairia e o apagaria.

O garoto bufou e se calou.

Daven deu três assovios longos. Por um momento, nada aconteceu. Todos olhavam ao redor com expectativa. De repente, ouviu-se um som áspero. Para a surpresa do grupo, três das árvores diante do guardião se afastaram e abriram uma passagem. Houve suspiros e exclamações. Várias vozes clamavam *magia!*. Daven as ignorou e, com calma, passou primeiro com o cavalo.

— Sigam-me! — ordenou do outro lado.

Um por um, todos foram passando. Lasgol foi o último. Depois que atravessou, as árvores voltaram ao lugar, como se tivessem vida própria ou fossem movidas por forças sobrenaturais. Lasgol parou por um instante e observou o terreno. Procurou por pegadas e reconheceu uma coisa: cordas. Ele as seguiu com o olhar e, acima, entre as copas das árvores, pensou ter visto algo. Não conseguiu identificar o que era porque se mesclava com a vegetação, mas, se tivesse que apostar, poderia jurar que ali em cima havia um guardião escondido que ativara um mecanismo de cordas e roldanas, mas não pôde investigar, teve que seguir o grupo. À medida que entravam no acampamento, descobriu uma coisa que o deixou boquiaberto. Lasgol sempre tinha imaginado que a base dos guardiões seria, na verdade, um castelo ou uma fortaleza de estilo militar. Nada mais distante da realidade. O acampamento era uma imensa área aberta, com grandes bosques, rios e lagos interligados por descampados até onde a vista alcançava. Ao redor de tudo, estava a barreira intransponível que tinham acabado de cruzar.

Enquanto avançavam, percebeu que os guardiões tinham tomado posse de grande parte do vale e construído seu refúgio ali. No início, não identificou edifício algum. Ao leste, os bosques de carvalho se erguiam ao redor de vários lagos de águas tranquilas. Ao oeste, as terras eram povoadas por pinheiros, e os matagais eram maiores. Ao norte, havia grandes planícies verdes decoradas com arvoredos entre lagos e rios. Era uma paisagem belíssima, e Lasgol foi cativado.

Continuaram a caminhada e, enfim, as primeiras edificações apareceram. Eram de pinho, simples, respeitando o território. A fundação era feita de rocha e em cima ficava a madeira. Pela forma dos edifícios e pelos materiais nos pórticos, Lasgol identificou que algumas eram oficinas. Avistou um ferreiro, um peleiro, um carpinteiro e um açougueiro. Também viu um edifício baixo e muito comprido. Não sabia o que era, mas tudo indicava ser um armazém.

— Sigam-me — disse Daven, e desviou dos edifícios ao norte, costeando um riacho cristalino.

De repente, ao cruzar um arvoredo, apareceram os estábulos. Eram gigantescos. Ali havia mais de meia centena de cavalos. Atrás havia um terreno enorme cercado de campos verdes. Centenas de pôneis e cavalos pastavam à vontade.

— Entreguem as montarias — ordenou Daven, e desmontou com um salto, deixando o cavalo com um dos rapazes encarregados do estábulo.

Lasgol e os outros iniciados o imitaram. Os cavalariços levaram, um a um, todos os cavalos.

— Não se preocupem, cuidarão bem deles.

Lasgol se despediu de Trotador com alguns afagos que o cavalo agradeceu. O garoto se perguntava quem seriam aqueles cavalariços e as pessoas das oficinas, já que não eram guardiões nem iniciados. Teria que verificar isso mais tarde.

Assim que deixaram os cavalos nos estábulos, seguiram Daven e atravessaram uma ponte sobre um tanque com peixes coloridos. Ao redor desse, formando duas meias-luas, havia algumas cabanas que pareciam abrigar pessoas. Um pouco mais atrás, via-se o que parecia uma pequena aldeia de cabanas de madeira com um lago em uma extremidade e um bosque na outra. Lasgol deduziu que começavam a entrar na área onde residiam os guardiões.

— Não parem para olhar, vamos, daqui a pouco terão tempo de ver tudo — disse Daven, conduzindo-os até um grande edifício estreito e comprido em forma de nave.

O telhado era alto e muito pontiagudo. Na extremidade leste, havia uma cabeça de urso talhada, e na oeste, a de um lobo. A porta, no centro, era decorada com imagens da natureza. Se já era estranho encontrar aquela construção no meio da mata, o que o tornava ainda mais singular era o fato de estar situado em uma ilha na metade de um lago. Lasgol o contemplava boquiaberto. Naquela região, os bosques, lagos e planícies se intercalavam criando um mundo bonito e fascinante.

— Esta é a Casa de Comando. Ponham-se em formação — ordenou Daven.

Os iniciados juntaram os joelhos e olharam para a frente, como os guardiões tinham lhes explicado. Logo depois, Lasgol viu de canto de olho que o outro grupo estava chegando e se colocando em formação junto ao dele. Isgord ficou na primeira fila e, ao olhar para trás, viu Lasgol e lhe lançou um olhar de ódio. Lasgol suspirou e ignorou. Analisou o entorno. O acampamento era enorme, não dava para ver o final em qualquer direção alguma. Ele estava fascinado.

Começava a anoitecer e as sombras caíam sobre os bosques. As portas do edifício se abriram e cinco figuras saíram. Atravessaram a ponte de madeira sobre o lago e se posicionaram diante dos dois grupos de iniciados. Os homens estavam vestidos como guardiões, mas havia algo diferente neles, algo misterioso. Lasgol os observava sem perder qualquer detalhe. Tinham o rosto coberto com um lenço verde que tampava o nariz e a boca, deixando os olhos e a testa à mostra. Não havia como reconhecê-los. A energia que emanavam era muito poderosa. Lasgol a sentia como se a estivessem projetando sobre ele e o atingisse no peito e no rosto. Talvez só ele sentisse aquilo, por causa do segredo. Às vezes, sentia coisas que os outros não sentiam, e naquele momento estava experienciando sensações estranhas e intensas. Fosse como fosse, aqueles cinco seres eram muito singulares, havia algo raro e diferente neles... Irradiavam uma aura quase mística... Não, não era mística; era enigmática, perigosa. Lasgol sentiu um calafrio.

Quem eram eles? Onde estavam?

A figura do meio deu um passo à frente.

Lasgol sentiu um arrepio na nuca.

Capítulo 9

O ESTRANHO FITOU OS INICIADOS DURANTE UM TEMPO; TODOS os olhares estavam fixos nele. Lasgol soube que ele era o líder, embora não soubesse por que tinha essa impressão. O homem fez um movimento com a mão direita e tirou das costas um cajado de madeira com adornos em prata. Ele o girou a uma alta velocidade e com uma habilidade incrível. Depois, o apoiou na terra. O objeto era de sua altura, quase duas varas. Na outra mão, tinha um livro de capa verde com gravuras em ouro. O estranho o mostrou a todos: *O caminho do guardião*. Com um movimento lento, jogou o capuz para trás e abaixou o lenço verde, deixando o rosto e o cabelo à mostra.

— Bem-vindos — disse, com uma voz firme, mas gentil.

Era um homem de idade avançada, por volta dos setenta anos. Tinha cabelo longo, liso, na altura dos ombros, todo branco. Em seu rosto, o que chamava a atenção eram seus olhos intensos cor de esmeralda e a barba branca bem-cuidada, cortada com um dedo de espessura. Apesar da idade, transmitia agilidade e poder.

Lasgol se surpreendeu. Não esperava por aquilo.

— Sou Magnus Dolbarar, guardião mestre maior do acampamento — anunciou, abrindo a capa.

Em seu peito, havia um enorme medalhão de madeira com a figura de um carvalho talhada. Não estava preso a uma corrente, e sim a uma corda trançada no pescoço. Ele mostrou o objeto a todos.

— Este medalhão me confere a autoridade máxima do acampamento. Os guardiões instrutores e oficiais usam medalhões semelhantes. Não se preocupem, logo aprenderão a distingui-los — disse, fazendo um gesto apaziguador. — Eu lhes dou as boas-vindas. A partir deste momento, os aceitamos como guardiões iniciados. Espero e desejo que todos encontrem um lar e uma família entre nós, pois é isso que somos, uma família com um dever sagrado que cumprimos com honra: proteger as terras do reino de todos os perigos.

Daven fez uma pequena reverência, que Dolbarar devolveu, e andou em direção a alguns edifícios atrás do lago até desaparecer.

Dolbarar prosseguiu:

— Um longo caminho os espera para que se tornem guardiões. Não vou mentir, não será fácil, nem todos conseguirão. O caminho do guardião é difícil, mas muito gratificante após concluído. Durante quatro anos, vocês o percorrerão sob o olhar atento dos instrutores. Ao final de cada ano, serão avaliados, tendo como referência os méritos conquistados. Quem superar as provas anuais poderá passar para o próximo ano. Os que reprovarem serão expulsos. Não haverá segunda chance. Assim o caminho é marcado e assim andam os guardiões.

Lasgol engoliu em seco. Aquilo não parecia fácil.

— Agora permitam-me apresentar os quatro Guardiões-mor — continuou Dolbarar, apontando para as figuras que o acompanhavam. — Eles são a representação máxima das quatro maestrias dos guardiões.

Os iniciados os olhavam com toda a atenção e de rostos nervosos.

— Como guardiã-maior da maestria de Atiradores: Ivana Pilkvist, a Infalível — apresentou Dolbarar, fazendo um gesto para a mulher. A figura à direita dele deu um passo à frente e tirou o capuz e o lenço.

Era uma mulher de não mais que trinta anos. Tinha uma cabeleira loira presa em um rabo de cavalo. Era muito bela, mas de uma beleza fria, típica do Norte. Seus olhos eram acinzentados com um brilho letal. Lasgol sentiu um calafrio ao contemplar aquele olhar. Ela usava um medalhão de madeira parecido com o de Dolbarar, mas um pouco menor, com um arco no centro.

— A Especialidade de Atiradores é reservada àqueles que têm olhos de águia e mãos firmes — disse Ivana, e voltou a ocupar seu lugar.

Dolbarar apontou para a figura à esquerda.

— Como guardião-maior da maestria de Fauna: Esben Berg, o Domador falou, com um gesto introdutório, e o homem deu um passo à frente, também tirando o capuz e o lenço.

Era um homem de meia-idade, tão grande quanto um urso. Tinha um cabelo grande e uma barba frondosa, ambos castanhos. Entre tanto pelo, mal era possível ver seu rosto, mas tinha enormes olhos castanhos e nariz achatado. No peito, trazia um medalhão de madeira com o rosto de um urso rugindo no centro.

— A Especialidade de Fauna é reservada àqueles que têm afinidade com os animais — disse Esben, que fez uma pequena reverência e se retirou.

Dolbarar fez um gesto para a figura mais à direita.

— Como guardiã-maior da maestria de Natureza, Eyra Vinter, a Erudita.

A mulher deu um passo à frente e descobriu o rosto. Ela tinha cerca de sessenta anos, cabelo cacheado grisalho e um nariz comprido e torto. Usava um medalhão de madeira decorado com uma folha de carvalho no centro. A senhora fez uma pequena reverência para os iniciados.

— A Especialidade de Natureza é reservada àqueles que entendem os segredos da mãe natureza: desde a botânica, passando pela cura com unguentos e plantas medicinais, à elaboração de armadilhas que lhes permitam sobreviver nas montanhas e nos bosques gelados — explicou Eyra.

— E, por último — anunciou Dolbarar, apontando para a última figura —, como guardião-maior da maestria de Perícia: Haakon Rapp, o Intocável. — Com um gesto, a o homem deu um passo à frente e lhes mostrou o rosto e a cabeça.

Ele tinha cerca de quarenta anos, era magro e musculoso, e tinha uma expressão sombria. Sua pele era escura, muito escura, e a cabeça raspada. Tinha pequenos olhos pretos e um nariz adunco. Seu medalhão também era de madeira, mas tinha uma serpente talhada no centro. Se o olhar de Ivana era letal, o de Haakon era sinistro. Lasgol ficou arrepiado.

— A Especialidade de Perícia é reservada àqueles que fazem do corpo uma arma flexível e dura; do silêncio, seu aliado; das sombras, seu habitat;

do sigilo, sua filosofia de vida. Ele ficou em silêncio por um momento e voltou à posição com os outros, com um andar tão leve que seus pés pareciam não tocar o chão.

Dolbarar abriu os braços e se dirigiu aos iniciados:

— Cada um dos guardiões-maiores escolherá os candidatos que farão parte de sua maestria ao final do terceiro ano de instrução. Eles os selecionaram com base em suas habilidades inatas e nos progressos que demonstrarão de hoje em diante. Se não forem aceitos em alguma das quatro especialidades, serão expulsos e não cursarão o último ano.

Lasgol engoliu em seco outra vez. Não sabia a qual especialidade desejava pertencer. As quatro pareceram fascinantes, mas ao mesmo tempo muito difíceis. O garoto temeu que não o escolhessem e acabasse expulso. Além do mais, era o filho do Traidor. Certamente nenhum dos guardiões-maiores o aceitaria em sua maestria, e com isso ele estaria fadado à expulsão. Não havia o que fazer a respeito disso agora. *Seguirei em frente e veremos o que acontece*, pensou.

— Mas aqueles que forem aceitos — prosseguiu Dolbarar — terão a opção de entrar nas especialidades de elite. Isso dependerá totalmente de vocês, do quão arduamente trabalharem e do desejo que tiverem de chegar ao final. Ao fim do quarto ano, os escolhidos se apresentarão e, se forem selecionados, treinarão em um lugar secreto por mais um ano. Espero que encontremos vários candidatos entre vocês.

Aquilo chamou a atenção de todos. Muitos tinham ouvido falar das célebres especialidades de elite e de como era difícil permanecer nelas. Lasgol conhecia algumas que seu pai tinha mencionado, mas não todas.

— Quem sabe talvez esteja entre vocês um futuro caçador de magos, um sussurrador de bestas, um espião imperceptível ou, meu favorito: um explorador incansável.

Os cochichos entre os iniciados indicavam que sim, todos tinham o desejo de se tornar parte da elite dos guardiões. Mas, pelo que o pai tinha lhe explicado, Lasgol sabia que só um em cada cem conseguia entrar nela.

— E com isso concluo as apresentações. As mil perguntas nessas cabecinhas jovens terão que esperar até amanhã — disse Dolbarar, com um sorriso.

114

Um dos guardiões se aproximou do líder do acampamento e sussurrou algo em seu ouvido.

— Excelente. Fui informado de que está tudo pronto. É hora de comemorar a chegada de vocês. Sigam-me. Esta noite é para aproveitar. Amanhã começarão uma nova vida, mas, por enquanto, não se preocupem com isso. Agora é hora da celebração; este é mais um ano de chegada de iniciados, e devemos festejar.

Dolbarar fez um gesto para que os jovens se levantassem e o seguissem. Caminhou até o arvoredo acompanhado dos guardiões-maiores. A noite já começava a cair. Conforme caminhavam, Lasgol viu vários garotos um pouco maiores do que ele acendendo os lampiões e pendurando-os nas árvores. Imaginou que fossem os guardiões iniciados de segundo ou terceiro ano. Ao entrar no arvoredo, descobriram uma planície com uma dúzia de fogueiras. Nelas, assavam todos os tipos de alimento: de veados a faisões. O estômago de Lasgol roncou com força. Sobre uma das mesas construídas com grandes troncos de madeira havia um verdadeiro banquete.

— Vamos, tomem assento e aproveitem o jantar, vocês o merecem — disse Dolbarar.

Ele e os outros guardiões se sentaram em uma mesa um pouco afastada dos iniciados.

Os jovens foram até as mesas para aproveitar a comida. Imediatamente, garotos e garotas um pouco mais velhos que eles começaram a servir o jantar como se fossem criados, embora fosse evidente que eram alunos do segundo ou terceiro ano.

Dolbarar se dirigiu aos iniciados, que olhavam atônitos para os pratos servidos.

— Vamos, podem jantar.

Estavam abatidos. Mais que isso, famintos. Lasgol se sentou à ponta de uma mesa, temia que o incomodassem. No entanto, ninguém deu importância à presença dele. Todos foram para cima da comida e da bebida: sidra de maçã, carne assada, purê de batatas temperado... e as devoraram, esfomeados. Para Lasgol, tudo estava muito saboroso e, pela cara de imensa satisfação dos outros, deduziu que para eles também.

O que veio depois deixou todos sem palavras.

— Minha parte favorita: as sobremesas — anunciou Dolbarar.

As sobremesas servidas eram tão deliciosas que, por um momento, Lasgol pensou que estivesse dormindo e aquilo tudo não passasse de um sonho maravilhoso. A torta de maçã estava divina.

Comeram até se empanturrar, aproveitando cada prato. Quando terminaram de comer, Dolbarar ficou de pé e se dirigiu a eles:

— Agora é hora de descansar. Sei que o corpo esgotado de vocês vai agradecer. Os iniciados do primeiro ano ficarão nas cabanas ao sul do acampamento. Na porta de cada cabana, verão o nome das seis pessoas que a ocuparão. Não é uma lista casual, tem sua importância. Eu mesmo a fiz com base nos relatórios que os guardiões recrutadores me enviaram. Os seis recrutas de cada cabana formarão uma equipe para o resto do ano.

Um burburinho se iniciou entre os iniciados. Todos se entreolhavam, preocupados com para qual grupo tinham sido designados.

O tom de Dolbarar ficou mais sério:

— As equipes não serão modificadas, gostem ou não, sejam quem sejam. A partir de amanhã, todos são oficialmente iniciados, a vida anterior de vocês não importa aqui, nobres ou camponeses são iguais agora. Homens e mulheres, altos e baixos, fortes ou frágeis; todos são iguais. A equipe agora é sua família e é importante, porque aqui trabalhamos em equipe, aprendemos em equipe e fracassamos ou vencemos em equipe. Os seis ocupantes de cada cabana estarão juntos e passarão ou não ao segundo ano em grande parte por causa da equipe. As individualidades não têm lugar entre os iniciados. Serão avaliados em todas as disciplinas como um grupo e deverão passar por todas as provas como tal.

Os cochichos e exclamações aumentaram. Lasgol foi pego de surpresa por aquilo; sempre pensou que sua aprendizagem ali seria individual e que teria que passar nas provas sozinho. Estranhou. Os guardiões trabalhavam sozinhos na maior parte do tempo, raramente em grupo, pelo pouco que seu pai tinha contado.

— Espero ter sido claro. — Seu tom foi tão seco que houve um silêncio fúnebre. Ninguém se atreveu a dizer coisa alguma. — Muito bem. Vejo que me fiz entender. É hora de conhecer seus companheiros para o resto do ano. Vão para suas cabanas. E boa noite a todos. — falou, apontando para o Sul.

Isgord foi o primeiro a se levantar e ir para as cabanas. Uma passagem iluminada por lampiões marcava o caminho. Cerca de dez garotos e garotas do segundo grupo o seguiram na hora, certamente ansiosos para ser da equipe dele. O restante fez a mesma coisa a passos rápidos. Todos estavam nervosos e desejosos por saber quem eram seus companheiros e se a equipe em que haviam caído seria boa. Todos menos Lasgol. Ele sabia que estar em qualquer uma seria uma experiência ruim. Os companheiros decerto odiariam ter que dividir a cabana com ele. Foi o último a se levantar. Começou a andar devagar e sem vontade. Olhou com timidez para Dolbarar, que lhe lançou um sorriso estranho, quase maldoso. Lasgol suspirou. Não perdia por esperar.

Ele chegou às cabanas. Contou quinze, que formavam um semicírculo. Eram pequenas, feitas com troncos de pinho empilhados, como as dos lenhadores. Os telhados ainda estavam cobertos pela neve que resistia em desaparecer. Os iniciados corriam de uma para a outra em busca do próprio nome nos pergaminhos pregados nas portas. Os grupos começavam a se formar na frente de cada construção. Lasgol esperou que estivessem todos mais ou menos compostos. Quando viu que apenas algumas pessoas ainda procuravam a cabana, ele se aproximou. Não precisou procurar o grupo, ele o identificou na hora. Não por faltar alguém, mas pelas expressões de enorme frustração em cada rosto. Ele se aproximou devagar; sabia que não seria bem recebido, então se preparou mentalmente para a recusa. *Estou aqui por um motivo: limpar o nome do meu pai. Não importa que a experiência seja ruim, vou conseguir,* encorajou-se. Reconheceu imediatamente a primeira pessoa que o olhava à medida que se aproximava. Estava com os braços cruzados e tinha um olhar gélido no rosto completamente desiludido. Ingrid.

— Não acredito que me colocaram neste grupo — reclamou, balançando a cabeça em total incredulidade.

Lasgol ficou parado na frente da garota, então olhou para o restante do grupo.

— Eu acredito, sim, nos colocaram na equipe dos perdedores — disse o garoto solitário de gênio ruim que havia advertido Lasgol sobre Isgord.

— Não é uma equipe tão ruim — atreveu-se a dizer um garoto enorme, e se virou para Lasgol. Era o grandalhão que remava à frente dele no barco.

— Eu também acho que não é tão ruim — disse a menina ruiva que tinha passado por alguns percalços no trajeto.

Lasgol não parava de olhar para eles. Ao comprovar que faltava um, perguntou:

— E o sexto?

A porta da cabana se abriu e uma cabeça apareceu.

— Eu sou o sexto — disse Egil com a cara tão branca quanto a de um fantasma.

— Egil! — exclamou Lasgol. — Você está bem?

— A febre diminuiu, logo estarei melhor — respondeu o garoto com um sorriso, apoiando-se na porta para não cair, de tão fraco que estava.

Lasgol foi depressa até Egil e lhe deu um abraço forte.

— Que susto você me deu!

— Imagine o que eu mesmo senti. — Sorriu. — Não me aperte muito, que mal consigo ficar em pé.

— Ah, perdão — desculpou-se Lasgol, e o ajudou a se sentar no chão do pórtico.

O garoto arisco fitou todos, um por um, com um olhar julgador.

— Sim, a melhor equipe, sem dúvidas. Por um lado, temos o famoso Traidor, querido por todos, que os instrutores ajudarão toda hora, claro, e, consequentemente, sua equipe também — disse ele com um tom evidentemente sarcástico. — Com ele, seu amigo, o fracote que não conseguiu nem chegar ao acampamento por conta própria. Com eles — adicionou, apontando para a ruiva —, a garota mais imbecil do reino, no barco ou no solo.

— Ei, isso não é justo! Apenas sofri dois acidentes — reclamou ela.

— Aham…

— Deixe estar — defendeu o grandalhão.

— E seguimos com o maior e mais forte garoto do acampamento. O que seria fantástico para qualquer equipe, especialmente para esta, que está precisando, a não ser pelo pequeno grande detalhe de que ele se assusta com a própria sombra.

Fez um gesto súbito, como se fosse bater no grandalhão, que deu um salto para trás e cobriu a cabeça com as mãos.

— Por que não faz isso comigo? — recriminou Ingrid.

— Não se preocupe, princesa, haverá outros que conseguirão fazer você sossegar o facho. Há pessoas mais fortes e mais valentes que você.

— Garotos, você quis dizer.

— Sim, que baterão nessa sua boquinha.

— É o que vamos ver. Não tenho medo de nenhum garoto!

— Como veem, uma equipe fantástica. Dolbarar se superou.

Todos começaram a refutar os comentários, no entanto, ele fingiu não ouvir.

Lasgol perguntou, incomodado:

— E você, o que tem de tão especial que o torna melhor que nós?

— Eu? Quem disse que sou melhor que vocês? Eu sou ácido e solitário, devia ser o pior da equipe. Mas, perto de você, sou o caolho, o rei entre os cegos.

— Nesse caso — disse Ingrid com um trejeito mal-humorado —, você tem toda a razão. Não temos chance.

Capítulo 10

Chegou o amanhecer. Para Lasgol foi difícil acordar, apesar da luz que entrava pelas janelas e de um som estranho em seus ouvidos. Levantou-se no beliche e olhou ao redor para encontrar a origem do barulho incômodo. Não demorou a descobrir. A porta da cabana se abriu e um guardião entrou tocando uma pequena flauta de madeira. Emitia um som não muito forte, mas muito agudo, que perfurava os ouvidos.

— Todos de pé! Em formação na frente da cabana!

Coberto por uma enorme pele de urso, Lasgol pulou do beliche no chão de madeira e verificou o estado de Egil na cama inferior.

— Parece que temos que sair.

— Recebi permissão para repousar — disse Egil.

— Ah, tudo bem. Então descanse. Logo estará bem.

Lasgol analisou a cabana. Era dividida em duas por uma parede de troncos de pinheiro. Uma das metades era o alojamento das garotas; a outra, dos garotos. Cada parte tinha uma entrada e ambas se comunicavam. As duas tinham uma lareira com chaminé, uma mesa rústica com banquetas e, na frente, uma pequena cozinha e um banheiro com apenas uma bacia para se lavar e um buraco no chão para outras necessidades. Apesar de ser pequena e funcional, ele tinha que reconhecer que a cabana era acolhedora. Havia mantas grossas de lã para se protegerem nos dias frios e peles no chão para que tivessem mais conforto.

No beliche ao lado, o grandão acabou ficando com a cama de baixo, caso a estrutura não aguentasse seu peso e cedesse, esmagando o colega mal-humorado e desconfiado. Ao lado dos beliches havia baús, um para cada pessoa. Lasgol guardou ali seu bornal de viagem e encontrou duas mudas completas de roupas, também uma capa com capuz parecida com as dos guardiões, embora fosse vermelho-vivo.

— Com isso, não vamos nos perder… — comentou Lasgol.

O grandão a vestiu, mas ela mal o cobria.

— A minha não serviu — disse, resignado.

— Quem mandou ser tão grande e covarde quanto uma montanha — disse o garoto sinistro.

— Ei, eu nem falei com você — reclamou o grandalhão.

— É para ver se você está esperto, mas vejo que nem assim.

— Deixe ele em paz — pediu Lasgol.

— Não se meta, Traidor — retrucou o garoto, enfático.

Lasgol balançou a cabeça.

Que maldoso esse garoto…

Ao pensar isso, percebeu que não sabia o nome dele.

— Qual é o seu nome? Eu sou Lasgol Eklund.

— Eu sou Viggo Kron, e para mim você sempre será o Traidor — respondeu o garoto, com o olhar sinistro.

— Eu sou Gerd Vang — acrescentou o grandalhão, incomodado.

— Vistam-se e saiam! Rápido! — chamou uma voz grave e potente fora da cabana.

Todos foram saindo e se colocando em formação em frente às cabanas. Juntaram os pés e olharam para a frente, como era a norma dos Guardiões.

— Muito bem. Vou me apresentar. Eu sou o instrutor-maior Oden Borg.

Lasgol o olhou de soslaio. Era um homem forte, embora não fosse muito grande. Tinha cerca de quarenta anos e um rosto de poucos amigos. Seu cabelo era acobreado e estava amarrado. Mas o que mais chamava a atenção era a intensidade de seus olhos cor de mel. Era um olhar duro, atravessava a alma.

— Sou responsável por todos os cursos. Já acordei os de quarto, terceiro e segundo anos e os pus para marchar. Agora é a vez dos iniciados. Esses são vocês, caso já tenham esquecido. Fico responsável por garantir que as regras sejam sempre cumpridas. Aquele que não cumprir todas e cada uma delas será expulso. Está claro?

Todos assentiram, inclusive houve um tímido "sim".

— Perguntei se está claro! Não ouvi a resposta!

— Siiim! — responderam em uníssono.

— Era isso que eu queria ouvir — disse o homem, com as mãos no quadril. — Primeira regra: quando ouvirem minha flauta, seja onde for, vocês virão e se colocarão em formação. Quem não vier será castigado. E acreditem, meus castigos não serão agradáveis.

Lasgol ficou arrepiado. Era o tom que o homem utilizava. Grave e profundo, com uma firmeza fria que congelava o sangue.

— Minha função no acampamento é que tudo flua como a água do rio. E vai fluir, creio eu.

Viggo fez uma careta de desprezo enquanto Gerd fitava Oden com olhos cheios de apreensão. Lasgol não teve dúvida tanto de que tudo fluiria quanto de que com certeza teriam problemas com o instrutor-maior.

— Antes de mais nada, seguiremos a tradição. Nós, guardiões, temos tradições e maneiras de agir que foram estabelecidas há mais de cem anos. Estão reunidas n'*O caminho do guardião*, livro pelo qual nos guiamos. Nós as respeitamos e as mantemos. Sempre.

Lasgol estava começando a entender que Oden gostava de enfatizar suas frases com a palavra "sempre".

— Primeira tradição: o sorteio dos emblemas. — Pegou um saco de couro e a mostrou aos jovens. — Neste saco estão os emblemas. Cada equipe será denominada pelo emblema que obtiver no sorteio. Neste ano, teremos menos equipes do que o habitual, treze, em vez das quinze obrigatórias. Ainda bem que não sou supersticioso, mas diria que não é um bom começo de ano, não mesmo. Enfim, vamos em frente. As equipes devem escolher um capitão agora. Caso desejem, ele poderá ser substituído ao finalizar cada estação nas Provas de Estação, embora não seja o costume. E, sim, o capitão tem importância. Então, escolham bem. Vamos, estou esperando.

Todos se olharam sem saber o que fazer; ninguém conhecia bem a pessoa ao lado. No momento de hesitação, iniciou-se uma explosão de opiniões que desencadeou discussões em todas as equipes.

— Não quero ser capitão — disse Lasgol. — Acho que não nos ajudaria.

— Sério que você acha isso? — ironizou Viggo.

— Eu... Se quiserem... — disse Gerd, encolhendo seus ombros enormes.

— Você? — disse Viggo, revirando os olhos. — Tenho certeza de que você vai ficar com medo de enfiar a mão na bolsa do instrutor-maior.

— Não fale assim — repreendeu a ruiva.

— Eu serei a capitã — disse Ingrid com toda a segurança.

Lasgol e Gerd assentiram em concordância. A ruiva também.

— Por que você? — confrontou Viggo.

Ingrid levantou o punho.

— Quer brigar pelo posto?

Viggo sorriu, e os olhos brilharam com um lampejo frio, quase letal.

— Se eu brigar com você, considere-se morta — ameaçou, levando a mão à cintura e provocando um arrepio na nuca de Lasgol. — Mas não quero o posto, eu o cedo para você — disse, com um sorriso ácido.

— Você é quem sabe — respondeu Ingrid, abaixando o braço.

— Vamos, não temos o dia todo! — reprimiu Oden.

Isgord, é claro, já estava com o instrutor. Ele olhou para Lasgol, desafiando-o a ser o capitão. Lasgol suspirou e o ignorou. Ingrid se uniu aos outros capitães na frente do instrutor-maior.

— Muito bem. Agora, seguindo a tradição, cada capitão escolherá um emblema. Aproximem-se.

Isgord foi o primeiro a se aproximar e colocar a mão na bolsa. Depois, entregou o emblema a Oden. Era de prata e do tamanho de uma ameixa.

— Águia branca! — anunciou Oden. — Sua equipe será a das Águias.

Os companheiros de Isgord começaram a aplaudir. Lasgol os observou, eram quatro garotos e uma garota. Dois dos garotos eram altos, fortes e atléticos; os outros dois, mais baixos e robustos. A garota era loira, de nariz achatado, e parecia forte.

— Esse aí tem tudo a seu favor — disse Viggo, ressentido.

O capitão seguinte obteve o emblema do Javali.

— Os Javalis! — A equipe começou a gritar de alegria.

Depois do Javali, vieram o Urso, o Lobo e a Coruja. Ao chegar na equipe da Coruja, Lasgol esticou o pescoço para ver melhor o capitão. Fez isso de maneira inconsciente e não foi o único. A capitã era uma menina de cabelo preto e olhos que roubavam a alma. Era Astrid. Lasgol ficou sem fôlego.

— É bonita, hein? O nome dela é Astrid — comentou Gerd em um sussurro. — Eu a conheci no primeiro dia, antes de embarcar. Foi gentil comigo. Gostei dela.

Lasgol olhou para Gerd e concordou; estava vermelho.

— Nem em sonho, Traidor — disse Viggo, que espiava os dois.

Lasgol franziu as sobrancelhas e o ignorou. Ele de fato nem sonhava. Sabia quem era e o que achavam dele, e aquela garota não teria uma opinião diferente. Além disso, não tinha tempo para isso; já estava bastante ocupado.

O instrutor-maior Oden continuou com a cerimônia. A equipe seguinte pegou a Raposa, e em seguida chegou a vez de Ingrid, que se aproximou de Oden. Enfiou a mão, tirou o emblema e o entregou.

— Com certeza é o Gambá — disse Viggo.

— Cale a boca, quero escutar — mandou a garota ruiva.

— A Pantera das Neves! — disse Viggo.

Todos ficaram boquiabertos. Não esperavam algo bom.

— Siiim! — berrou a ruiva com alegria.

Gerd se juntou aos gritos e até Lasgol soltou um "é isso aí". Ingrid os fitou com olhos brilhantes e fez um gesto de triunfo.

A cerimônia continuou até que as treze equipes tivessem seus emblemas. Depois, Oden ordenou que os capitães pendurassem o emblema na porta da cabana, todas tinham um gancho para isso.

— Muito bem, e com isso terminamos a primeira tradição. Agora dirijam-se àquele edifício — disse ele, apontando para uma enorme construção de madeira, térrea, com quatro alas.

Não ficava muito longe das cabanas e tinha vista para um pequeno lago.

Oden prosseguiu:

— Aquela é a cantina. Tomem o café da manhã, e depois começaremos o treinamento. Se fosse por mim, faria vocês caçarem a própria comida, mas infelizmente Dolbarar não permite que eu faça isso. Vamos, não temos o dia todo!

Os iniciados se dirigiram para lá. Ao entrar, viram que estava dividida em quatro seções para os estudantes e uma quinta para os instrutores. Estavam claramente marcadas por cores: vermelho, primeiro ano; amarelo, segundo; verde, terceiro; marrom, quarto. Sentaram-se às mesas grandes com bancos compridos, o que obrigou várias equipes a compartilhar o espaço. Todos se observavam com desconfiança e um pouco de medo, exceto os brutamontes e os que se achavam melhores; esses agiam como se as mesas lhes pertencessem.

Foram servidos pelos estudantes de segundo ano. Lasgol estranhou aquilo. Ao que parecia, os garotos do segundo serviam os do primeiro. Os do terceiro ano, por sua vez, serviam os do segundo e os do quarto serviam os do terceiro. Era curioso, de fato, embora devesse ter algum propósito, Lasgol não conseguia entender qual. Reparou nos garotos de segundo ano, pareciam muito mais velhos do que eles, apesar de a diferença ser de apenas um ano. Mas, claro, era um ano ali, naquele lugar.

Um garoto de segundo ano foi servir Lasgol, mas, em vez de fazê-lo, jogou o prato em cima dele. Lasgol sacudiu a comida da roupa e encarou o garoto. Havia raiva nos olhos dele, então Lasgol não disse nada.

— Ei! — Ingrid se levantou para defender Lasgol.

Ele a observou e, com uma expressão fingida, disse:

— Putz, que burro que estou hoje.

— Burro vai ficar para sempre se não sair daqui — despejou Ingrid.

— Cuidado com quem você defende — ameaçou outro dos rapazes que lhes serviam. — Os amigos dos traidores são considerados traidores também.

— Não me importa o que vocês pensam — retrucou ela, olhando de um para o outro de maneira desafiadora.

Os dois eram mais altos do que Ingrid por uma cabeça e mais fortes. Mas ela não ligava.

Alguém pigarreou alto. Era Oden, que observava de uma das mesas dos instrutores. Os dois garotos do segundo ano se retiraram sem mais.

— Obrigado... — disse Lasgol para Ingrid.

— Sou a capitã, vou defender minha equipe.

— Não acho que isso o inclui. — Viggo apontou para Lasgol.

— Inclui até você — disse Ingrid, com um gesto de grande desagrado.

A garota ruiva riu. Gerd, por sua vez, se engasgou. O ambiente foi se acalmando. Devoraram a refeição, que consistia em frutos do bosque, frutas desidratadas, leite de cabra, uma rabanada e um pedaço de carne seca. Para Lasgol, estava tudo delicioso, tanto que tinha esquecido a chateação, apesar de notar os olhares dos rapazes mais velhos fixos em suas costas como se tivesse um alvo nela; ninguém o queria ali. Ele se resignou. Não demoraram a terminar o café da manhã.

— Não se engasgue — disse Ingrid para a garota ruiva, que comia com as duas mãos, como se alguém fosse roubar sua comida.

— Tenho certeza de que vai deixar cair o prato ou algo assim — disse Viggo.

— Não vai cair nada — disse a menina, com a testa franzida e mostrando a língua para Viggo.

— Eu não teria tanta certeza — disse Ingrid. — Tive que trocar de cama no beliche porque a primeira coisa que você fez foi ir para a cama superior e cair assim que tirou o pé do chão.

— Estava escorregadio e escuro — defendeu-se a garota.

— Sim, a cama superescorregadia — disse Viggo com uma expressão irônica.

— Como é o seu nome? — perguntou Lasgol para a garota ruiva.

— Nilsa Blom.

— Prazer, Nilsa. Eu sou Lasgol. O grandalhão é Gerd. — Apontou para o lado, e o outro garoto respondeu com um movimento de cabeça. — O antipático é Viggo.

— Antipático, eu? Eu sou um doce! — reclamou, fingindo um sorriso.

— Sim, é encantador — disse Ingrid com as sobrancelhas franzidas. — Eu sou Ingrid Stenberg — disse ela, e todos a cumprimentaram.

— O garoto doente que está na cabana é o Egil — explicou Lasgol, e o restante assentiu. — Bom, agora todos já nos conhecemos.

— O que não serve de nada, eu até preferia continuar como estávamos.

— Se quiser se render antes de começar, é problema seu — respondeu Ingrid ao comentário de Viggo. — Eu vim para lutar e é isso o que vou fazer.

— É isso aí — disse Gerd. — Vai terminar o pão? É que essa porção é pouca para mim...

— Pegue o meu, eu não vou comer — ofereceu Nilsa.

— E minhas frutas secas — disse Lasgol.

— Obrigado — disse o grandalhão com um grande sorriso.

A flauta tocou de novo. Todos se levantaram e saíram. O instrutor-maior Oden já os esperava do lado de fora. Junto dele estava outro guardião, que parecia muito forte e atlético.

— Este é Herkson, instrutor físico do primeiro ano. Deixo vocês nas mãos dele. Lembrem: estou de olho em todos. Sempre.

Ele analisou o grupo com um olhar funesto e saiu.

— Todas as manhãs trabalharemos a forma física e a resistência. Depois, à tarde, terão instrução das maestrias. A cada dia, uma diferente. Mas as manhãs são minhas — avisou Herkson. — Dividam-se com suas equipes.

As equipes se formaram. Lasgol se sentia um pouco estranho entre os colegas e sabia que eles também; era perceptível no rosto de todos. Mas, gostassem ou não, eram uma equipe e não poderiam fazer nada além de se acostumar.

— Sigam-me até o lago — ordenou Herkson.

No início, o instrutor andava devagar, depois começou a ir mais rápido. Todos o seguiam, formando uma longa fileira com algum espaço entre uma equipe e outra. Cruzaram um bosque e, ao chegarem em um campo, Herkson acelerou ainda mais o passo, até virar um trote constante. Passaram por um rio e iniciaram uma corrida. Herkson chegou ao lago em alta velocidade. Os iniciados chegaram atrás dele ofegantes. Ele os reuniu na parte sul do imenso lago. Dali, não dava para ver o extremo norte.

— Antes de começar o trabalho físico, temos que aquecer para não sofrermos lesões. Vejo pelos seus rostos que muitos não estão nada em forma. Devem mudar isso. Para um guardião, seu corpo é crucial, a ele deve sua sobrevivência. Não esqueçam.

— Isso vai ser difícil — disse Viggo com as mãos na cintura e a respiração pesada.

— Cale a boca e aprenda — repreendeu Ingrid, que estava de boa.

— Não me diga o que tenho que fazer, mandona.

— Não me chame de mandona ou vai ter que engolir isso — ameaçou Ingrid, mostrando o punho direito.

— Escutem, agora vão dar três voltas no lago. Em equipe. Toda a equipe chega junta. Não deixem nenhum colega para trás. Se um dos membros da equipe cair, ajudem-no a se levantar e seguir. Se um colega não aguentar, o restante dará uma volta a mais.

— Isso não é justo! — reclamou alguém.

— Quem disse que vocês podem questionar um instrutor? Você, uma volta a mais — disse Herkson.

As reclamações e murmúrios cessaram até que só havia silêncio e o cantar dos pássaros no bosque perto dali.

— Comecem a se aquecer. Sigam minhas instruções e não se machuquem. Formem um círculo ao meu redor.

Herkson explicou os exercícios. Durante um longo tempo aprenderam a alongar e aquecer os músculos das pernas, dos braços, do abdômen e das costas. Lasgol nunca tinha feito algo parecido e sentia como se o corpo fosse de pedra. Era impossível ser menos flexível que ele. Bom, talvez Gerd fosse.

— Como elas conseguem fazer os exercícios com tanta facilidade? — reclamou Gerd ao ver que Ingrid e Nilsa não tinham dificuldades, enquanto para ele era uma tarefa infernal.

— Porque são garotas, medroso — disse Viggo.

— E daí? — perguntou, sem entender.

Nilsa soltou um risinho.

— São flexíveis, e nós, não.

— E fortes — apontou Ingrid, com um olhar ameaçador para Viggo.

Este fez uma expressão de quem não tinha acreditado e a ignorou.

— Bom, já é o bastante — disse Herkson. — Agora, vão correr. Três voltas. Vamos.

As equipes foram saindo em intervalos marcados por Herkson. Chegou a vez dos Panteras, que, ao sinal do instrutor, começaram a correr. Ingrid saiu primeiro, convencida de sua resistência. Nilsa a seguiu. Depois foi Gerd. Lasgol olhou para Viggo, que fez um gesto com a mão para que ele fosse na frente. Começou a correr e Viggo seguiu atrás. Corriam o mais rápido possível, mas logo viram que o lago era imenso e completar as três voltas lhes custaria um bom esforço. Herkson saiu atrás do último grupo. Com facilidade, foi ultrapassando todos enquanto observava as equipes.

Terminaram a primeira volta e o cansaço começou a afetá-los.

— As equipes juntas, como uma unidade. Não deixamos ninguém para trás — dizia Herkson à medida que passava por eles.

Quando completaram uma volta e meia, Gerd começou a ficar para trás. Lasgol aguentava bem o ritmo, mas ao ver o grandalhão em apuros, avançou até alcançar Ingrid.

— Um pouco mais devagar, Gerd não está conseguindo acompanhar — avisou ele.

Ingrid olhou para Lasgol incomodada, depois para Gerd, que, vermelho como um tomate maduro, perdia o ritmo.

— Tudo bem — resmungou, e diminuiu o ritmo.

Lasgol diminuiu o passo para ficar ao lado do grandão.

— Vamos, ânimo.

— Não consigo mais, sou muito grande — disse Gerd, sem fôlego.

— Não se preocupe. Vamos. Estou com você.

Mas era muito esforço para ele. Depois da segunda volta, teve que parar. Viggo também parou. Não estava com a cara boa.

— Esperem! — gritou Lasgol para as meninas.

Ingrid parou a contragosto.

— Não podemos parar.

— Coitado! — exclamou Nilsa, apontando para o grandão.

Gerd, acabado, vomitava por causa do esforço.

— Argggh! Que nojo! — reclamou Viggo, que deu um salto ao ver que Gerd tinha vomitado nas botas dele e correu para a beira do lago para limpá-las.

Lasgol colocou a mão nas costas de Gerd e o animou.

— Tranquilo. Se recupere.

— Todos estão nos passando — reclamou Ingrid, com os braços cruzados.

— Deixe Gerd dar uma respirada — pediu Nilsa.

— Seremos os últimos — disse Ingrid, negando com a cabeça.

— Há outras equipes com problemas — disse Lasgol, que tinha visto pelo menos duas equipes atrasadas.

De repente, Herkson apareceu correndo e parou perto de Gerd.

— Não deixamos ninguém para trás. Que termine, nem que seja caminhando. Todos com ele. — E saiu correndo.

— Que ótimo! Podemos terminar caminhando. Se eu soubesse, teria vomitado antes — disse Viggo.

— Grande plano, espertinho, só nos penalizariam — advertiu Ingrid.

— Penalizar? — perguntou Lasgol.

— Esta prova conta. O que você achou?

— Ah... — disse Viggo, dando de ombros.

— Já me sinto um pouco melhor — disse Gerd, pálido. — Vamos.

— Tem certeza? — perguntou Lasgol.

— Sim, vamos, não quero que sejamos os últimos por minha culpa.

Em uma grande demonstração de hombridade, Gerd terminou o exercício. Inclusive, conseguiu trotar por mais alguns trechos, embora tenha tido que parar de novo porque vomitaria outra vez. Viggo teve um sobressalto ao vê-lo e se afastou tão rápido quanto um raio. No final, atravessaram andando. Infelizmente, foram os últimos. Gerd caiu exausto no chão e Viggo também não parecia muito bem. No entanto, Ingrid e Nilsa pareciam intactas. Lasgol, por sua vez, estava cansado, mas bem.

Herkson os cumprimentou com a cabeça.

— Voltem para as cabanas. Os outros já foram. Almocem na cantina e descansem. À tarde terão instrução. Amanhã repetiremos, então venham preparados.

Capítulo 11

Chegaram à cabana destruídos. Gerd se apoiava nos ombros de Ingrid e de Lasgol. Nilsa ajudava Viggo, que não conseguia nem falar. O ânimo era lúgubre. Gerd se jogou no chão em cima da pele de urso, com os braços e as pernas estendidas, sem ter conseguido chegar ao beliche. Viggo já estava dormindo na cama, exausto e com a roupa do corpo.

— Como foi? — perguntou Egil para Lasgol quando as garotas saíram.

— Muito mal. Chegamos por último — respondeu Lasgol com pesar.

— Gerd?

— Sim, como você soube?

— O corpo dele é muito grande para um tipo continuado de exercício de resistência. Esforços grandes e curtos não seriam um problema, mas o contrário...

— Eu me esqueço do quanto você é inteligente.

— Besteira. É uma simples dedução lógica. Alguém tão alto quanto uma montanha pode derrubar um muro de uma vez só, mas não correr em torno dele durante meia manhã. Já vai melhorar. Ele é muito forte, mas precisa treinar. É provável que não tenha corrido um só dia em toda a vida. Alguém do tamanho dele raramente faz isso. O que me lembra...

— O quê?

— O meu tamanho. Gerd e eu somos exemplares opostos, mas, ao mesmo tempo, muito semelhantes. Eu também não corri nem um dia na minha vida...

Lasgol não conseguiu esconder uma ponta de preocupação.

— Tranquilo, vamos treinar. Vou ajudar os dois.

— Obrigado, você tem um bom coração, mas receio que vamos precisar de muito mais do que isso se quisermos sobreviver ao dramático estado em que estamos.

— Não vamos nos dar por vencidos, ainda mais antes de começar — disse Lasgol, negando com a cabeça.

— Você tem razão — respondeu Egil, concordando. — Quando recuperar o ápice das minhas forças minguadas, começarei a treinar. No entanto, devo preveni-lo: não crie esperanças. Meu corpo é frágil.

— Mas sua mente é enorme — disse Lasgol com um sorriso.

Egil sorriu.

— Vá comer, você está precisando. Esses dois não vão se levantar. Eu fico de olho neles.

Lasgol foi até a cantina. Ingrid e Nilsa estavam lá, comendo e compartilhando a mesa com a equipe das Corujas. Os olhos de Lasgol se cruzaram com os de Astrid, que o fitavam. Seu semblante era sério. De repente, Lasgol desviou o olhar e se sentou em frente às colegas. Ingrid não parecia nem um pouco contente, estava com as sobrancelhas franzidas e um olhar mal-humorado. Nilsa, no entanto, sorriu para ele.

— Depois falam de nós, as garotas, as fracas. Que dupla de ratinhos ficou para nossa equipe — reclamou Ingrid, incapaz de esconder o descontentamento.

— Eles fizeram o possível... — Lasgol tentou defender os colegas.

— E daí, não adiantou de nada... — respondeu Ingrid com uma careta de desagrado. — A única coisa boa de hoje é que ficou bem claro que nós, garotas, somos superiores aos garotos na equipe dos Panteras das Neves.

— Isso! — exclamou Nilsa, com um pulo que quase a fez cair para trás.

— Se algum garoto vier me dizer que somos inferiores, vai ver só.

— Conte comigo para te ajudar! — disse a inquieta Nilsa, que já se recuperava no banco.

Como era possível que a ruiva ainda tivesse energia Lasgol não conseguia entender. Aquela garota era elétrica.

O cansaço bateu e não conversaram mais, só comeram. Os garotos do segundo ano que lhes serviram não criaram problemas dessa vez, mas Lasgol sentia os olhares dos outros iniciados como punhaladas de desprezo. Embora isso fosse ruim, não era nada comparado ao olhar do restante da cantina: os do segundo, terceiro e quarto anos, inclusive o dos instrutores. Todos o observavam cravando flechas envenenadas de ódio em suas costas.

Nilsa, que não parava quieta e olhava para todos os lados, percebeu.

— Estão tentando te intimidar. Não deixe — sussurrou para Lasgol, aproximando-se dele.

— Eu sei… Obrigado…

Ingrid levantou a cabeça e olhou ameaçadora para o entorno. Alguns olhares hostis se desviaram, não muitos.

— Não se preocupem, eu já sabia o que me esperava quando vim.

— Vendo isto… no seu lugar, eu não sei se teria vindo — reconheceu Nilsa.

— Os valentes crescem com as dificuldades. Minha tia dizia isso e ela era uma grande guerreira — disse Ingrid.

Lasgol assentiu. Ou cresceria muito e rápido, ou teria muitas dificuldades.

Estavam a ponto de se levantar quando três garotos se aproximaram. Lasgol reconheceu o do meio. Era Isgord. Dois garotos loiros e fortes o acompanhavam, gêmeos.

— Você ficou por último — disse Isgord com um tom seco.

— E o que você tem a ver com isso? — questionou Ingrid.

— O Traidor e eu temos uma pendência. Não gostaria que o expulsassem antes de acertarmos isso.

— Se você não sair daqui agora, eu vou expulsar você — ameaçou Ingrid, se levantando.

Isgord sorriu. Não era um sorriso de desprezo ou ironia, mas de reconhecimento.

— Já vi que fez amigos, Traidor. Isso é ótimo. Mas ela não vai te salvar. Não de mim.

Nilsa observava a troca com tanta intensidade que deixou a tigela de sopa cair no chão.

— Saia daqui. Agora — ordenou Ingrid.

Isgord olhou para Lasgol com um olhar duro. Não tinha medo de Ingrid nem de ninguém.

— Nos veremos em breve, Traidor. — Fez um sinal para os gêmeos. — Jared, Aston, vamos.

Lasgol viu eles saírem e se perguntou por que tinha tanto azar. Todos o odiavam, mas Isgord parecia querer matá-lo.

— E esse aí? O que você fez a ele? — perguntou Ingrid ao se sentar.

— Nada. Eu juro. Nunca o tinha visto antes de chegar aqui. Não sei o que tem contra mim.

— Que pena, porque é muito bonito — disse Nilsa, pegando a tigela do chão.

Ingrid e Lasgol olharam para ela desconcertados.

— Bom... É que... ele é mesmo... E alto, forte, atlético...

— Você se esqueceu dos olhos — disse Ingrid, sarcástica.

— Ah, sim, que olhos azuis!

Ingrid ergueu as sobrancelhas e saiu xingando.

— Obrigado — disse Lasgol à capitã antes que ela saísse.

Ingrid fez um gesto para dizer que não tinha sido nada.

Lasgol ia se levantar quando sentiu uma presença atrás de si. Ele se preparou para receber outro ataque.

Uma voz suave disse:

— Dizem que tal pai, tal filho. É seu caso?

Lasgol se virou devagar e ficou sem fala. Era Astrid.

— Eu... — balbuciou. — Não... Bom, sim.

Astrid semicerrou os olhos e inclinou a cabeça.

— Sim ou não? Não pode ser as duas coisas.

— Não... Não sou um traidor... Que acho que é o que você está perguntando. Mas sim... sou como meu pai e tenho orgulho disso.

A garota pareceu surpresa. Depois de pensar um pouco, disse:

— Se você é como seu pai e não é traidor, está dizendo que acha que seu pai não era um traidor?

Lasgol assentiu sem conseguir tirar os olhos dos dela.

— Interessante.

— Não estou mentindo.

Ela sorriu de leve, mas não deu a entender se acreditava ou não.

— Eu o desejo sorte. Vai precisar.

— Obrigado...

Astrid saiu, seguida pela equipe.

Nilsa sorriu e deu uma piscadela.

— Eu acredito em você.

— Obrigado, Nilsa.

— Mas, bom, eu acredito em todo mundo, pelo menos é o que dizem em casa. Acho que não sou a melhor pessoa para julgar essas coisas.

— Você me julgou bem. Não deve ser tão ruim.

Nilsa riu.

— É você quem está dizendo, e pode estar mentindo.

Lasgol soltou uma pequena gargalhada.

— Tem razão, você não tem como saber.

— Vamos, ou chegaremos tarde — disse Nilsa, que ficou em pé com um pulo.

Os dois saíram da cantina e Lasgol respirou o ar fresco do bosque. Foi reconfortante. Dirigiram-se às cabanas para se reunir com o restante da equipe.

Descansaram tanto quanto conseguiram, mas logo a tarde chegou e eles ouviram a flauta. Saíram da cabana e se posicionaram em formação. O instrutor-maior Oden os esperava com as mãos às costas e cara de poucos amigos.

— Vejo que o treinamento físico lhes caiu bem — disse com uma expressão sarcástica. — Agora é a vez da instrução de herbologia. Sigam-me até as cabanas da maestria da Natureza, onde a instrução será compartilhada. A cada tarde, depois do almoço, terão instruções de uma das quatro maestrias, todos os dias. Serão alternadas. E, não, ninguém fica de fora. Se alguém não se sentir bem, mostrarei com prazer a saída do acampamento. Alguém?

Fez-se silêncio, ninguém disse nada. Lasgol olhou para Gerd com preocupação, mas o grandão aguentou.

— Muito bem. No ano passado, tive um abandono na primeira manhã. Já não se fazem norghanos como antigamente... Sigam-me!

A instrução de herbologia foi muito interessante. Graças a Marga, da maestria da Natureza, uma das instrutoras de confiança de Eyra, a guardiã-maior.

— É uma bruxa, eu te garanto — sussurrou Viggo para Gerd.

— Tem toda a pinta — concordou o outro. — Acha que ela vai nos ensinar a fazer venenos?

— Com certeza. Seria legal envenenar alguém por acidente — disse Viggo com uma risada sórdida, olhando para Ingrid.

— Cale a boca e preste atenção — reprimiu ela com um sussurro firme.

O garoto franziu o nariz, irritado.

— Este cogumelo não é venenoso e com ele é possível preparar uma poção que ajuda a dormir — disse a instrutora.

Lasgol a observou e teve que concordar que parecia uma bruxa. Vestia uma roupa preta e tinha o rosto de uma anciã, o cabelo branco e bagunçado. Além disso, seu nariz era grande e adunco, com um rosto muito pouco agraciado e duas verrugas grandes no queixo e na maçã do rosto.

— Mas há outros muito venenosos. Por isso, se não entendem de cogumelos, e pela aparência de vocês, não entendem, nem se atrevam a comê-los.

Estavam sentados em um edifício em forma de fechadura e a instrutora passeava pelo meio da sala explicando com a voz rouca as maravilhosas propriedades de certos cogumelos silvestres.

Depois da lição, que durou uma eternidade, foram jantar na cantina e dali se dirigiram à cabana. Estavam tão cansados que a única coisa que todos desejavam era dormir. Ingrid e Nilsa se despediram, e elas e os garotos foram para seus respectivos lados. Gerd e Viggo foram direto para a cama.

— Lasgol... — chamou Egil.

— Diga, precisa de alguma coisa?

— Não, estou bem, é outra coisa...

— Fale, o que houve?

— Você acha de verdade que vamos conseguir? Fiquei o dia todo refletindo, e as probabilidades são tão remotas...

— Tenho certeza disso. Descanse.

— Tudo bem. Boa noite.

— Bom descanso.

Lasgol tirou a capa e abriu o baú para guardá-la. Ao fazê-lo, teve uma estranha sensação. Ficou arrepiado.

Hum, que estranho...

Observou o baú, mas não dava para ver muita coisa com a luz do lampião na mesa de cabeceira. E quase sem se dar conta disso, procurou a caixa de presente do pai e a abriu com cuidado. O ovo permanecia ali, intacto. Lasgol suspirou aliviado. Por um instante pensou que algo ruim tivesse acontecido com ele. Fazia dias que queria examiná-lo, mas não tinha conseguido. Segurou-o entre as mãos e analisou seus detalhes. Havia milhares de pintas pretas incrustadas na superfície branca. Então Lasgol reparou que pareciam formar um desenho.

Que curioso... na verdade, que esquisito...

Todos já estavam dormindo, e ele estava muito cansado. Seria melhor deixar o ovo na caixa e ir descansar. Mas, antes, quis comprovar uma hipótese que acabara de surgir em sua cabeça. Pôs o ovo na vertical sobre o chão e o segurou com um dedo. Com a outra mão, o girou como se fosse um peão. Sabia que não o danificaria, pois era duro como uma rocha. O ovo começou a girar, e o desenho que ele tinha visto começou a aparecer. Lasgol girou o ovo com mais força e o desenho se transformou em uma palavra: L-A-S-G-O-L.

Meu nome! Pelos ventos gelados! O que significa isso?

Tinha que descobrir o que estava acontecendo. Concentrou-se na palavra, que ficava cada vez mais nítida. Estava com os olhos vidrados nela enquanto o ovo girava. Sentiu uma leve tontura e fechou os olhos. Ao fazer isso, um lampejo verde surgiu em sua mão e passou para o ovo, que emitiu uma luz dourada. Logo depois, uma descarga de energia atingiu Lasgol e o derrubou.

Ele desmaiou.

Capítulo 12

—A CORDE, POR FAVOR! — CHAMOU EGIL, PREOCUPADO. Lasgol não reagiu.

— É melhor chacoalhar ele um pouco… ou tente um tapa na cara, pode ajudar — propôs Viggo.

— Deixem comigo — pediu Gerd. — Lasgol, acorde! — Ele o sacudiu pelos ombros com suas mãos grandes.

O garoto abriu os olhos. Pela cara, estava totalmente perdido.

— O quê? Onde… estou?

— No chão da cabana — respondeu Egil. — Tudo bem? Não conseguíamos te acordar.

— É… sim… Eu dormi no chão?

— Parece que sim — explicou Viggo, cruzando os braços. — Para variar, você quis complicar sua vida, mesmo com esses beliches confortáveis.

— Temos que ir — disse Gerd. — A flauta já tocou. — E se dirigiu à porta com uma expressão resignada.

— Sim, claro… Não podemos chegar tarde — concordou Lasgol.

Egil o ajudou a se levantar. De repente, Lasgol se lembrou do ovo… e da descarga de energia! Procurou por ele, olhando ao redor. Como não o viu, sentiu um aperto no peito.

— Está procurando alguma coisa? — perguntou Viggo com um tom desconfiado.

— Eu... Não...

— Não seria, por acaso, um ovo enorme...?

— Você está com ele?

— Eu? Não. O gigantão aqui, que estava morto de fome, o devorou no café da manhã.

— Nãooo! — exclamou Lasgol com os olhos esbugalhados.

Gerd se virou, ignorando-o.

— Não dê bola para ele — respondeu Egil. — Não é verdade.

Viggo começou a rir.

— Não tem graça! — disse Lasgol. — Com quem está?

— Você devia ter visto a sua cara, acharia engraçado também — disse Viggo, gargalhando.

— Está comigo. — Egil mostrou o ovo. — Eu o encontrei no chão.

Lasgol suspirou de alívio. Pegou o ovo e o analisou. Estava intacto.

— Não é para comer! — disse para Viggo e Gerd, apontando para eles com o indicador.

— Eu não ia comer... — respondeu Gerd com o rosto vermelho. — Na verdade, ia, sim, mas Egil me falou que era melhor perguntar a você se podia.

Viggo continuava rindo, estava se divertindo.

— Ninguém pode tocar no ovo! — gritou Lasgol.

— De que ovo estão falando? — perguntou Ingrid ao entrar na cabana com Nilsa.

— Deste aqui — disse Lasgol, mostrando o ovo.

— Posso saber o que estão fazendo?! — exclamou ela. — Deixem de bobagem! Vamos chegar tarde, e eu não quero dar uma volta a mais no lago. Vocês querem?

Gerd saiu da cabana como um raio, com cara de apressado. Nilsa o seguiu na hora com um risinho e o ultrapassou.

— Já vou, já vou. Foi muito engraçado — disse Viggo, e os seguiu com um sorriso enorme na cara.

Lasgol se virou para Egil.

— Pode cuidar dele? A caixa está no meu baú.

— Claro. Vá, não se preocupe — respondeu o amigo.

— Obrigado.

Ingrid e Lasgol saíram correndo e alcançaram o resto dos grupos no lago. Herkson mandou as equipes se posicionarem por ordem de chegada no dia anterior, então os Panteras saíram por último. Graças a isso não os castigaram por terem chegado tarde.

Aquela segunda manhã não foi tão diferente da primeira. O pobre Gerd vomitou de novo e eles chegaram em último outra vez. Ainda assim, por irem atrás de um resultado positivo, demoraram um pouco menos do que no dia anterior. Viggo tinha proposto mudar o nome da equipe de Panteras para Caracóis. À tarde, porém, tiveram uma boa surpresa. O instrutor-maior Oden apareceu e, com seu estilo abrupto e direto, os conduziu até os campos de arcos em uma esplanada disposta a leste do acampamento. Ali, esperando por eles, estava Ivana, a guardiã-maior da maestria de Atiradores. Ela mandou que as treze equipes ficassem em formação, e os iniciados juntaram os pés e olharam para a frente. Ivana dirigiu-se a eles com seu tom gélido:

— A maestria de Atiradores é essencial para todos os guardiões. O que aprenderão nesta disciplina e as habilidades que desenvolverão é o que vai transformá-los em guardiões. Todo guardião deve adquirir habilidades básicas nessa maestria. Quem não consegui-las será expulso.

Lasgol a observava, cativado por sua fria beleza, com receio de falhar e ter que abandonar o acampamento.

— No entanto, aqueles que se destacarem, os melhores entre vocês, passarão a fazer parte da maestria de Atiradores no final do terceiro ano. Eu mesma vou escolhê-los.

Lasgol olhou para Ingrid, que fez um gesto afirmativo. O garoto via em seus olhos a convicção de que ela ia conseguir. Ele, por outro lado, consciente de quão medíocre era como atirador, só esperava ser capaz de passar nas provas básicas para não ser expulso.

— E os que se provarem especialmente hábeis na matéria serão escolhidos para a especialidade de elite. Isso se alguém entre vocês for bom o suficiente. Será? Não costuma ser o caso, mas já veremos...

Nilsa se mexia inquieta, mais do que o habitual. Não conseguia ficar parada. Estar em formação já era um martírio para ela, mas na frente de

Ivana, era ainda pior. O que ela mais desejava era ser caçadora de magos, uma especialidade dos atiradores de elite. Desejava isso com toda a alma. Nada a faria mais feliz do que libertar o mundo dos malditos magos e feiticeiros. Tinha um desejo e um motivo pessoal, uma questão de sangue.

— Com certeza será você — disse Gerd, cutucando-a com o cotovelo.

— Sim, com certeza… — ironizou Viggo. — O mais certo é que ela se estrangule com a corda do próprio arco ao puxá-la.

Nilsa fez cara feia, mas não deixaria que Viggo a incomodasse. Precisava triunfar naquela disciplina e colocaria todo o seu empenho e esforço. Nada a distrairia. Nada a faria fracassar.

Ivana prosseguiu:

— Uma demonstração fará com que entendam melhor o que quero dizer. Sempre disse que as palavras desaparecem diante de uma flecha certeira na hora de demonstrar algo.

Ela fez um sinal, e dois guardiões se aproximaram, cada um com seu arco.

— Mostrem aos iniciados a qual maestria vocês pertencem — ordenou Ivana.

Os guardiões abriram a capa e carregavam no pescoço medalhões idênticos aos dela, com a representação de um arco no centro, só que os pingentes eram menores.

— Vou ganhar um desses — afirmou Ingrid.

Lasgol assentiu e sorriu. Tinha certeza de que nada a deteria.

— Muito bem. Demonstrem o que os atiradores são capazes de fazer.

Os dois guardiões se separaram a cem passos exatos um do outro. Um deles levantou o arco com as duas mãos e o posicionou um palmo acima da cabeça. O outro deixou o arco no chão à frente. Todos observavam com máxima atenção. Houve um momento de pausa. Ninguém falou. Corria uma brisa leve que cheirava a erva úmida. A distância, ouviam-se alguns pássaros piando, filhotes pedindo alimento aos pais. De repente, o guardião desarmado fez um gesto. Colocou a ponta da bota de couro sob o arco no chão e o lançou no ar com um chute calculado. O arco se elevou em sua frente. Ele moveu o braço esquerdo com a velocidade de um raio e pegou o arco, que girava. Levou a mão direita ao ombro e tirou uma flecha da aljava nas costas. Era um movimento muito rápido, o arco e a flecha estavam posicionados. O guardião se deixou cair até encostar um dos joelhos no chão. Ao finalizar o movimento, soltou. Tudo aconteceu em um piscar de olhos. A flecha voou pelos cem passos com um silvo letal e atingiu a empunhadura do arco acima da cabeça do outro guardião.

Surpresos, os iniciados soltaram uma exclamação. Estavam completamente atônitos. Lasgol, com o olhar vidrado no que tinha acabado de presenciar, desejou com todo o ser entrar naquela especialidade. Seria incrível poder fazer o que aqueles guardiões faziam. Depois pensou que era pouco hábil com o arco, e sua esperança se desvaneceu.

— Se desejam ser bons como eles, se desejam os medalhões que eles carregam no pescoço, terão que trabalhar muito. Mesmo. Mas, se o fizerem, algum dia poderão chegar a executar o que acabaram de ver. E quem for especial, se é que há algum entre vocês, fará coisas verdadeiramente inacreditáveis.

O burburinho entre os iniciados era cheio de otimismo. Diziam: "Vou conseguir", "Quero ser como eles", "Vou ser um atirador". Os dois guardiões se posicionaram atrás de Ivana.

— Lembrem-se: os que não conseguirem dominar as habilidades básicas serão expulsos, não chegarão a ser guardiões — disse a guardiã-maior da maestria de Atiradores. — Por outro lado, quem se destacar poderá pertencer aos atiradores.

E com essa mensagem Ivana se retirou, seguida dos dois homens.

— Eu sou muito ruim com o arco — confessou Gerd.

— Eu também não sou muito bom — acrescentou Lasgol.

— Afff… grande equipe… — resmungou Ingrid.

— Você é boa, por acaso? — perguntou Viggo.

— Sou, sim, não só com o arco, mas também com a espada, o machado e o punho. Muito melhor que a maioria desses pavões reais — respondeu ela, apontando para um grupo de garotos que comentava o que tinha acabado de ver, como se conseguissem fazer a mesma coisa.

— Mas se você é boa com a espada, o machado e o punho, é porque te treinaram — disse Viggo. — Devia ter ido para o Exército Real, ali é o lugar onde usam essas armas, não aqui. Por que está aqui?

— Porque meu pai foi guardião.

— Foi? — perguntou Lasgol.

— Desapareceu... em uma missão...

— Ah, e nunca voltou?

— Não.

— Sinto muito, não queria...

— Tudo bem. Foi há muito tempo, quando eu era pequena.

— E então, quem te ensinou a lutar?

— A irmã dele, minha tia Brenda.

— Uma mulher? — perguntou Viggo, surpreso.

— Sim, uma mulher. Qual é o problema?

— Nenhum, é que não é comum.

— Minha tia pertenceu aos Invencíveis do Gelo.

— Ninguém acredita nisso! — exclamou Viggo.

— Está me chamando de mentirosa? Vou quebrar seu nariz!

— Não briguem — disse Gerd, colocando-se entre os dois.

— Os Invencíveis do Gelo são a elite da Infantaria Real. Não aceitam mulheres — afirmou Viggo.

— Você não sabe nada de nada — disse Ingrid.

— Sei que está mentindo. Não entram mulheres nos Invencíveis.

Ingrid tentou bater em Viggo contornando Gerd, que ficou na frente para impedi-la. Nilsa segurou Ingrid enquanto Lasgol fazia a mesma coisa com Viggo.

— Minha tia foi uma Invencível do Gelo! E vou deixar o que ela me ensinou marcado na sua cara!

— Tá bom, e eu sou um príncipe encantado de um reino do Leste!

Nilsa, Gerd e Lasgol tiveram que se esforçar para conter a briga.

— O que está acontecendo aqui, Panteras das Neves? — disse uma voz severa que não conheciam.

O alvoroço cessou e todos observaram o guardião perto deles. Em seu pescoço, estava pendurado o medalhão com o arco.

— Grande exemplo de equipe. Assim só vão conseguir a expulsão — recriminou.

Ingrid e Viggo se acalmaram. Os outros, envergonhados, abaixaram a cabeça.

— Meu nome é Ivar, sou o instrutor da maestria de Atiradores. Agora, em formação!

Os cinco juntaram os joelhos e olharam para a frente.

Ivar fitou as outras equipes.

— Lobos, Ursos, Falcões e Panteras, comigo — ordenou.

Na hora, as equipes se organizaram. Outros instrutores cuidaram das outras. Lasgol se alegrou por não terem ficado com as Águias, a equipe de Isgord.

Sem perder mais tempo, Ivar se dirigiu às quatro equipes:

— A instrução de tiro será dividida em duas: a aprendizagem e aquelas matérias de que um guardião precisa para sobreviver. Qual é a arma principal do guardião? — perguntou, passando os olhos pelos integrantes das quatro equipes.

Ashlin, uma garota dos Lobos, magra e com cabelo moreno, com cara de esperta, deu um passo à frente.

— Sim? — disse Ivar.

— Todos os guardiões carregam um arco, que é a arma principal, além de uma faca de caça e um machado curto.

— Muito bem, resposta correta. Vocês vão aprender a utilizar essas armas, e de mais de uma forma.

— Como? — perguntou Osvak, um garoto alto e forte da equipe dos Ursos.

— Já vão aprender, não se preocupem. Cada coisa a seu tempo e seguindo *O caminho do guardião*.

— O que é esse *Caminho*? — perguntou Gerd.

— É o dogma pelo qual os guardiões são regidos — explicou Ivar. — Estamos fazendo assim há mais de cem anos e com excelentes resultados.

— Obrigado — disse Gerd.

— Vou ensiná-los a fabricar seus próprios arcos — prosseguiu Ivar —, escolhendo a madeira, a corda e os materiais adequados. O mesmo vale para a fabricação das flechas. Dessa forma, se um dia ficarem sem arma, poderão fabricar uma com as próprias mãos. Também lhes ensinarei a elaborar machados e facas rudimentares.

— E não seria muito mais fácil que nos dessem moedas e comprássemos arco e flecha na aldeia mais próxima? — sussurrou Viggo no ouvido de Nilsa, que soltou um risinho.

— Cale a boca e preste atenção! — repreendeu Ingrid, frustrada.

O instrutor Ivar pareceu perceber os cochichos e lhes lançou um olhar duro de aviso.

— Um guardião deve poder sobreviver sozinho nas matas. Os perigos que enfrentarão serão muitos, e vocês se verão em situações muito comprometedoras. Quem serve ao reino tem uma vida cheia de perigo. O que aprenderão durante o tempo que passarem aqui os salvará em mais de uma ocasião. É claro que me refiro àqueles que conseguirem se tornar guardiões, não serão todos.

O comentário afetou Lasgol. Praticava com o arco desde os quatro anos, quando o pai, Dakon, construiu sua primeira arma e lhe ensinou a lutar. Mas ainda não tinha conseguido dominá-lo. A lembrança do pai o deixou muito triste, e seus olhos marejaram. Respirou fundo e tentou se acalmar.

— Bem, vejamos o que enfrentarei este ano — anunciou Ivar. — Cada equipe forma uma fila com o capitão na frente, na direção daquelas árvores — disse, apontando para quatro carvalhos a uns cinquenta passos, cujos troncos tinham um grande alvo circular. — Atirem nos alvos. Cinco vezes cada um, de maneira rotativa.

Ivar entregou um arco e uma aljava para cada capitão. Depois se afastou e observou. Ingrid examinou a arma, depois a direção do vento. Concentrou-se com toda a calma e por fim atirou. Só de vê-la manusear o arco, Lasgol soube que ela acertaria o alvo. Não se enganou. Acertou no meio. Passou o arco e a aljava para Nilsa, que se precipitou, graças ao desejo pela perfeição, e não segurou bem a aljava, que caiu no chão. Todas as flechas se espalharam na grama.

— Desculpe... — disse, começando a juntá-las.

Ingrid levou a mão ao rosto, exasperada.

Nilsa demorou um tempo para colocar todas as flechas na aljava e depois acomodá-la nas costas. Enfim, conseguiu atirar. Para a surpresa de todos os Panteras, foi muito bem. Acertou o alvo, mas não no centro, como Ingrid. O gigante atirou e a flecha acertou o alvo, mas na borda exterior.

— Fiiiu — suspirou Gerd por ter pelo menos acertado o alvo.

Lasgol foi o seguinte. Tentou relaxar, mas os olhos do instrutor Ivar estavam fixos nele. Inspirou fundo e exalou três vezes. Depois, apontou e atirou, e a flecha saiu em grande velocidade e atingiu o alvo a um palmo do centro. Um tiro correto, embora bem pior do que o de Ingrid e o de Nilsa. Suspirou. Não estava ruim, para o que ele conseguia fazer com o arco. Por último, foi a vez de Viggo. Lasgol o observou com curiosidade. Será que ele era bom com o arco? A resposta não demorou. Sua flecha atingiu dois dedos mais ao centro do que a de Gerd. Um tiro ruim.

— Repitam — disse Ivar.

Todos atiraram cinco vezes. Os resultados não foram muito diferentes. Ingrid alcançava o centro a cada tiro. Nilsa tentava se aproximar dos tiros de Ingrid, sem sucesso, mas eram muito boa. Lasgol ficou na média. Gerd e Viggo sofreram para que suas flechas acertassem o alvo. Comparados às outras três equipes, o resultado não tinha sido muito bom. Os Falcões tinham seis atiradores excelentes, os Lobos eram parecidos com os Panteras, mas melhores, e os Ursos, surpreendentemente, um pouco piores.

Depois dos exercícios de tiro, Ivar mandou que se sentassem no chão, formando um círculo em volta dele. Mostrou os erros que tinha observado na forma de atirar de cada um. Era surpreendente o olhar que tinha para os detalhes. Lasgol escutava com toda a atenção, pois até que enfim aprenderia a atirar bem. Depois, Ivar explicou a importância de medir o vento, a postura correta para conseguir um tiro certeiro, como apontar para o alvo àquela distância e, sobretudo, como soltar o tiro sem se desestabilizar, o que parecia ser o problema de muitos deles.

Quando a instrução acabou, foram para a cantina jantar. Eles se sentaram a uma mesa próxima à dos Lobos. Enquanto comiam, Luca, o líder dos Lobos, um garoto atlético de cabelo claro e nariz pontiagudo, se aproximou para falar com Ingrid. Lasgol estava com tanta fome que não prestou muita atenção à conversa. Quando Luca se sentou com a própria equipe, Viggo perguntou para Ingrid:

— O que ele queria?

— Coisas de capitães.

— Como assim coisas de capitães?

— Que não te interessam.

— Tudo o que você combinar com outras equipes me interessa.

— Quem disse que combinei alguma coisa?

Nilsa, Gerd e Lasgol observaram a troca sem parar de comer.

— Alguma coisa vocês estão tramando.

— Cale a boca e coma.

Viggo lançou um olhar furioso para a garota.

— Estou de olho em você — disse, apontando com o indicador.

Ingrid fez um gesto, como se não se importasse, e continuou jantando. Lasgol estava comendo e tentou não olhar em volta, pois sabia que todos o observavam. Ele se surpreendeu ao ver Dolbarar na mesa dos instrutores conversando de forma animada. Por alguma razão, tinha pensado que Dolbarar jantaria na Casa de Comando, mas parecia preferir a cantina. Ivana, a guardiã-maior da maestria de Atiradores, entrou e se sentou à mesa com Dolbarar. Um pouco mais tarde chegou o domador Esben, guardião-maior da maestria de Fauna. Parecia um grande urso e se movia como um. Ele se sentou à mesa de Dolbarar e fez uma tentativa de pentear o cabelo enquanto cumprimentava os outros comensais. Pelo visto, todos comiam ali com os alunos. Lasgol assentiu de maneira involuntária; gostou daquele detalhe.

Depois do jantar, foram para a cabana dormir. Quando chegaram, Egil os esperava, ansioso.

— Como foi? — perguntou.

— Até que foi bem — respondeu Lasgol.

— Não ficamos em último! — disse Gerd, muito animado.

— Isso é muito bom. — Egil se animou. Já estava com um aspecto muito melhor.

— Você tinha que ter visto a Ingrid e a Nilsa. São excelentes com o arco! — acrescentou Gerd.

Egil assentiu e sorriu.

— E vocês?

— Regular... — confessou Lasgol.

— É verdade que não ficamos em último — disse Viggo —, mas isso vai mudar, certo, Egil?

— O que você quer dizer? — perguntou Gerd, confuso.

— Nosso perspicaz colega está insinuando que quando eu me juntar à equipe ficaremos em último — explicou Egil.

— É? — disse Gerd.

— Sim, minha maestria no arco é inexistente. Nunca atirei.

— Ah... Bom... se serve de consolo, eu nos faço chegar em último na corrida...

— Obrigado, Gerd, você é um bom colega — comentou Egil.

Viggo bufou.

— Vejamos em que ficaremos em último da próxima vez...

— Olhem o lado bom — falou Egil com um sorriso enorme —, apenas poderemos melhorar.

Gerd e Lasgol riram. Viggo os fitava, balançando a cabeça em negação e com o nariz enrugado.

A porta se abriu, Ingrid e Nilsa olharam para eles, intrigadas.

— Do que estão rindo? — perguntou Ingrid.

— Do fato de que, por sermos tão ruins, não podemos piorar — respondeu Egil.

Ingrid levou a mão à testa e balançou a cabeça. Nilsa deu uma gargalhada.

Capítulo 13

NA SEMANA SEGUINTE, NÃO HOUVE MUITAS MUDANÇAS, EXCETO A recuperação de Egil e sua união à equipe. Com ele, os resultados dos Panteras despencaram ainda mais. No treinamento físico, Gerd já não era o último, pois tinha melhorado muito; agora era Egil. O grupo sempre tinha que esperar por ele, porque seu corpo pouco atlético e nada acostumado ao rigor do esforço físico não conseguia dar mais de uma volta no lago. A coisa também não fluiu bem na instrução da maestria de Atiradores. Egil não sabia nem como segurar um arco e seus tiros nem alcançavam o alvo. Não só por falta de pontaria, mas por falta de força. Lasgol, por sua vez, tinha decidido não interagir mais com o ovo depois do incidente, pelo menos até que conseguisse entender um pouco melhor o que estava acontecendo.

Naquela tarde, o instrutor-maior Oden apareceu após o almoço e ordenou que as treze equipes ficassem em formação.

— Hoje vocês vão começar o treinamento na maestria de Fauna. É uma especialidade complexa em que costumam acontecer *acidentes*. Então, prestem muita atenção aos instrutores. Nada de brincadeiras. Nenhuma. Ficou claro?

Um murmúrio afirmativo surgiu entre as equipes.

— Quero ouvir só os capitães.

— Sim, ficou claro! — disseram em uníssono.

— Muito bem. Se alguém for ferido, humano ou animal, lembrem-se de mim, como tenho certeza que vão. Entendido? — gritou ele a plenos pulmões.

149

— Entendido! — responderam os capitães.

Oden os conduziu para os bosques do norte nos limites do acampamento. Nunca tinham ido tão longe na mata. A caminhada acabou sendo revigorante tanto para o espírito quanto para o corpo. Quando mais ao Norte, mais frio fazia e mais se via neve e gelo. Sobre a colina, em meio a uma floresta de pinheiros, encontraram quatro cabanas alongadas decoradas com representações de animais.

— É ali a maestria de Fauna. Estão esperando por vocês — disse Oden, se virando com passos enérgicos.

As equipes chegaram às cabanas. No centro delas, cinco guardiões estavam à sua espera. Ao se aproximarem, observaram que o do meio era Esben, o Domador, guardião-maior da maestria de Fauna.

— Bem-vindos todos, iniciados. Sou Esben, conhecido como o Domador. Me chamam assim porque dizem que tenho a habilidade nata de me comunicar com animais e domá-los. E não estão errados. Pode ser que o conceito seja estranho para vocês, pois os Guardiões estão entre os poucos que praticam tal arte, mas acredito que será muito interessante, até fascinante. Com um pouco de sorte, haverá entre vocês alguém com aptidões semelhantes às minhas. Infelizmente, não será o caso da maioria. Esta disciplina não é como as outras, já que há uma parte que não é possível aprender, é inata. Uns nascem com ela, outros não. Os que já a têm poderão avançar para as especialidades de elite. Os que não ainda assim poderão pertencer a esta maestria se superarem a aprendizagem básica.

Esben fez um gesto para um dos ajudantes, que foi para a frente e mostrou o medalhão com o urso gravado. Levou as mãos à boca e imitou o chamado de uma ave. Logo estendeu um dos braços, em que usava uma munhequeira de couro reforçado. De repente, ouviu-se um guincho agudo e todos olharam para o céu. Uma águia branca enorme sobrevoou a cabeça dos iniciados, que, assustados, se agacharam, impressionados. A águia sobrevoou outra vez e depois pousou no punho do instrutor. Sacudiu as asas poderosas. Era magnífica.

Lasgol suspirou perplexo ao ver como o guardião acariciava a majestosa ave, que respondia movimentando a cabeça. Como ele conseguia fazer aquilo?

Quem me dera conseguir fazer isso com os animais.

O instrutor sacudiu o braço e a águia saiu voando, se perdendo nas alturas. Depois, ele se retirou com os outros.

Esben se aproximou das equipes. Ao vê-lo tão de perto, Lasgol percebeu que ele era realmente grande e forte, um norghano autêntico, embora tivesse certa aparência bruta.

— Na maestria de Fauna vocês aprenderão tudo o que for relacionado tanto aos animais domésticos quanto aos que povoam os bosques e montanhas de nossas terras. Também aprenderão a cuidar deles, dos pôneis e cavalos a animais mais selvagens. Comigo, conseguirão reconhecer as aves pelo canto, as feras pelas pegadas que deixam no solo; saberão onde se aninham, onde ficam suas tocas, onde hibernam, onde e como caçam. Só assim conseguirão se locomover nas terras selvagens como eles fazem. *O caminho do guardião* nos mostra que o guardião caminha como se fosse mais uma das criaturas da floresta.

Esben se agachou.

— Capitães, venham.

Os treze capitães se aproximaram.

Esben apontou o solo úmido.

— Quem pode me dizer de que animal é essa pegada?

— De lobo? — especulou Isgord, não muito convencido.

Esben negou com a cabeça.

— Raposa — disse Jobas, o capitão dos Javalis.

O guardião-maior negou de novo com a cabeça. Olhou para Astrid, das Corujas, e depois para Ingrid, que eram as duas únicas garotas entre os capitães. Perguntou para Ingrid:

— O que você acha?

Ela se agachou, examinou a pegada e suspirou. Lasgol, que tinha reconhecido o rastro, quis sussurrar: "É de furão!". Mas Ingrid negou com a cabeça.

— Não sei. Me ensinaram a lutar, mas não sei rastrear.

Lasgol achou que a resposta desagradaria ao instrutor, mas estava enganado.

— Isso acontece com muita gente. — Sorriu, e sua barba pareceu ganhar vida. — Mas posso garantir que, para um guardião, é muito mais importante saber rastrear algo do que lutar.

Ingrid ficou contrariada.

— Mais do que lutar?

— Do que adianta saber lutar se você se embrenhar na floresta e perder a pista da presa? Vou dizer o que acontece. A presa escapole e, se ela souber rastrear, te mata sem que você tenha tempo de perceber o que aconteceu — disse Esben, imitando um tiro de arco nas costas de Ingrid; depois, uma faca degolando seu pescoço.

— Ah, já entendi — respondeu ela.

— Fico feliz. Quem sabe com certeza de que animal é essa pegada levante a mão.

Uma dúzia de mãos se levantou, entre elas a de Lasgol. Esben observou quem tinha erguido o braço e, ao reparar em Lasgol, apontou para ele.

— Você, o filho do Traidor Dakon. Tem certeza de que sabe que pegada é essa?

— Sim, senhor — respondeu Lasgol, tentando acalmar os nervos.

— É melhor que saiba, porque, se errar, vou mandar você limpar os estábulos todas as manhãs durante um mês. E eles fedem muito.

— É de furão — disse o rapaz, com segurança.

— Vejo que seu pai traidor lhe ensinou algo útil, no final das contas. O que você sabe sobre furões?

— Os furões são carnívoros. Excelentes caçadores, sobretudo de coelhos e roedores, embora também de aves pequenas. Caçam de manhã e passam grande parte do dia dormindo. Podem ser domesticados e usados para caça por causa da facilidade de entrarem em tocas. São inteligentes e muito curiosos. Assim como os gambás, emitem odores para marcar território ou quando estão assustados, apesar de não cheirarem tão mal e do cheiro não durar tanto. A pele pode ser vendida aos peleiros.

— Que outros animais você conhece?

— Todos os animais do meu condado, o Condado de Malasson.

Esben assentiu e levou as mãos às costas.

— Isso que acabaram de presenciar é o que espero de todos e cada um de vocês. E não apenas de um condado, mas de toda a Norghana. Quem não conseguir aprender da mesma maneira que o filho do Traidor será expulso.

Gerd, com cara de desespero, sussurrou no ouvido de Egil:

— Eu não sou bom em lembrar as coisas…

— Não se preocupe — disse Egil —, eu sou extremamente bom nisso, lhe ajudarei.

— Obrigado, amigo. — Gerd sorriu.

— Alguém sabe por que os Guardiões são chamados de Sabujos do Rei? — indagou o guardião-maior.

— Porque perseguem e caçam os inimigos do rei — disse Isgord.

— Exato. Um guardião pode ler os rastros de animais e homens, por mais difícil que o terreno seja. Pode deduzir quantos homens acamparam dois dias antes em uma colina, o tipo de montaria que cavalgavam, se eram soldados ou mercenários, os suprimentos que carregavam, a direção de onde partiram e para onde iam, o que comeram, o descanso de que precisaram, seu estado de ânimo e muitas outras coisas apenas com a leitura dos rastros. Isso é o que vão aprender nesta maestria.

— Eu adoraria poder saber todas essas coisas só de olhar pegadas — sussurrou Gerd para Egil, muito animado.

— Deve ser possível, sim. É questão de relacionar a causa e o efeito de cada pegada e deduzir o significado, tomando como referência o conhecimento especializado e o contexto.

Confuso, Gerd olhou para ele, que continuou:

— O que quero dizer é que vão nos ensinar a interpretar as pegadas e as deduções mais plausíveis sobre seu significado.

— Entendi tão pouco quanto antes.

— O sabichão quis dizer que vão nos ensinar a ler as pegadas e o que ou quem pode ter deixado — explicou Nilsa, com um risinho simpático.

— Não sou sabichão…

— Não? Então é um sabe-tudo. — Nilsa riu.

Egil fez uma careta e também riu.

— Esta será a maestria onde aprenderemos muito. Acho que nos sairemos bem — disse Lasgol, sorrindo.

Já sabia que era a maestria na qual se desenvolveria melhor.

— E agora — prosseguiu Esben — vocês serão levados a um instrutor. Nesta maestria, vão trabalhar com animais selvagens; por isso, devem prestar muita atenção ao que disser o instrutor e andar com cuidado. Sigam as diretrizes dos instrutores, dessa forma evitaremos viagens à enfermaria.

— Animais selvagens? — perguntou Gerd, assustado.

— Sim. Pelo que entendi, nos ensinarão a dominar bestas, lobos, até ursos — disse Viggo, com um sorriso sinistro.

Gerd ficou pálido.

— Não dê bola para ele — tranquilizou Nilsa —, está exagerando.

— Não, ruiva, não estou. Já vão ver.

Um dos guardiões chegou perto deles com Esben.

— Meu nome é Ben, instrutor da maestria de Fauna. Os Águias, os Javalis, os Ursos e os Panteras, comigo.

Lasgol bufou. Aquelas eram as equipes mais fortes e, para seu azar, Isgord era o capitão dos Águias. A alegria por poder aproveitar aquela maestria evaporou.

As equipes se aproximaram de Ben. Isgord lançou um olhar de ódio para Lasgol, que o ignorou.

— Entraremos no bosque em direção ao nordeste — disse Ben. — Vocês vão me seguir em absoluto silêncio. Quando eu levantar o punho, vocês vão se agachar e ficar imóveis como estátuas de pedra. Ficou claro?

Todos assentiram.

Ben não perdeu tempo e, com passos seguros, entrou na mata. As equipes o seguiram com os Panteras fechando a expedição. Caminharam em silêncio durante meia tarde. A copa das árvores estava coberta de neve, e o solo, úmido. Fazia frio, mas a capa chamativa que vestiam os protegia bem da temperatura e do vento cortante. Lasgol não sabia com que material foram confeccionadas, era algo que nunca tinha visto algo do tipo. Eram muito resistentes e leves, mas protegiam. Talvez Egil soubesse dizer do que eram feitas. Teria que perguntar a ele. Depois de chegar a uma colina, Ben levantou a mão. Todos se agacharam e ficaram imóveis. O instrutor se virou e sussurrou:

— Pegadas. Frescas. Cada equipe deve observá-las e o capitão deve me dizer a que animal pertencem.

Todas as equipes se aproximaram para inspecionar as pegadas, depois se afastaram para deliberar. Quando chegou a vez dos Panteras, todos olharam para Lasgol.

— O que você acha? — sussurrou Ingrid, determinada.

O garoto se aproximou e analisou as pegadas de novo por um instante, em silêncio, concentrado. Depois olhou as árvores ao redor.

— Por que está olhando para as árvores? — perguntou Gerd, fascinado.

— Estão desertas — respondeu Lasgol.

— E daí? — quis saber Viggo.

— Não há pássaros nem esquilos, e não vejo nem um corço ou veado faz um tempo.

— Predadores — disse Egil.

— Exato. São pegadas de lobo.

— Que inteligentes vocês são! — disse Nilsa, animada.

Ingrid semicerrou os olhos azuis.

— Pegadas de lobo, então?

— Sim, tenho certeza disso — afirmou Lasgol.

Ingrid comunicou a Ben.

— Águias e Panteras, comigo. Os outros, por terem errado, fiquem aqui e examinem essas pegadas até memorizarem cada detalhe.

— Somos bons em algo! — disse Nilsa, dando um salto de alegria.

Ben fez sinal para que o seguissem. As duas equipes o fizeram na hora. Isgord ia na frente dos Águias e Ingrid, dos Panteras. Adentraram ainda mais a floresta. Ben parava para inspecionar pegadas e continuava. Depois de um tempo, mandou que parassem. Observou a terra e o matagal com muita atenção.

— Esperem aqui — ordenou, e se embrenhou no monte seguindo algumas pegadas.

— O que você acha que ele está procurando? — perguntou Nilsa.

— Não faço ideia — respondeu Gerd, que se sentou com as pernas cruzadas.

O restante da equipe o imitou.

— Pelo pouco que meu irmão me contou, os da maestria de Fauna conseguem seguir qualquer rastro e se comunicar com os animais.

— Você tem um irmão guardião? — questionou Nilsa, interessada.

— Se comunicar com os animais? — indagou Ingrid quase ao mesmo tempo.

Gerd olhou para ambas e respondeu:

— Sim, tenho um irmão mais velho que é guardião, por isso recebi o convite. E, sim, alguns guardiões, como Esben, conseguem se comunicar com os animais, pelo menos foi o que meu irmão contou em uma de suas visitas. Mas já sabem como são, tudo é secreto. Não me contou nada do que acontece aqui.

— Com certeza não contou mais para não te assustar — disse Viggo com um tom sarcástico.

— Deixe ele em paz — reprimiu Nilsa, enrugando o nariz.

Viggo levantou as mãos, indicando que o deixaria em paz.

— De qual maestria é o seu irmão? — perguntou Egil.

— Da maestria de Atiradores. É muito bom com o arco, o machado e a faca de guardiões.

— Ele tem o seu tamanho? — perguntou Ingrid.

— Ele é um pouco menor... Mais ágil... Eu... puxei o nosso pai... ele, a nossa mãe.

— Curioso como são essas coisas do sangue, da hereditariedade de atributos físicos e da árvore genealógica; verdadeiramente fascinante — comentou Egil.

Todos olharam sem compreender ao que ele se referia. Ao perceber, ele sorriu e deu de ombros.

— O que a sua família faz? — perguntou Lasgol para Gerd.

— Somos camponeses no leste do reino. Passei toda a minha vida na granja, trabalhando bastante. — Mostrou as mãos enormes e calejadas. Nelas, dava para ver calos e durezas inconfundíveis. Eram as mãos de um lavrador, sem dúvidas. — Somos pobres... A granja não dá muito... O terreno não é bom e somos cinco irmãos...

— Cinco?

— Além dos meus pais. No inverno é difícil... Por isso meu irmão mais velho partiu para se tornar guardião. Meu avô materno tinha sido um. Quando chegou meu ano... só me restou aceitar o convite. Tínhamos acabado de passar por um inverno horroroso. Sobrevivemos graças à bondade de alguns vizinhos... Ficamos sem comida e não víamos como seguir em frente. Não foi a primeira vez. Por isso tive que ir embora, era um peso para meus pais... Meu irmão tem a própria família agora e tem que cuidar dela. É minha vez de ajudar minha família com o salário de guardião. Os invernos já não serão tão duros.

— Sinto muito... — solidarizou-se Nilsa, com os olhos úmidos.

— Muito honrado — disse Ingrid, sorrindo.

— Mas você queria ser guardião? — perguntou Egil com curiosidade.

Gerd suspirou.

— Não, na verdade, não. Eu gosto de ser camponês. Plantar a semente, cultivar, fazer a colheita e viver uma vida tranquila e simples... Mas tenho três irmãos pequenos e a granja não alimenta a todos. Então, segui os passos do meu irmão mais velho.

— Imaginei — disse Egil. — Se serve de consolo, eu também não estaria aqui, se pudesse escolher.

— Eu quero saber uma coisa — soltou Viggo.

Todos olharam para ele. Já sabiam que não seria uma pergunta amigável.

— Pergunte — disse Gerd.

— Por que você é tão medroso?

— Ei! — reclamou Ingrid na hora.

Nilsa lançou um olhar de ódio para o garoto.

— Ele me disse que eu podia perguntar e perguntei. Vamos lá, não me digam que não se perguntaram isso. Ele é o maior dentre os garotos e o mais forte de todo o acampamento. Como pode ser tão medroso? — disse Viggo, como se não tivesse feito algo de errado.

— Você é um ogro! — gritou Nilsa, que mal conseguia se conter.

— Tudo bem... — disse Gerd, com as bochechas vermelhas. — Não gosto de falar disso...

— Não precisa, se não quiser — disse Lasgol.

— Prefiro responder... São a minha equipe. Quero que saibam por que sou como sou... Vejamos... — Tentou contar, mas as palavras não saíam.

Gerd se engasgou e começou a tossir.

— É por uma experiência traumática? De quando era pequeno? — perguntou Egil, tentando ajudar.

Tossindo descontroladamente, Gerd assentiu várias vezes.

— Eu li algo sobre isso em um dos livros da biblioteca de meu pai. Fobias derivadas de experiências na infância.

— Mas que tipo de livro você lê? — alfinetou Ingrid com um ar de estranhamento.

— Todos os tipos, é claro. De que outra forma aprenderia sobre todas as matérias? — respondeu Egil. Disse isso muito sério, como se fosse a coisa mais natural do mundo.

Todos o olharam incrédulos.

Nesse momento, o instrutor Ben voltou e fez um sinal para que o seguissem. Andaram uma boa distância até chegarem a um vale por onde descia um riacho. Ben levantou o punho. As duas equipes se agacharam e ficaram imóveis. Fez-se um silêncio estranho que uma rajada de vento cortou ao sacudir as folhas e ramos de pinheiros. Então eles perceberam. Em frente, do outro lado do vale, uma matilha de lobos cinza os observava. O sangue de Lasgol gelou. Para seu horror, se deu conta de que estavam desarmados. Gerd morria de medo e começou a tremer. Nilsa o abraçou forte, tentando fazer com que parasse. Ingrid procurou um galho grande para se defender e o segurou com força. Viggo levou a mão à cintura e, de um compartimento oculto, tirou uma pequena adaga. Surpreso, Lasgol olhou para ele. Viggo levou o dedo indicador aos lábios, encarando-o com um olhar sinistro.

Ben se agachou. Muito devagar, começou a descer em direção ao riacho.

Mas... Aonde ele vai? Vão destruí-lo! É pelo menos uma dúzia de lobos!

No entanto, o instrutor continuou descendo devagar, sem medo. De repente, o lobo de maior tamanho e com o aspecto mais perigoso começou a descer o vale do outro lado.

— Esse é o macho alfa — sussurrou Lasgol.

— O quê? — perguntou Gerd.

— O líder da matilha — explicou Egil.

— Vai matá-lo — disse Viggo.

— Ben sabe se defender — acrescentou Ingrid.

— Sim, mas a matilha vai cair em cima dele. Vão matá-lo — disse Egil.

— Que horror! — exclamou Nilsa.

Ben chegou ao riacho e se agachou. O lobo se aproximou pelo outro lado do riacho. Ameaçador, mostrava os caninos e grunhia.

— Vai atacar! — disse Nilsa, que não conseguia conter o nervosismo.

Lasgol segurou a colega.

— Shhh. Vamos ver o que acontece.

Bem colocou as mãos no peito e baixou a cabeça na frente do lobo. O animal parou de grunhir e se aproximou ainda mais, embora mantivesse os dentes ameaçadores à vista. O homem tirou o medalhão de maestria de Fauna e o mostrou ao lobo sem olhar para ele. Lasgol estava admirado, não perdia um detalhe. Seus olhos estavam fixos no medalhão em frente ao focinho da fera, que grunhiu de repente, e em seguida sua atitude agressiva diminuiu. Então, algo muito estranho aconteceu. O medalhão de madeira emitiu um lampejo verde. Na hora, o animal recuou e sua agressividade cessou. Ben abaixou os braços e o medalhão caiu em seu peito. Devagar, ficou em pé e apontou à direita. O lobo o observou e obedeceu: ficou à direita do guardião. Ben apontou à esquerda e o animal o obedeceu de novo. Todos observavam hipnotizados.

— Vá com sua matilha — ordenou Ben.

Como se entendesse o que o guardião dizia, o animal se retirou com a matilha.

— É a coisa mais assustadora que já vi! — sussurrou Gerd.

— Realmente memorável — disse Egil.

Ingrid soltou o galho.

— Isso me pareceu… uma magia suja… — disse Nilsa, e seu rosto alegre se fechou.

— Magia? Onde você viu magia? — indagou Ingrid.

— Não sei, me deu essa impressão. Eu tenho um sexto sentido para detectar essas coisas. Não gostei nem um pouco. Esse Ben… Não gosto dele. É melhor que isso não tenha sido magia… — respondeu, e seu mal-estar aumentou.

O rosto dela ficou tão vermelho, como o cabelo, e os olhos irradiavam fúria. Não parecia a Nilsa risonha de sempre.

— Fique tranquila — disse Egil. — Os Guardiões usam meios enigmáticos, mas não acredito que haja alguém no acampamento com o dom.

— Também espero isso, para o bem dele — acrescentou Nilsa, séria como em um velório.

— Pois eu acho que vou gostar muito desta maestria — confessou Gerd, quebrando a tensão.

Viggo guardou a adaga.

— Sim, ainda mais quando uma pantera das neves ou um urso arrancarem a sua cara por ter chegado muito perto, todo seguro.

— Esperemos que isso não aconteça — disse Lasgol.

— Sim, esperemos...

Ao chegar à cabana, Lasgol não conseguia parar de pensar no lampejo verde. Ele o tinha visto com total clareza.

Mas só eu vi. Embora, claro, eu não seja exatamente normal...

Ao pensar no lampejo, se lembrou de algo logo em seguida: o ovo. Um raio parecido vindo daquele objeto o havia deixado inconsciente.

Sim, quanto mais penso nisso, mais acho que era muito parecido.

Considerou pegá-lo e examiná-lo, mas se conteve. *Não, da última vez me deixou sem os sentidos. E se me matar? Não sei o que estou enfrentando, poderia acabar mal,* pensou, sentando-se no chão em frente ao baú. Observou os colegas. Todos já estavam dormindo. Suspirou. Sabendo que era um risco, colocou a mão no cesto e tirou a caixa com o ovo.

Tenho que saber o que significa tudo isso.

Abriu-a e segurou o ovo com as duas mãos. Assim que fez isso, como se estivesse esperando, outro lampejo dourado se seguiu. Na mente de Lasgol, apareceu uma imagem borrada: dois olhos grandes, felinos, ou talvez reptilianos, não conseguia vê-los com nitidez. Concentrou-se e, ao fazer isso, houve outro lampejo. Lasgol sentiu uma descarga horrível, começou a convulsionar e apagou.

Capítulo 14

O instrutor-maior ODEN OS ACORDOU NA AURORA, MAIS CEDO do que o habitual, tocando a flauta repetidas vezes.

Egil abriu os olhos em um sobressalto.

— É fascinante como um instrumento tão pequeno consegue emitir um som tão perturbador. Parece perfurar os ouvidos — pensou em voz alta enquanto ficava em pé, quando viu Lasgol no chão, desacordado. — Lasgol! — exclamou, e foi ajudá-lo depressa.

— O que aconteceu? — perguntou Gerd, assustado.

— Esse cara está cada vez mais esquisito... — disse Viggo, balançando a cabeça.

— Traga água, Gerd, ele não acorda — pediu Egil, preocupado.

Gerd se apressou. Jogaram água no rosto de Lasgol, e o garoto abriu bem os olhos e se debateu.

— Tranquilo, somos nós! — disse Egil.

Gerd o segurou com força e Lasgol se acalmou.

— O que aconteceu? — perguntou, desnorteado.

— Você dormiu no chão de novo... — respondeu Egil, com um tom de quem suspeitava que tinha acontecido algo.

— O que aconteceu? Podemos te ajudar? — perguntou Gerd.

— É... Não, não aconteceu nada.

— Ninguém acredita nisso — disse Viggo. — Não consegue ver a sua própria cara, mas está branca como a neve. Algo ruim aconteceu com você.

— Não é nada, em um instante eu me recupero — respondeu Lasgol, e tentou se levantar.

Ficou tonto e não conseguiu. Gerd o segurou para que não se machucasse.

— Aposto meu café da manhã que tem a ver com isso — disse Viggo, apontando para o ovo no chão ao lado de Lasgol.

— Não, é só um presente. — Ele tentou disfarçar.

— O sabichão aqui vai confirmar. — Viggo se referia a Egil. — Uma vez é acaso, duas vezes já não é mais, e você apareceu inconsciente duas vezes perto desse ovo.

Lasgol olhou para Egil, que assentiu:

— Viggo tem razão. Você deveria confiar em nós.

— Em formação na frente das cabanas! — gritou a voz potente de Oden.

— Temos que sair — disse Gerd, assustado. — Aconteceu alguma coisa, nos acordaram muito cedo.

— Vou explicar tudo, só preciso de tempo… — disse Lasgol.

Egil assentiu. Gerd fez menção de pegar o ovo para entregá-lo a Lasgol, mas se conteve, com medo.

— É perigoso? — perguntou.

Lasgol assentiu duas vezes, devagar. Viggo grunhiu.

— Eu sabia!

— Eu vou pegá-lo — disse Egil.

— Não! — exclamou Lasgol.

Entretanto, o amigo já tinha se agachado.

— Não se preocupe, um objeto inerte não pode machucar… — começou a dizer Egil.

De repente, produziu-se uma descarga de energia. Egil foi empurrado na direção do beliche de Gerd e Viggo e bateu com força nele. Caiu no chão, se contorcendo de dor.

— Egil! — gritou Lasgol.

— Ovo maldito — disse Viggo, jogando uma manta em cima do objeto.

Gerd, com os olhos esbugalhados, balbuciou:

— É... magia... Nada de bom sai da magia, só dor e sofrimento...

— Saiam agora! — chamou Oden.

— Vão indo — disse Lasgol para Gerd e Viggo. — Podem ir. Eu cuido do Egil.

Os dois colegas obedeceram e saíram.

— Egil, venha, temos que sair. Oden nos chamou para formação — disse Lasgol ao amigo, tentando levantá-lo.

Egil gemeu de dor e tentou ficar em pé. Seu rosto se contraiu. Não conseguiu.

— Vou... — disse, tentando se levantar de novo. Sem sucesso.

— Eu ajudo você — propôs Lasgol, e lhe deu a mão.

No final das contas, conseguiram sair. Infelizmente foram os últimos. Egil segurava as costelas. Ingrid e Nilsa perceberam e os olharam preocupadas.

— Está tudo bem? — perguntou Lasgol.

Egil assentiu.

— Foi só uma batida, vai passar.

O instrutor-maior Oden os observou com o rosto severo.

— O filho do Traidor acha que pode chegar tarde ao meu chamado?

— Não, senhor... — respondeu Lasgol.

— Não é o que parece, filho do Traidor — disse Oden, pronunciando as palavras com desprezo.

— Sinto muito, senhor...

— Não, ainda não sente, mas vai sentir. Depois do treinamento físico, vai subir até a Rocha do Abutre. Quero que volte até o final do almoço. Se não voltar antes de o almoço acabar, ficará sem comer e dará duas voltas a mais no lago após o jantar.

Lasgol engoliu em seco. A Rocha do Abutre estava a meia manhã de distância, no cume de um dos picos. Não conseguiria voltar a tempo.

— Ficou claro?

— Sim, senhor...

— Foi minha culpa — interrompeu Egil, tentando ajudar Lasgol.

— Ninguém lhe perguntou nada — cortou Oden.

— Mas... não é justo...

Oden sorriu com dureza.

— Justo? Eu falei que é justo?

— Não… — respondeu Egil, abatido.

— Quer acompanhar seu amigo? Percebo que não te sobram muitas forças…

— Eu…

Lasgol fez que não para Egil, que se resignou.

— Acho que não conseguiria…

— Nesse caso, fique calado e aprenda. Todo erro deverá ser pago — disse Oven. Então se virou para o restante dos iniciados e disse: — Estão avisados! Filho do Traidor — chamou Oden com o olhar fixo em Lasgol, demonstrando mais desdém ainda.

Lasgol mordeu o lábio. Não queria vestir a carapuça na frente daquele homem.

— Não me faça ter que repetir, ou mandarei toda a sua equipe limpar os estábulos por um mês.

— Sim, senhor — concordou Lasgol, engolindo a raiva que subia em seu peito.

— Sua situação é tolerada aqui apenas pelo desejo expresso de Dolbarar, contra a vontade geral dos Guardiões. Mas não teste sua sorte, porque nem ele vai te salvar, caso algum dos instrutores decida te expulsar.

Lasgol lembrou por que estava ali, por que tinha que aguentar aquilo, e abaixou a cabeça. O fato de que Dolbarar, líder do acampamento, tivesse permitido seu ingresso causou a ele um estranhamento. Por que o líder faria isso? Devia ter sido por obrigação da tradição. Os filhos de guardiões tinham direito de entrar pela ligação sanguínea. O mais provável era que Dolbarar estivesse protegendo a norma, e não ele, como Oden tinha insinuado.

— Escutem com atenção. Dolbarar me encarregou de explicar a vocês nosso sistema de seleção. Ficarei encantado em fazê-lo; é algo que adoro fazer todo ano, embora goste mais de escoltar até a porta de saída aqueles que acabam sendo expulsos no final do ano. Vou explicar as normas básicas que regerão sua estadia neste primeiro ano aqui. Prestem atenção, porque é sua permanência que está em jogo.

Lasgol e Egil se entreolharam inquietos e os joelhos de Gerd começaram a tremer. Nilsa passou a mão pelas costas dele para tranquilizá-lo, embora ela mesma mal conseguisse ficar quieta de tanto nervosismo.

Oden começou a caminhar devagar com as mãos nas costas. Seu olhar rígido percorria o rosto dos iniciados, que mal suportavam a ansiedade.

— No fim de cada estação, haverá duas provas de avaliação. A primeira será individual. Vocês serão avaliados nas quatro maestrias com uma prova específica em cada uma delas. Espera-se que consigam a aprovação. Os pontos que obtiverem nas provas individuais de cada maestria ao longo do ano serão somados. Dependendo do resultado final, passarão ao segundo ano ou serão expulsos. Alguma pergunta?

— Então, são quatro provas? — perguntou Ahart, o capitão dos Ursos.

— Correto. A Prova de Primavera, a Prova de Verão, a Prova de Outono e a Prova de Inverno. Ao finalizar o ano, os guardiões-maiores decidirão, com base nessas pontuações, quem fica e quem vai embora.

— Se falharmos em uma, mas passarmos nas outras três, seremos expulsos? — perguntou Arvid, o garoto forte dos Falcões.

— Em cada prova, vão receber uma, duas ou três Folhas de Carvalho. — Tirou do bolso um emblema ovalado, de madeira, do tamanho de uma ameixa, com o formato de uma folha de carvalho talhada. — Se receberem uma, significa que não passaram na prova, são uma vergonha. Duas, significa que passaram, mas precisam melhorar. Três, que foram bem, e é o que devem almejar sempre, ainda que eu veja alguns que não vão conseguir nem em sonho. Escutem bem e assimilem: as desculpas não servirão para nada. Espera-se que tenham no mínimo oito Folhas de Carvalho em cada maestria ao final do ano. Quem não conseguir será expulso.

Nilsa levantou a mão e a balançou, inquieta.

— Sim?

— E se conseguirmos doze folhas em três maestrias e sete em uma?

Oden a fitou com firmeza, não tinha gostado muito da pergunta.

— Você é espertinha, não? Por mim, seriam expulsos, pois não conseguiram o mínimo de pontos exigidos em uma das quatro maestrias. Mas essa decisão será tomada em conjunto pelos guardiões-maiores. Se eu fosse você, garantiria pelo menos oito folhas nas quatro. E deixe-me dizer que parece que você não vai conseguir doze em nada. Então já pode começar a se esforçar muito.

— Áh, sim, senhor — respondeu a garota, vermelha de vergonha.

— Alguma outra pergunta? Se for como a anterior, podem se poupar.

Ninguém se atreveu a perguntar mais.

— Lembrem-se: oito Folhas de Carvalho ao final do ano em cada uma das quatro maestrias ou serão expulsos. Assintam se me entenderam.

Os iniciados assentiram. O rosto de muitos deles expressava preocupação. Alguns, como Ingrid e Isgord, não mostravam nem um indício de dúvida; ao contrário, exibiam resolução e confiança. Eles passariam nas provas, fossem quais fossem.

— No dia seguinte ao da prova individual — prosseguiu Oden —, será realizada a prova em equipe. Essa é uma prova de prestígio. Consiste em uma competição em grupo. Será difícil, e tudo o que vocês aprenderam até o momento será posto à prova. A equipe vencedora será recompensada com Prestígio. Alguém sabe o que é o Prestígio?

Asgar, um garoto da equipe dos Corujas, levantou a mão imediatamente. Outros, de várias equipes, o seguiram. Lasgol não sabia o que era aquilo. Seu pai não tinha lhe explicado muito sobre o acampamento e a formação dos Guardiões. *Por quê?*, perguntou a si mesmo, confuso. Ficou preocupado. Sabia que tudo o que acontecia ali era mantido em segredo, mas alguns dos colegas pareciam ter alguma informação, e ele, não.

— Diga — ordenou Oden, apontando para o garoto da equipe dos Corujas.

— O Prestígio é um reconhecimento por ter vencido uma das provas ou ter realizado uma ação extraordinária para os Guardiões.

— Correto, e para que é utilizado? — perguntou, apontando para um garoto da equipe dos Lobos.

— É utilizado para que se possa optar por uma das Especializações Avançadas.

— Muito bem. Para alguma outra coisa? — Oden apontou para outro garoto, da equipe dos Furões.

— Serve para salvar alguém da equipe de ser expulso.

— Isso mesmo. A equipe que conseguir o Prestígio após vencer uma das quatro provas poderá salvar um de seus integrantes. Se houver mais de um candidato à expulsão, a própria equipe terá que decidir quem fica e quem sai.

Lasgol trocou olhares com seu grupo. Ninguém disse nada, mas todos sabiam que seria uma decisão difícil de tomar.

— Falta dizer que os integrantes das equipes que se sobressaírem terão mais possibilidades de entrar na maestria que desejarem. A primeira prova será no final da primavera. Recomendo que comecem a se esforçar ao máximo a partir deste instante. O tempo passa muito rápido e aqui muitos de vocês estão abaixo do mínimo esperado para serem aprovados. Não haverá segunda chance para ninguém. Esforcem-se ao máximo a cada dia ou não conseguirão. A Prova de Verão será mais difícil que a Prova de Primavera, assim como a Prova de Outono será ainda mais, e a última, a Prova de Inverno, os levará ao limite. Os Guardiões não aceitam medíocres, os Guardiões só aceitam os melhores, aqueles que se sobressaem nas quatro maestrias. Vocês sofrerão, aprenderão e os melhores conquistarão as provas. Os que não o fizerem serão aguardados por uma embarcação no acampamento base e conduzidos para fora de nossos domínios.

Gerard e Egil se olharam preocupados; eram bem conscientes do quanto teriam que sofrer e das dificuldades que os esperavam.

— Alguma dúvida sobre o que expliquei?

Ninguém respondeu. Oden passeou observando os integrantes de cada equipe com o rosto firme, certificando-se de que todos tinham compreendido a gravidade de suas palavras.

Um silêncio de preocupação misturado com tensão pairava no ar.

— Muito bem. Marchem para o treinamento e considerem tudo o que lhes falei.

Lasgol lutou para voltar a tempo da Rocha do Abutre, mas foi impossível. O esforço da manhã havia cansado suas pernas, e o esforço fatigou seus pulmões. A subida da montanha entre os bosques terminou de esgotá-lo. A escalada havia sido um suplício. A volta para o acampamento tinha proporcionado um pouco de respiro, ainda que o corpo já não respondesse. Chegou com a alma e o corpo destruídos.

Oden o esperava em frente à cantina. Atrás dele, para dar apoio a Lasgol, estava sua equipe. Até mesmo Viggo estava esperando, embora disfarçasse.

— Não conseguiu. Já sabe o que te espera hoje à noite — disse Oden.

— Vou... cumprir...

— É claro que vai, filho do Traidor.

O instrutor-maior saiu sem dizer mais nada. Lasgol esperou perdê-lo de vista e caiu exausto no chão. Os colegas foram socorrê-lo e o apoiaram em uma das mesas da cantina.

— Ele precisa de uma massagem — explicou Egil. — Para que os músculos descansem e se aliviem um pouco.

— Muito bem — disse Nilsa. — Alguém sabe fazer?

Egil negou com a cabeça.

— Eu sei só o que ouvi. Não tenho prática.

— Certo, como em tudo... — comentou Viggo.

— Eu sei um pouco — comentou Gerd.

— Então é todo seu — disse Ingrid.

Gerd fez uma massagem intensa nas duas pernas de Lasgol. Depois nos braços e, por último, nas costas. Lasgol dormiu na mesa. Ficou ali até que chegasse a ordem de ir para a instrução da maestria de Natureza. Os colegas o acordaram, e ele foi carregado por Gerd e Ingrid até um descampado a oeste, onde havia uma horta enorme e várias construções de madeira.

Meia dúzia de guardiões os aguardava com a erudita Eyra, guardiã-maior da maestria de Natureza. Com sessenta primaveras, tinha o cabelo grisalho e cacheado, um nariz longo e torto. Seu rosto era simpático, mas seu olhar tinha um pouco de dureza. Lasgol ficou surpreso ao perceber que quatro dos guardiões que a acompanhavam eram mulheres.

— Querida, por gentileza... — disse Eyra para uma das guardiãs a seu lado.

A guardiã se posicionou à frente de todos, de modo que pudessem vê-la bem. Era jovem, não tinha mais do que 25 anos.

— Esta é Íria, instrutora da maestria de Natureza. Observem e aprendam.

Íria levou a mão às costas e, de uma espécie de bolsa de couro, tirou uma armadilha feita de galhos e espinhos. Mostrou-a e, em seguida, a colocou no chão, na frente de todos. Ela abriu a capa, e o medalhão de madeira com a folha de carvalho surgiu. Usava um cinto de onde pendiam saquinhos de couro e recipientes de madeira e de vidro com tampas de cortiça. Pegou um recipiente de madeira, o destampou e verteu um líquido de cor estanha sobre a armadilha.

— O que será? — perguntou Nilsa balançando as pernas, sem perder um detalhe.

— Deve ser um reagente com alguma função específica — respondeu Egil.

— Um o quê? — Gerd estranhou.

— Uma preparação que reage quando é misturada com outras — explicou Egil, como se fosse um instrutor.

— Olhem — apontou Nilsa.

Ao agachar-se, Íria pegou dois punhados de terra e os espalhou na armadilha. Lasgol a observava atentamente. Estava intrigadíssimo, assim como todos de sua equipe. A instrutora fez um gesto, e de repente a armadilha se fundiu com o solo e desapareceu diante dos olhos de todos. Lasgol esticou o pescoço para ver melhor. Não conseguia acreditar naquilo. A parte mais difícil de colocar uma armadilha era escondê-la bem para que não fosse vista, e ele sabia muito bem, já que havia feito infinitas armadilhas. Aquilo era fantástico.

— Não pode ser! — disse Nilsa, aplaudindo.

— Desapareceu! — Gerd ficou maravilhado, com os olhos cravados no lugar onde estava a armadilha, sem conseguir vê-la.

— A terra respondeu ao reagente, provavelmente mudando a armadilha para uma cor que não conseguimos ver — explicou Egil.

— Diz o sabe-tudo... — comentou Viggo, que examinava com o olho fechado. — Eu ainda a vejo. Se você reparar, dá para ver.

— Cale a boca e não se meta com ele, que sempre sabe do que está falando, ao contrário de outros — alfinetou Ingrid.

Viggo a fuzilou com o olhar.

Íria deu um passo para trás e pegou uma pedra. Deu outro passo para trás e, muito devagar, a atirou sobre a armadilha. Houve uma explosão de fumaça e terra. Metade dos iniciados caiu de costas com o susto. A instrutora sorriu de orelha a orelha e voltou ao lugar, atrás de Eyra.

— Disso eu gostei! — confessou Viggo, sorrindo de verdade pela primeira vez.

— Impressionante — disse Egil. — Eu me pergunto qual será a combinação dos elementos-base e dos reagentes para criar algo assim. Muito interessante. Aproveitarei os estudos nesta maestria.

Gerd tremia de medo no chão. Nilsa o abraçou para tranquilizá-lo. Ele quase tinha morrido de susto.

Lasgol estava perplexo. Daria tudo para saber fazer armadilhas assim. Tinha que entrar naquela maestria!

— Agora que tenho sua atenção — continuou Eyra, com um sorriso —, explicarei em que consiste a maestria de Natureza e o que vão aprender sob minha tutela. Primeiro, é fundamental conhecer o mundo que nos rodeia — disse, abrindo os braços e girando. — Vocês vão conhecer este bosque, estas montanhas, cada planta, cada árvore, como a palma da mão. *O caminho do guardião* nos ensina que um guardião deve conhecer o entorno que deve proteger. E não só conhecê-lo; deve ter a capacidade de se embrenhar e de desaparecer nele. Os guardiões vivem nas florestas como se fossem seu próprio lar. Olhem essas montanhas que nos rodeiam. Belas, majestosas... e, no entanto, letais. Esta maestria lhes ensinará a sobreviver nelas, a viver em seu abraço frio como se fossem seus filhos. Quantos de vocês sobreviveriam nos bosques altos, acima das montanhas, por mais de uma semana se fossem enviados sem alimento e sem bebida?

Lasgol contemplou as montanhas. Não estavam muito longe. Conseguia ver os cumes gelados e as capas brancas ao longe. Sobreviver uns dois dias era viável, mas mais de três começaria a ficar complicado. Para ele, mais de uma semana era muito, muito difícil. Seria muito difícil vencer o frio, a fome e a sede lá em cima.

Ninguém respondeu. Todos estavam conscientes da dificuldade.

— Nós lhes ensinaremos a sobreviver onde a mãe natureza é mais inflexível com seus filhos e só alguns perduram. E não por apenas uma semana, mas todas as que precisarem. Um guardião está em seu habitat nos bosques e montanhas. Neles, consegue viver como o lobo, o urso ou a pantera das neves. Vocês se transformarão em amos e senhores, em predadores-reis. Dominarão o entorno e aprenderão a caçar, a se defender de outros predadores, inclusive os homens, e a sobreviver por si mesmos.

— Gosto disso — sussurrou Ingrid, assentindo.

Nilsa e Viggo também assentiram. Egil e Gerd não pareciam tão convencidos.

— Algum de vocês tem conhecimentos de cura? Conhecimentos de quais plantas, raízes e fungos podem ser utilizados para o tratamento de doenças? — perguntou Eyra.

Alguns levantaram a mão, inclusive, para a surpresa de Lasgol, alguém de sua equipe: Egil.

— Diga — falou Eyra, apontando para o garoto. — Que propriedades curativas tem o dente-de-leão?

— É uma erva floral comum. Suas principais propriedades são depurativas e diuréticas. Purifica o organismo de toxinas. Limpa a pele e é eficaz contra a constipação.

— É isso mesmo, efetivamente. Os que não têm esses conhecimentos, não se preocupem. Vão adquiri-los. Nós lhes ensinaremos a reconhecer todas as plantas medicinais e seus usos, de modo que possam curar feridas e doenças que não sejam muito graves ou mortais.

— Isso é fantástico — sussurrou Nilsa.

— Egil sabe muito — comentou Gerd com total admiração.

— Sim, é um livro ambulante — disse Viggo.

— Assim como lhes ensinaremos a curar, também aprenderão a utilizar plantas, fungos e outras substâncias com o fim oposto. Os guardiões devem conseguir incapacitar, envenenar e, inclusive, matar os inimigos do reino, e nesta maestria lhes ensinaremos como. Para isso, usaremos armadilhas, poções, venenos e outras preparações cuja elaboração e cujo efeito vocês vão memorizar.

— Até que enfim ficou interessante. — Viggo esfregou as mãos.

Nilsa olhou para ele e revirou os olhos. O rosto de Ingrid, no entanto, mostrava um grande interesse.

— Veneno? — perguntou Gerd com cara de espanto.

Eyra abriu os braços e sorriu.

— Agora deixo vocês nas mãos dos instrutores para que comecem a aprendizagem. Prestem muita atenção, pois os ensinamentos salvarão sua vida.

A equipe dos Panteras ficou com a instrutora Íria, o que agradou a todos, depois de terem visto sua demonstração. Ela os levou a um dos edifícios de madeira junto com as equipes dos Corujas, Ursos e Serpentes. Naquele primeiro dia, lhes mostrou diferentes plantas, suas propriedades e características.

Ao anoitecer, Lasgol teve que cumprir a segunda parte do castigo. Resignado, se dirigiu até o lago e deu duas voltas extenuantes. Oden foi observar se ele a cumpriria, Herkson estava com ele. Lasgol viu uma evidente inimizade no rosto dos instrutores e soube que, se fosse por eles, já o teriam colocado para fora. Mas não lhes daria essa satisfação. Cumpriria as normas e os castigos que impusessem sobre ele, por mais esgotado que estivesse. Não conseguiriam expulsá-lo, lutaria até que o corpo não respondesse mais.

Lasgol chegou à cabana se arrastando. Era tarde e supôs que seus colegas já estariam dormindo; porém, ao abrir a porta, viu que todos o esperavam, inclusive as meninas. Gerd o segurou no colo e o levou até o beliche. Fez outra massagem e Lasgol enfim dormiu profundamente.

Capítulo 15

OUTRA SEMANA VOOU SEM QUE ELES PERCEBESSEM. ESTAVAM TÃO concentrados em superar o treinamento físico e aprender a instrução das maestrias que os dias passavam em um piscar de olhos. Agora todos acordavam antes de ouvir a flauta de Oden e se punham de pé, preparados para quando ele chegasse nas cabanas.

Gerd acordou primeiro naquela manhã e espreguiçou os músculos doloridos.

— Vamos, pessoal, em pé. Não vamos dar desculpas ao mandão do Oden — disse, animando os colegas enquanto procurava a roupa.

Egil e Lasgol se vestiram tão rápido quanto o corpo exausto permitia. Gerd os empurrou para fora com pressa. Viggo segurou a porta aberta para que saíssem. Ingrid e Nilsa já esperavam os rapazes do lado de fora. Sempre eram as primeiras. Lasgol não sabia como faziam, pois deviam estar tão cansadas quanto eles. Gerd revelou o segredo: Ingrid se levantava antes do amanhecer para treinar a força física, queria superar os garotos. Nilsa tinha se juntado a ela. Agora faziam exercícios para fortalecer os braços, o torso e as pernas. Lasgol tinha que reconhecer o mérito incrível de ambas. Por outro lado, para que não restasse dúvida de que ela não temia ninguém nem aguentaria qualquer bobagem, muito menos de um garoto, Ingrid tinha derrubado dois garotos. Um da equipe dos Javalis, na instrução de tiro, e outro da equipe dos Ursos, no meio da cantina. Ninguém mais mexeu com ela.

Ficaram em formação com o restante das equipes. Lasgol observou ao redor e três cabanas ao longe viu a equipe dos Corujas. Sua líder, Astrid, era inconfundível com aquela cabeleira preta que se destacava entre os cabelos loiros da maioria dos iniciados. Ela o olhou de soslaio por um instante, com os olhos verdes enormes. Lasgol sentiu algo se remexer no estômago. Astrid se virou e comentou algo com um de seus companheiros. A equipe dos Corujas era singular e semelhante à dos Panteras: com duas garotas, uma como líder. A duas cabanas de distância, Lasgol identificou a equipe dos Águias, liderada por Isgord, que o analisava. Não estranhou. Sempre estava com uma cara de quem queria estrangulá-lo, por um motivo que Lasgol desconhecia. Junto dele, os quatro inseparáveis: os gêmeos Jared e Aston, dois garotos fortes e atléticos que pareciam guerreiros natos, e além deles outros dois mais baixos, mas parrudos, que pareciam buldogues, Alaric e Bergen. A última integrante era Marta, uma garota loira de cabelo longo e cacheado. Pelo que Nilsa tinha contado, ela era geniosa e não deixava que ninguém chegasse perto de Isgord, muito menos garotas.

O mestre instrutor Oden se dirigiu a eles.

— Hoje vou acompanhá-los até a Casa de Comando. Dolbarar está esperando para fazer um anúncio importante. Sigam-me.

Oden os conduziu até a casa sobre o lago. À medida que cruzavam o acampamento, Lasgol percebeu que havia muito movimento, mais do que o habitual. Os guardiões andavam de um lado para o outro transportando armas e mantimentos. Estavam se agrupando em frente aos estábulos, onde a atividade era ainda maior. Aquilo lhe deu um calafrio. Algo estava errado.

Cruzaram a ponte e chegaram ao pátio da Grande Casa. Dolbarar os esperava em frente à porta. Com ele, estavam os quatro guardiões-maiores.

— Em formação — ordenou Oden.

Os iniciados obedeceram e juntaram os joelhos olhando para a frente.

Dolbarar os observou por um instante, depois se dirigiu ao grupo.

— Hoje tenho notícias graves para comunicar a vocês. Nosso monarca, o rei Uthar, chamou todos os guardiões disponíveis para defender o reino.

Um burburinho de preocupação e estranheza cresceu entre os iniciados. Lasgol olhou para Egil, igualmente apreensivo.

— Não é comum que o rei chame todos os guardiões... Acontece raramente, apenas em tempos de perigo para Norghana — sussurrou o amigo.

Dolbarar continuou:

— Chegaram até o rei relatórios que apontam o retorno de Darthor, Senhor Sombrio do Gelo. São notícias funestas. O mal se aproxima de novo. Aquele que quis acabar com o rei e tomar nosso amado reino voltou. Por esse motivo, o rei chama todos os guardiões para servir e defender Norghana. O exército está alerta, e o rei está em contato com todos os duques e condes para reforçar a vigilância em seus feudos e preparar suas forças. Infelizmente, será complicado localizar Darthor e seus aliados, pois ele é mestre em ocultar a própria presença. Por isso, o rei envia a nós, guardiões, para que verifiquemos todo o reino e as terras limítrofes até encontrá-lo. E assim faremos. Todos os guardiões partirão hoje com a ordem de encontrar Darthor e seus aliados. Examinaremos todo o reino de Leste a Oeste, de Norte a Sul, até encontrá-lo. Não deixaremos um palmo de terra sem rastrear, não deixaremos de levantar nem uma só rocha sob a qual ele possa se esconder.

Egil semicerrou os olhos.

— O rei deve ter chamado meu pai... — sussurrou ele.

— Por ser o duque Olafstone? — perguntou Lasgol.

— Sim, mas também para garantir que ele não apoie Darthor. Para controlá-lo. Lembre que são rivais...

— Entendo...

— Quer dizer que nosso sabichão é, na verdade, um nobre... — disse Viggo com uma sobrancelha erguida.

— Não ficar se metendo nos assuntos dos outros — repreendeu Nilsa.

— E você não devia se meter em conversas que não te interessam.

— Todos calados — falou Ingrid —, Oden está olhando para nós e vai nos castigar.

Diante das ordens da capitã, todos pararam de sussurrar.

Dolbarar continuou a intervenção:

— É o dever de um guardião proteger o reino de inimigos internos e externos — disse, como em uma oração. — Repitam comigo.

175

Todos os iniciados repetiram em uníssono.

— Muito bem. Os Guardiões protegem as terras de Norghana. Este corpo foi criado com esse fim e vivemos por ele a cada dia. Protegemos o reino em silêncio, nas sombras, pois somos poucos, mas estamos preparados para a tarefa que nos foi encomendada.

— Somos poucos? — perguntou Gerd, contrariado.

Egil assentiu.

— Comparados ao Exército Real, ou até mesmo aos seguidores pessoais dos duques e condes, somos.

— Sabe quantos somos? — Nilsa se interessou.

— Aproximadamente. Meu pai mencionou alguma vez. No total, não chegamos a quinhentos — respondeu Egil.

— Tão pouco? — disse Gerd, surpreso.

— Sim. É um corpo de elite com funções muito específicas. Para o restante, existe o Exército Real. Pensem que este acampamento é o único lugar que forma os novos recrutas. Este ano, só entraram oitenta e, com sorte, por volta de cinquenta terminarão a formação.

— Terminaremos — corrigiu Ingrid, piscando um olho.

Egil sorriu e assentiu.

— Você se esqueceu de falar por que recrutam a cada ano... — disse Viggo.

— É uma profissão perigosa... — reconheceu Egil.

— Muitos morrem em missões a serviço do rei e precisam ser substituídos — acrescentou Viggo.

— Como esta missão? — perguntou Nilsa.

— Sim, como esta.

— Não se acovardem — pediu Ingrid. — Aprenderemos a sobreviver e enfrentaremos qualquer perigo.

— Veremos... — Gerd se preocupou.

Dolbarar pigarreou.

— Nós, guardiões, vamos cumprir a missão encomendada pelo rei Uthar. Não falharemos, pois o dever e a honra por nosso amado reino nos guiam.

Os quatro guardiões-maiores estavam sérios, nitidamente preocupados, mas não havia um pingo de medo entre eles.

— *O caminho do guardião* nos ensina que servimos ao reino: em segredo, silêncio e sem suspeita.

Lasgol entendeu aquela frase como um novo dogma.

— Todos os guardiões do acampamento que não estejam designados a trabalhos de instrução se juntarão à busca. Muitos já estão a caminho — disse, apontando para os estábulos.

Lasgol se virou e viu que partiam em uma longa fileira, com as capas de capuz verde-amarronzado, no lombo dos fiéis companheiros. Uma sensação de desamparo o tomou, como se estivessem expostos e indefesos. Então, observou Dolbarar e os quatro guardiões-maiores. A presença deles era tão poderosa e emanava tamanha força que o sentimento passou na hora.

— Essa situação não afetará sua instrução nem a dos outros cursos. Continuaremos as instruções como fazemos todos os anos. Os guardiões estão preparados para enfrentar qualquer situação, por mais perigosa e desesperadora que possa parecer. Tenho a convicção absoluta de que prevaleceremos, como sempre fizemos. Que essas palavras sirvam para sossegar seu coração.

Gerd assentiu e Nilsa sorriu. Na equipe dos Corujas, Astrid também sorriu para os colegas para animá-los. Isgord, por outro lado, apertou o punho e fez um gesto de força para os Águias, e os colegas responderam com o mesmo gesto. Os Javalis não pareciam muito preocupados. Os Lobos e os Serpentes prestavam atenção sem demonstrar qualquer reação. Lasgol supôs que também estivessem inquietos, mas não quisessem transparecer isso na frente de Dolbarar e dos quatro guardiões-maiores.

— Agora, continuem — ordenou Dolbarar. — Voltem à instrução. E lembrem: somos o que aprendemos. Aprendam, meus guardiões iniciados, aprendam.

Oden mandou que ficassem em pé e os levou. Antes de deixá-los para que participassem da instrução, virou-se e falou:

— Os guardiões devem conhecer sua terra como a palma da mão e usar a astúcia. Nós usamos a cabeça, estudamos o entorno, aprendemos e usamos esse conhecimento para desaparecer nos bosques e montes como se fizéssemos parte deles. Lembrem-se disso.

Então os conduziu aos bosques do oeste. No meio de uma esplanada rodeada de pinheiros, Haakon, o Intocável, guardião-maior da maestria de Perícia, os esperava. Assim que o viu, Lasgol ficou nervoso. Não sabia o motivo, talvez fosse sua aparência ou o ar sombrio que parecia emanar. Era magro e tinha músculos definidos, e tinha uma expressão funesta. Os pequenos olhos pretos o faziam parecer um predador. A aparência lhe dava um ar de predador sinistro. Lasgol sentiu os pelos se arrepiarem.

— Bem-vindos. Sentem-se no chão — disse o guardião, com uma voz sussurrante.

Nilsa se sentou ao lado de Lasgol. Pela expressão dela, também parecia não gostar de Haakon, e Gerd também não. No entanto, Viggo exibia um estranho meio sorriso de agrado. Ingrid o encarava fixamente, como se desejasse engolir todo o conhecimento que lhe transmitiam.

— Esta maestria tenta desenvolver o que podemos chegar a fazer com nosso corpo e os cinco sentidos que temos. Vejo pelos rosto de vocês que não entendem. Vou explicar. Nós lhes ensinaremos a caminhar com o sigilo de um predador, a desaparecer nas sombras como um caçador noturno, a se camuflar como um camaleão, a caminhar sem serem vistos nem ouvidos. Aprenderão a emboscar suas vítimas sem que elas saibam o que aconteceu. E, se o treinamento for inevitável, lhes ensinaremos a levar seu corpo ao limite das possibilidades, para que sejam quase inalcançáveis e acabem vitoriosos. Entretanto, tudo isso requer estar em plena forma física. — Olhou para os integrantes de cada equipe e julgou o valor de cada um. — Já faz algumas semanas que vocês têm recebido instrução, e o instrutor-maior Oden me informou que já estão em condições de começar a instrução de maestria de Perícia. Quase todos, com algumas exceções...

Seus olhos pretos percorreram a equipe dos Panteras. Pararam em Gerd e depois em Egil.

— Não podemos penalizar todos pela má forma física de alguns, então os que estão atrasados terão que trabalhar o dobro para alcançar o restante — acrescentou Haakon.

Gerd engoliu em seco. Egil soltou um longo suspiro.

— Acho que uma demonstração fará vocês entenderem com mais clareza o conceito por trás desta maestria.

Haakon recuou alguns passos até o limite do bosque e se posicionou atrás das árvores. Muito devagar, foi se agachando. Enquanto o fazia, se cobriu com a capa de guardião e vestiu o capuz. Ficou quieto como uma estátua. De repente, não estava mais ali, desaparecera na frente de todos!

O burburinho e as exclamações de surpresa tomaram conta do ambiente. Lasgol estava de boca aberta e não conseguia fechá-la. De repente, Haakon reapareceu perto de uma árvore a dez passos de onde tinha ficado invisível e assoviou. Todos viraram a cabeça na direção dele. Não o tinham visto se deslocar nem identificaram qualquer movimento entre as folhagens. De repente, ele começou a correr a uma velocidade desenfreada, ziguezagueou e voltou à posição inicial antes que os iniciados virassem a cabeça.

— Não... pode ser... — balbuciou Lasgol, fascinado pela proeza que acabara de presenciar. — Como ele fez isso? É incrível!

Haakon se dirigiu a eles:

— Vejo que começaram a entender. Esta maestria não é como as outras três. É mais difícil. Não digo isso por ser minha, mas porque é um fato, inclusive conforme *O caminho do guardião*. Das quatro maestrias, a de Perícia é a que diferencia os escolhidos dos medíocres. Ela requer uma grande disciplina do corpo e da mente. Por isso, vão sofrer. Não é de meu feitio amenizar as verdades. Preparem-se para trabalhar muito, muito mesmo. Do contrário, não vão passar. E se algum de vocês acha que conseguirá entrar na maestria em uma das especialidades de elite, como espião imperceptível ou assassino natural, já pode esquecer. Há muito tempo não vejo alguém com talento suficiente para chegar lá.

— Eu vou conseguir — murmurou Ingrid com um olhar determinado.

Lasgol tinha que reconhecer que não havia ninguém em todo o acampamento que tivesse mais força de vontade ou que se dedicasse mais do que Ingrid. Ele a admirava por isso, cada vez mais. Por baixo da rispidez havia uma vontade de ferro.

Haakon fez um gesto com as mãos e, de repente, apareceram cinco instrutores no matagal.

— Estavam aí o tempo todo? — perguntou Gerd, esfregando os olhos.

— Parece que sim, camuflados como verdadeiros camaleões humanos — respondeu Egil.

— Os instrutores cuidarão de vocês agora — disse Haakon. — Não quero vê-los de novo enquanto não conseguirem caminhar nas sombras.

Deu meia-volta e se embrenhou na floresta. Um instante depois, desapareceu.

— Fascinante! — exclamou Egil.

— Extremamente difícil, eu diria — apontou Nilsa, com os ombros caídos, e dessa vez, permanecendo quieta em seu lugar.

— Pois eu gostei dessa maestria — disse Viggo.

Todos se viraram para ele, surpresos. Não tinham ouvido o garoto falar algo positivo em todo aquele tempo. Nem uma coisa sequer.

— O que foi? Não posso gostar de algo?

Ingrid não se conteve:

— Sim, mas estávamos começando a achar que você não tinha alma.

Viggo inclinou a cabeça.

— Tenho, bonitinha, acontece que ela é sombria como carvão.

— Não me chame de bonitinha se não quiser arranjar um problema.

— Estou devolvendo o elogio — soltou Viggo, provocando-a. Ingrid franziu a sobrancelha e apertou o punho. — Além do mais, não estou mentido. Você é bonita, mas não seria nada mau se arrumar um pouco. Você parece mais garoto que eu. — Ingrid levantou o punho. — Você precisa saber que perde todo o seu encanto com esse gênio, sem falar das surras que dá em tudo o que se move.

Lasgol se pôs entre eles antes que Ingrid batesse no colega.

— Melhor darmos atenção ao instrutor. Ele está vindo — disse, apontando para um guardião alto com um medalhão de madeira com a imagem de uma serpente no centro.

O homem apontou para três das equipes e fez um gesto para se aproximarem.

— Vocês têm trabalhado o condicionamento físico. Chegou a hora de se ocuparem do equilíbrio. Um guardião deve conseguir andar sem que seus pés toquem o chão, sem que suas pegadas fiquem marcadas na terra. Hoje começarão a treinar essa nova habilidade.

O instrutor os conduziu até um pequeno vale perto dali. Um diminuto córrego o rodeava. Chegava à altura dos joelhos. De uma margem à outra, cruzando o vale, havia um tronco de pinho descascado.

— Dividam-se de acordo com as equipes e atravessem — ordenou o instrutor.

— Caminhar em cima desse tronco? Ele só tem meio palmo de largura — reclamou Gerd, com desespero na voz.

— E sem cair nem bater a cabeça, grandalhão — zombou Viggo.

— Calculo que seja uma dúzia de passos curtos — disse Ingrid.

— Atenção, equipe. Besuntaram alguma coisa na outra ponta… Aposto que é manteiga… — disse Egil, apontando para a extremidade oposta, que parecia úmida.

— Que ótimo! — reclamou Nilsa. — Como se não fosse difícil o bastante. E a queda é de mais de duas varas. Acho que a água não evitaria a batida. Vamos quebrar as costas!

— Ou a bunda — disse Viggo.

— Vamos, façam uma fila — ordenou Ingrid. — Olhem para os Corujas, eles não têm medo e estão subindo; os Lobos também. Não podemos ser inferiores — adicionou, e ficou na fila atrás de Borj, o garoto mais forte da equipe dos Corujas.

Viggo e Gerd a seguiram. Nilsa resmungou, mas se juntou a eles dando pulinhos para tentar se acalmar. Lasgol fechou o grupo.

A experiência foi traumática. Gerd e Egil caíram do ponto mais alto, antes de chegar à metade do pinho. Assim como Nilsa tinha previsto, a queda foi séria. Gerd ficou estirado de costas com os braços abertos. Egil caiu sentado nas rochas do fundo do rio e se levantou massageando as nádegas para tentar amenizar a dor. Ingrid quase conseguiu atravessar; no entanto, no trecho escorregadio, perdeu o equilíbrio e também caiu. Berrou de frustração, embora não tivesse se machucado, pois caiu a uma altura de meia vara e bateu na encosta do vale.

— Pelas artes escuras dos feiticeiros noceanos! Egil tinha razão. Besuntaram o final com manteiga, tenham cuidado! — gritou Ingrid, que levantou o punho ao ver as caras de desânimo do seu grupo. — Vamos! Nós vamos conseguir!

Levada pelos incentivos de Ingrid, Nilsa começou a cruzar, decidida, mas não conseguiu dar mais que três passos antes de perder o equilíbrio. Caiu de bruços no fundo do rio. Levantou-se depois de um instante. Um galo em sua testa começava a inchar.

— Vamos, de volta para a fila! — ordenou o instrutor. — São patéticos, minha avó faria melhor.

— Acho que esta maestria não é para mim… — disse Nilsa, com uma expressão de derrota, consciente de sua inaptidão.

— Por que não? — perguntou Astrid, capitã dos Corujas, que a ajudou a voltar para a fila.

— Eu… Bom… Sou um pouco desastrada…

— Um pouco… — murmurou Viggo, debochando e começou o exercício.

Leana, colega de Astrid na equipe dos Corujas, uma garota loira e magra de beleza incomum, sorriu para Nilsa.

— Coordenação e sigilo também não são meu forte — disse, abrindo os braços. — Esta maestria é mais para pessoas como Asgar. — Depois, apontou para um dos colegas, um garoto muito ágil e magro de cabelo acobreado, que parecia atravessar o tronco sem o menor esforço.

— Não desanime — disse Lasgol.

Viggo atravessou o tronco sem problemas, inclusive a parte final; voou em cima dela. Ingrid olhou para ele perplexa, sem acreditar.

— Surpresa? Tenho minhas habilidades — disse o garoto do outro lado, abrindo os braços e fazendo uma reverência elaborada. Depois deu uma piscadela.

Ingrid ficou sem palavras, então respondeu franzindo a sobrancelha.

— Vamos ver como Oscar vai se sair — comentou Astrid, observando seu companheiro de equipe, um garoto muito alto e forte, de cabelo loiro e olhos acinzentados.

Oscar chegou à parte final; no entanto, escorregou e caiu de costas. Grunhiu de dor.

— Um espetáculo decepcionante! — gritou o instrutor.

— Minha vez! — exclamou Astrid, e se lançou decidida a chegar ao outro lado.

Lasgol a observava sem perder um detalhe. A garota chegou à extremidade escorregadia e, como se estivesse na ponta dos pés, atravessou. Seus companheiros aplaudiram, e ela levantou os braços em sinal de triunfo.

Lasgol foi o seguinte. Respirou fundo, estudou o tronco e avançou. Cruzou em alta velocidade. Quando chegou à parte escorregaria, aumentou ainda mais a velocidade. Conseguiu atravessar, mas o pé de apoio escorregou no último instante. Estava com um pé na terra firme e o outro no ar. Tentou manter o equilíbrio com os braços, embora estivesse pendendo para um lado. Ia cair no rio! Uma mão se fechou em seu punho. Por instinto, ele se agarrou no braço e foi resgatado com um puxão. Lasgol levantou o olhar e viu que sua salvadora era Astrid. Seu estômago se revirou. A garota sorriu.

— De nada — disse ela, e saiu para repetir o exercício, com um sorriso nos lábios.

O rapaz ficou de queixo caído.

— Obri-gado... — gaguejou.

Repetiram o exercício até escurecer. Os Lobos saíram abatidos. Os Corujas não tinham ido tão mal. Astrid e Asgard tinham conseguido atravessar todas as vezes e até Leana tinha conseguido fazê-lo em duas ocasiões.

No fundo do vale, sob o pinheiro, esticados de ambos os lados do riacho, estavam os integrantes da equipe dos Panteras. Egil, Gerd, Nilsa e Ingrid estavam tão doloridos que não conseguiam se mexer, descansando no chão. Lasgol e Viggo, os grandes vencedores daquele dia, se entreolhavam, surpresos com as habilidades de cada um. A que se sentia pior era Ingrid. Era a primeira vez que fracassava em algo e estava furiosa consigo mesma.

— Amanhã será outro dia — disse Ingrid lá de cima.

— Nós nos sairemos melhor — garantiu Leana.

Lasgol e Ingrid acenaram. Os membros dos Corujas saíram para repousar, mas os dos Panteras não se mexeram.

— Meu pai já tinha me dito que isso não seria nada fácil, mas nunca pensei que seria tão difícil. Sinto dor em tudo. Vou ficar com uns hematomas que vão levar semanas para desaparecer — disse Nilsa.

— Seu pai é guardião? — perguntou Gerd, sem se mexer para não gemer de dor.

— Era.

— Sinto muito.

Nilsa suspirou.

— Foi morto por um mago maldito.

Todos a fitaram.

— Um mago do gelo? — perguntou Viggo, interessado.

— Não, não do gelo, um pior; mas, na minha opinião, todos são ruins. Deveriam ser executados. Qualquer um que use a maldita magia, o dom ou talento, como queiram chamar.

— Sinto muito... — disse Lasgol.

— Obrigada. Já superei... Eu acho... Foi há tantos anos...

— Se não se importar que eu pergunte — indagou Egil, interessado —, como sabe que foi um mago? Achava que as missões dos guardiões fossem secretas.

— E são, mas meu pai, Ethor, teve um mau pressentimento antes de partir e me contou.

— Entendo.

— Me disse que, se não voltasse quando chegasse o dia, e se meu coração mandasse, eu devia ingressar nos Guardiões. Que nada o faria mais feliz.

— E você está aqui para cumprir esse desejo de seu pai — concluiu Egil.

— Sim... mas não só por isso, também por mim... Quero me tornar uma caçadora de magos.

— A especialização de elite dos atiradores? — perguntou Ingrid, surpresa.

— Sim, quero matar todos esses magos malditos e qualquer pessoa que use magia. Quer dizer, apenas os inimigos...

Pela forma como ela falou, Lasgol teve a sensação de que Nilsa não ia fazer muita distinção entre magos inimigos e magos amigos.

— Isso é muito honrado — respondeu Ingrid.

— Meu pai me advertiu de que seria difícil conseguir, por causa do meu... dos meus problemas...

— Você vai conseguir — afirmou Ingrid. — Eu vou te ajudar.

— Obrigada...

— Todos ajudaremos — garantiu Gerd.

— Faremos com que seu pai se sinta orgulhoso — disse Egil.

— Obrigada a todos, de coração.

Vendo mais uma vez a opinião de seus colegas sobre magia, Lasgol soube que, mesmo se quisesse, não poderia confiar seu segredo a eles. Não entenderiam. Melhor mantê-lo guardado dentro de si.

Os seis permaneceram no fundo do vale até que a lua apareceu na copa das árvores; refletiram sobre as poucas opções que tinham para conseguir o que todos desejavam, cada um movido por um objetivo diferente. O ar frio da noite os tocou, então se levantaram a contragosto e conduziram o corpo dolorido e úmido até a cabana. O dia seguinte seria tão difícil quanto aquele que chegava ao fim. Ou até mais.

Capítulo 16

OS DIAS NO ACAMPAMENTO ERAM TÃO EXTENUANTES, E OS INI-ciados tinham tanto a aprender e fazer que nem perceberam a chegada do fim da primavera. Foi Egil que reparou nisso durante uma tarde, quando voltavam da instrução da maestria de Fauna. Tinham passado o dia todo nos campos atrás dos estábulos, assimilando tudo que pudessem sobre a anatomia, o cuidado e a doma dos cavalos. Lasgol tinha se divertido com Trotador, embora o instrutor Ben tivesse apontado que ele não montava bem.

"O filho do Traidor não leva jeito para cavaleiro", tinha dito, cuspindo nos pés de Lasgol, que o ignorou, pois não valia a pena se chatear. Além de tudo, gostava, e muito, da companhia da montaria jovial e potente. O instrutor ficou incomodado com a indiferença de Lasgol, então o mandou limpar os estábulos a semana toda. "Assim o cheiro de traidor será coberto pelo dos excrementos, muito mais agradável." Lasgol não lhe deu a satisfação de se chatear. Assentiu e cumpriu a tarefa. Nada faria com que ele fosse expulso, por mais que o provocassem.

Quando voltavam à cabana, depois do jantar, Egil comentou, cuspindo preocupado:

— Estamos chegando ao final da primavera.

— Maravilha, eu amo o verão! — exclamou Nilsa, dando uma cambalhota para comemorar.

— Eu também. Nada como um pouquinho de calor para variar — disse Gerd, esfregando as mãos enormes.

Viggo negou devagar com a cabeça.

— Vocês não entendem.

— O quê? — perguntou Nilsa, confusa.

— A Prova de Primavera... — explicou Egil.

— Já chegou? — indagou Gerd, assustado.

— Ah! — disse Nilsa, e começou a se balançar.

Lasgol também não tinha percebido. O tempo passava muito rápido ali.

— Vou perguntar para Oden. Temos que estar preparados — decidiu Ingrid, e saiu.

Os outros esperaram por ela na porta da cabana, sentados sob o alpendre. Estava anoitecendo. Quando Ingrid voltou, seu rosto já anunciava que não trazia boas notícias.

— Oden disse que a prova será daqui a duas semanas, e que é melhor começarmos a nos preparar imediatamente, ou nem comparecermos. Que somos a equipe mais lamentável que ele viu em anos...

— Vindo dele, é um elogio — disse Viggo com acidez.

— Duas semanas... — murmurou Gerd, bufando, abatido.

— Vejo que será extremamente complicado — acrescentou Egil.

— Nem fale, não teremos tempo para melhorar tanto — disse Nilsa.

Um silêncio de puro desânimo caiu sobre eles como uma bomba. Ingrid o quebrou:

— Não vamos nos render! — exclamou, cheia de energia.

— Você já olhou para a gente? Somos dignos de pena — respondeu Viggo.

Ingrid se virou para Lasgol:

— E você, vai se render depois de tudo o que estão fazendo você passar? — perguntou, fitando o garoto com seus olhos azul-celeste.

Ele ponderou por um instante. As chances de que passasse nas provas eram mínimas... Mas algo em seu interior lhe dizia que deveria seguir adiante, sem se importar com o tamanho da dificuldade.

— Não, não vou me render. Não sem provar que meu pai era inocente. Custe o que custar. Por mais que eu sofra.

Ingrid assentiu várias vezes.

— Se ele, que tem razões de sobra para se render, não se rende, vocês vão? Sem tentar? — O tom que ela utilizou foi tão duro que Gerd quase caiu do pórtico.

Os integrantes dos Panteras se entreolharam.

— Não, eu não vou me render — afirmou Egil. — Não darei essa satisfação ao meu pai. Se tiverem que me expulsar, que seja, mas não vou abandonar vocês.

— Se vocês vão seguir, eu também vou — disse Nilsa, convencida. — Sei que a especialidade de caçador de magos é praticamente inalcançável para mim, mas vou tentar, pelo meu pai.

Ao ver a reação dos colegas, Gerd se animou.

— Eu também não vou me render. Senão, de que adiantaria tudo o que passei?

Todos os olhares se voltaram para Viggo.

— Tudo bem, mas se vamos nos abraçar, aviso que eu vou vomitar. — E, pela primeira vez, Ingrid soltou uma risada. — Sabia que cedo ou tarde meu *carisma* te afetaria — disse Viggo com um sorriso de triunfo.

— Sim, claro, seu *carisma* inexistente. Não brinque com a sorte — zombou Ingrid, e de repente franziu a testa e lançou um olhar gélido para ele.

Viggo deu uma piscadela. Ao comprovar que Ingrid estava enfurecida, levantou as mãos em um gesto conciliador e deu um passo para trás. Ela o encarou, aborrecida, mas se conteve.

— Melhor irmos descansar. Temos muito trabalho pela frente — sugeriu Lasgol.

Os colegas assentiram e entraram na cabana.

À meia-noite, um som seco e repetitivo acordou Lasgol. Era como se um pica-pau estivesse batendo na casca de uma árvore. Ele se levantou e foi até a porta pensando que viesse do lado de fora. Não, o som não vinha dali. Voltou.

— Que barulho é esse? — perguntou Egil, se espreguiçando no beliche.

— Não sei — respondeu Lasgol, tentando localizar a procedência do som no escuro.

— Acenda o lampião, assim não vai encontrar. Já acordou todo mundo — reclamou Viggo no outro beliche.

— Menos Gerd — disse Egil, apontando para o amigo que roncava tranquilo na cama debaixo da de Viggo.

— Esse não vai acordar nem que um grupo de usiks vermelhos derrube a porta e o ataque — disse Viggo.

Egil soltou uma gargalhada. Lasgol acendeu o lampião. O som ficava cada vez mais forte, uma batida contínua.

— De onde será que vem? — disse ele, desconcertado, percorrendo o interior da pequena cabana.

— Acho... que do baú... — Egil apontou para o baú de Lasgol.

— Ah... — O garoto se aproximou, surpreso.

Se vinha do baú, já imaginava o que podia ser. Abriu. De fato, o som começou a ficar mais perceptível. Segurou a caixa de seu pai e não teve dúvidas: o som vinha de dentro dela. Era o ovo.

— Com certeza é esse seu ovo estranho — disse Viggo, se aproximando para olhar.

Egil também chegou mais perto.

Lasgol abriu a caixa. Um lampejo dourado os iluminou.

— Mas o quê...? — Viggo cobriu os olhos com o antebraço.

O outro semicerrou os olhos e observou o ovo dentro da caixa. As batidas continuavam. Saíam de dentro do objeto.

— Que estranho... — murmurou Lasgol.

De repente, fez-se outro lampejo.

— O ovo emite lampejos dourados em intervalos! — exclamou Egil, que se inclinou para observar.

— Pois não estou gostando nem um pouco disso! — disse Viggo, dando um passo para trás.

— Por que não? É fascinante! — perguntou Egil.

— Porque isso só pode ser uma coisa: magia.

— E?

— Como assim "e"? Magia é uma coisa muito perigosa, ou por acaso ninguém te explicou, sabichão? — Viggo estava indignado.

— Há muita superstição e exagero em torno dessa matéria misteriosa — respondeu Egil.

— Não é uma *matéria*. Magia é ruim, e isso é magia amaldiçoada — concluiu Viggo, cruzando os braços.

— Magia? Quem falou em magia? — perguntou Gerd, alarmado, acordando.

— Olhe. — Viggo apontou para o ovo na caixa aberta nas mãos de Lasgol.

— Ah! Isso é magia! — Gerd se levantou no beliche com tanta precipitação que bateu a cabeça. — Ai! — reclamou, ficando de pé e se refugiando atrás de Viggo. — Não toque nele, feche a caixa! Isso pode nos matar!

— O que faço? — perguntou Lasgol para Egil.

— Hmmm... Deveríamos analisar o que está acontecendo. É óbvio que algum processo está ocorrendo. Em minha humilde opinião, pode ser um chamado ou uma gestação.

Lasgol observou o ovo. A batida continuava, e os lampejos preenchiam a cabana.

— Então, se está chamando alguém, não deve ser para algo bom — afirmou Viggo. — A magia só atrai problemas grandes e mortais.

Lasgol começou a sentir algo estranho. Era como se uma voz dentro dele pedisse que segurasse o ovo nas mãos. *É uma má ideia. Da última vez, quase morri.* Resistiu, sacudindo a cabeça. No entanto, a sensação era cada vez mais presente. Talvez por causa da batida constante.

— Feche a caixa e vamos enterrá-la lá fora — sugeriu Gerd.

— Não! Temos que estudá-lo — disse Egil.

Lasgol se lembrou de uma frase do pai: "Em momentos difíceis, siga seus instintos; eles não falharão". Decidiu. Pegou o ovo com as duas mãos e deixou a caixa cair. Ao fazê-lo, a batida cessou.

— Parou — afirmou Egil. — Deve ter sentido que era você, Lasgol.

Confuso, o garoto olhou para ele.

— O que eu faço?

Um novo lampejo surgiu, desta vez localizado. Iluminou Lasgol de cima a baixo, como se o examinasse. Na mente do rapaz, apareceram aqueles olhos grandes que ele já tinha visto. De repente, escutou um *crac* e a parte superior do ovo rachou.

— Pelos magos do gelo! — Gerd se espantou.

— Não deixe ele cair! — pediu Egil.

Lasgol olhou para o amigo e segurou o ovo com força. Estava assustado, embora tentasse permanecer calmo. Algo dentro do ovo empurrou a parte rachada e terminou de quebrá-la. Alguns pedaços da casca caíram no chão e um buraco apareceu na parte superior.

— Que coisa...! — exclamou Viggo, e tirou uma pequena adaga de seu cinto para se defender.

Lasgol percebeu que as mãos tremiam. Inspirou fundo e conseguiu se acalmar. Outro pedaço de casca, desta vez maior, caiu no chão. Todos observavam tensos. De repente, apareceram dois olhos redondos e esbugalhados pelo buraco. Lasgol os reconheceu. Eram de réptil, amarelos e com uma pupila azulada em forma de ranhura. O garoto engoliu em seco. Depois dos olhos, surgiu uma cabeça. Era achatada e ovalada, rodeada por uma crista e coberta de escamas azuis com pintas prateadas. A boca parecia sorrir e dois orifícios pequenos e redondos formavam o nariz. Então, o animal abriu a boca e emitiu um chiado, como se fosse uma pergunta.

— O que é essa coisa? — gritou Gerd, assustadíssimo.

O animal emitiu outro guincho. Lasgol o fitava sem saber o que fazer.

— É algum tipo de réptil muito exótico — explicou Egil.

De repente, em um movimento rapidíssimo, a criatura saiu do ovo e subiu na mão de Lasgol. Assustado, ele deixou a casca cair no chão. O ovo não quebrou, mas rolou até Viggo, que se afastou com um salto, e bateu no pé de Gerd.

— Ah! — gritou o grandalhão, dando um pulo enorme.

Lasgol observou a criatura em sua mão. Não era muito grande, do tamanho da palma. Parecia um lagarto, mas tinha quatro patas longas e fortes e uma cauda muito comprida. O que mais impressionava eram os olhos, que, em comparação com o corpo, eram relativamente grandes. Assim como os pés e, sobretudo, os dedos, que não eram só grandes, mas largos e arredondados. Pareciam se aderir ao punho de Lasgol. Duas cristas percorriam as costas, da cabeça até a cauda.

— É muito frio — disse Lasgol, girando a mão.

O animal enrolou a cauda no punho de Lasgol e ficou parado na palma da mão.

— É realmente curioso — disse Egil, examinando a criatura.

Tocou as costas; ao fazê-lo, o animal se virou para Egil e abriu a boca, ameaçador. Não tinha dentes, mas uma grande língua azulada.

— Tome cuidado! — gritou Gerd. — Pode ser um filhote de dragão!

— Não diga besteira — repreendeu Viggo —, os dragões foram extintos há milênios.

— É um tipo de réptil, embora eu nunca tenha visto um igual a esse — comentou Egil, e tentou acariciá-lo.

Ao perceber a tentativa do rapaz, o animal abriu a boca de novo e guinchou. Nesse momento, começou a mudar de cor. Ficou da cor da pele de Lasgol e depois a mimetizou até desaparecer.

— Incrível! — exclamou Gerd.

— Tem a capacidade de se camuflar, como os camaleões — explicou Egil.

— Não pode ser, eu não consigo enxergá-lo — disse Viggo, se aproximando. — Está na sua mão?

Lasgol assentiu.

— Não o vejo, mas sinto o corpo frio na minha mão.

— Não estou gostando disso... — disse Viggo. — Uma coisa é ser um camaleão, outra é ser invisível. Isso só pode ser magia.

Gerd estremeceu.

— E se faz isso, o que mais ele deve fazer? E se for venenoso e nos matar com uma mordida ou nos transformar em pedra com o olhar? Há várias histórias de seres que fazem isso... — avisou Gerd, horrorizado.

Por algum motivo que Lasgol não entendia completamente, o animalzinho não lhe inspirava uma sensação de perigo. Ao contrário, sentia a necessidade de protegê-lo, de cuidar dele.

— Não é perigoso. Vou ficar com ele — disse mais para si mesmo do que para os colegas.

— Excelente! — Egil aplaudiu. — Nós o estudaremos. Amanhã vou à biblioteca e examinarei os tomos e pergaminhos da maestria de Fauna; algo vou encontrar. Talvez tenha que procurar entre os tratados de magia... Ouvi dizer que há vários volumes, embora precise de permissão para estudá-los. Não sei se Dolbarar me concederá...

— Essa é uma péssima ideia — reconheceu Viggo, apontando para a mão de Lasgol com a adaga.

— Também não gosto nada disso — disse Gerd.

— Eu me responsabilizo por ele, não vai acontecer nada de ruim, eu prometo — garantiu Lasgol.

— Vamos nos afastar um pouco e ver o que ele faz — propôs Egil, e levou Viggo e Gerd a contragosto para a outra extremidade da cabana.

Um instante se passou e de repente o réptil voltou à cor anterior. Ficou visível. Fitou Lasgol com os olhos grandes e emitiu um guincho. O garoto sorriu. Tentou acariciá-lo com o dedo e a criatura inclinou a cabeça. As escamas azuis e prateadas eram suaves ao toque. A criatura guinchou de novo, parecia contente, e lambeu o dedo de Lasgol. Surpreso, ele observou os olhos do animal. Então, notou algo na própria mente, algo como uma imagem borrada, mas ia além de uma imagem, era um sentimento, algo parecido com fome... Ficou perplexo. A sensação não era sua, eles tinham acabado de jantar... Lasgol percebeu o que estava acontecendo, o animal estava projetando a sensação nele. Definitivamente, aquele ser, fosse o que fosse, carregava alguma forma de magia.

— Acho que ele está com fome... — anunciou aos colegas.

— O que será que essa coisa come? — indagou Viggo.

Egil coçou o queixo.

— No geral, os répteis comem insetos ou são herbívoros. E, se não me falha a memória, também se alimentam de frutas. Vou buscar folhas de alface na cantina. Já volto

Lasgol ficou acariciando o animal. Era fascinante.

— Vou chamar as meninas, elas precisam ver isso — disse Gerd.

Ingrid e Nilsa entraram e, quando viram o animal na mão de Lasgol, ficaram estupefatas.

— O que é? — perguntou Ingrid, com uma sobrancelha erguida.

— Acho que é um filhote de dragão — respondeu Gerd.

— Não pode ser, não tem asas — rebateu ela.

— Que gracinha, olha como ele sorri. — Nilsa se aproximou.

— É melhor não tocar — recomendou Lasgol.

Mas a advertência chegou tarde.

Nilsa, encantada com o animalzinho, o acariciou. No mesmo instante, o bichinho abriu a boca, na defensiva, e começou a mudar de cor.

— Olhe o que vai acontecer agora — disse Viggo.

O animal desapareceu na mão de Lasgol. Nilsa soltou um grito. Ingrid se aproximou para olhar e esfregou os olhos.

— Aonde ele foi?

— Para lugar algum. Está na minha mão.

— Mas eu não o vejo — disse ela, incrédula.

— Ah, não, isso cheira à maldita magia! — disse Nilsa, indo para trás.

— Eu falei... — concordou Gerd.

Ingrid balançou a cabeça.

— Não estou gostando disso...

— Se tem magia, não quero saber mais nada desse assunto. A magia só traz desgraça — admitiu Nilsa, recuando ainda mais.

Nesse momento, Egil entrou com as folhas de alface em uma mão e meia laranja na outra, entregando-as para Lasgol. Depois, pediu que todos se afastassem e ficassem em silêncio para que o animal saísse do estado de invisibilidade. Esperaram um instante e, por fim, ele se mostrou. Lasgol colocou perto da boca dele um pedacinho de alface, que o bichinho mordeu e engoliu. Depois, guinchou, o que Lasgol interpretou como um pedido por mais, e conforme ele dava mais pedacinhos, o animal os devorava.

— É herbívoro — concluiu Egil. — Teste com a laranja.

Lasgol testou e Egil acertou de novo. A criatura lambia e mordiscava a laranja. Comeu até se saciar. Mais uma vez, Lasgol notou aquela sensação estranha na mente, como uma imagem borrada que transmitia um sentimento. Dessa vez, era sono.

— Acho que ele quer dormir.

— Sério que você vai ficar com ele? — reclamou Viggo.

— Eu também não acho boa ideia ter uma criatura mágica entre nós — concordou Ingrid. — Já temos muitos problemas e com certeza essa criatura vai nos trazer algum ainda maior.

— Eu acho que é uma descoberta excepcional. Vamos estudá-lo — pediu Egil.

— Fiquem tranquilos — começou Lasgol. — Entendo a preocupação de vocês, de verdade, mas não acho que ele represente algum perigo. Eu vou me responsabilizar por cuidar dele e garantir que nada aconteça. Prometo.

Por um instante, Ingrid, Viggo, Gerd e Nilsa se entreolharam, em dúvida. No fim, Ingrid concordou:

— Tudo bem, mas, se acontecer alguma coisa, nos desfazemos dele.

— E se ele fizer magia de novo, ou vocês somem com ele, ou eu sumo — ameaçou Nilsa, com tanta certeza que Lasgol sentiu calafrios.

— Obrigado — disse o garoto. — Não se preocupem.

Todos voltaram para a cama, e Lasgol colocou a criatura na caixa do pai, que ficou perto da cabeça dele. Egil se aproximou.

— É fascinante. Temos uma oportunidade única de estudar um exemplar extraordinário — sussurrou.

— Tomara que não seja perigoso — respondeu Lasgol.

— Iremos com cuidado. Você não está reconhecendo o que temos nas mãos, não é?

Lasgol o fitou sem compreender.

— É muito raro encontrar pessoas que têm o dom, pois são pouquíssimas, mas uma criatura com o dom… é raríssimo.

— Entendo…

— E o que é mais intrigante. Essa criatura tem uma razão para existir. Um motivo pelo qual tem essas características.

— Alguma ideia de qual seja?

— Não, mas tem, sim, um elemento significativo.

— É mesmo? Qual?

— Você.

— Eu? Por quê?

— Você estava com o ovo e a criatura quis interagir apenas com você.

— Pode ser coincidência.

Egil sorriu.

— As coincidências raramente são apenas isso. Quem te deu o ovo?

Lasgol hesitou. Não tinha contado nada íntimo para ninguém. Refletiu e decidiu dar a ele um voto de confiança.

— Meu pai me deu. Bom, foi enviado com seus pertences.

Egil levou a mão ao queixo.

— Curioso... Enviaram... Quem?

— Os Guardiões.

— E você acha que o ovo era do seu pai?

— Bom, não sei se era dele, acho que ele me enviou.

— Isto está cada vez mais interessante. Por que acha que é para você?

Lasgol contou o que tinha acontecido quando o ovo começou a girar sob seu dedo e ele viu o próprio nome escrito. Omitiu os lampejos e a visão dos olhos da criatura.

— Certamente intrigante...

— Preciso saber por que meu pai me enviou o ovo, com que intenção... se está relacionado ao que aconteceu com ele... com sua morte...

— Esse é um mistério que precisamos investigar.

— Pode ser perigoso...

— É muito provável que o perigo já te rodeie, mesmo que não o vejamos, e entender o que está acontecendo pode nos ajudar a preveni-lo.

Lasgol assentiu.

— Obrigado, amigo.

Egil sorriu.

— Por nada. Descanse, temos muito o que fazer e descobrir.

A cabana foi envolta pelo silêncio da noite. Lasgol, apreensivo, adormeceu observando a criatura. Algo ruim se aproximava, ele pressentia.

Capítulo 17

Durante as duas semanas seguintes, os seis se esforçaram ao máximo com apenas um propósito: passar na Prova de Primavera. Trabalharam com toda a alma, e Lasgol foi o que mais se esforçou. Embora o desprezo dos outros alunos e dos instrutores fosse cada vez mais evidente, ele seguia em frente. Rasteiras, golpes, insultos em voz baixa e até cuspidas eram o normal do dia a dia dele. No entanto, Lasgol não reclamava nem se revoltava; continuava adiante com um objetivo: superar as provas. O que mais o incomodava e frustrava era que os instrutores o tratassem diferente, muito pior do que o restante, e não fossem imparciais com ele. Aquilo não era justo, mas se lembrou das palavras de Ulf: a vida não é justa. De nada adiantava chorar por isso. Tinha que seguir em frente.

Uns alunos de terceiro ano tentaram provocá-lo para entrar em uma briga perto da biblioteca. Lasgol estava sozinho e aguentou os insultos e empurrões. Não resistiu, pois sabia que o que eles queriam era o confronto. Dois guardiões viram o que estava acontecendo e decidiram ignorar. Lasgol não ficou surpreso. Não esperava ajuda deles. Ao entender que não conseguiria o que queria, um dos valentões, alto e ruivo, deu um soco forte no olho de Lasgol, que recuou por causa da dor, mas não se rebaixou. Balançou a cabeça e recuperou os dois passos que havia dado para trás. Desafiador, levantou o queixo. Outro garoto bateu em seu estômago com tanta força que ele ficou sem ar. Lasgol se contorceu, sem conseguir recuperar o fôlego. Depois, levou uma joelhada que o derrubou.

Ficou estirado no chão, em um mar de dor. Outros iniciados passaram ao seu lado, mas nenhum ajudou. Demorou um instante para se recuperar, estava muito dolorido, mas ficou em pé devagar. Com o queixo erguido, encarou os agressores outra vez. Receberia a surra sem lhes dar a satisfação de tê-lo afetado.

Ia receber outro soco quando Ivana, a guardiã-maior da maestria de Atiradores, os viu enquanto se dirigia à Casa de Comando. Chamou a atenção deles e se aproximou. Ordenou uma explicação. Os de terceiro ano disseram que não era nada, que estavam só batendo um papo. Lasgol não os delatou, não era um dedo-duro. Além de tudo, sabia que não resolveria nada. Ivana os dispersou e seguiu seu caminho. Lasgol se resignou com a situação e decidiu apenas continuar treinando e se esforçando.

Gerd e Egil, com a ajuda de Ingrid, treinavam força e resistência física depois da instrução de cada tarde, antes do jantar. Além disso, Nilsa ajudava Egil, Gerd e Viggo a melhorar as habilidades de tiro antes de cada refeição. Lasgol ajudou todos com os conhecimentos de rastreio. Desenhava no solo as diferentes pegadas dos animais que conhecia e explicava tudo o que sabia sobre eles e como identificá-los. Egil, por sua vez, dava explicações magistrais sobre plantas medicinais e fungos venenosos. Lasgol lhes ensinou a montar armadilhas. Viggo explicou a todos como atravessar o pinho untado com manteiga, e eles passaram dias tentando e obtendo resultados diferentes.

A cada noite iam dormir exaustos e doloridos, sabendo que não tinham progredido muito e que, no dia seguinte, o sofrimento e a frustração os esperava. Mas, ainda assim, não desistiram. Todos tinham motivos diferentes, mas que os impulsionavam em frente e davam forças para que não se dessem por vencidos diante da adversidade.

Além de tudo, Lasgol e Egil passavam os poucos momentos livres que tinham estudando a criatura e tentando decifrar o mistério que a rodeava. Por que ela estava com Dakon? Por que ele a tinha enviado a Lasgol? Que poderes tinha e com que função? Lasgol ia contando mais de sua história para Egil, pois confiava nele cada vez mais. O garoto estava se transformando em um amigo inseparável.

Em muitas noites, se trancavam na biblioteca com a desculpa de estudar plantas e seus benefícios medicinais para a instrução de Natureza. Mas, na verdade, procuravam nas estantes dedicadas à instrução de Fauna livros sobre animais exóticos. A biblioteca era maior do que Lasgol tinha imaginado. A edificação, uma torre de cinco andares, devia ser um antigo edifício militar reutilizado. Era uma das poucas construções no acampamento feitas apenas de pedra, da fundação ao telhado irregular. Nas paredes internas de rocha aparente, havia estantes com numerosos volumes e pergaminhos. Nos andares, cada um dedicado a uma das maestrias, havia longas mesas de carvalho entre as estantes de livros. Os andares eram um labirinto de estantes e mesas que Lasgol gostava de explorar e que era um deleite para Egil, que parecia ter encontrado seu lugar ali. O grande edifício ficava no meio do carvalhal, entre a cantina e a Casa de Comando. De fora, se camuflava com vegetação, pois estava completamente coberto de trepadeiras e musgo.

Não tinham localizado nada remotamente semelhante à criatura, então continuaram a tarefa. Enquanto isso, o animal crescia. Corria pelo corpo de Lasgol como se ele fosse seu progenitor. Dormia quase o dia todo e acordava cheio de vitalidade. Pouco a pouco ia se acostumando à cabana e aos moradores, embora Viggo, Gerd e Ingrid não chegassem perto. Egil tentava fazer carinho, mas ele se escondia. De qualquer forma, parecia tolerar mais sua presença. Nilsa observava a criatura com clara desconfiança, como se esperasse que ela fizesse alguma magia para sentenciá-la. Lasgol estava encantado com o animal e o alimentava e cuidava dele da melhor maneira possível. Quando estavam na instrução, o colocava para dormir dentro do baú.

E assim chegou o temido dia da Prova de Primavera. Eles se levantaram antes que o instrutor-maior Oden tocasse a flauta.

— Nervoso? — perguntou Lasgol para Egil enquanto se vestiam.

— Sim, muito. Não quero ser expulso, não suportaria a vergonha que isso causaria ao meu pai.

— Você se cobra muito. Deveria ser quem você quer ser, não o que seu pai diz.

— Você não entende, meu amigo. Se eu fracassar, não apenas será uma humilhação para meu pai, o duque Olafstone, mas ele terá que *ceder* um dos meus outros dois irmãos a serviço do rei, o que lhe causará muita dor e humilhação.

— Ah, entendi...

Ingrid entrou, com Nilsa atrás dela.

— Vamos, se animem, vamos conseguir!

Gerd sorriu.

— Vamos conseguir — disse, fechando os punhos e se animando.

— Treinamos muito, vamos conseguir, vão ver — disse Nilsa, que tropeçou na pele de urso e quase caiu no chão.

Viggo resmungou algo entredentes, mas não disse nada.

— Em formação! — Ouviu-se a voz de Oden seguida do som agudo da flauta.

As treze equipes se colocaram em formação em frente às cabanas.

— Hoje pela manhã houve outro abandono — anunciou Oden, caminhando diante dos iniciados. — Já foram quatro desde que iniciamos a instrução. Se algum de vocês quiser se retirar e evitar o ridículo na Prova de Primavera, pode dar um passo à frente. — Ele parou na frente de Lasgol e o encarou, esperando que se rendesse.

O garoto engoliu em seco. Não se renderia. Desviou o olhar para a esquerda e encontrou o rosto de Isgord. Ele sorria. Mas depois viu o rosto de Astrid, que fez que não com a cabeça. Lasgol olhou bem para Oden e deixou clara sua resolução. Não se renderia.

— Está em tempo de se poupar do ridículo, Traidor — disse Oden. Lasgol mordeu o lábio e engoliu a raiva. Negou com a cabeça. — Muito bem, como preferir. Então se dirigiu ao restante: — Sigam-me e lembrem-se do que está em jogo!

Dolbarar os esperava na frente da Casa de Comando. Vestido de gala, parecia ter ainda mais poder.

— Bem-vindos à Prova de Primavera! — anunciou, olhando para a copa das árvores com um semblante alegre. Ao ouvirem a voz do líder do acampamento, todos ficaram firmes. — Hoje acontecerão as provas individuais, em que cada um de vocês poderá mostrar tudo o que aprendeu. Sei que se esforçaram muito, e hoje é o dia para demonstrar todo esse esforço. Eu lhes garanto que com estas provas não queremos que vocês fracassem; pelo contrário, queremos atestar que conseguiram assimilar o que as quatro maestrias lhes inculcaram no corpo e na mente. Por isso, quero que fiquem tranquilos. Serão avaliados pelos quatro guardiões-maiores pessoalmente.

Lasgol olhou para Egil, que arregalou os olhos e suspirou. Não era o único exasperado e assustado.

— Ao fim da avaliação, os guardiões-maiores lhes entregarão uma, duas ou três Folhas de Carvalho — continuou. Na mão, mostrava as peças de madeira em formato ovalado. — Três indicam que se sobressaíram na maestria. Duas, que foram bem, mas devem continuar melhorando. Uma significa que não passaram na prova.

Lasgol engoliu em seco. A ideia de receber uma Folha de Carvalho e fracassar revirava seu estômago. Os colegas pareciam preocupados e inquietos.

— Amanhã, depois de terem descansado e recuperado as energias, será a prova em grupo. Durará um dia todo e uma noite toda. É muito especial, pois os colocará à prova como equipe. Terão que ajudar uns aos outros. A equipe toda deve cumprir o objetivo. Se um dos integrantes não conseguir, o grupo inteiro será penalizado. Essa penalização por não completar a prova em equipe no tempo marcado consistirá na perda de uma Folha de Carvalho de suas provas individuais. Por outro lado, a equipe vencedora receberá uma Folha de Prestígio, que poderá ser utilizada para salvar um dos integrantes do grupo nas expulsões finais. — Ele mostrou o emblema da Folha de Prestígio, que era muito maior do que as outras.

— Seria ótimo ganhar uma dessas — sussurrou Ingrid.

— Se conseguirmos passar na prova e não tirarem folhas de nós, já será o bastante — disse Viggo.

— Que pessimista — respondeu a garota.

— Sou realista.

Dolbarar abriu os braços.

— E agora, respirem fundo, relaxem e marchem! As provas individuais os esperam!

Os iniciados se retiraram, alguns — a minoria — cheios de confiança, muitos nervosos e preocupados

Oden sorteou a ordem de competição das equipes. As quatro primeiras se dirigiram às casas maiores das maestrias. Os Panteras tiveram que esperar.

Todos se sentaram na frente das cabanas, nervosos. Ninguém falava. No meio da manhã, Oden os chamou. Eles se dirigiram à casa maior da maestria de Atiradores. Dois instrutores esperavam na porta.

— Que entre o capitão — ordenou um deles. — E nenhuma palavra, antes ou depois da prova — advertiu o outro.

Ingrid entrou decidida, como sempre. Saiu em pouco tempo e acenou com um gesto de triunfo. Aquilo animou o restante. Então, foi a vez de Nilsa; sorriu quando saiu. Depois foi Gerd. Ao acabar, seu rosto era uma mistura de susto e alívio. Depois foi a vez de Lasgol. Entrou, e Ivana o esperava, sentada atrás de uma grande mesa de carvalho. Seu olhar e sua beleza o intimidavam. O garoto se aproximou de uma linha pintada com giz no chão, em frente à mesa. Cruzou as mãos às costas.

— Equipe?
— Panteras das Neves.
— Nome?
— Lasgol Eklund.

Ela anotou em um livro.

— Vou fazer quinze perguntas sobre esta maestria que você deve saber responder. Responda com rapidez e precisão.

— Sim, senhora.

Lasgol respondeu a todas as perguntas, só hesitou em duas delas; no entanto, mesmo sem ter certeza de que estava correto, respondeu.

— Agora, a prova prática — disse a instrutora, apontando para a parede à esquerda.

Ali, havia um arco desmontado em diversas partes. Ao lado, uma flecha também desmontada.

— As ferramentas estão ali. — Ivana apontou para outra mesa na parede oposta.

Lasgol viu várias ferramentas na outra mesa. Começava a entender o que vinha a seguir.

— Quero que monte o arco e a flecha no menor tempo possível e os apresente para inspeção. Utilize apenas uma ferramenta de cada vez e devolva-a à mesa depois de usá-la. — Antes que Lasgol pudesse responder, a guardião-maior iniciou a prova: — Agora!

O rapaz correu até a primeira mesa e observou as partes do arco durante um momento. O coração batia com força. Virou-se e correu até a mesa de ferramentas. Pegou a primeira e acelerou até a outra mesa, o mais rápido possível. Repetiu a operação seis vezes até conseguir completar a montagem do arco e da flecha. Correu até a mesa da guardiã-maior e os entregou, sem fôlego e com o coração a ponto de sair pela boca.

Ivana observou o arco e a flecha por um instante e deu sua aprovação com uma inclinação de cabeça.

— Agora, a prova de tiro — disse, apontando para a janela aberta à direita. Ali havia um arco e uma aljava com flechas. — Posicione-se em cima da marca no chão.

Lasgol observou o X marcado com giz na frente da janela.

— Está vendo o alvo?

Lasgol semicerrou os olhos e o viu, no meio do campo, a cem passos do edifício.

— Sim, senhora.

— Você tem dez tiros. Aproveite.

Lasgol inspirou fundo, precisava se acalmar; entre as corridas e o nervosismo, não ia conseguir acertar o alvo. Além disso, cem passos era uma distância considerável. *Tenho que me acalmar e conseguir. Não posso falhar nesta prova*, pensou. Atirou dez vezes. Falhou em três. As sete que acertou não foram com tiros excelentes, mas pelo menos tinha acertado o alvo.

— Deixe o arco e a aljava onde estavam. Pode ir.

— Sim, senhora.

Lasgol deu meia-volta e, à medida que andava, viu que um instrutor desmontava o arco para colocá-lo de novo na mesa; lá fora, outro tirava as flechas e falava os resultados. Quando ele saiu, Egil o olhou, preocupado.

— Nem uma palavra — lembrou um dos instrutores.

Lasgol piscou um olho para o amigo e fez um gesto de incentivo quando ele entrou. Esperaram em silêncio até Egil sair. Seu rosto exibia preocupação, não tinha ido bem.

Dali, se dirigiram à casa maior da maestria de Fauna. O domador Esben, guardião-maior, os esperava lá dentro. Assim como na prova anterior, foram entrando um por um, começando pela capitã. A prova foi semelhante: Esben começou por uma quinzena de perguntas sobre Fauna. Sendo ele grande e feio como um urso, intimidava, sobretudo por causa de seu rosto, com grandes olhos marrons e nariz achatado. Os Panteras responderam sem se deixar amedrontar, ao menos não muito. As provas práticas foram difíceis. Primeiro, um circuito a cavalo com saltos sobre árvores caídas e trote no bosque com grama baixa; depois, atravessar um rio onde a montaria ficava toda coberta e, por último, uma corrida com um instrutor. Os resultados não foram muito promissores. Nilsa caiu do cavalo nos obstáculos; na parte do rio, Gerd afundou com a montaria por causa de seu peso e os dois quase se afogaram. Egil, que tinha sofrido na corrida, alcançou a meta bem atrasado... E se aquilo não tinha sido desastroso o bastante, chegou a hora da prova de rastreio. Esben os fez identificar cinco tipos diferentes de pegadas no bosque. Depois, os observou enquanto seguiam uma das pegadas até a toca do animal que deveriam identificar. Só Lasgol e Egil conseguiram finalizar a prova.

A tarde chegou, e as coisas não melhoraram para os Panteras. Foram conduzidos para a casa maior da maestria de Natureza. Ali, a guardiã-maior Eyra, a Erudita, os esperava. Lasgol sentia afeição pela anciã. De todos os guardiões, ela era a única que mostrava um pouco de ternura. Mas naquele dia não se mostrou nada afável, pelo contrário. Com o cabelo grisalho e cacheado e o nariz longo e torto, parecia uma bruxa boa. No entanto, seu rosto habitualmente amável estava muito sério. Primeiro, fez uma série de perguntas sobre plantas, raízes e fungos, além de suas propriedades curativas. Egil não errou uma só pergunta. Lasgol e Viggo também foram bem. Os outros, no entanto, sofreram.

Na parte prática, Eyra os levou a um bosque próximo e os fez procurar uma raiz curativa e um cogumelo venenoso. Egil foi quem sofreu para achá-las. Lasgol não teve problemas. Os outros demoraram muito, mas conseguiram. Como teste final, a guardião-maior os fez montar uma armadilha e ocultá-la o mais rápido possível. Lasgol foi o único que se saiu bem.

E, por último, chegou a prova que todos mais temiam: a da maestria de Perícia. O sinistro Haakon, o Intocável, guardião-maior, os aguardava. Não houve perguntas nessa prova, apenas a parte prática. Ele os mandou dar cinco voltas no lago, o mais rápido que conseguissem. Saíram um por um, acompanhados de um instrutor que marcava o ritmo. Egil e Gerd tinham treinado e melhorado muitíssimo, no entanto, cinco voltas naquele ritmo infernal acabaria com eles, e acabou. Ingrid e Lasgol conseguiram. Viggo, a duras penas, e Nilsa, depois de tropeçar e cair duas vezes de puro cansaço, conseguiram. Egil e Gerd chegaram meio mortos, mas chegaram. Não se deram por vencidos, embora soubessem que tinham demorado muito.

Se aquilo tinha sido difícil, o que veio depois acabou por desanimá-los de vez. Haakon tinha preparado a prova do tronco: metade dele estava untada com manteiga e a altura era maior, por isso a queda seria muito mais dolorosa. Ele lhes concedeu até a meia-noite para concluir a prova. Os seis tentaram algumas vezes, mas caíram no rio, se batendo e machucando o corpo. Estavam muito cansados da corrida para conseguir fazer o teste. Foi Egil quem percebeu. Descansaram até recuperar um pouco de energia e tentaram outra vez.

Viggo foi o primeiro a conseguir, depois Lasgol. Isso animou o restante. As pancadas eram fortes. Lasgol e Viggo foram para debaixo do tronco, para segurar seus colegas quando caíam, mas o instrutor que os supervisionava não permitiu.

Não se deram por vencidos nem em meio à dor e à exaustão. Chegavam à metade sem problemas, mas escorregavam e caíam na parte final. Nilsa foi a próxima a conseguir. De um jeito pouco ortodoxo, pois começou a correr, perdeu o equilíbrio com os dois pés e caiu de bruços no tronco. Mas com a inércia, arrastou o corpo no tronco e chegou à outra ponta. O instrutor aceitou. Vendo aquilo, Ingrid a imitou e se jogou no tronco para deslizar até o outro extremo. Na quinta vez, conseguiu. Gerd e Egil ficaram jogados no rio sem forças para mais uma tentativa, com o corpo destruído. Os colegas os animavam aos gritos para que não se rendessem.

O instrutor sinalizou que a prova estava quase no final. Egil e Gerd ficaram de pé, subiram o vale até o tronco e tentaram uma última vez, com garra. Gerd foi o primeiro. Caiu no rio a dois passos de conseguir. Egil respirou fundo, tirou as botas, ajeitou as calças de lã e tentou, mas também não conseguiu. Então a equipe voltou à cabana. Ele estava tão fraco que foi carregado por Viggo e Lasgol. Ingrid ajudou Egil, que mal conseguia andar. Conforme se retiravam, passaram por alguns lugares onde outras equipes também sofriam no trecho final da prova de Perícia. Assim que chegaram, caíram derrotados no pórtico.

— Estou moído — disse Gerd, caído de costas no chão de madeira —, serei expulso, com certeza.

— Sim, eu também — concordou Egil. — Me saí muito mal.

— E por que você liga se te expulsarem? — disse Viggo, incomodado.

— Me importa muito.

— Por que você liga, sendo quem é...?

— Como sabe quem eu sou? — perguntou Egil, surpreso.

— Eu sei muitas coisas, tenho essa habilidade.

— Quem é você? — Gerd se interessou.

Viggo apontou para Egil.

— É filho de um duque. E não é de qualquer duque, não, é o mais poderoso do reino.

— É filho do duque Olafstone? — perguntou Ingrid, surpresa.

Egil suspirou fundo.

— Sim... — respondeu com pesar.

— Caramba! — soltou Gerd. — Para um camponês como eu, estar na presença de um nobre é quase irreal.

— Um nobre... Quantas riquezas você deve ter visto... — suspirou Nilsa.

— Lembro vocês que, assim que viemos fazer parte dos Guardiões, renunciamos ao nosso passado. Agora sou como vocês, nem mais nem menos.

— Bom, mas você tem que me contar mais coisas sobre a vida da nobreza — disse Gerd.

— Isso — acrescentou Nilsa.

— Quem que tem que nos contar algo sobre a vida e a procedência é você — disse Egil, apontando para Viggo. — Não disse coisa alguma até agora, e quem se cala, é por um bom motivo.

— É verdade — disse Ingrid. — O que você está escondendo, hein?

Todos olharam para Viggo. Ele ficou rígido, com o rosto sombrio. Durou um instante, em que Lasgol percebeu o perigo que emanava do garoto. Depois, o garoto deu um sorriso forçado e relaxou o corpo.

— Eu sou o oposto do nosso amiguinho nobre — respondeu.

— O que isso quer dizer? — perguntou Ingrid, semicerrando os olhos.

— Quer dizer exatamente o que eu disse. Ele é da classe social mais alta, e eu, ao contrário, da mais baixa.

— Mais baixa? O que você é?

— Eu nasci e fui criado nas ruas de Ostangor.

— É a segunda maior cidade do reino. Dizem que um maldito mago do gelo da torre mora ali — explicou Nilsa, e seu bom humor desapareceu.

Passou de seu semblante habitual, enfeitado por um sorriso, para um tão sério que dava medo.

— Sim. E nas ruas sujas do bairro mais pobre é onde eu fui criado, entre a lama, o lixo e os ratos — disse Viggo, abaixando o olhar, parecendo quase envergonhado.

— Mas... não é filho de um guardião? — perguntou Ingrid.

— Neto. Infelizmente, meu pai não é o que podemos considerar um cidadão exemplar. Está cumprindo pena nas minas de prata. Pelo resto da vida. Ele se embebedou e matou um homem em uma briga de bar.

— Ah, sinto muito... — Gerd se solidarizou.

— Parece que o sangue de guardião, mesmo passado de pai para filho, nem sempre transmite boas qualidades. Meu pai gostava mais de roubar, beber e se divertir do que de servir ao rei, então não aceitou o convite. Eu nasci e, alguns anos depois que meu avô faleceu, meu pai abandonou minha mãe e nos deixou sem lar. Tinha perdido a casa e tudo o que tínhamos no jogo e na bebida.

— Isso é horrível — sussurrou Gerd.

— Então fui criado nas ruas, as mais pobres e imundas. Ali aprendi muitas coisas, digamos que foi outro tipo de treinamento, um que te prepara para a vida, uma vida muito dura e sem piedade, pois essa é a realidade dos menos sortudos. Minha mãe morreu das febres pouco tempo depois, então tive que me virar sozinho. Quando chegou o convite para entrar para os guardiões, eu aceitei. Não tinha nada a perder.

— Perdão, eu não sabia... — desculpou-se Egil, sentindo-se mal por tê-lo forçado a se explicar.

— Não se desculpe, eu mexi com você e você se defendeu, é assim que funciona.

— Sua história é horrível. — Gerd balançava a cabeça em negação.

— Não sinta pena de mim. Que ninguém sinta pena de mim! Tive uma sorte pior que a de outros, mas não me envergonho de quem sou. Eu sei o que sou: um rato de esgoto, mas um rato que sabe morder, arranhar e sobreviver. Da mesma maneira que sobrevivi aos esgotos da cidade grande, vou sobreviver aqui, e posso garantir que estou muito mais preparado para isso do que muitos dos que competem também.

Lasgol analisou seu olhar sinistro, a segurança em sua expressão, e soube que ele não estava brincando, o que dizia era verdade. Fez-se um longo silêncio. Todos estavam abatidos e destruídos.

— Amanhã nos sairemos melhor — disse Ingrid. — Ninguém da minha equipe vai para casa. Vamos, todo mundo para cama. Vamos descansar.

Todos assentiram e foram dormir. Lasgol brincou com a criatura, que agora tinha a mania de pular sem parar em cima de seu peito, como se tentasse medir até onde chegava. *O que você é? O que quer de mim?*, perguntava mentalmente o bicho. De repente, o bichinho deu um salto tão alto que ficou grudada debaixo do beliche superior. A criatura guinchou para comemorar. Lasgol teve a sensação de que quanto mais crescesse, mais dor de cabeça ia dar.

Grande dia, pensou, com um suspiro. *E amanhã é a prova em equipe. Que não nos aconteça nada.* E, com esse desejo, adormeceu.

Capítulo 18

O DIA AMANHECEU FRESCO. O SOL TINHA ACABADO DE NASCER E Oden já os tinha tirado das cabanas e levado para a frente da Casa de Comando. Dolbarar os aguardava vestido de gala. Em seu rosto, havia um sorriso simpático carregado de bom humor.

— Boas-vindas! Espero que tenham aproveitado uma boa noite de descanso. Deve ter sido suficiente para se recuperarem das provas individuais de ontem e para enfrentarem o que os espera. Hoje ocorrerá a prova em equipe. Recordo a vocês que ela durará o dia todo e a noite toda. É essencial que meçam bem suas forças. Caso contrário, não conseguirão. A prova foi idealizada para qualificá-los como grupo, o que significa que deverão ajudar uns aos outros. Isso é vital. Lembrem-se disso. Agora em formação com sua equipe, por favor. Capitães, deem um passo à frente.

As treze equipes se posicionaram na ordem de suas cabanas, com os capitães na frente. Um instrutor entregou dois pergaminhos enrolados para cada capitão, um bornal e um odre com água.

— A regra da prova é a seguinte: quando eu der o sinal, vocês abrirão os pergaminhos e seguirão as instruções contidas neles. Para completarem a prova, apenas poderão levar com vocês o que acabaram de receber. Nada mais. Devem cruzar a linha de chegada, posicionada aqui mesmo, assim que acabarem os testes, antes que o sol nasça amanhã. Todos os membros da equipe devem cruzar a linha ao mesmo tempo. Se um fracassar, todos fracassarão. Toda a equipe será penalizada. Já sabem o que implica não completar a prova no tempo limite: será retirada uma Folha de Carvalho de suas provas individuais. Isso pode levar à expulsão, então sejam valentes, mas, sobretudo, inteligentes.

Ingrid se virou e olhou para Gerd e Egil, como se dissesse que esperava isso deles.

— E para a equipe vencedora — prosseguiu Dolbarar —, aquela que completar a prova em menos tempo, o prêmio é uma Folha de Prestígio. Tal reconhecimento tem dois usos importantes. Por um lado, poderá ser usado para salvar um dos integrantes da equipe da expulsão na cerimônia de Aceitação, no último dia do curso, após a finalização das quatro grandes provas. Nesse evento será decidido quem passará para o segundo ano e quem será expulso. Serão contabilizados todos os pontos obtidos em cada maestria e será considerada a opinião dos quatro guardiões-maiores. Os que não conseguirem oito pontos em cada uma delas terão que nos deixar.

Lasgol estremeceu ao ouvir Dolbarar falar sobre a expulsão. Não foi o único; vários outros iniciados ficaram muito nervosos, entre eles Nilsa, que não conseguia ficar quieta e balançava as mãos e os pés.

— Por outro lado, quem quiser entrar nas especializações de elite precisará de uma Folha de Prestígio, então terão que competir pela primeira posição para consegui-la.

Isgord se virou para Ingrid e fez um gesto, indicando que lutaria pela primeira posição. A garota não se rebaixou e lhe devolveu o aceno. Astrid os observava sem esboçar expressão.

— Muito bem! O tempo está passando, chegou a hora de começar a prova em equipe. Ao meu sinal, abram os pergaminhos. — Dolbarar esperou um momento e levantou o braço para o céu. — Já!

Os capitães desenrolaram os maços de papel e os colegas os rodearam tentando ver o que estava escrito.

— O que são? O que dizem? — perguntou Nilsa.

A garota estava surtando em meio ao barulho das perguntas que os integrantes das equipes rivais faziam aos próprios capitães.

— Me deixem olhar direito — pediu Ingrid, estudando ambos os documentos com atenção.

— Parece um mapa — observou Gerd.

— Sim, este é um mapa com uma rota marcada. — Ingrid mostrou o primeiro pergaminho.

— E o outro? — quis saber Egil.

— Parecem instruções: "Sigam o mapa até o lugar marcado. Encontrem o lenço verde de guardião. Resolvam o teste e continuem. Há três testes que devem completar antes de voltar". — Ingrid balançou a cabeça. — Não entendi muito bem.

— Deixa eu ver — disse Viggo, tentando pegar o mapa.

Ingrid o afastou.

— Eu sou a capitã, eu digo quem pega o mapa e quando.

— Mas o restante precisa saber, não? — reclamou Viggo.

— Não discutam, todos temos que colaborar, vocês ouviram o que Dolbarar falou — lembrou Lasgol.

— Você poderia, por gentileza, colocar os pergaminhos no chão para que todos possamos ver? — sugeriu Egil.

— Tudo bem. — Ingrid se agachou, colocou-os no chão e usou pedras para segurá-los.

Os seis olhavam, tentando decifrar o que significava aquilo.

— Devemos seguir o mapa até o ponto indicado — disse Lasgol.

— Sim. Deduzo que lá nos espera um teste — acrescentou Egil.

— Mas fala de três testes — disse Nilsa.

— Vamos nos concentrar no primeiro e depois vemos — disse Viggo.

— Vamos. As primeiras equipes já estão saindo — avisou Gerd, apontando para o Norte.

Lasgol esticou o pescoço e viu que os Águias já iam correndo e, atrás deles, os Javalis e os Lobos. Partiam em direções diferentes, o que ele estranhou.

— Então, a caminho! — gritou Ingrid.

— Vamos! — disse Nilsa, dando um salto de emoção.

— Em que direção? — perguntou Lasgol ao ver que as equipes saíam cada uma em um sentido diferente.

Egil olhou o mapa, depois avistou as montanhas ao longe.

— Nordeste. Temos que chegar ao pico do Ogro.

— Muito bem. Andando! — disse Ingrid, e começou a correr.

Os cinco a seguiram na hora. Passaram perto da equipe dos Corujas quando Astrid dava a ordem de sair correndo. Na frente deles, outros dois grupos se embrenhavam nos bosques, e mais adiante seguiam as demais equipes, que já tinham saído.

A coisa toda foi tão rápida quanto caótica. Todos corriam como se fossem perseguidos por leões famintos. Pulavam obstáculos e contornavam edifícios. Mas, ao sair do acampamento, cada equipe se dirigiu a um ponto diferente.

Ingrid se embrenhou nos bosques e estabeleceu um ritmo forte. Nilsa a seguia de perto. Viggo era o terceiro, com Gerd e Egil atrás dele. Lasgol se posicionou em último. Correram por aproximadamente duas horas entre arvoredos, rios e lagos, e o cansaço começou a dar as caras. Aos poucos, Gerd e Egil começaram a ficar para trás, e Lasgol diminuiu o ritmo para ir com eles. Em dado momento, saíram em uma esplanada quando os três da frente já estavam entrando no bosque seguinte.

— Esperem! — gritou Lasgol.

Ingrid o ouviu e parou. Eles se olharam. Estavam separados por quinhentos passos. A capitã fez um gesto para se apressarem.

— Fale...para... irem... — articulou Egil para Lasgol com as mãos na cintura, curvado por causa do esforço.

— Mas vamos nos perder!

— Sabemos a localização... da primeira prova... — disse, sem fôlego. — Se chegarem... primeiro... vão passar... pela prova... de qualquer... jeito... e poderão... continuar... Ganharemos tempo.

Lasgol assentiu.

— Sigam! Alcançaremos vocês na primeira prova! Se passarem, continuem; nós os seguiremos a distância! Deixem um rastro claro!

— Entendido! — respondeu Ingrid. Então acenou e seguiu. Nilsa e Viggo foram atrás dela.

Gerd e Egil recarregaram as energias e retomaram a corrida, mas em um ritmo mais lento, que logo se transformou em uma caminhada rápida, em vez de um trote suave. Quando alcançaram as primeiras inclinações, se viram obrigados a diminuir o passo. À medida que subiam, o terreno ficava cada vez mais íngreme, e logo os garotos estavam escalando entre rochas e neve. O frio começou a afetar o corpo deles, quanto mais subiam, mais neve havia e mais a temperatura caía. O esforço físico foi enorme.

Levaram meia manhã para chegar ao pico do Ogro. Lasgol ajudou Gerd e Egil a subir. Ele os animava e mostrava onde pisar e se segurar, o que facilitava a escalada, pois a subida era muito difícil na parte final. No cume, encontraram que os três colegas. As feições sérias e os olhos baixos indicavam que não estavam nada contentes.

— Mas... o que ainda estão... fazendo aqui? — perguntou Gerd.

A brisa gelada vinda de cima machucava. A temperatura era baixa e o vento, era cortante.

Ingrid bufou, frustrada.

— Não vamos passar nem da primeira prova.

— Acho que o melhor é procurar um *pequeno atalho*, estou congelando — sugeriu Viggo.

— Não podemos roubar! — disse Nilsa, indignada.

— Sim, é muito melhor não passar da primeira prova e ficar em último. Ou, melhor ainda, adoecer aqui em cima e morrer.

— O lenço verde de guardião devia estar aqui — disse Lasgol.

Gerd e Egil se sentaram no chão, tentando recuperar o fôlego.

— Sim, mas examinamos o lugar, e nada.

Lasgol ficou pensativo e olhou ao redor. À frente estava o pico da rocha com o formato horrível da cabeça de um ogro. Atrás, estavam as cordilheiras montanhosas mais altas, nevadas, belas e imaculadas. O chão estava branco, exceto onde seus colegas tinham pisado. Ali não havia nada. Nada de nada.

— E se não estiver visível? — Lasgol pensou alto.

— Nós enxergaríamos um lenço verde de guardião — disse Viggo.

— Vamos procurar algo oculto, que não seja possível ver — continuou Lasgol.

— Boa ideia — disse Ingrid, que não ia se dar por vencida e estava disposta a tentar de tudo.

Começaram a apalpar e a pisar ao redor. Logo foram se movimentando, tentando cobrir toda a superfície.

— Acho que tem algo aqui — avisou Viggo, que tinha pisado em um montinho de neve.

Ingrid e Lasgol se viraram; nesse momento, ouviu-se um clique. A armadilha oculta sob o montinho foi ativada. De repente, uma enorme fumaça preta subiu ao céu. Viggo caiu de costas e soltou um berro.

— Você está bem? — perguntou Nilsa, correndo até ele.

— Sim, sim! Quase morri de susto!

— Curioso, eu diria que é um sinal de fumaça — disse Gerd.

— E você não está errado — disse Egil, apontando para o pico dos Águias, ao norte daquele lugar.

Outra fumaça se levantou lá.

— Olhem. — Nilsa apontou para o oeste.

— Outras três fumaças foram ativadas em diferentes picos da cordilheira interminável que rodeava todo o imenso vale e o acampamento.

— Não fomos os únicos a achar isso — disse Ingrid.

— Parece que não — murmurou Viggo.

— Olhem! — Dessa vez, Nilsa apontou para a armadilha.

Algo ficou visível debaixo dela quando a fumaça esvaneceu. Um lenço verde apareceu cravado no chão com uma estaca. Junto dele, um objeto longo. Lasgol se agachou e o pegou. Estava envolto em couro.

— O lenço verde! — exclamou Nilsa, cheia de alegria.

— Aí está o primeiro — disse Ingrid.

Lasgol desembrulhou o objeto.

— Um arco! — exclamou Gerd.

— Para que queremos um arco? — indagou Viggo.

— Não tem flechas? — perguntou Ingrid.

Lasgol negou com a cabeça.

— Que esquisito… — disse a capitã.

— Essas provas são estranhíssimas — observou Nilsa.

— Há outra coisa. — disse Lasgol, mostrando a face interior do couro que envolvia o arco. Havia algo gravado nela.

— Outro mapa! — berrou Nilsa.

Lasgol o analisou.

— Sim, e marca o lugar do próximo teste.

— Então corram! Vamos descer até o segundo lugar — ordenou Ingrid.

— Aonde temos que chegar? — perguntou Egil, um pouco mais recomposto.

— Indica a cabana do pescador, ao Leste.

Nenhum deles conhecia o lugar; pelo menos não era uma montanha. Parecia uma planície em meio aos bosques, pelo desenho no mapa.

— Certo — falou Lasgol. — Vão vocês na frente. Eu vou seguir com Egil e Gerd.

— Muito bem. Andando — disse Ingrid.

— Cuidado com a descida, não quebrem a cabeça — zombou Viggo —, especialmente você. — Ele olhou para Nilsa.

Ela mostrou a língua e fez uma careta.

Lasgol, Egil e Gerd partiram assim que o grandalhão estava em condições. Foi difícil pegar ritmo. Então, foram o mais rápido possível, forçando o corpo. Não conseguiam correr, andavam rápido. Assim chegaram à cabana do pescador, onde Ingrid, Nilsa e Viggo os esperavam.

— Não encontramos o lenço. Não podemos continuar — reconheceu a capitã, engolindo em seco. — Verificamos a cabana, mas não tem nada. É um espaço bem-cuidado, parece que é usado por alguém.

— O que... diz no mapa? — perguntou Egil, esgotado, se deixando cair na frente da porta.

— O centro do lago gelado, mas não tem nada lá além de gelo.

— Se é isso o que diz, temos que ir até o centro do lago — concluiu Lasgol.

— Tem certeza? Não vamos encontrar nada. Além do mais, o gelo pode se quebrar... — conjecturou Viggo, hesitante.

— Lasgol tem razão. Essas provas são desenvolvidas para nos levar ao limite. Não devemos nos guiar pelo óbvio. Acho que precisamos pensar o completo oposto — disse Egil.

Decidiram e avançaram com cuidado sobre o gelo. Uns passos mais adiante, Nilsa escorregou e caiu sentada. Viggo soltou uma gargalhada.

— Ainda bem que não está quebradiço, senão…

— Você é um idiota! — disse ela no chão.

Ingrid a ajudou a ficar de pé, mas estava tão escorregadio que as duas caíram. Viggo começou a rir tão alto que suas gargalhadas ressoavam no lago.

— O maior dos idiotas! — grunhiu Ingrid.

Chegaram a um ponto no centro do lago; para surpresa do grupo, alguém tinha feito um orifício redondo na superfície. Olhando para o fundo do lago através do buraco e da água azulada, era possível identificar uma coisa avermelhada.

— Deve ser isso — sugeriu Lasgol.

— Eu pego — ofereceu-se Gerd.

Todos o olharam com estranhamento.

— Você? — perguntou Viggo, sem acreditar.

— Sim, eu.

— Não tem medo? — perguntou Nilsa.

— Não, disso não — respondeu Gerd.

— Como explica o fato de ter medo da própria sombra, mas não com o fato de se jogar em um lago onde pode morrer congelado? — Viggo continuava surpreso.

— Porque já fiz isso antes. Meu irmão e eu pescávamos em um lago gelado como este todos os invernos desde pequenos. Não fica muito longe da nossa granja. Era uma das poucas fontes de alimento no inverno. Passávamos muitas tardes pescando, fazíamos um buraco bem parecido com este, sentávamos e pescávamos. A verdade é que gostávamos de conversar sobre o que seríamos quando crescêssemos, falávamos sobre as fofocas da aldeia, o que pescaríamos naquele dia, o que não costumava ser muita coisa… Uma vez, a capa de gelo se quebrou e meu irmão caiu lá dentro.

— Que horror! — exclamou Nilsa.

— E o que você fez? — perguntou Lasgol.

— Por um instante, fiquei paralisado. Sem reação. Senti tanto medo que me transformei em uma estátua de pedra. Por sorte, depois de um momento, eu me recuperei e, sem pensar duas vezes, me joguei para salvá-lo. Foi uma experiência horrorosa, quase morri de medo e de frio, mas consegui tirá-lo de lá.

— E vai fazer isso de novo? — Ingrid não conseguia acreditar.

— Alguém tem que fazer. E eu já sei que consigo sobreviver a isso. Não vou deixar que nenhum de vocês se arrisque. Poderiam não conseguir... Eu não me perdoaria nunca. Então, eu vou — decidiu Gerd, e começou a tirar a roupa.

— Nesse caso, vamos preparar uma lareira na cabana — sugeriu Ingrid.

— E uma infusão revigorante, como nos ensinaram na maestria de Natureza — acrescentou Egil.

— Boa ideia! Vou buscar as plantas — disse Nilsa.

Gerd, com as roupas de baixo, puxou o ar, e seu peito ficou inchado. Ele olhou para Lasgol e para Viggo buscando apoio, então assentiu e submergiu na água gelada. Lasgol observou como o corpo dele afundava e sentiu uma enorme apreensão. Então se ajoelhou perto do buraco. Viggo o imitou. Algum tempo se passou. Gerd não emergia, e eles começaram a ficar preocupados.

— Já devia ter subido — sugeriu Lasgol.

— Espere mais um pouco.

Esperaram, mas Lasgol não aguentou.

— Algo está acontecendo, vou descer. — Começou a tirar a roupa.

Nesse instante, uma mão surgiu na água. Trazia uma caixa alongada de um vermelho intenso. Em seguida, Gerd apareceu. Estava todo roxo.

— Vamos tirá-lo! — ordenou Lasgol.

Viggo e Lasgol o levantaram e o arrastaram para fora. Ingrid se uniu a eles e, juntos, o levaram correndo até a cabana. Ele sentia tanto frio que nem falava, apenas tremia.

— Vamos sentá-lo ao lado do fogo — disse Ingrid.

Egil o cobriu com uma manta da cabana.

— Você está bem? — perguntou Nilsa enquanto lhe dava chá quente.

Gerd pegou a caneca com as mãos trêmulas e assentiu. Os colegas o observavam preocupados, até que ele começou a mudar de cor e parou de tremer.

— Melhor?

— Mui...to... — gaguejou ele. — Não... me... deixem... repetir...

— Tranquilo, não vou deixar você fazer isso de novo, amigo — garantiu Egil, sorrindo.

— O lenço verde está aqui dentro! E uma aljava com três flechas! — exclamou Nilsa ao abrir a caixa vermelha.

— Bom, já temos o arco e três flechas — ironizou Viggo. — Agora só falta um dragão para matar.

— Não diga bobagem — repreendeu Ingrid.

— Espere para ver o que teremos que matar com essas flechas... — respondeu o garoto, com uma sobrancelha erguida.

— Com certeza não vai ser um dragão — retrucou Ingrid.

— Então vai ser um ogro enorme, um grifo ou alguma outra criatura mágica.

Nilsa ficou pálida.

— É melhor que não tenha magia imunda no meio disso! — A garota apertou os punhos com força, cheia de raiva.

— Calma... Não dê bola para ele, é brincadeira — disse Ingrid ao ver a expressão de Nilsa se transformando.

— Sim, brincadeira, é o que vamos ver... — murmurou Viggo.

— Bom, temos o arco e as flechas. Não há outro mapa? — perguntou a capitã.

Nilsa olhou dentro da caixa e percebeu que era de couro curtido. Ela o descolou e viu a gravação na face oposta.

— O mapa! — exclamou, triunfante.

— Bem. Temos que ir para a terceira prova — anunciou Ingrid, examinando o mapa com atenção. — Devemos ir ao Guerreiro Solitário. Iremos na frente. Pelo que o mapa indica, fica bem longe. Vemos ter que correr durante boa parte da noite. Deixamos os suprimentos e a água com vocês, nós já comemos. Quando Gerd estiver em condições, vocês nos seguem.

— Certo — concordou Lasgol.

Ingrid, Nilsa e Viggo saíram rápido. Um bom tempo depois, com Gerd recuperado, os três atrasados saíram. Lasgol marcava o ritmo, Gerd e Egil o seguiam. Estavam tão cansados e com o corpo tão dolorido pelo esforço que nem conversavam. Precisavam de cada fragmento de energia para seguir em frente. O trajeto se estendia pelos bosques, o que dificultava ainda mais o progresso. Lasgol estava consciente de que precisavam descansar, caso contrário, Gerd e Egil desabariam e não se levantariam mais. Estavam exauridos. Chegaram a uma clareira. No centro, havia uma rocha branca com a forma de um guerreiro. Parecia uma estátua enorme dedicada a um deus guerreiro.

— Já chegamos: esse deve ser o Guerreiro Solitário — disse Lasgol.

Ingrid, Nilsa e Viggo esperavam resignados perto da rocha.

— Vocês... não... acharam... o... lenço? — perguntou Gerd, com as mãos na cintura, tentando respirar.

— Muito perspicaz da sua parte perceber isso — respondeu Viggo, de cara feia.

— O mapa indica esta rocha. — Ingrid apontou para trás. — Mas procuramos por todos os lugares no entorno dela, sem sucesso... Até apalpamos, caso estivesse oculto.

— Nada — reiterou Nilsa, cruzando os braços.

Lasgol e Egil ficaram pensativos, contemplando o lugar e suas opções. Gerd se deixou cair no chão; bufava como um cavalo cansado. Depois de um momento, Lasgol teve uma intuição.

— Me ajudem — pediu, aproximando-se da rocha.

— O que vai fazer? — quis saber Ingrid.

— Vou subir. A menos que já tenham feito isso.

— Não... Não pensamos em escalar — respondeu ela, envergonhada, e ficou na base da rocha. — Suba em mim.

Lasgol subiu em Ingrid e começou a escalar a rocha. Não era simples. Não havia bons pontos de aderência, mas ele era bom em escalada; era algo que adorava. Com um pouco de esforço e perseverança, chegou ao topo da rocha.

— Você tem certeza de que não foi criado entre macacos? — perguntou Viggo com certa admiração.

— Tem alguma coisa aí em cima? — perguntou Egil.

— Sim, já peguei, são instruções — respondeu Lasgol, descendo.

— O que dizem? O que dizem? — falou Nilsa, ansiosa.

— "Três tiros, um alvo, uma recompensa."

— Não entendi. Que alvo? — disse Viggo, olhando ao redor.

— Não dá para ver daqui. Está atrás do bosque, na copa de um pinheiro — disse Lasgol, apontando para o leste. — Só dá para ver o alvo lá de cima.

— Que ardilosos! — reclamou Viggo.

— E ainda sobra para a gente... — reclamou Nilsa.

— Quem vai atirar? — perguntou Egil.

Todos olharam para Ingrid, que era de longe a melhor atiradora do grupo.

— Tudo bem, eu atiro — aceitou ela, decidida.

Dessa vez, foi Lasgol que ajudou Ingrid a escalar. Quando conseguiu chegar ao topo, acenou para eles. A equipe a observava. Era tarde da noite, mas a lua estava quase cheia. Havia alguma visibilidade, mas aquele tiro era só para campeões, e ele sabia disso. Ingrid montou o arco, respirou fundo e apontou. Ali em cima, com o arco montado, parecia uma deusa guerreira. Um momento tenso se passou, e, deixando o ar sair, Ingrid soltou a flecha com suavidade. Todos observaram o voo desejando que o objeto acertasse o alvo.

Errou.

— Maldição! — queixou-se ela.

— Não desanime — disse Gerd.

— É o vento — explicou a garota, e soltou algumas mechas de cabelo, deixando-as cair na frente do rosto para determinar a direção. — Vem do Leste. Vou ajustar a direção.

— Ânimo! — disse Nilsa, aplaudindo forte.

Ingrid fez um gesto para ela se acalmar.

— Desculpe... É a emoção...

A capitã repetiu de maneira metódica os movimentos do tiro. Ajustou e soltou. A flecha voou reta em direção ao alvo, mas, no último instante, desviou de leve e errou o alvo.

— Nada — soltou Ingrid, frustrada.

Os ânimos da equipe começaram a esfriar.

— Não é para te deixar mais nervosa nem nada disso, mas só nos resta uma chance — lembrou Viggo.

Ingrid lhe lançou um olhar de ódio e ele sorriu.

— Eu ajustei demais. Desta vez vou acertar — garantiu.

Repetiu o tiro, mas dessa vez o desvio foi menor. A flecha se dirigiu ao alvo. Todos prenderam a respiração.

Acertou.

— Sim! — gritou a capitã, alegre.

Uma coisa caiu no chão bem quando a flecha acertou o alvo.

— Você é a melhor! — gritou Nilsa.

Ingrid sorriu.

— Vão lá ver, acho que caiu alguma coisa quando a flecha tocou o alvo — disse ela.

Nilsa e Viggo correram até o alvo cruzando o bosque. Estava ali: uma bolsa de couro. Dentro dela, havia uma pedra envolta por um mapa e o terceiro lenço de guardião.

— Indica o final! Já sabemos aonde temos que ir! — exclamou Nilsa, pulando de alegria enquanto voltavam.

Ingrid desceu da rocha.

— Precisamos nos apressar. Não temos muito tempo. Lembrem-se, temos que chegar antes do amanhecer, e todos juntos.

De repente, perceberam que Lasgol tinha ficado para trás.

— Lasgol? — chamou Egil.

O garoto não respondeu.

— O que aconteceu? Você está bem? — repetiu Ingrid.

Lasgol caiu de joelhos.

— Lasgol! — gritou Nilsa.

Correram até ele. Ao chegar, entenderam o que tinha acontecido. Tinha uma flecha cravada em seu braço! Ficaram paralisados.

— O que aconteceu? — exclamou Ingrid, incrédula.

— Não sei... Eu me virei... Senti uma batida e... uma pontada de dor — balbuciou o garoto.

— Um acidente — disse Nilsa, olhando para o arco de Ingrid.

— Alguma outra equipe na região... Um tiro errado... — sugeriu Gerd com os olhos cheios de terror.

— Não, isso não foi acidente, não cheira bem... — disse Viggo, olhando em todas as direções.

— Se acertou o braço quando ele se mexeu, podemos deduzir que o tiro mirava no coração — supôs Egil, apontando para o bosque ao norte.

Viggo empurrou Lasgol e o derrubou no chão.

— Podem tentar outra vez.

— Todos agachados! — gritou Ingrid. — Há um atirador em algum lugar.

Eles foram para o chão e ficaram quietos, observando em silêncio. Mas, no meio da noite, só com a lua como iluminação, não viam além de uma dúzia de passos adiante.

— Lasgol, como você está? — perguntou Ingrid.

— Dói... mas não muito.

— Nesses casos, temos que aplicar um garrote para evitar a perda excessiva de sangue — explicou Egil.

— Eu me encarrego disso — disse Viggo, tirando o cinto. Ele o apertou muito forte, quatro dedos acima da ferida. — Não respire agora, vou quebrar a flecha.

Lasgol assentiu. Com um golpe seco, Viggo a partiu.

— Pronto. Isso vai evitar que a ferida piore. Não podemos tirar a ponta aqui, temos que chegar a um lugar seguro.

— Então, vamos sair daqui — disse Ingrid. — Lasgol, você consegue correr?

— Acho... que sim.

— Ele vai conseguir. Está assustado, mas logo vai passar — disse Viggo.

— Como sabe tudo isso? — perguntou Ingrid.

— Digamos que já passei por isso. Minha vida passada foi muito *interessante* — respondeu, e mostrou uma cicatriz no ombro direito.

A capitã suspirou.

— Então vamos correr! Sigam-me!

Os seis começaram a correr com a cabeça baixa, procurando as sombras, como tinham aprendido. Ingrid abria o caminho seguindo o mapa. Deveriam ir até o leste, ao vale Azul, e dali em direção ao sul, até o acampamento.

Durante um longo tempo, avançaram em silêncio, receosos que os atacassem nas sombras, olhando em todas as direções. Corriam o mais rápido possível, em fila de um em um, com Lasgol no meio. Não pararam até alcançar o vale Azul. Era inconfundível: as duas laterais estavam cobertas de flores azuis com grandes pétalas.

— Já chegamos — anunciou Ingrid.

— Como você está, Lasgol? — indagou Egil.

Viggo e Gerd observavam a retaguarda, caso alguém os tivesse seguido.

— Bem... dolorido... mas bem...

— Temos que chegar ao acampamento — disse Nilsa.

— Ainda resta um bom trecho — acrescentou Ingrid, preocupada, olhando para Lasgol.

— Precisamos nos apressar, ele está perdendo muito sangue — disse Egil.

— Vamos, vamos conseguir! — incentivou Ingrid.

Começaram a andar, já não conseguiam correr. Iam para o sul. Ingrid, Nilsa e Viggo marcavam o ritmo, bem rápido. Egil e Gerd iam com Lasgol e, para a surpresa de todos, embora exaustos, mantinham o passo e o ajudavam. As pernas deles doíam horrores, os pulmões ardiam, mal conseguiam pensar, mas a preocupação com o colega fazia com que seguissem em frente. Ingrid lançava olhares por cima do ombro para se certificar de que os outros a estavam seguindo e, para sua surpresa, eles estavam. Egil e Gerd se esforçavam ao máximo para ajudar Lasgol, não se deixando vencer pelo esgotamento e acompanhando o amigo.

— Estamos quase chegando! Um último esforço! — anunciou Ingrid.

Já dava para ver as luzes do acampamento e, nesse momento, Lasgol caiu no chão.

— Esperem! — gritou Egil.

Ingrid parou e deu meia-volta. Viggo e Nilsa a acompanharam.

— Lasgol! Vamos, já chegamos! — animou-o Gerd.

— Ele perdeu muito sangue. Não consegue seguir — disse Egil.

— Então vamos levá-lo — propôs Ingrid.

— Eu te ajudo — disse Viggo.

Ingrid o encarou, surpresa, e o garoto a ignorou. Seguraram Lasgol pelas axilas, entre os dois, e foram rumo ao acampamento. Egil, Gerd e Nilsa os seguiam de perto. Estavam tão preocupados que se esqueceram da própria exaustão.

O grupo cruzou a linha de chegada um pouco antes da aurora. Os instrutores os esperavam.

— A equipe dos Panteras completou a prova em equipe a tempo — anunciou o instrutor-maior Oden, sem conseguir dissimular a grande surpresa.

— Ajuda, por favor! Temos um ferido! — pediu Ingrid.

Oden se aproximou com vários instrutores.

— O que aconteceu?

— Tentaram matá-lo — respondeu Viggo, apontando para a ferida.

Oden pareceu totalmente perplexo.

— Está com uma flecha no braço e perdeu muito sangue — disse Egil.

— Para a enfermaria! Rápido! — ordenou Oden aos instrutores, que o levaram correndo.

Enquanto o carregavam meio inconsciente, Lasgol viu o sol sair. *Conseguimos*, pensou, muito orgulhoso. De repente, sentiu o toque gelado da morte.

O coração dele parou.

Capítulo 19

A CRIATURA ESTAVA DESCONTROLADA. EGIL TENTAVA ACALMÁ-LA, mas não tinha jeito. Guinchava e pulava de um lado para o outro. Ele tentava segurá-la, mas não conseguia; ela corria enlouquecida por toda a cabana. Gerd subiu no beliche, assustado diante dos guinchos e corridas do pobre animal.

— Deveríamos fazer uma armadilha, nos ensinaram a fazer isso — disse Viggo.

— Como você consegue ser tão mau? — questionou Ingrid. — Não está vendo que a coisa está assim por causa de Lasgol?

— Mais um motivo para capturá-lo e *acalmá-lo* — respondeu.

— Você não vai *tranquilizar* ninguém — retrucou Ingrid com os braços cruzados, resolvendo a questão.

— Chata...

Nilsa observava a criatura a distância. Não queria intervir. Aquele animal continha magia, e a magia era sua inimiga.

— Egil, você tem que fazê-lo se acalmar. Vai chamar atenção de Oden ou das outras equipes. Está fazendo muito barulho — pediu Ingrid.

— Estou tentando... Acredite... — respondeu o garoto, sem fôlego depois de perseguir a criatura pela cabana.

— Pobre animalzinho — disse Gerde, de sua cama, mas, por causa do medo, não chegava perto dele.

Egil conseguiu encurralar o bicho. Foi pegá-lo, e o animal ficou invisível.

— Ah... eu o perdi.

— Bom, pelo menos não está berrando — disse Viggo.

— Coitado — repetiu Gerd, com os olhos úmidos.

Lasgol acordou com uma dor de cabeça terrível. Não sabia onde estava nem o que havia acontecido. Tentou focar. Estava deitado de barriga para cima. Identificou um teto de madeira, mas não era o teto da cabana. Tentou se levantar. As forças falharam, e ele caiu de costas no leito.

— Fique quieto. Você está muito fraco para se levantar — disse uma voz feminina que ele não reconheceu.

— Onde... estou?

— Na enfermaria. Está aqui há três dias.

— Três dias?!

— Sim, desde que te trouxeram à beira da morte.

Lasgol virou a cabeça e conseguiu focar a visão no rosto da mulher. Era mais velha e não estava vestida como os guardiões.

— Quem é você?

— Meu nome é Edwina Sommerfeld, sou uma curandeira do Templo de Tirsar.

— Ah... — balbuciou ele.

Lasgol fechou os olhos e se lembrou de que seu pai tinha lhe contado sobre a Ordem de Curandeiros com base no Reino de Rogdon, o reino do Oeste, lar dos Lanceiros Montados de Prata e Azul. Depois de um instante, abriu os olhos e perguntou sem pensar duas vezes:

— O que uma curandeira de Rogdon faz no acampamento dos guardiões do Reino de Norghana?

A curandeira, surpresa, começou a rir.

— Vejo que está fraco do corpo, mas a mente está muito desperta.

— Eu... sinto muito, senhora.

— Não há por que se desculpar. É uma pergunta lógica. Os reinos de Rogdon e Norghana são rivais, sempre foram. Os senhores dos campos verdes do Oeste e os senhores do gélido Norte competem pelo predomínio em nossa querida Trêmia. Mas a Ordem de Curandeiros de Tirsar serve a todos igualmente. Estamos onde precisam de nós. Dolbarar pediu para nossa líder, há muitos anos, que uma curandeira viesse ajudar este acampamento. Muito poucas foram beneficiadas com o dom da cura, e não podemos aceitar todos os pedidos de ajuda, mas esse foi atendido, e me enviaram para cá. Desde então, este tem sido o meu lar. Ajudo a curar todos os que passam por este acampamento. Estou há muitos anos aqui e devo dizer que vocês me mantêm extremamente ocupada ano após ano.

— Eu... não sei o que aconteceu... Um acidente... Outro iniciado durante a prova — balbuciou, tentando encontrar algum sentido no que tinha acontecido.

— Não pense nisso agora. Descanse e se recupere. Beba isto, é uma infusão que vai ajudá-lo a melhorar.

Lasgol pegou a tigela e deu um gole.

— Argh, tem um gosto horrível — reclamou.

— Sim, mas você precisa tomar. Seu corpo está muito fraco — disse a curandeira.

O garoto obedeceu. Bebeu e, aos poucos, caiu no sono.

Acordou dois dias depois.

— Como se sente hoje? — perguntou Edwina.

— Melhor... eu acho...

— Tente se levantar. Devagar.

Lasgol se apoiou na cama e dessa vez teve energia. Conseguiu.

— Muito melhor — disse Edwina, com um grande sorriso. — Tome este chá, vai te ajudar.

Lasgol fez isso. Tinha um gosto tão ruim quanto o anterior, mas não reclamou.

— E meus colegas?

— Estão todos bem, fique tranquilo. Eles vieram todos os dias perguntar por você, mas estava muito fraco para visitas. Se estiver melhor à tarde, deixarei eles entrarem.

— Obrigado — respondeu Lasgol.

Um tempo depois, a porta do quarto se abriu e Oden entrou, com o rosto sério. Como era de seu costume, estava com o cabelo acobreado preso. Olhou para Lasgol com aqueles intensos olhos cor de mel.

— Iniciado — cumprimentou, com um gesto seco.

— Instrutor-maior — respondeu Lasgol.

— Preciso lhe fazer algumas perguntas sobre o que aconteceu.

Lasgol assentiu.

— Viu quem atirou em você?

— Não... Estava muito escuro...

— Não viu nada, nem uma figura, nem um lampejo? Nada?

— Não... Estava observando Ingrid atirar e me mexi para enxergar melhor o tiro... Foi quando senti... um golpe duro, depois uma pontada de dor...

— Esse movimento salvou sua vida. A flecha mirava no seu coração. Você não viu nada que possa nos ajudar a capturar o culpado?

— Culpado? Não foi um acidente? Outra equipe estava fazendo a prova perto dali?

Oden franziu a testa e balançou a cabeça.

— Havia outras equipes por perto, sim, mas não foram elas.

— Como sabe, senhor?

— Encontramos o arco no local em que o tiro foi realizado. A trajetória desse lugar até onde a flecha te alcançou indica que tinham mirado no seu coração.

Lasgol engoliu em seco.

— Entendo...

— Tem mais um detalhe — continuou Oden.

— Não me matou?

— Você é inteligente, é uma pena que seja filho de quem é.

Lasgol franziu as sobrancelhas, mas não disse nada. Não valia a pena.

— Não te matou porque não precisou. A flecha estava envenenada.

Lasgol ficou pálido.

— Envenenada?

— Veneno desacelerador — explicou Edwina. — Não sei como você sobreviveu, devia estar morto. Bom, para ser exata, você esteve.

— Como assim? Eu morri? — perguntou Lasgol, horrorizado.

— Parece que sim — respondeu Oden. — Quando te entreguei para a curandeira, seu coração não batia mais. Estava morto. Ela operou um milagre.

Lasgol olhou para Edwina com o rosto de quem tinha visto um fantasma.

— O veneno vai desacelerando o coração até que ele deixe de bater — explicou Edwina. — Quando Oden o trouxe até mim, você estava morto, seu coração tinha parado de bater fazia algum tempo. Por sorte, não era tarde demais. Usei meu dom curativo para reanimar seu coração. Assim que consegui fazê-lo voltar a bater, me concentrei em combater o veneno. Essa foi a parte mais difícil, levou dias.

— Não... não consigo acreditar.

— Acredite — disse Oden.

— O mais surpreendente foi você não ter morrido antes de chegar ao acampamento, pois o veneno era potente — admitiu Edwina enquanto examinava o garoto. — A única explicação racional que encontrei é que, devido ao esforço que você estava fazendo para concluir a prova, a desaceleração foi mais lenta. É isso ou você tem o coração de um cavalo. — Ela sorriu.

Lasgol se lembrou do quão difícil tinha sido continuar.

— Sim... Corremos com toda a nossa alma.

— E com todo o seu coração. Quando parou de correr, o veneno terminou de fazer o trabalho.

Lasgol assentiu, não conseguia acreditar que alguém tivesse tentado assassiná-lo.

— Dolbarar quer vê-lo — informou Oden à curandeira.

— Agora? — perguntou Edwina.

Oden assentiu.

— Vou me certificar de que não há resquícios do veneno no corpo dele.

O instrutor-maior bufou com força.

— Vou esperar lá fora enquanto... você... trabalha — informou, e saiu rápido.

Edwina sorriu.

— Há guardiões que não gostam do meu dom. Bem, ele e a maioria. Não o entendem, e o homem tende a temer aquilo que não entende.

— Você se refere à magia?

— Sim, embora nós não a chamemos assim. Para nós, os poucos que foram agraciados com ele, o nome é dom ou talento, como é conhecido no Norte. É curioso: não conseguem nem sequer vê-lo, mas ainda assim o temem. Você não tem medo, né? — perguntou ela, com um sorriso travesso e um tom suspeito.

Lasgol percebeu que ela o analisara com seu dom e que, portanto, descobrira seu segredo… O garoto balançou a cabeça.

— Eles não sabem? — perguntou Edwina.

— Não, ninguém…

— Tudo bem, fique tranquilo, será nosso segredo — disse ela, com uma piscadela.

— Obrigado…

A curandeira fez Lasgol se deitar na cama e pôs as mãos sobre o peito dele. Fechou os olhos e se concentrou. De repente, Lasgol viu um lampejo azulado e uma energia que partia das mãos dela e entrava em seu corpo. Sentiu um pouco de calor no peito e, por um momento, se assustou. Mas observou o rosto de Edwina e soube que não era algo ruim. Depois de um bom tempo, a mulher abriu os olhos e tirou as mãos. Lasgol viu o lampejo azul desaparecer e o seguiu com o olhar. Edwina percebeu isso.

— Você consegue ver?

— Sim… — admitiu ele, que sabia que só quem tinha o dom conseguia enxergar os lampejos e a energia dele quando era utilizado.

A curandeira o fitou por um instante e sorriu.

— Não vejo rastros de veneno em seu organismo. Tudo bem. Pode se vestir e ir falar com Dolbarar, mas depois volte para cá, que lhe dar algumas poções que vão te ajudar.

— Muito obrigado… Não sei como agradecer, senhora.

— Não tem o que agradecer. É minha vocação — disse ela com um sorriso. — Agora vá, estão te esperando.

Oden o esperava do lado de fora. Fez um gesto para Lasgol e ambos saíram. A enfermaria ficava ao sul do acampamento, do lado oposto aos estábulos. Lasgol não tinha reparado no pequeno edifício branco rodeado por uma horta. Ainda havia muitas coisas que ele desconhecia naquele lugar.

Chegaram à Casa de Comando e entraram. Ao cruzar a grande sala, Lasgol viu os quatro guardiões-maiores. Conversavam sentados em frente a um fogo baixo. Ao perceber que Lasgol tinha entrado, se calaram. Observaram o garoto. Oden os cumprimentou com respeito e eles devolveram o cumprimento. Não disseram nada. Oden o levou até Dolbarar, em sua sala no segundo andar.

— Obrigado, Oden. — dispensou Dolbarar.

O líder dos guardiões estava sentado atrás de uma enorme escrivaninha de carvalho. Havia vários pergaminhos sobre a mesa e, em uma das extremidades, um tinteiro com uma pena branca. Ele fechou o livro que estava consultando e fitou o rapaz de cima a baixo.

— Sente-se, por favor, você ainda está e.

— Estou bem, senhor.

Dolbarar sorriu.

— Esse é o espirito. Você teve sorte. O veneno quase acabou com você.

— A curandeira me salvou.

Dolbarar concordou.

— É uma velha amiga, e o trabalho dela é impagável. O que aconteceu foi sério, e eu fiquei muito preocupado. Uma tentativa de assassinato… É algo muito grave. Raramente ocorre algo assim aqui. Muitos acidentes, algumas brigas, expulsões por mau comportamento também, mas tentativas de assassinato são raras… É muito preocupante… — disse, com o olhar perdido.

Lasgol o observava sem saber o que dizer. Apesar da idade avançada, por volta dos setenta anos, o líder transmitia agilidade e poder. Lasgol nunca o tinha visto de tão perto, então o analisou. Os imensos olhos cor de esmeralda chamaram a atenção do garoto. Seu rosto era amável, mas mostrava determinação. O cabelo liso, na altura dos ombros era todo branco assim como a barba, que era bem-cuidada e cortada a um dedo de espessura o tornavam inconfundível.

— Alguma ideia de quem deseja te ver morto?

— Não, senhor…

— Sendo quem você é, ou melhor, sendo filho de quem é, certamente tem muitos inimigos…

— Não da minha parte… Mas alguns me odeiam, isso é certo.

— Nunca devemos subestimar o ódio dos homens. É um sentimento muito poderoso, capaz de conduzi-los a realizar atos impensáveis.

— Como me matar…

— Exato. Aqui há muita gente desejando que você não consiga se formar. Você sabe bem disso. Tanto entre os iniciados e os do segundo e terceiro anos, como entre os guardiões. Não ache que sou cego. Posso ser velho, mas meu instinto e meus sentidos funcionam perfeitamente. Pelo menos por enquanto.

— Não acho que seja um deles… Não mesmo.

— Uma lista me ajudaria a eliminar suspeitos.

— Senhor, eu não poderia…

— Tudo bem, eu entendo. É uma questão de honra. Deixe estar. Mas se você vir alguém ultrapassando os limites, me informe na hora.

— Sim, senhor.

— O que me preocupa é esse veneno… É um dos nossos. Aprendem a fazê-lo no terceiro ano, na maestria de Natureza, o que nos leva a crer que o assassino é um dos nossos…

— Um guardião?

— Podia ser qualquer um. De um instrutor a um iniciado de qualquer um dos três cursos, mas sem dúvida é alguém do acampamento com conhecimento ou acesso aos venenos que a erudita Eyra deixa trancados. Isso complica a situação e me diz que tenho uma maçã podre entre os meus. É algo que detesto. Embora seja verdade que nunca consigamos saber se um jovem vai se desviar e abandonar o caminho do guardião ao longo dos anos, os guardiões raramente se desvirtuam. É muito raro. Aqui, ensinamos lealdade ao reino, honra, disciplina, serviço. Nem todos os que passam por aqui são grandes homens, mas todos são moldados e recebem as ferramentas para se tornarem um. Se alguém nos trai…

— Entendo… É uma mancha para o corpo.

— Sim, se for confirmado o que eu temo, é isso mesmo. Informei Gondabar, guardião mestre do rei, nosso líder. Ele está na capital, em

Norghânia, na corte, onde ele serve a Uthar. Tenho certeza de que esse assunto vai preocupá-lo.

Lasgol ficou pensativo. Se havia um guardião traidor e tinham avisado ao líder dos guardiões, isso significava que ele estava em apuros.

— Eu o garanto que farei o que estiver ao meu alcance para desmascarar o assassino. Nós nos encarregaremos de observar você para que nada aconteça. Fique tranquilo. Será minha responsabilidade.

— Fico mais calmo em saber disso. Obrigado, senhor.

Dolbarar se levantou e andou até a janela. Observou o exterior com um olhar nostálgico.

— Eu conhecia bem Dakon, seu pai — disse o guardião-maior.

Lasgol ficou tenso.

— É?

— Era um guardião excepcional. Foi o mais jovem a ser primeiro guardião. Ele se sobressaía nas quatro maestrias, nada o parava. Durante os anos que passou aqui, brilhou em tudo. Os guardiões-maiores das maestrias competiam para tê-lo em suas especializações. De fato, foi um aluno exemplar.

— Não sabia disso, senhor.

— Sabe qual especialidade ele escolheu?

— Não, senhor. Meu pai não me contou muito sobre a vida dele como guardião.

Dolbarar assentiu.

— E assim deve ser. Isso é o que diz *O caminho do guardião*. Um guardião deve sempre manter o segredo do caminho, pois só percorrendo por si mesmo poderá entender e assimilar os ensinamentos como dogma de vida. Mas eu posso contar. Ele decidiu ser caçador de magos na maestria de Atiradores. Não havia alguém melhor que ele no arco. Alcançava um alvo em movimento a quatrocentos passos. Era excepcional. Escolheu essa especialização em vez de outras não pela grande habilidade com o arco, mas pelo desejo de proteger o rei de magos e outros inimigos com o dom, pois são os mais difíceis de neutralizar.

— Entendo… Magia…

— Um caçador de magos consegue matar um mago, pois o alcance do arco ultrapassa o alcance da magia do inimigo.

Lasgol semicerrou os olhos. Aquilo era interessante. Sempre havia pensado que os magos eram mais poderosos que o restante: infantaria, cavalaria, arqueiros, guardiões...

— Você sabia disso?

— Não... não sabia.

— Mas se o mago se aproxima a duzentos passos, então o caçador de magos está perdido, já que o inimigo é muito mais poderoso e, a essa distância, pode usar sua magia sobre ele.

— Entendo...

— Eu mesmo recomendei Dakon ao rei Uthar. Não havia ninguém melhor para defendê-lo de magos e feiticeiros inimigos e foi uma decisão acertada. O rei e seu pai foram grandes amigos. Uthar o queria com ele a todo momento. Não deixava Norghânia se Dakon não o acompanhasse. Ele se tornou seu guardião pessoal. Raramente o enviava em missões, a menos que fosse de suma importância, pois queria tê-lo ao seu lado. E nesse tempo a amizade entre eles aumentou. Eram como irmãos, inseparáveis. Todos os anos o rei comparece à cerimônia de Aceitação, aqui, no acampamento, no final do inverno. Sempre vinha com Dakon. Lembro-me das longas conversas que nós três tínhamos... Aqui mesmo, perto do fogo, na sala comum, tomando vinho noceano... Que lembranças boas — contou, com um olhar carregado de melancolia.

Lasgol observava Dolbarar, queria perguntar o que tinha acontecido de fato; ele deveria saber ou, pelo menos, ter uma boa perspectiva sobre o que pudera ter acontecido com o pai. Mas não se atreveu e permaneceu em silêncio.

Dolbarar voltou à realidade.

— Perdão, me deixei levar... Às vezes, as lembranças nos transportam a tempos melhores. — O homem sorriu.

Lasgol respirou fundo, se imbuiu de coragem e perguntou: não teria oportunidade melhor do que essa.

— Senhor, o que aconteceu com meu pai?

Dolbarar inclinou a cabeça e o fitou com olhos tristes.

— Eu me perguntei o mesmo um milhão de vezes. Gostaria de poder lhe dar uma explicação, mas, infelizmente, não a tenho. A última vez que vi seu pai foi aqui mesmo... Na cerimônia de Aceitação, acompanhado do rei. Tudo parecia estar como sempre foi. Não percebi nada anormal nele... Aproveitamos muitíssimo a cerimônia. Uthar estava encantado com a visita. Ele me contou que a ameaça de Darthor, o Senhor Sombrio do Gelo, estava aumentando; que todos os relatórios indicavam a proximidade de um ataque, para que tomasse o reino. O perigo era real. O rei estava em constante estado de alerta, e a vinda à cerimônia tinha lhe proporcionado uns dias de descanso e paz, pelo que ele agradecia. Dakon aproveitou a visita para falar com os guardiões-maiores e alguns amigos instrutores. Inclusive, tirou uma tarde livre, com a permissão do rei, para percorrer o entorno do acampamento e recordar os velhos tempos. Foram embora depois que a cerimônia acabou. Cinco dias depois, aconteceu...

— A traição...

Dolbarar assentiu devagar, com pesar.

— Seu pai conduziu o rei Uthar a uma emboscada na Garganta do Gigante Gelado.

— Meu pai não tinha como saber que Darthor tinha preparado uma emboscada nesse trecho.

— Sim, mas seu pai insistiu em ir por lá. Há três trechos que cruzam as Montanhas Eternas do nordeste. Darthor estava reunindo suas forças na costa, depois das montanhas. Os generais sugeriram pegar o trecho mais ao sul, o Passo do Orador; no entanto, Dakon insistiu no trecho mais ao norte, a Garganta do Gigante Gelado. Uthar não ouviu o conselho dos generais e obedeceu ao seu pai. Pegou o caminho mais perigoso. Foi onde aconteceu a emboscada.

— Não é prova suficiente para mim...

Dolbarar suspirou.

— Há uma prova adicional que, infelizmente, é irrefutável. Você sabe disso, embora seja provável que não queira aceitá-la. Seu pai atirou no rei. Tentou matá-lo. Ele o atingiu e quase o matou. Se não fosse por Sven, comandante da Guarda Real, que empurrou o rei do cavalo ao ver o ataque de Dakon, Uthar teria morrido. A flecha acertou a clavícula esquerda do rei, mas mirava o coração.

— Pode ser sido um acidente — argumentou Lasgol.

— Se fosse outro homem, eu consideraria essa ideia... Sendo Dakon, primeiro guardião do reino, não posso. — Dolbarar balançou a cabeça. — Se ele atirou, foi com intenção. Nunca atiraria para errar. Sinto destruir suas esperanças, mas foi assim.

Lasgol baixou a cabeça. Não sabia o que pensar, tinha um nó na garganta, e seus olhos umedeceram.

— Todos desejamos que nossos pais sejam perfeitos, mas a realidade nos ensina que não é assim. São seres humanos, e seres humanos têm defeitos, mesmo que não queiramos enxergá-los. Com o tempo e sob circunstâncias extremas, esses defeitos levam as pessoas a cometerem atos impensados e incompreensíveis.

— O que o levou a... fazer isso? — perguntou Lasgol, balbuciando.

Uma lágrima deslizou pela bochecha.

Dolbarar balançou a cabeça três vezes.

— Não sei... Queria ter a resposta, acredite; dormiria muito mais tranquilo. Mas não a tenho.

Lasgol engoliu em seco e se recompôs.

— Dizem que um mago do gelo do rei o matou. É verdade?

— Receio que sim — respondeu Dolbarar. — Foi Olthar, mago real, que cavalgava à direita de Uthar que o defendeu. Matou Dakon com uma lança de gelo.

— Ele o matou... e no entanto não houve um funeral...

— Os condenados perdem essa honra. O rei estava completamente fora de si por causa da traição. Nunca se recuperou, nem da ferida nem da traição de seu melhor amigo.

— O que aconteceu com o corpo do meu pai?

— Não sei. Suponho que o tenham enterrado em uma vala comum com todos os que caíram na batalha contra Darthor.

— Entendo...

— Deixe o passado para trás. Essas ações não são suas, são de seu pai. Se você carregar esse fardo, ele acabará com você. Esqueça, olhe para a frente, para o seu futuro. Se você deseja ser um guardião por vontade própria, não por seu pai, não me oponho. Será tratado com igualdade, como todos os iniciados. Mas se está aqui por causa do seu pai, garanto que não vai conseguir. O peso da carga o fará afundar e você vai fracassar.

Lasgol assentiu e olhou para o chão.

— Como já anunciei a todos, tempos difíceis estão chegando de novo. Darthor voltou ao Norte, para além das Montanhas Inalcançáveis. Dizem que está reunindo forças para atacar o reino. Além disso, agora tem a ajuda de seres poderosos.

Lasgol levantou o olhar.

— Seres poderosos?

— São apenas rumores, não há provas, mas falam de bestas do gelo. Dizem que elas o servem e o acompanham ao lado de seu exército de selvagens e bestas do Continente Gelado.

— Há bestas no exército dele? — perguntou Lasgol.

— Sim. Trolls das neves, ogros corruptos e outras bestas. Pelo menos, esses são os rumores.

— Como Darthor consegue controlá-las?

— É um grande mago, tem muito poder — respondeu Dolbarar.

— Achava que era um mago do gelo que tinha sido corrompido pelo mal…

— Não, meu jovem iniciado, não acredite em tudo o que o povo conta. Darthor não é um mago do gelo, é algo diferente… poderoso… muito poderoso.

— É um feiticeiro, então?

— Pode ser, não sei. O tipo de magia que ele pratica é desconhecida para nós. Mas ele consegue, sim, dominar muitas bestas e criaturas mágicas, não é um mago comum. Dizem que agora é ainda mais poderoso do que da última vez que tentou e, naquela ocasião, ele quase nos derrotou. O rei sobreviveu à emboscada graças à pronta ação de Sven e Olthar, que o tiraram dali com vida por milagre. Uma semana depois, ainda em recuperação, Uthar reuniu as tropas reais e cruzou o trecho ao sul. Enfrentou Darthor e suas forças e os derrotou. Mas Darthor conseguiu fugir. Desta vez será mais difícil expulsá-los.

Lasgol ficou pensativo assimilando tudo o que Dolbarar tinha dito. O velho notou o semblante sério do rapaz. Abriu os braços em um gesto amistoso.

— Você não deve se preocupar com essas coisas, elas não lhe dizem respeito. O rei, os generais e os guardiões cuidarão de Darthor. Você, meu jovem iniciado, concentre-se em passar nas provas. E fique atento. Se perceber qualquer movimento contra você, quero que venha me contar imediatamente, certo?

Lasgol suspirou.

— Sim, certo.

— Muito bem. Agora pode se retirar com sua equipe e amanhã vá visitar a curandeira para que ela se certifique de que você está bem e pode retomar a instrução.

Lasgol assentiu e saiu. Sua mente dizia que tudo indicava a culpa do pai, ainda mais depois do que Dolbarar tinha lhe contado. No entanto, seu coração teimava em não aceitar. Aquilo era uma verdadeira tortura: não conseguia deixar o doloroso passado para trás nem pensar em um futuro melhor. E o que era mais importante, aquilo não permitia que ele se concentrasse no verdadeiro perigo: alguém no acampamento queria matá-lo.

Capítulo 20

Lasgol não esperava por aquela recepção. Quando entrou na cabana, os colegas pularam em cima dele e o acolheram entre abraços, aplausos e risadas.

— Que grande susto que você nos deu! — disse Ingrid, segurando seus braços com força.

— Fico muito feliz que você esteja bem! — Nilsa aplaudiu e lhe deu um beijo na bochecha.

Gerd o levantou do chão com um abraço de urso.

— Fiquei com muito medo. Pensei que você tinha morrido!

— Melhor deixar ele no chão, grandalhão — disse Egil —, senão os pontos da ferida vão se soltar.

— Ah! Claro! Como eu sou bruto. — Gerd se desculpou e o colocou no chão.

Egil lhe deu um abraço sincero.

— Estávamos muito preocupados — admitiu.

Até Viggo sorriu e lhe deu umas palmadas nas costas.

De repente, ouviram-se guinchos de animal vindos do fundo da cabana. A criatura pulou da cama de Lasgol e atravessou o local correndo para, com um salto enorme, chegar ao seu peito.

— Oi, pequeno!

Enroscando-se no pescoço de Lasgol, a criatura começou a lamber a bochecha do garoto.

— Ele ficou louco — contou Egil.

— Guinchava e chorava o dia todo.

— E grande parte da noite... — acrescentou Viggo, com uma das sobrancelhas erguida.

— Não conseguíamos acalmá-lo — continuou Egil.

— Ele ainda não deixa que alguém o toque — explicou Gerd, contrariado. — Mas você sabe que tenho medo de segurá-lo.

— Claro, você é uma montanha ao lado dele, é completamente lógico que você tenha medo — acrescentou Viggo, no costumeiro tom sarcástico. — Se entrar um rato na cabana, com certeza você vai subir na cama.

— Um rato? Onde? — perguntou Gerd, assustado.

Viggo bateu com a palma na testa.

— Já estou aqui, pequeno, está tudo bem — disse Lasgol, tranquilizando a criatura acariciando sua cabeça e seu lombo cristado.

Depois o levou até a cama e se sentou. Os outros se posicionaram ao redor. A criatura se acalmou aos poucos. Não parava de lamber Lasgol com a língua azulada.

— Como você está? — perguntou Ingrid.

— O que te falaram? Estão dizendo todo tipo de coisa — perguntou Nilsa.

— Se Dolbarar chamou você, é porque acha que tem algo sujo — disse Viggo.

Lasgol suspirou.

— Fiquem tranquilos. Eu vou contar tudo. Sentem-se.

Eles se sentaram na frente da cama de Lasgol, na pele de urso que cobria o chão de madeira. Lasgol lhes contou tudo o que tinha acontecido e o que ele sabia. Quando acabou, houve um longo silêncio.

— Você voltou da morte — disse Egil. — Isso é fascinante!

— Há uma curandeira no acampamento e nós não sabíamos disso? — questionou Nilsa, fechando a cara.

— Não comece com a história de magia... — repreendeu Viggo.

— Apesar de perseguirem o bem, as curandeiras usam magia, o mal, para alcançar esse fim. Não posso ser a favor — respondeu a garota.

— Pois, se não fosse por ela, eu estaria morto... — disse Lasgol.

— Mas... — começou Nilsa, se vendo sem argumentos. — Por mais que seja para o bem, continua sendo magia e, no final das contas, só traz problemas.

— Eu acho que foi Isgord — disse Viggo. — Ele já te ameaçou.

— Dolbarar reconhece que o veneno é dos Guardiões? Que horror, isso aponta para um dos nossos! — Gerd não conseguia acreditar.

— Temos que proteger você, isso pode voltar a acontecer — afirmou Ingrid.

Cada um continuou com um fio diferente da conversa. Lasgol relaxou e brincou com a criatura. Estava cansado demais para responder a todos, e suas suposições e teorias começaram a ficar mais variadas e estranhas. Lasgol estava contente por estar de volta à cabana, com os colegas. Muito contente. Adormeceu com a voz dos amigos ao fundo. Quando acordou, na manhã seguinte, já tinham saído para a instrução. Estava tão exausto que nem tinha ouvido a flauta ou a voz de Oden. Foi visitar a curandeira e percebeu que, ao passar perto dos guardiões, eles paravam o que estavam fazendo e olhavam para ele. Olhou por cima do ombro e um deles o cumprimentou. *Ordens de Dolbarar...*, pensou.

Edwina deu a ele poções e preparações para que tomasse todas as noites durante uma semana, além de permissão para retomar a instrução, mas não o exercício físico matinal. Para isso, precisava esperar mais duas semanas. Lasgol agradeceu por toda a ajuda.

— Que eu não volte a encontrá-lo em condições tão ruins — disse ela com o dedo indicador levantado.

— Morto, você quis dizer? — brincou o garoto.

Edwina soltou uma gargalhada.

— Cuide-se bastante e fique alerta — respondeu, dando uma piscadela.

— Pode deixar, muito obrigado por tudo.

Lasgol se juntou aos colegas na cantina para o jantar. Se antes todos o olhavam de cara feia, agora era ainda pior, e mais intenso. Viu Dolbarar e os quatro guardiões-maiores à mesa e os cumprimentou com um breve aceno. Eles lhe devolveram a saudação. Tinham uma expressão séria. Lasgol estava ciente de que era devido ao que tinha acontecido.

— O que a curandeira falou para você? — perguntou Gerd enquanto devorava uma coxa de peru assada.

— Amanhã posso voltar à instrução, mas não para o exercício físico matinal.

— Que bom! — exclamou Nilsa.

— Se livrou de dar voltas no lago, que sorte — disse Gerd, com inveja.

Lasgol ficou perdido em seus pensamentos.

— Aconteceu alguma coisa? — perguntou Ingrid.

— Não... — disse Lasgol. — É que acabo de perceber que não sei o que aconteceu com a Prova de Primavera. — Ele olhou para os colegas, apreensivo, esperando más notícias.

Fez-se um silêncio. A equipe se entreolhava. Ninguém dizia nada. Estavam todos sérios. Lasgol respirou fundo e se preparou.

— Tão ruim? Não me lembro do que aconteceu na prova em equipe... Está tudo borrado na minha mente... tenho lacunas...

Ninguém respondeu.

— Cinco equipes não conseguiram terminar a prova a tempo — disse Viggo. — Foram penalizadas com a perda de uma Folha de Carvalho das provas individuais. Estão no caminho da expulsão.

Lasgol ficou tenso. Sem querer, mordeu a língua.

— E nós?

Fez-se um silêncio sombrio depois das palavras de Viggo. Lasgol contraiu a mandíbula, esperando más notícias.

— Nós não fomos penalizados! — respondeu Ingrid, sentindo-se orgulhosa.

Lasgol olhou para ela incrédulo. Depois para Egil e para Gerd. Os dois tinham um sorriso de orelha a orelha.

— É verdade — disse Nilsa, assentindo.

— Mas... como?

— Passamos na prova em equipe — informou Ingrid —, chegamos bem a tempo. Não fomos penalizados.

Lasgol respirou aliviado.

— Ainda bem...

— Apesar de que, por outro lado, já nos comunicaram os resultados das provas individuais — disse Viggo, balançando a cabeça negativamente.

— Muito mal?

Viggo assentiu com desânimo.

— Muito.

Ingrid suspirou.

— Estes são os resultados. — Ela entregou um papel a Lasgol.

	maestria de atiradores	maestria de fauna	maestria de natureza	maestria de perícia
ingrid	2	2	1	1
nilsa	2	1	2	1
gerd	1	2	1	1
egil	1	2	2	1
viggo	2	1	1	2
lasgol	1	2	2	1

Lasgol viu os resultados e sentiu o estômago se revirar. Eram muito ruins. Ruins de verdade. Piores do que esperava.

— Afff. São horríveis...

— Já sei — concordou Viggo. — Somos um fracasso.

O rapaz olhou para os colegas com pena. Ele se sentia mal. No entanto, Egil, Gerd, Nilsa e Ingrid pareciam conter um sorriso. Lasgol se sentiu deslocado.

— Estão... sorrindo?

Os quatro assentiram, sem conseguir se conter.

— Não entendi... — disse Lasgol.

Ingrid colocou a mão no ombro dele.

— Dolbarar deu uma Folha de Carvalho adicional para cada um, para usá-la onde precisarmos pelo comportamento excepcional durante a prova ao salvar a vida de um colega.

— Sério?

— Sim. Você quase morreu — explicou Viggo —, e isso nos ajudou nas provas individuais.

— Fico feliz, então... — disse Lasgol, com uma expressão sarcástica, levando a mão à ferida. — Mas, mesmo com uma folha a mais, também não são resultados animadores...

— É que isso não é tudo — continuou Ingrid. — Estamos sorrindo porque Dolbarar fez com que todos os iniciados ficassem em formação e anunciou isso de maneira formal para que todos soubessem.

— Fomos heróis por um dia! — disse Gerd, cheio de orgulho.

— E todos nos invejaram — apontou Nilsa, sorrindo.

— E com a ajuda da folha extra, talvez consigamos nos recuperar e não ser expulsos no final. Isso nos dá uma chance — disse Egil, otimista.

— Vocês têm razão, é motivo para sorrir — concordou Lasgol, sentindo-se melhor.

Continuaram o jantar e aproveitaram a conversa entre risadas. A única má notícia foi que Isgord e os Águias tinham vencido a prova em equipe. Lasgol já esperava: eram o grupo mais forte. Eles, os Javalis e os Ursos. Estavam acabando quando os Corujas se levantaram da mesa e começaram a sair da cantina. Astrid e Leana pararam perto deles.

— Como estão hoje os heróis da prova em equipe? — brincou Leana com um tom jocoso e um sorriso.

— Estamos ótimos! — respondeu Gerd, com a boca cheia.

— Nada como ser considerada uma heroína para se sentir bem! — exclamou Nilsa, sorrindo.

— Aproveitem a honra, vocês mereceram.

— Estamos aproveitando, acredite — disse Egil.

— E como está o moribundo? — perguntou Astrid, olhando preocupada para Lasgol.

— Estou bem, não foi para tanto... — respondeu ele, dando pouca importância.

Astrid franziu a testa.

— Tem certeza? Dizem que você voltou do gélido reino da morte.

O garoto ficou vermelho.

— Bom… voltar… não exatamente…

— Mas chegou morto na enfermaria, não foi? — perguntou Kotar, o garoto introvertido da equipe dos Corujas. — É o que dizem…

Lasgol não soube o que responder. Asgar, Borj e Oscar também se aproximaram. Toda a equipe dos Corujas estava atrás dele, observando, esperando para ver o que ele ia dizer.

— Foi só um instante, logo depois me reanimaram — confessou Lasgol.

— Viram? Estava morto! Paguem a aposta — mandou Borj.

— Ei! Eu também ganhei! — disse Oscar.

— Não, nada disso; você apostou que ele tinha cruzado a linha morto. E, na verdade, ele morreu a caminho da enfermaria, não? — Borj não estava disposto a perder a aposta.

Lasgol se encolheu e sentiu um calafrio; não queria lembrar.

— Vocês são muito rudes! — disse Astrid, e deu um empurrão em Borj. — Deixem ele em paz, já passou por muita coisa.

— Mas as respostas… — reclamou Asgar.

— Já ouviram a capitã — disse Leana —, vão para fora, cabeças-ocas.

Leana saiu do refeitório dando bronca nos colegas enquanto eles discutiam sobre quem tinha ganhado a aposta. Astrid olhou para Lasgol por um instante.

— Não dê bola para eles.

— Obrigado, Astrid — respondeu Lasgol, e se atreveu a olhar para a garota de olhos verdes por um tempo. Sentiu um frio na barriga.

— É melhor você tomar cuidado — advertiu ela. — Se antes já era *conhecido*, agora é muito mais.

Lasgol bufou.

— Vou tomar cuidado, sim, obrigado.

Ela sorriu e saiu.

Naquela noite, enquanto brincava com a criatura, não conseguia parar de pensar na possibilidade de ser expulso no final do ano. Tinha que encontrar um jeito de evitar a expulsão; dele mesmo e dos colegas. Mas, ao mesmo tempo, precisava ficar atento, muito atento: alguém tinha tentado matá-lo, e Lasgol não sabia por quê. De repente, o rosto de Astrid apareceu em sua mente. Sempre que a via, ficava nervoso, mas não sabia a razão. Adormeceu pensando em como resolver todas essas incógnitas.

Os dias seguintes foram esquisitos. Lasgol voltou à instrução já recuperado da ferida e tudo parecia normal, mas não estava. Quando corria ao redor do lago, olhava a todo instante para as sombras do bosque ou se virava para ver se alguém o seguia. Estava inquieto. Acreditava ver perigo onde não havia. Egil tinha dito a ele que isso era normal, que se chamava *estado de paranoia* e que era consequência do trauma de ter sofrido uma tentativa de assassinato. Era incrível tudo o que Egil sabia sobre qualquer assunto. Ele até o levou à biblioteca lhe mostrou essa explicação em um livro. Viggo recomendava viver nesse estado para o resto da vida, assim evitaria *acidentes*, como ele os chamava.

Não era só Lasgol que se comportava de maneira estranha. Seus colegas também. Ingrid tinha ficado superprotetora. Se alguém olhava atravessado para Lasgol ou fazia qualquer comentário, ela derrubava a pessoa com dois socos. O instrutor-maior Oden se viu obrigado a intervir em duas ocasiões e a penalizá-la. Se houvesse outra briga, ela perderia uma Folha de Carvalho. Gerd estava mais assustado do que o habitual, e Nilsa mais inquieta a cada momento. Lasgol sabia que, nos três casos, era por culpa do que tinha acontecido. Os instrutores o observavam muito mais do que antes. Faziam isso por ordem de Dolbarar, mas Lasgol ficava nervoso. O assassino podia ser um deles, embora também pudesse ser um dos iniciados ou alguém dos outros cursos.

E, para tornar as coisas mais complicadas, a dificuldade da instrução tinha aumentado. Na maestria de Atiradores, tinham começado a treinar com facas. *O caminho do guardião* ditava que um guardião deveria ser um mestre no uso da faca. Primeiro, como ferramenta de sobrevivência; segundo, como arma para a luta corpo a corpo e como arma de arremesso. *O caminho do guardião* estabelecia que o melhor companheiro que um guardião poderia ter era sua faca de guardião. Lasgol não sabia como usá-la e estava sofrendo. No entanto, alguém da equipe se sobressaía naquela matéria. Lasgol jamais tinha imaginado, mas, ao pensar na vida que ele tinha levado, fazia todo o sentido. Era ninguém menos que Viggo. O garoto era um lutador magnífico com essa arma e não só isso: ele também a lançava com uma precisão incrível. Até o instrutor Ivar o parabenizou. Ingrid, que era boa, estava furiosa ao ver que Viggo era melhor.

Na maestria de Fauna, passaram dos cavalos aos mastins e cães de caça, fiéis companheiros dos guardiões. Mas ganhar a confiança daqueles animais enormes, que poderiam arrancar a cabeça de alguém com uma mordida, não era fácil. Eles sentiam o cheiro do medo e, para a surpresa de todos, o único que não os temia era Gerd. O grandão os tratava como se fossem filhotes, e os animais não só permitiam que ele se aproximasse e os acariciasse, como lhe obedeciam. O garoto dizia ter sido criado com muitos cachorros na granja, que não havia animais melhores e que, no fundo, eram apenas filhotes. Os medos e não medos de Gerd eram um verdadeiro dilema. Ele se assustava com um rato, mas não com cães de caça. Não conseguiam decifrá-lo.

Lasgol nutria um interesse especial pela instrução da maestria de Natureza. E não era pelas incríveis armadilhas que estavam aprendendo a criar e esconder. Era por causa das poções, em especial dos venenos. Infelizmente, estavam aprendendo muito sobre poções e unguentos curativos e pouco sobre venenos e toxinas. Mas Lasgol se mantinha atento para aprender algo que o ajudasse a decifrar o mistério de seu agressor e do veneno utilizado. Mas a maestria que mais estava aproveitando e que mais podia ajudá-lo na situação em que se encontrava era a de Perícia. Haakon tinha começado a lhes ensinar a arte de caminhar entre as sombras e desaparecer nelas, assim como desviar de projéteis com movimentos de ziguezague. Essas duas habilidades podiam ter evitado que o atingissem naquela noite. Lasgol se esforçava mais nessa maestria, pois era muito consciente de que sua vida ainda estava em risco e aquelas habilidades poderiam salvá-lo em algum momento.

Foi justamente durante uma instrução dessa maestria que Isgord se aproximou.

— Vejo que se recuperou bem.

Lasgol flexionou o braço ferido.

— Sim. Estou novo.

— Você está se empenhando muito. Até demais, eu diria.

— E o que você tem a ver com isso?

— Nada. Mas isso não vai te salvar.

— É uma ameaça?

— É um fato.

— E qual o motivo desse fato?

— Vai saber quando chegar a hora.

Ingrid e Gerd repararam na conversa e se aproximaram com rapidez. Os gêmeos Jared e Aston, dos Águias, se posicionaram ao lado de Isgord.

— Vá embora e leve esses dois lerdos musculosos se não quiser apanhar — ameaçou Ingrid com uma convicção que arrepiou Lasgol.

Isgord sorriu. Um sorriso frio, cheio de confiança. Acenou para os gêmeos e saiu.

— Se eu tivesse que apostar em alguém — disse Ingrid enquanto via Isgord se afastando —, apostaria nele.

— Odeio dar razão a Viggo, mas também acho isso.

— Você acha mesmo? — perguntou Gerd, e seu rosto ficou pálido.

— Sim, acho. Ele odeia Lasgol, é frio e muito bom em tudo. Não sei o motivo, mas o resto se encaixa. Foi ele.

— Obrigado pela ajuda — disse Lasgol aos colegas.

— Por nada, mas tome cuidado com esse aí — respondeu Ingrid.

O garoto teve um mau pressentimento. Muito mau.

Capítulo 21

Os dias voavam no acampamento entre a formação física pelas manhãs e a instrução às tardes. O fato de terem uma instrução diferente a cada dia confundia alguns e agradava a outros.

— Não entendo por que não podemos ter uma semana seguida de maestria de Tiro e depois outra inteira de Fauna e seguir assim com todas — reclamou Viggo quando voltavam, depois de cortarem lenha como trabalho extra de Oden por serem a equipe do filho do Traidor.

— Também penso assim — concordou Gerd, que era um cortador de lenha excepcional; quase derrubara uma árvore com sua força.

— Ou um mês inteiro de cada maestria, seria muito melhor — acrescentou Nilsa, que também era muito boa, embora seu estilo fosse o completo oposto do de Gerd.

O grandalhão lançava poucos golpes, mas precisos; ela, porém, dava muitas machadadas, mais suaves, com grande velocidade.

— Com certeza fazem isso para nos confundir — disse Viggo.

Egil soltou um risinho.

— O que você acha, sabe-tudo?

— Fazem isso para que melhoremos em todas as matérias em um ritmo semelhante. Mas não estão de todo errados. Alternar a cada dia torna o aprendizado mais difícil — respondeu Egil.

— Viram? Eu tenho razão — comentou Viggo.

— Mas também melhora o processo. Você aprende mais, pois o aprendizado é um pouco emocional. Se estudássemos uma matéria durante um mês, nos entediaríamos em certos trechos e aprenderíamos menos. Com a alternância, eles nos mantêm alertas, interessados e até um pouco temerosos, o que nos faz aprender mais — acrescentou Egil.

— Ora! Bobagem! — disse Viggo.

Egil sorriu para Lasgol, que, assentindo, fez o mesmo.

O verão passou, e Lasgol tinha aproveitado a estação, sua favorita. Em Norghana sempre fazia frio, porém na estiagem era quase possível se deleitar com o calor como nos reinos ao sul de Trêmia. Ele gostava da agradável sensação do sol aquecendo seu corpo, de sentir o cheiro dos bosques, de nadar nos lagos sem medo de morrer congelado, de ver o céu azul intenso e limpo, tão diferente do resto do ano.

E, com o final da estação, chegou a Prova de Verão.

O grupo dos Panteras das Neves tinha se esforçado muito, os seis, em especial Egil e Gerd, muito conscientes de que eram os que tinham mais problemas. Todo o estudo seria suficiente para passar nas provas? Lasgol esperava que sim, mas, a julgar pelos enjoos que sentia, parecia que não.

Na manhã da prova, Dolbarar inaugurou a jornada com um discurso repleto de frases motivacionais, sobre entrega e coragem. Os integrantes das treze equipes escutaram as palavras do líder do acampamento com o coração inquieto, já que, assim como Lasgol, muitos não estavam completamente convencidos de suas habilidades. Entretanto, Dolbarar soube empolgar as almas lutadoras, elevando o ânimo de muitos dos iniciados.

Quando chegou a vez deles, os Panteras das Neves se dirigiram à casa maior da maestria de Atiradores para dar início às provas individuais. Assim como esperado, a dificuldade era elevada. As perguntas de Ivana, a guardiã-maior, fizeram Lasgol suar a cada resposta. Não só tinham que saber mais conteúdo, como os conceitos eram mais difíceis. Lasgol respondeu às trinta perguntas da melhor maneira que pôde, explicando e detalhando tudo o que se lembrava do que aprendera. O rosto frio de Ivana não demonstrava sentimento, então ele não fazia ideia se tinha ido bem ou mal.

O teste prático foi ainda mais difícil. Lasgol teve que lutar com uma faca longa contra um dos instrutores. Se não conseguisse atingi-lo nas regiões marcadas em um colete protetor, seria reprovado. Tentou e recebeu uma boa surra. O instrutor se defendia com dureza e o castigava com golpes fortes quando baixava a guarda. Pelo brilho de satisfação nos olhos do instrutor a cada vez que o derrubava, Lasgol soube que ele era um dos vários que o odiavam por ser quem era e estava aproveitando a ocasião. O garoto tirou força da raiva e continuou lutando; por mais que os golpes doessem, ele não se renderia. No final das contas, conseguiu atingir o instrutor com um drible que esteve treinando com Viggo. Acabou com um olho roxo, as costelas doloridas e o lábio rasgado, mas exultante.

O segundo teste prático foi o de tiro. Primeiro com arco, depois com faca. Lasgol, que tinha melhorado bastante com o arco, teve alguns problemas para acertar os alvos que agora estavam a cento e cinquenta passos, mas não foi de todo mal. No entanto, teve dificuldade com o lançamento da faca. O alvo estava a seis passos, ele falhou em quatro lançamentos de dez — e os que acertou não foram muito precisos. Ainda tinha muito a melhorar. Lasgol aceitou o resultado. Esperava continuar tendo a oportunidade de fazer isso.

Depois, se dirigiram à casa maior da maestria de Fauna, onde Esben, o Domador, os esperava. Ingrid entrou primeiro e atrás dela foi o restante, um por um. Lasgol entrou animado. Esben começou com trinta perguntas sobre fauna, e ele percebeu que eram muito mais difíceis do que as da Prova de Primavera. Teve dificuldade em algumas, mas foi bem, pelo menos era o que achava.

De novo, a prova prática foi ainda mais complicada. Primeiro, tinham que mostrar a habilidade com sabujos, mastins e cães de caça. Só Gerd e Ingrid foram bem. Gerd os dominava com amabilidade e carinho, os animais gostavam dele e obedeciam às instruções. Ingrid os dominava com a personalidade firme e autoritária. Os animais a respeitavam e lhe obedeciam. Os outros membros da equipe tiveram muitos problemas.

A prova seguinte, de rastreio, exigiu muito deles; até Lasgol sofreu. Esben os fez identificar e seguir dez tipos de rastro nos bosques do leste. Por ser verão, as pegadas não eram tão nítidas no terreno duro, o que tornava muito difícil diferenciá-las e identificá-las. Quebraram muito a cabeça para seguir o rastro. Lasgol e Egil foram bem, mas os outros da equipe estavam com sérios problemas.

Depois de comer, foram à casa maior da maestria de Natureza. A erudita Eyra os recebeu. Ela formulou trinta perguntas complexas sobre quais plantas utilizar para curar diferentes doenças e males. Lasgol as respondeu muito bem. Egil não teve dúvida em pergunta alguma e as respondeu com segurança. Os outros do grupo sofreram, mas todos responderam da melhor maneira possível. A prova prática consistiu em preparar um veneno paralisante, o que que Lasgol gostou de fazer. Era uma fórmula complexa e requeria medir e misturar de maneira correta os ingredientes para, no fim, cozinhá-los e deixá--los esfriar em uma base neutra. Por sorte passaram toda a estação praticando poções e preparações semelhantes. Todos fizeram muito bem o teste, exceto Nilsa, que errou a mistura dos componentes e teve que começar de novo duas vezes. O veneno era capaz de paralisar a área do corpo em que tocava. Era perfeito para untar flechas e facas.

Para finalizar o dia, chegou a prova da maestria de Perícia. Haakon, o Intocável, os esperava. Pela cara dos integrantes das equipes que tinham ido antes deles, parecendo com fantasmas detonados, aquilo seria muito difícil. Haakon passou direto para a prova prática. Não gostava de fazer perguntas; preferia ver como colocavam em prática o que ele tinha lhes ensinado. Orde-nou que dessem cinco voltas no lago seguindo o ritmo infernal marcado por um dos instrutores. Egil e Gerd passaram um sofrimento indescritível, mas não ficaram para trás. Sabiam o que os esperava e tinham treinado muito. Pela primeira vez nesse tipo de prova, Nilsa foi mal, não por tropeçar, embora tenha tropeçado, mas pelo ritmo. Ingrid, Lasgol e Viggo, que tinha melhorado, foram bem. Nilsa, Egil e Gerd chegaram exauridos, mas conseguiram.

O teste seguinte foi o completo oposto; requeria calma e concentração, por isso foi ainda mais difícil de concluir. Os iniciados tiveram que surpreen-der um instrutor atacando-o por trás, utilizando as sombras e o sigilo, uma habilidade que vinham desenvolvendo durante todo o verão. O instrutor se virava e observava a região em penumbras por onde deveriam avançar em intervalos regulares. Se descobria os movimentos deles ou os ouvia, eram eliminados. Eles precisavam chegar até ele e tocar suas costas. Lasgol não foi tão mal; buscando sempre as sombras e prestando atenção para não fazer barulho, conseguiu chegar a três passos do instrutor, porém um movimento o denunciou e alertou o homem. Viggo passou na prova e Nilsa foi eliminada na metade do caminho ao pisar em um ramo que se quebrou com um sonoro *crac*.

Para concluir, Haakon preparou uma prova de força. Cada equipe teve que talhar um pinheiro enorme usando apenas os machados curtos. Foi muito difícil. Tiveram que trabalhar de maneira coordenada e se revezar. Assim que foi derrubado, o descascaram até não deixar um galho. Haakon ordenou que levantassem o tronco limpo entre os seis e o levassem ao alto da colina do Castor. Os membros dos Panteras se entreolharam horrorizados. Estavam exaustos. Levantar aquele tronco enorme sem a ajuda de roldanas seria muito complexo, e chegar à colina, um milagre. Mas não se acovardaram. Ingrid os animou com sua determinação. Ela ficou em uma extremidade do tronco com Viggo. Lasgol e Egil no meio, enquanto Gerd e Nilsa ficaram na outra ponta. Após contarem até três, o levantaram nos ombros e o carregaram. Ingrid ditava o ritmo em voz alta e eles a seguiam. A força que tinham que fazer para transportar o tronco era enorme. Nos barrancos da subida, estiveram a ponto de fracassar. Mas a força descomunal de Gerd os salvou. O grandalhão, tal como um titã, aguentou o peso e o desnível e, exercendo uma força sobre-humana com todo o seu ser, seguiram em frente. Graças a ele, conseguiram chegar ao topo. Passaram na prova.

Exaustos por causa do esforço, voltaram. Comeram e foram dormir logo depois. Ao amanhecer, teria início a prova em equipe e precisariam de toda a energia que pudessem recuperar. Ficaram todos em silêncio, estavam muito cansados e desmoralizados pelas provas e pelo temor do que os esperava no dia seguinte.

Ao sair o sol, partiram cansados, com o corpo dolorido e o moral baixo. A prova em equipe os esperava. Lasgol suspirou. Não se sentia muito confiante. Eles se colocaram em formação em frente à Casa de Comando. Oden deu um mapa para cada equipe. Desta vez, só levariam um mapa e a faca de guardião.

— A regra para superar a prova é simples — disse Oden, com um tom casual, como se até uma criança pudesse superá-la. — Apenas sigam as instruções e alcancem a meta antes do amanhecer.

Os capitães consultaram o mapa e, na hora, as equipes começaram a correr, cada uma em uma direção diferente. Isgord e os Águias saíram imediatamente. Lutariam para ficar em primeiro de novo. Os olhos de Lasgol foram até Astrid, que, liderando os Corujas, já tinha sumido em direção ao Leste.

Ingrid apontou para o Oeste e deu a ordem:

— Vamos, Panteras! Sigam-me para a vitória!

Lasgol sabia que não tinham chance de vencer, mas precisava reconhecer que a determinação de Ingrid era inquebrável. Era digna de admiração; nada a desanimava, ela sempre continuava em frente. Ele a invejava por isso. Quem dera tivesse uma determinação tão forte quanto a dela.

Correram pelos bosques e esplanadas em direção ao oeste durante meio dia. Pararam para beber água em um riacho e comeram frutos silvestres que encontraram no caminho. Ingrid e Egil examinaram o mapa.

— É ali — disse Egil, consultando o terreno.

Olharam para a frente e viram o grande lago de águas azuladas. Não conseguiam ver a margem oposta.

— O que temos que fazer? — perguntou Nilsa.

— Temos que cruzar o lago a nado, acho… — disse Egil.

— Está falando sério? — questionou Gerd.

— É o que o mapa indica — respondeu Ingrid.

— Mas não dá nem para ver a margem! — reclamou Viggo.

— Vamos lá. Nós vamos conseguir — garantiu a capitã.

Lasgol estudou o lago. Viggo e Gerd não eram bons nadadores; o primeiro por ter sido criado nas ruas de uma cidade, o segundo por causa do corpo enorme. Teriam problemas para atravessá-lo. Durante o verão, Herkson tinha adicionado à rotina matinal de exercícios o cruzamento de um pequeno lago a nado depois das voltas obrigatórias, e muitos tinham problemas com a água.

A contragosto, Gerd e Viggo entraram na água. Estava menos fria do que esperavam. Começaram a nadar e mostraram que Lasgol não tinha se enganado. Na metade do lago já conseguiam ver a outra margem, mas Gerd e Viggo começaram a ter problemas. Ingrid indicou para Nilsa e Egil que seguissem em frente. Ela ficou para ajudar os atrasados. Lasgol também. Ele era um bom nadador, o pai tinha lhe ensinado a nadar quando era pequeno, e ele ia muito ao Lago Verde atrás da aldeia, sobretudo no verão.

Gerd estava passando mal, o rosto contorcido em pavor. Lasgol o alcançou e nadou ao seu lado. Tinha que impedir que o pânico tomasse conta do grandão, ou ele afundaria. Pouco a pouco, ele foi entendendo os medos de Gerd. O garoto tinha medo do desconhecido, do intangível, do que causava dúvidas; não muito do conhecido, embora fosse perigoso. Afogar-se em um rio era um medo do primeiro tipo, e o terror o venceria. Lasgol o animava e sorria como se aquilo não fosse nada, como se não pudessem se afogar. Ao ver Lasgol ao lado, o outro se tranquilizou. Lasgol diminuiu o ritmo e assim, devagar, ambos conseguiram atravessar.

No entanto, Viggo não conseguiu e começou a se afogar. O desespero tomou conta dele, que balançava os braços e gritava. Engoliu água e começou a afundar. Ingrid foi resgatá-lo. Os dois desapareceram da superfície. Por um instante pareceu que o lago os havia engolido. De repente, Viggo emergiu. Depois de um tempo, Ingrid, que o tinha socorrido, também subiu. Ela segurou Viggo pelo pescoço e o levou até a margem com um esforço terrível. O garoto estava inconsciente. Ingrid se deitou na grama. Nilsa fez respiração boca a boca em Viggo, que começou a tossir e soltar a água engolida. Eles o colocaram de lado para que pusesse tudo para fora.

— Foi por pouco… — disse Egil.

— Obrigado… — Viggo conseguiu articular.

— Por nada — disse a capitã. — Da próxima vez, procure se afogar mais perto da margem.

— Da próxima vez… não precisa me salvar… — disse Viggo com a testa enrugada. — Não quero dever… ainda mais para você.

— Foi um reflexo. Da próxima vez, deixarei você se afogar — retrucou Ingrid com uma expressão de quem tinha se ofendido.

— Vocês dois são sempre iguais — disse Nilsa. — Parecem cão e gato.

— Ele é um idiota.

— E você uma mandona.

— São impossíveis — completou Nilsa, e se afastou, revirando os olhos.

Egil e Gerd sorriam. Lasgol não conseguiu evitar um sorriso também.

Encontraram um lenço de guardião à margem do lago, sob uma rocha com um mapa.

— Já temos um — comemorou Nilsa, com um gesto de vitória.

A equipe se recuperou e, sem esperar que as roupas secassem, continuou a caminhada até o próximo ponto no mapa. Chegaram ao pé de uma montanha e começaram a escalá-la. Ninguém dizia nada, todos estavam concentrados em não perder o pique. Chegaram ao cume quando começava a anoitecer. Estavam muito cansados. A escalada tinha sido muito dura, e o que descobriram no cume os fez gelar.

O segundo lenço verde e o próximo mapa estavam amarrados em uma estaca. Havia mais uma coisa...

— Uma corda? Sério? — Viggo levantou os braços, irado.

— Parece que sim... — disse Nilsa, contemplando a descida pelo lado oposto do pico e a corda grossa amarrada com firmeza em um rochedo.

— Temos que descer pela corda? — perguntou Gerd, sem tirar a vista da parede vertical, lisa como o mármore, nem do fundo do abismo, o rosto ficando branco como a neve.

— Não sejam medrosos — disse Ingrid —, nós já treinamos isso em Perícia.

— Treinamos descidas pequenas. Isto é uma maldita montanha! — grunhiu Viggo, olhando para o vazio.

— Somos guardiões e não temos medo de nada! Vamos, sigam-me! — ordenou a capitã. E, antes que alguém pudesse reclamar, começou a descer pela corda.

Lasgol deu de ombros e a seguiu.

Apoiando os pés na parede da montanha, Ingrid guiava a descida. Os outros a imitavam com muito cuidado. Depois de um tempo descendo, perceberam que a queda não era tão grande quanto parecia de cima; era uma ilusão de ótica. Ainda assim, a descida foi lenta e maltratou os braços deles com dureza. Ao chegar embaixo, se jogaram no chão. Precisavam recuperar o fôlego e se liberar dos medos que tinham passado. Mas Ingrid não permitiu que descansassem muito. Analisou o mapa com Egil e os obrigou a se levantarem e seguir em frente. Começaram a caminhar em direção a uma mata muito densa. Tinham que cruzá-la e, pelo matagal que a envolvia, seria árduo.

A mata parecia não querer intrusos em seus domínios. Não tiveram outra solução a não ser usar as facas para abrir os caminhos, como se estivessem na selva. Estavam cheios de arranhões e cortes devido à vegetação agreste pela qual passavam.

— Primeiro cruzar um lago, depois subir uma montanha e agora atravessar um bosque. Isso foi ideia de Oden, tenho certeza disso — reclamou Viggo.

— Acho que foi de Haakon — disse Gerd.

Chegaram a um descampado no meio do bosque e se animaram. Pararam para descansar um pouco.

— Até que enfim um pouco de tranquilidade — disse Nilsa, limpando o sangue de vários arranhões nos braços.

— De acordo com meus cálculos, não falta muito, logo atravessaremos — disse Egil, avançando e olhando para o céu.

Lasgol ouviu alguns ruídos ásperos, o ranger de galhos, à esquerda. O matagal no limite do bosque começou a se mexer. Estranhando, começou a observar. De repente, os arbustos se separaram, e um animal surgiu entre eles. Um focinho longo em uma cara arredondada e muita pelagem foram as primeiras coisas que identificou. O animal, de mais de uma vara de largura, tinha quatro patas fortes e um tronco grande.

Todos pararam, petrificados de medo.

Um urso!, foi o que a mente de Lasgol gritou ao ver boca ameaçadora.

O animal, de pelagem longa marrom-acinzentada e mechas de pontas prateadas nas costas, se ergueu sobre as patas traseiras e emitiu um rugido ensurdecedor.

— Ninguém se mexe! — murmurou Ingrid.

— Não corram, não o encarem e não façam movimentos bruscos — acrescentou Lasgol ao se lembrar do que tinham aprendido na maestria de Fauna sobre encontros fortuitos com feras selvagens nas montanhas.

O urso era enorme. Em duas patas, media mais de duas varas e devia pesar o mesmo que três homens. Lasgol reparou nas extremidades robustas e nas garras. Um movimento de um animal com aquela força poderia arrancar a cabeça de um homem ou parti-lo em dois. Só de se jogar em cima de alguém, já o destruiria.

O urso rugiu outra vez, ameaçador, e agitou as patas da frente, mostrando as garras e a boca.

Ninguém se mexeu. Todos olhavam para o animal enquanto o medo os devorava. Os joelhos de Gerd começaram a tremer, mas ele não correu, embora seu rosto, tomado pelo pânico, mostrasse com clareza que queria sair dali voando.

— É um urso-acinzentado de alta montanha — sussurrou Egil para o grupo ao reconhecer o animal pela grande corcunda nas costas.

Pelo que tinham aprendido, a corcunda era, na verdade, um músculo potencializador das patas dianteiras, que não eram tão fortes como as traseiras, e o ajudava a escavar tocas na montanha.

— O que fazemos? — perguntou Nilsa. — De qualquer maneira, ele não quer atacar, apenas nos assustar. — A garota tentava conter o medo e se esforçava para permanecer parada.

— Os ursos cinza são muito agressivos e perigosos — informou Egil, quieto como uma estátua, movendo apenas os lábios. — Por causa do tamanho, não conseguem fugir, escalar ou subir árvores.

— E por isso atacam e lutam... — concluiu Viggo, entendendo.

— Exato. Temos que recuar todos de uma vez sem parar de olhar para ele — propôs Egil. — Como se fôssemos um grande inimigo.

— Muito bem — concordou Ingrid. — No três. Passo para trás. Um, dois... e... três.

Todos deram um passo sincronizado para trás. A fera rugiu, mas não se mexeu.

Gerd bufou.

— Vamos: um, dois... e... três.

Deram três passos e, de repente, entre os arbustos, apareceu outro animal: a cria do urso. Lasgol soube na hora que aquilo não era bom. Nada bom. O urso os atacaria para defender o filhote, que agora estava à vista. *Que azar!* O filhote olhou para eles com curiosidade e foi até o progenitor.

— Vai nos atacar para proteger sua cria — disse Egil, chegando à mesma dedução que Lasgol.

— Corram! Subam em uma árvore! — gritou Ingrid.

Saíram correndo. O urso ficou em quatro patas e começou a correr atrás deles. Para um animal tão grande e pesado, trotava a uma velocidade espantosa. O pânico tomou conta do grupo. Corriam a toda velocidade, aterrorizados. Ingrid e Viggo corriam na frente, Egil e Gerd os seguiam. Nilsa e Lasgol fechavam o grupo. O urso ia ganhando terreno, era mais rápido do que eles. Gerd berrou de medo, e Nilsa soltou um grito de pavor.

Ingrid chegou a uma árvore e trepou nos primeiros galhos com agilidade. Viggo subiu depois dela. Egil e Gerd tentaram outra árvore, um pouco mais baixa. Egil não conseguiu chegar aos galhos e subir. Gerd, tremendo de medo, segurou o amigo e o levantou pelas axilas para que alcançasse os galhos mais baixos. Egil enfim se segurou e subiu. Gerd deu dois passos para pegar impulso e, com um salto, conseguiu subir no galho mais baixo e começar a escalar. Ouviu um rugido atrás dele, o que indicava que o urso estava logo abaixo.

— Não olhe! Suba! — gritou Egil, com a mão estendida.

Gerd subiu na árvore. O urso deu uma pancada com a garra e tirou a bota do garoto, que gritou de susto.

Lasgol e Nilsa se esquivaram e foram para uma rocha enorme com uma inclinação pronunciada. O urso os viu e foi atrás deles. Lasgol chegou a ela e, com um pulo, começou a subir. Nilsa o imitou, mas tropeçou e bateu a testa na rocha. Caiu de costas e ficou deitada na grama. O urso foi para cima dela.

— Aqui! Besta fedida! Aqui! — gritava Ingrid, tentando chamar a atenção do animal.

O urso parou a um passo de Nilsa e olhou para a árvore onde Ingrid estava gritando e fazendo sinais como louca. O animal rugiu e voltou a se concentrar em Nilsa, que, de joelhos, tentava se levantar. Então foi atacá-la.

Lasgol pulou da rocha e se interpôs entre o urso e a garota. Ao vê-lo, o animal se levantou sobre as patas traseiras e soltou um rugido assustador. O garoto sabia que, se o bicho se atirasse sobre ele, o mataria. Todos observavam a cena apavorados. Lasgol soube que teria apenas uma oportunidade de sair dali ileso. Tinha que quebrar a promessa feita após a morte do pai. Precisava usar o dom; caso contrário, morreria. Não queria fazê-lo, queria continuar sendo normal, como os colegas, mas não tinha escolha. Tinha que usá-lo e enfrentar as consequências. Seu grande segredo seria revelado.

Nunca mais seria normal. Sua tentativa de passar despercebido acabaria ali. Além do mais, não era apenas a própria vida que estava em jogo, mas a de Nilsa também. Se o dom lhe desse uma chance, ele a usaria. Caso contrário, morreriam esmagados pelo animal selvagem.

Fechou os olhos por um instante e procurou sua energia interior. Ele a encontrou no peito, como um lago de águas tranquilas de cor azul. Precisou decidir em um piscar de olhos qual habilidade das que tinha desenvolvido poderia usar naquela situação. Se errasse, morreria. Abriu os braços e usou o dom. Um lampejo verde percorreu todo o seu corpo. O urso ia lhe lançar uma patada, mas sentiu a magia e hesitou. Aquilo permitiu que Lasgol tivesse tempo para usar a habilidade de Comunicação Animal. Abriu a boca e emitiu um enorme rugido. Não um humano, um rugido de urso, idêntico ao que o animal acabara de emitir. Isso confundiu o urso ainda mais.

Lasgol estendeu o braço e colocou a palma da mão direita para a frente. Concentrando-se, capturou a mente da fera: era marrom-avermelhada, agressiva, em sua cabeça. Comunicou-se com ela. *Vá embora. Afaste-se*, pediu Lasgol. O animal sacudiu a cabeça e olhou em volta, tentando entender de onde vinha aquela mensagem. O garoto se concentrou ainda mais, com todo o seu ser. A vida dele e a de Nilsa estavam em jogo. Se não conseguisse dissuadir o animal, estariam mortos. *Vá embora. Não há perigo. Vá.* O urso olhou para Lasgol e entendeu que quem falava com ele era o jovem. Indeciso, fitou o rapaz por um instante. Lasgol voltou a tentar. *Pegue sua cria e vá embora. Saiam.* O urso hesitou, estava muito confuso. Ficou em quatro patas e olhou para o filhote.

Nilsa aproveitou para se recuperar, subiu na rocha e ficou a salvo.

Lasgol reforçou a ordem. Fez isso com a voz e com a mente:

— Vá embora, agora!

Saia daqui e não volte.

O urso lançou um olhar submisso e se afastou. Foi até a cria e os dois se embrenharam no bosque.

Lasgol baixou a mão e bufou. Tinha funcionado. Ele sentiu um alívio imenso. Não acreditava que tinha conseguido.

— O que presenciamos não é possível — disse Egil para Gerd, que olhava para Lasgol atônito.

— Acho que meus olhos me enganaram — murmurou Ingrid para Viggo.

— Não foram seus olhos, foi Lasgol quem nos enganou — soltou ele, com ódio nos olhos semicerrados.

— Não entendi... — disse Ingrid.

— Lasgol é um desses malditos que têm magia — explicou Viggo —, só isso explica o que acabou de fazer. Devia ter sido esquartejado.

Ingrid balançou a cabeça, sem conseguir acreditar. Viggo desceu da árvore.

— Você é um feiticeiro! Nos enganou! — gritou.

Lasgol negou com a cabeça.

— Não sou um feiticeiro.

— Então é um mago — acusou Ingrid.

Lasgol negou outra vez.

— Também não...

— Mas tem o dom — disse Egil. — É dotado com o talento.

Lasgol assentiu e baixou o olhar.

— Isso quer dizer que consegue fazer algum tipo de magia, não é? — perguntou Gerd, preocupado.

— Acho que isso ficou mais do que claro — respondeu Viggo.

— A magia é muito, muito perigosa — disse Gerd, balançando a cabeça com uma mistura de medo e pena.

— Pessoas como ele são perigosas, você quer dizer. — Viggo apontou para Lasgol.

— Você mentiu para nós — recriminou Ingrid.

— Não, não menti...

— Mas omitiu isso! — exclamou Viggo.

— Sim... Não queria que soubessem do meu segredo...

— Devia ter contado para nós, devia ter contado para mim — disse Egil, deixando transparecer a dor da traição.

— Não queria que ninguém soubesse... Já carrego muita mácula por ser quem sou. Isso só vai piorar...

— Justamente por isso — disse Ingrid, furiosa. — Nós te protegemos, te ajudamos e você não nos falou a verdade sobre quem é, o que é.

— Sinto muito... Lamento, de verdade. Me perdoem... Só queria ser normal... Pensei que poderia manter meu segredo oculto até me tornar guardião.

— Não consigo perdoar — disse Ingrid.

— Eu também não — continuou Viggo.

Lasgol procurou o olhar de Gerd, mas o grandalhão negou com a cabeça.

— Egil... — implorou.

— Sinto muito, Lasgol. Eu te contei quem eu era, meus motivos para estar aqui, meus medos, minhas dúvidas, e você me ocultou algo muito importante, a coisa mais importante sobre você — disse, muito magoado com o amigo.

Nilsa se aproximou de Lasgol, estava com o rosto vermelho como um tomate e parecia prestes a atravessá-lo com o olhar. Estava contendo sua ira como podia.

— Você salvou minha vida. Não vou me esquecer disso nunca e, se puder, pagarei a dívida salvando a sua — disse ela, se controlando a duras penas. — Mas você sabe muito bem o que penso da maldita magia e dos seres sem escrúpulos que a usam. Não chegue perto de mim, fique bem longe. Não vou repetir. Se você se aproximar ou voltar a usar a magia na minha presença, vou cravar esta faca no seu coração. — Ela mostrou a arma para Lasgol.

O garoto engoliu em seco, não conseguia falar, e desviou o olhar dos olhos coléricos de Nilsa.

— Você devia ter nos contado — repetiu Egil, balançando a cabeça.

— Que outros segredos você guarda? Que outros poderes você tem? — perguntou Viggo.

— Nenhum, de verdade... Não sou perigoso.

— Não acreditamos, não depois disso — disse Ingrid.

— Com certeza está servindo a Darthor — disse Viggo. — Como seu pai...

— Não estou! Nem meu pai serviu!

— Não temos como saber isso e não podemos confiar em você — falou Ingrid. — Depois de ter dado tudo para salvar a sua vida... Que decepção... — Ela lhe deu as costas.

— Vamos terminar a prova — disse Egil. — Vai ser melhor.

— Por favor… — suplicou Lasgol.

A súplica foi ignorada, e todos começaram a caminhar. Lasgol sabia que tinha perdido a amizade dos colegas e sentiu como se uma montanha tivesse caído em cima dele. Terminaram de atravessar o bosque. Encontraram o lenço verde e o último mapa, com a direção que levava ao acampamento. Ingrid impôs um ritmo terrível. O incidente do urso os tinha atrasado muito e, se já iam mal para chegar a tempo, agora iam pior. Lasgol estava em último lugar, seguindo os companheiros. Egil sofreu muito mais para manter o ritmo. Gerd, por estar mais em forma, aguentava melhor, pois tinha o corpo forte. A uns mil passos do acampamento, Egil caiu no chão, exausto. Não conseguiu se levantar. Lasgol tentou ajudá-lo, mas não conseguiu dar mais um passo.

— Eu o levo — disse Gerd.

— Tem certeza disso? — perguntou Ingrid.

— Sou o mais forte, vocês não conseguirão carregá-lo nas costas.

— E se formos dois? — perguntou Nilsa.

— Não chegaríamos a tempo — respondeu Ingrid, calculando o quanto faltava. — O sol está quase nascendo.

— Coloquem ele aqui, rápido — pediu Gerd.

Viggo pegou Egil e o colocou nas costas do grandalhão.

— Segure-se com força — disse.

Começaram a correr. Corriam o mais rápido possível. As meninas abriam caminho e Lasgol fechava a fila. Ao ver Gerd lutar com todo o seu ser para terminar a prova com o colega nas costas, Lasgol sentiu uma enorme admiração por ele. Ninguém mais poderia fazer algo assim. Gerd tinha uma determinação tão imensa quanto o poder de seu corpo.

Chegaram com o sol despontando. Cruzaram a linha e Gerd se deixou cair no chão de joelhos. Egil rolou vários passos e ficou deitado. Terminaram a prova a tempo. Oden contou os lenços de guardião e os aceitou. Estavam exaustos, com o corpo exaurido pelo esforço a mais, mas tinham conseguido.

Lasgol tinha perdido a amizade e a confiança de todos eles.

Capítulo 22

Lasgol estava muito triste. Os colegas não lhe dirigiam a palavra e ignoravam sua presença. Inclusive Egil. Seu pai o havia advertido sobre o medo e a intolerância que o dom suscitava nas pessoas. "O homem teme o desconhecido. O que não consegue entender. É de sua natureza. Quanto mais misterioso o motivo, maior é o medo e o desprezo que gera. O dom é temido e desprezado pela grande maioria. Só alguns o entendem e aprovam. Você deve evitar expor isso abertamente, senão vai sofrer." E foi assim mesmo. Lasgol se deitou no beliche e começou a brincar com a criatura.

— Você e eu somos diferentes... e somos temidos por isso.

A criatura começou a flexionar as longas pernas como se pulasse sem sair do lugar, o que queria dizer que estava contente. Aos poucos, Lasgol ia aprendendo o que o pequeno amigo tentava expressar.

— Mantenha sempre esse espírito brincalhão e alegre.

O garotou deu um suspiro profundo e deixou a mente voar até o dia em que descobriu ter o dom, assim que completou sete anos. Ou melhor, até o momento em que o pai percebeu isso. Começou de maneira inocente e natural, enquanto brincava com o cão, Guerreiro. Lasgol tentava fazê-lo entender que ele tinha que pegar e devolver o graveto que o garoto lançava. Infelizmente, Guerreiro era um cão muito rebelde e tinha as próprias ideias. Era assim desde filhote. Quando Lasgol jogava o graveto no jardim de trás da casa, o cão saía correndo com ele e o escondia.

Um dia, após dezenas de tentativas infrutíferas, Lasgol acariciava a cabeça do cachorro.

— Por que você não me entende? Por que é tão levado? — dizia, olhando para o cão.

Guerreiro aproveitava as carícias, mas seus olhos travessos delatavam que continuaria fazendo o que quisesse. Lasgol queria que o animal o entendesse. A cada vez se sentia mais frustrado e tentava com todas as forças fazer com que o amigo compreendesse e que, de uma vez por todas, fizesse o que lhe ordenavam.

— Traga o graveto para mim — disse o garoto, fechando os olhos com muita intensidade e segurando a cabeça do animal entre as mãos. — Não o esconda — ordenou, e encostou a testa na de Guerreiro.

Então, aconteceu um fato extraordinário. Lasgol sentiu algo estranho, como cócegas que percorriam seu corpo. Um lampejo verde surgiu de sua cabeça e das mãos. Durante um instante, a mente dele detectou uma aura esverdeada ao redor da cabeça do companheiro. Mais tarde, descobriu que essa aura era a mente dele. Sem saber como, se conectou com ela e se comunicou com o cachorro. *Traga o graveto para mim. Não o esconda.* Ao sentir isso, Lasgol levou um susto tremendo. Ficou boquiaberto, sem saber o que pensar. Guerreiro, quieto como uma estátua, fitava Lasgol com os grandes olhos. Latiu uma vez e saiu correndo. Depois de um momento, voltou com o graveto.

O menino ficou em choque.

— Você me entendeu? Não, não pode ser — murmurou, convencido de que tudo havia sido fruto da imaginação.

Pensou que tinha sido só uma coincidência. Sim, só podia ser. Então repetiu a ordem. Segurou a cabeça de Guerreiro entre as mãos, olhou em seus olhos e, se concentrando, disse:

— Traga o boneco de pano.

De novo houve um lampejo. Conectou-se com a mente do amigo de quatro patas e transmitiu a ordem. Guerreiro latiu e saiu correndo até desaparecer. Para a enorme surpresa de Lasgol, ele voltou com o boneco na boca. Ele tinha entendido! Lasgol conseguia se comunicar com o cachorro! Não sabia o que era aquele lampejo verde estranho nem por que sentia o formigamento, mas o que acontecia depois era incrível. Fez mais alguns testes antes de contar ao pai, e todos foram satisfatórios.

Quando Lasgol explicou a Dakon o que estava acontecendo, o rosto do pai se fechou e os olhos se apagaram, dando lugar a uma expressão preocupada. Ele fez o filho repetir o teste trocando as ordens para Guerreiro. O animal sempre entendia e obedecia. A cara de Dakon era de profunda preocupação.

— Você manifestou alguma outra habilidade? — perguntou o pai.

— Habilidade?

— Conseguir fazer algo que um homem normal não consegue ou que seria quase impossível.

— Não... só isso.

— E esse lampejo verde que você diz que vê... Já tinha visto antes?

— Não. Você não vê a luz, pai?

— Não, acho que só é visível para aqueles que têm o dom.

— Ah...

— Não tem nenhum objeto estranho ou que tenha poderes com você? Algo encantado?

— Não, pai.

— Hmm... Então só pode ser uma coisa.

— O quê?

— Você tem o dom, o talento.

Lasgol não sabia ao que o pai se referia.

— Alguns homens, uma minoria sortuda, nascem com um presente dos Deuses do Gelo: a capacidade de desenvolver habilidades impossíveis para os outros. Isso é comumente conhecido como *magia*.

— Magia? Eu consigo fazer magia?

— Não exatamente. O que quero dizer é que o que você fez com Guerreiro é considerado magia pelas pessoas e não é algo bem-visto. Por isso, você tem que ser muito cuidadoso e manter isso em segredo. As pessoas têm medo do que desconhecem, do que não entendem. Principalmente a magia. Aqueles com o dom são perseguidos e repudiados. Temo por você. Deve tomar muito cuidado.

— Não se preocupe, pai. Não vou contar para ninguém.

— Muito bem, será nosso segredo. Eu vou ajudar você a desenvolver habilidades com o dom e você me promete que vai ser muito cuidadoso.

— Prometo, pai.

E assim foi. Durante os anos seguintes até sua morte, Dakon tinha ajudado Lasgol a desenvolver algumas poucas habilidades praticando em segredo e sem a ajuda de ninguém. O pai levava para casa os livros da biblioteca do acampamento dos Guardiões ou da Biblioteca Real do palácio do rei Uthar, e os dois os estudavam e analisavam como aplicar o que outros já tinham aprendido sobre o dom ao seu caso específico. Era difícil, já que toda pessoa era um mundo em si e o dom se manifestava de maneiras diferentes em cada uma, tanto no tipo quanto no poder. Mas Dakon não queria se arriscar e consultar os magos do gelo nem outros especialistas em magia da corte, pelo menos não até que Lasgol fosse um pouco mais velho e pudesse falar por si mesmo. Queria proteger o filho do desprezo, da superstição e da inveja. Não seria nem o primeiro nem o último queimado na fogueira ou apedrejado por ter o dom.

Então, experimentavam com o método de tentativa e erro. Não avançavam muito, e Lasgol não desenvolveu muito bem as poucas habilidades que tinha descoberto, mas aproveitou cada momento compartilhado com o pai. Valorizava aquelas lembranças. Depois da morte de Dakon e de tudo o que aconteceu em seguida, Lasgol decidiu enterrar o dom junto com o pai. Não o usaria mais, pois apenas lhe traria mais problemas e, sem o pai, já não sentia mais interesse naquilo. Sobre a lápide, jurou que nunca mais usaria o dom e guardaria segredo. E tinha mantido a promessa. Não tinha usado o dom, pelo menos não deliberadamente, e nem confiado o segredo a ninguém. Uma promessa que mantivera até o ataque do urso e que não se arrependia de ter quebrado.

A vida de Nilsa estava em risco, e Lasgol não teve outra opção. Agora teria que pagar pelas consequências dessa escolha e, assim como o pai tinha advertido, as pessoas não o entenderiam, nem sequer seus companheiros de equipe. Ele suspirou. A criatura sentiu o mal-estar de Lasgol e lambeu a mão dele.

— Pelo menos eu tenho você.

A criatura sorriu. Ou foi o que ele achou, mas a verdade é que não tinha certeza disso, porque o formato de sua boca parecia congelado em um sorriso eterno.

— Deveria te dar um nome. Sim, você precisa de um nome. Vejamos...

A criatura cravava os grandes olhos redondos e inquietos nele.

— Que nome combina com você? Vamos ver... Você gosta de Lutador?

A criatura não se mexeu, só o observava.

— Está bem... E que tal Sorrisos?

Não houve reação.

— Vejamos...

A criatura começou a se camuflar no entorno até desaparecer diante dos olhos de Lasgol.

— Como você gosta de se camuflar e desparecer, hein? Camuflar... Vou te chamar de... Camu. Gosta de Camu?

A criatura apareceu de repente e, flexionando as quatro patas, começou a quicar no lugar.

— Já vi que você gosta. Ótimo, pois daqui para a frente você vai ser Camu.

A criatura deu um pulo e pousou no peito de Lasgol, olhando para ele.

— Me pergunto se... — disse Lasgol, pensativo. — Já que quebrei a promessa, posso tentar.

Concentrou-se e procurou o dom em seu interior. Ele o encontrou e o usou. Procurou se comunicar com Camu. Sentiu o formigamento que seguia o lampejo verde. De repente, viu a mente da criatura como uma aura verde intensa ao redor da cabeça e lhe enviou uma ordem. *Fique invisível.* Camu olhou para Lasgol. Um momento depois, lhe obedeceu. O animal se camuflou e ficou invisível.

— Legal! — exclamou o garoto, cheio de alegria pelo feito.

Voltou a procurar a mente da criatura e tentou perceber algo, ver se Camu poderia se comunicar com ele. Infelizmente, não conseguiu. Era como se ele conseguisse enviar uma mensagem, mas a criatura não respondesse, ou pelo menos ele não sabia como fazer isso naquele momento. *Torne a ser visível*, disse Lasgol, e a criatura apareceu.

— Muito bem — murmurou, e acariciou a cabeça de Camu.

O animal lambeu o dedo dele e emitiu um guincho baixinho de alegria.

* * *

Após três dias, depois das deliberações de praxe entre os quatro guardiões-maiores, convocaram a presença dos iniciados na Casa de Comando.

Dolbarar reuniu as treze equipes e chamou cada capitão, um por um. À medida que foram se apresentando, ele lhes entregou os resultados da prova. Viggo o chamava de *o testamento*, porque evidenciava que estavam mortos e prontos para serem enterrados. Ingrid voltou com a equipe e lhes mostrou o que tinham conseguido:

	maestria de atiradores	maestria de fauna	maestria de natureza	maestria de perícia
ingrid	2	2	1	1
nilsa	2	2	1	1
gerd	2	2	1	1
egil	1	2	2	1
viggo	2	1	1	2
lasgol	1	2	2	1

De novo, os resultados foram muito ruins. Um pouco melhores do que os anteriores, mas todos tinham problemas em duas especialidades. Se não conseguissem melhorar, seriam expulsos no final do ano, na temida cerimônia de Aceitação, em que Dolbarar distribuiria os emblemas. Os de madeira davam o passe para o segundo ano. Os de cobre significavam a expulsão. Lasgol sofria com pesadelos frequentes em que o guardião lhe entregava um emblema de cobre na frente de todos, diante do rei Uthar. Geralmente, acordava com um sobressalto e encharcado de suor. O pior era que já tinham se passado duas provas e restavam apenas mais duas para recuperar os pontos perdidos. Ou conseguiam três pontos nas provas seguintes ou não poderiam superar alguns resultados. A preocupação começava a afetá-los. Estavam com cara de enterro e o moral baixo.

E para tornar a vida ainda mais miserável, os dias se passavam e a relação com os colegas não melhorava. Ele nem tentava mais começar uma conversa com eles. Toda vez que Lasgol tentava, fracassava. Não queriam falar com ele, então o garoto decidiu esperar que as coisas melhorassem. Talvez com um pouco de sorte algo mudaria e voltariam a confiar nele.

Algumas semanas depois, voltaram do jantar e encontraram a porta da cabana aberta.

— Gerd! — exclamou Egil ao entrar.

Todos entraram e viram Gerd inconsciente no chão. A cabeça sangrava.

— Vamos, acorde! — chamou Egil, segurando a cabeça do amigo.

— O que aconteceu? — perguntou Ingrid, entrando com Nilsa ao ouvir o alvoroço.

— Está inconsciente. E alguém nos roubou — disse Viggo, apontando para os baús, que estavam abertos, com os pertences espalhados pelo chão.

— Eu… minha cabeça… — balbuciou Gerd, acordando.

— Quem fez isso com você? — perguntou Ingrid.

— Não vi… Entrei… vi a bagunça e algo me bateu forte na cabeça. Foi a primeira vez que saí cedo do jantar… — respondeu, levando a mão à cabeça.

— Não viu quem foi. A pessoa o esperava atrás da porta — disse Viggo, ajoelhado perto de pegadas úmidas. — Um pé grande, de homem, bota de couro, não é de militar nem de guardião…

— Curioso… Não é de guardião… — ponderou Ingrid.

— Ou quer que pensemos que não é um guardião… — continuou Viggo.

— Também pode ser isso. — Nilsa olhou para todos muito nervosa.

— Sabia bem o que estava fazendo. Não é nada fácil derrubar o grandalhão — disse Viggo.

Ajudaram Gerd a ficar em pé. Estava atordoado.

— Deixe eu ver — pediu Ingrid, e examinou a ferida. — Não é grave, sangra muito, mas o corte não é profundo. Com alguns pontos de sutura você vai ficar novinho.

— Ainda bem — disse Nilsa, com um suspiro. — Que susto que eu levei.

— O maior susto foi o meu — respondeu ele, rindo.

Ao ver o sorriso, todos se tranquilizaram.

— Pressione a ferida com este pano — orientou Ingrid, e depois acrescentou: — Nilsa, vá ver como está nosso lado.

Lasgol, preocupado com Gerd, não tinha percebido que o baú onde tinha deixado Camu estava virado no chão em frente à cama. Correu para procurá-lo.

— Onde você está, pequeno?

Revirou entre as coisas espalhadas pelo chão, mas não o encontrou. Os outros olhavam para ele sem dizer nada. Começou a verificar suas coisas no baú e percebeu que faltava o presente do pai.

— A caixa... e o ovo... não estão aqui.

— Isso tem a ver com ele, tenho certeza disso — acusou Viggo, apontando para Lasgol.

— Não podemos afirmar isso com certeza... — respondeu Egil.

De repente, a criatura apareceu no beliche de Egil. Deu um salto enorme e se lançou no peito de Lasgol.

— Oi, pequeno! Você me deixou preocupado.

Camu subiu no rosto de Lasgol e começou a lamber sua bochecha.

— E o bicho apareceu — disse Viggo, com repulsa.

Nilsa voltou.

— Nosso lado está igual, revistaram tudo.

— Tudo bem, não toquem em nada — pediu Ingrid. — Nilsa e eu levaremos Gerd até a curandeira e contaremos a Oden o que aconteceu. Esperem até voltarmos.

E saíram.

O instrutor-maior apareceu com três guardiões. Inspecionaram a cabana de cima a baixo. Lasgol estava com as mãos nas costas, e nelas, abrigava Camu. Usou o dom e se comunicou com a criatura. Estava começando a ficar cada vez mais fácil. *Quieto. Silêncio. Invisível*, pediu com a mente. Camu obedeceu. Ficou invisível e quieto como uma estátua. Quando Gerd, Ingrid e Nilsa voltaram, Oden interrogou a todos, um por um, durante um bom tempo.

O instrutor-maior estava furioso. Ia de um lado para o outro da cabana. Colocou panos quentes na situação, disse que não era nada além de uma brincadeira de mau gosto de alguma das outras equipes rivais ou dos quartanistas, que eram dados a esse tipo de coisa. Que as pegadas foram deixadas intencionalmente e que exageraram quando viram Gerd. Que descobriria quem tinha sido e os expulsaria.

Lasgol não foi convencido pela explicação e pela cara que os outros fizeram, os colegas também não. Bom, claro, não tinham dito a Oden nada sobre o desaparecimento da caixa do pai de Lasgol com o ovo. Viggo foi o único que contestou a teoria do instrutor Oden, que o silenciou.

Quando o instrutor-maior saiu, Viggo se dirigiu ao grupo:

— Vocês não acreditam nisso, não é?

Ingrid negou com a cabeça.

— Isso tem a ver com ele e suas artes obscuras, estou falando para vocês — acusou Viggo, apontando para Lasgol.

— Não são artes obscuras… — Lasgol tentou se defender.

— Calado, ninguém falou com você — retrucou Viggo.

— Alguém mais ficou sem algum pertence? — perguntou Egil.

Gerd, Viggo, Ingrid e Nilsa negaram com a cabeça.

— Eu também não — disse Egil. — Portanto, podemos deduzir que, de fato, tem a ver com Lasgol ou com a criatura, pois o objeto furtado é a caixa com os restos do ovo.

— É o que eu estava dizendo! — exclamou Viggo.

A capitã lançou um longo e intenso olhar para Lasgol.

— Isso tem a ver com você, com quem você é… com o que você é… Fique longe de nós. Você representa um perigo para o grupo, nos coloca em risco.

O garoto sentiu as palavras de Ingrid como chicotadas de fogo em sua carne, mas sabia que, no fundo, ela estava certa.

— Tudo bem, entendo… — disse, abaixando a cabeça.

E, com aquilo, morreram as esperanças de que as coisas melhorassem. Se antes já não confiavam nele, agora que Gerd estava ferido, muito menos. Lasgol suspirou. Estava certo de que o acontecido tinha a ver com ele e se sentia péssimo por colocar os colegas em risco. Deveria fazer o que Ingrid tinha dito e se afastar deles o máximo possível. Se algo acontecesse com eles por culpa sua, nunca se perdoaria.

Por favor, que não aconteça nada de ruim com eles por minha culpa, rogou aos Deuses do Gelo, mas, infelizmente, tinha um pressentimento ruim do qual não conseguia se livrar.

Capítulo 23

O OUTONO TINGIU DE TONS DE OCRE OS BELOS BOSQUES. As folhas das árvores trocaram as cores verdes de juventude por marrons acobreados de velhice e foram secando até caírem, auxiliadas pelos ventos que começavam a soprar com mais força e frescor. O arvoredo e os lagos estavam belíssimos. Depois, vieram as primeiras neves, que decoraram de branco os cumes das montanhas, descendo, aos poucos, até o grande vale e o acampamento a seus pés.

Entretanto, o coração de Lasgol estava triste. Tinha passado toda a estação apenas com a companhia de Camu. Deu graças aos Deuses do Gelo pela criatura que o animava nas noites em que chegava exausto da instrução. Os companheiros de equipe o ignoravam e só falavam com ele se fosse imprescindível. E, fora da equipe, todos o afastavam. Com uma exceção: Astrid, que era a única a lhe dirigir uma palavra gentil, o que ele agradecia do fundo do coração.

Os dias passavam lentos para Lasgol e o outono era interminável. A temperatura começou a cair, o céu ficou cinza e o inverno se aproximava a passos enormes. E chegou o temido momento da Prova de Outono. Lasgol sabia que seria difícil, mais do que as duas anteriores, como determinava *O caminho do guardião*, de acordo com o que Oden tinha dito. "Cada prova deverá ser mais difícil do que a anterior, o guardião deve conseguir superar todas as dificuldades que encontrar em seu caminho."

As treze equipes se reuniram em frente à Casa de Comando, e Dolbarar se apresentou para dar o início oficial à prova. Nessa ocasião, seu discurso se concentrou em animá-los. Já tinham se passado três quartos do ano, só tinham que passar nessa prova e conseguiriam entrar na fase final: o inverno. Ele os alentou e tentou acalmar os nervos. Ninguém desejava fracassar naquele momento, não depois de todo o esforço que tinham feito, mas sabiam que alguns não conseguiriam, e aquilo pesava muito em seus espíritos. Dolbarar lhes desejou sorte e deu a Prova de Outono por iniciada.

Começaram com as provas individuais. Lasgol e os colegas se dirigiram à casa maior da maestria de Atiradores. As perguntas de Ivana, a guardiã-maior, não eram apenas mais difíceis, mas também continham pegadinhas; era preciso prestar atenção, pois a resposta que se apresentava era contrária à que deveria ser dada. E, desta vez, o número de perguntas fora dobrado, eram sessenta. Lasgol teve dificuldade para respondê-las.

A prova prática começou com um combate. Tinham praticado o controle do machado curto durante todo o outono, não só como ferramenta para construir armas, refúgios e outras utilidades, mas também como arma de luta. "Um guardião sempre leva consigo uma faca e um machado de guardião na cintura", conforme indicava *O caminho do guardião*. Eram armas especiais, projetadas para suas necessidades. A faca tinha fio de um lado e serra do outro. O machado era leve e podia ser lançado; era todo feito de aço e também podia ser utilizado como martelo.

Lasgol enfrentou um combate com faca e machado curto contra um instrutor. Não foi mal, embora tenha sido difícil atingi-lo e ele tenha lhe dado uma boa surra de golpes, fazendo-o pagar por cada erro. Lasgol ficou tentado a usar o dom, mas tinha se proposto a não usá-lo, a menos que fosse uma emergência. Além disso, sentia que, se o empregasse nas provas, estaria trapaceando, já que os outros iniciados não tinham essa vantagem. *Não, não vou trapacear usando o dom. Passarei ou serei expulso pelos meus próprios méritos.*

O segundo teste, de tiro com arco, foi bem mais complicado. Tinham praticado contra alvos em movimento durante semanas. Uma abóbora era pendurada na ponta de uma corda amarrada no galho de uma árvore, sendo empurrada para que ficasse em movimento. Se já era complicado acertar seguindo o movimento pendular, agora tinham pendurado duas abóboras que balançavam em direções opostas. Lasgol teve que se concentrar; contava com apenas seis tiros e precisava acertar três alvos. Falhou nos dois primeiros. O movimento inverso o desconcertava. Ele se esforçou para se concentrar. Fixou o olhar no movimento de uma das abóboras, esquecendo a outra, e atirou. Acertou! Repetiu o processo, mas errou. Não poderia errar mais. Estava a ponto de não passar na prova. Conseguia ver o sorriso de satisfação do instrutor. Respirou fundo e se aclamou. Apontou com cuidado, seguindo o movimento. Soltou. A flecha voou. Tinha acertado! Suspirou de alívio. Repetiu o tiro com o máximo cuidado. Alvo! O instrutor praguejou entredentes. Lasgol tinha passado na prova.

O domador Esben os esperava na casa maior da maestria de Fauna. A prova começou com sessenta perguntas sobre fauna, que não eram nada fáceis. Outra vez, Lasgol teve dificuldade para responder algumas delas. A prova prática foi algo de que Lasgol desfrutou, apesar de também ter sido difícil. Primeiro, tiveram que demonstrar habilidade com os falcões. Tinham aprendido a adestrar aquelas aves maravilhosas durante todo o outono. Nada voava com maior velocidade e manobrabilidade do que um falcão. Esben garantia que era o animal mais rápido de Trêmia. O complicado era fazê-los entender e seguir as ordens. O espécime da prova de Lasgol era extraordinário, uma fêmea grande com as costas de cor cinza-amarronzada, o peito e a penugem inferior brancos com manchas escuras. A cabeça era preta, com um bigode da mesma cor. Espetacular.

A prova consistiu em caçar com o falcão. Mas era uma caça singular: a ave fora adestrada para pegar pombos e corvos no ar e levá-los ao guardião, pois era uma maneira de interceptar as mensagens do inimigo. O falcão respondeu bem às ordens de Lasgol e levou um pombo mensageiro e um corvo, ambos com uma mensagem nas patas. O garoto passou na prova. Nem todos tiveram a mesma sorte. A ave não obedeceu a Viggo, e a de Nilsa decidiu fazer um banquete com a presa em vez de levá-la para a garota.

Ao terminar, os competidores descansaram um pouco e comeram, para depois se dirigirem à casa maior da maestria de Natureza. Ali, a erudita Eyra os esperava. As sessenta perguntas que ela formulou sobre plantas, ervas, raízes, fungos e suas respectivas propriedades curativas ou venenosas foram complexas, mas Lasgol as respondeu com facilidade. A prova prática teve duas partes. A primeira consistia em preparar um unguento contra infecções e outro para uma rápida cicatrização de feridas e cortes sangrentos. Era um processo trabalhoso e complexo, mas já tinham praticado antes e, dessa vez, Lasgol conseguiu fazer com que ambos os unguentos se solidificassem bem. A segunda parte da prova consistia em montar uma armadilha apenas com os materiais que havia sobre a mesa: galhos, pedaços de madeira, um pedaço de corda e uma faca de guardião. Lasgol foi bem. Antes de sair, a anciã lhe disse que levasse os unguentos e as armadilhas que tinha fabricado; eram perfeitamente utilizáveis, e jogá-los fora seria um desperdício imperdoável.

Para finalizar a jornada de provas, chegou a da maestria de Perícia. Haakon, o Intocável, ia fazer com que se lembrassem daquele dia. Mandou que dessem dez voltas no lago. Lasgol conseguiu terminar. Viu que vários iniciados ficaram para trás e não concluíram. Egil e Gerd vomitaram, mas acabaram tirando forças da dignidade. Nilsa também estava acabada. Ingrid, por sua vez, parecia indestrutível.

Na segunda parte da prova, tiveram que se camuflar no mato utilizando apenas a faca e o que havia no entorno, permanecendo quietos de modo que um instrutor não os descobrisse. Vinham aperfeiçoando a camuflagem e o modo camaleão durante toda a estação. Lasgol se aproximou do rio, tirou a roupa vermelha e cobriu todo o corpo com barro, inclusive o rosto, o cabelo e as mãos. Depois, com a faca, cortou samambaias, galhos e grama e se cobriu com eles para dificultar que fosse reconhecido. Ele se entocou no mato e permaneceu parado, camuflado no entorno. O instrutor passou perto dele. Parou a três passos e observou a área. Lasgol nem piscou, quase não respirou. Conseguiu enganá-lo, o instrutor não o viu. No entanto, devido ao duro esforço físico inicial e à tensão de ter que permanecer imóvel por tanto tempo, o corpo falhou. Lasgol se moveu e teve que se camuflar rápido. O instrutor o descobriu, mas o aprovou. Lasgol suspirou. Estava exaurido.

Ao acabar a prova, os membros da equipe se arrastaram até a cabana, sem nem conseguir falar, de tão cansados que estavam. Ingrid, que parecia infatigável, foi até a cantina e trouxe comida para eles. Mal conseguiam comer, mas precisavam recuperar as forças. Lasgol adormeceu com Camu em uma mão e um pedaço de pão na outra; Gerd, com um pedaço de carne defumada pendurado na boca.

O amanhecer chegou em um piscar de olhos e trouxe consigo a prova em equipe. Oden os acordou com a flauta infernal e os conduziu para a frente da Casa de Comando. Ele os fez ficar em formação e chamou os capitães. Para essa prova, levariam apenas a faca e o machado de guardião. Nada mais. Entregou um mapa para cada capitão.

— Ao meu sinal, a prova será iniciada. Conhecem as regras. Estarei esperando na linha de chegada. Cheguem antes do amanhecer.

Levantou um braço e, um instante depois, o abaixou.

Ingrid abriu o mapa, o analisou e apontou para o leste.

— Vamos, Panteras das Neves!

Começou a correr, e todos a seguiram. Deixaram o acampamento para trás e cruzaram um bosque, depois contornaram um lago e, por último, atravessaram uma planície. De repente, se depararam com um grande rio.

— Temos que atravessá-lo a nado? — perguntou Gerd.

— Procurem o lenço de guardião — respondeu Ingrid.

Rastrearam a zona e acharam pegadas perto da margem do rio. Eles as seguiram e encontraram o lenço meio enterrado no barro. Em outra época, teria passado batido, mas a bagagem que tinham adquirido com o treinamento dava cada vez mais frutos. Agora detectavam a uma légua, quase por instinto, os rastros e objetos fora do lugar. O mapa seguinte e algumas instruções estavam enrolados no lenço.

— O que está escrito? — perguntou Viggo.

— Temos que construir uma embarcação para atravessar o rio — disse Ingrid.

— Um barco? Estão loucos?! — exclamou Viggo.

— É o que está nas instruções, são precisas — corroborou Egil.

— Pelos Deuses do Gelo! — gritou Viggo.

— Bom, não é impossível. Estudamos todos os tipos de embarcações norghanas na instrução. Sabemos como são feitas — disse Nilsa.

— Mas não temos ferramentas — disse Gerd.

— Nem materiais — continuou Ingrid.

— Hmmm... Isso não é de todo certo. — disse Egil. — Dispomos de nossos machados e facões, isto é, ferramentas. Além disso, temos um bosque com materiais atrás de nós.

— Mas como vamos construir uma embarcação com isso? — insistiu Viggo.

— Sendo inteligentes — respondeu Egil, apontando para a cabeça com o dedo indicador. — As instruções dizem uma embarcação, não especificam qual.

— No que você está pensando? — Ingrid ergueu uma sobrancelha.

— Construiremos uma balsa. É uma embarcação simples que vai nos permitir atravessar.

— Você é tão inteligente que tenho vontade de te beijar! — disse Ingrid.

O garoto ficou vermelho.

— Não é para tanto...

— Mãos à obra! — ordenou a capitã.

Os seis talharam oito árvores grossas o bastante para suportar um deles. Então as limparam e as juntaram. Depois, buscaram cipós e plantas trepadeiras para usar como corda. Também utilizaram as capas, e os garotos usaram as túnicas para amarrar e segurar os troncos. Então, testaram a balsa para ver se os aguentava. Aguentou. Colocaram a balsa na água e, com muito cuidado, subiram nela, primeiro posicionado o peso nas bordas e depois passando para o interior. A correnteza começou a empurrá-los rio abaixo. Remaram com os braços do jeito que conseguiram. A balsa navegou na diagonal por um bom tempo até que, por fim, tocou terra firme na outra margem. Os seis desceram, e logo em seguida a balsa desmoronou e se perdeu no rio. Tinham perdido as capas e as túnicas.

— Vamos congelar à noite — anunciou Viggo, observando os troncos e as roupas desaparecerem rio abaixo.

— Eu vou te dar um abraço de urso e te manter quentinho — respondeu Gerd com um grande sorriso.

— Ugh, sai para lá! — disse Viggo, afastando-se do grandalhão, que abria os braços com o torso enorme descoberto.

Ingrid soltou uma gargalhada.

— Pegue a minha túnica — ofereceu ela.

Viggo a pegou e se cobriu.

— E a minha — disse Nilsa.

— Para Egil — disse Gerd.

Lasgol assentiu.

— Com os lenços de guardião, posso fazer uma túnica — disse ele.

— Pois o gigante vai ficar seminu — disse Viggo.

— Já vamos pensar em alguma coisa — propôs Ingrid. — Vamos, sigamos!

Encontraram o lenço de guardião com o próximo mapa; estava apoiado por uma faca em um toco muito próximo ao rio. Lasgol pegou o lenço e amarrou as pontas a outro, assim ia confeccionando a túnica.

— Está muito visível... — disse Viggo, suspeitando que algo estivesse errado.

— Vamos ver o que nos espera agora. — Ingrid analisou o mapa.

— Até onde indica que temos que ir? — perguntou Nilsa.

— Até lugar nenhum — respondeu a capitã.

— O quê?

Ingrid mostrou o mapa, que indicava a posição em que estavam e... nada mais.

— Isso já é demais! — exclamou Viggo. — Perderam a noção. O que eles querem que façamos sem mapa?

Egil analisou o mapa e as instruções concisas.

— Aqui diz: "Seguir o rastro do guardião".

— Que rastro? — Viggo olhou em volta.

— Que guardião? — perguntou Nilsa, que observava o horizonte em busca de alguém.

Lasgol se agachou e estudou o terreno em volta do toco. A princípio não viu nada, mas depois de um tempo identificou metade de uma pegada. Aproximou-se e a apalpou.

— É uma pegada de bota de guardião. De dois dias atrás.

— Querem que sigamos esse rastro? Como vamos fazer isso? — reclamou Viggo.

— Prestando muitíssima atenção — disse Egil, com um meio sorriso.

— Mas ele deve ter tentado ocultar o rastro — arriscou-se Nilsa.

— Nós vamos encontrá-lo, custe o que custar — afirmou Ingrid.

— É melhor que nos afastemos uns dois passos e verifiquemos a região para cobrir mais terreno. Vamos avançando devagar, os seis ao mesmo tempo. Quem vir algo, avisa — organizou Egil.

— Muito bem, já escutaram Egil. Em posição — ordenou Ingrid.

Muito devagar, os seis começaram a rastrear, avançando até os bosques. Nilsa estava certa, o guardião que precisavam seguir havia ocultado o rastro muito bem. Só encontravam alguma pista escondida em grandes intervalos. Lasgol conseguia achar o rastro quando parecia que o tinham perdido. Uma pegada, um arbusto com galhos quebrados, uma marca em uma árvore... Egil, por sua vez, deduziu que as pistas deixadas estavam dispostas em intervalos fixos, o que os ajudou muito a encontrá-las, pois sabiam quando apareceria mais uma. Lasgol e Egil conseguiram chegar a uma cascata com um pequeno tanque.

— E agora? — perguntou Ingrid.

— O próximo rastro devia estar aqui — disse Egil.

— Ele desaparece na água. — Lasgol apontou para uma última pegada na borda do tanque.

— Na água? E o que fazemos? — perguntou Nilsa.

— Entramos nela? — propôs Gerd com um gesto divertido, mostrando estar nu da cintura para cima.

Egil assentiu. Gerd se jogou no tanque e mergulhou por um bom tempo. Apareceu com vitórias-régias e algas na cabeça e nos ombros.

— Que coisa feia! — Nilsa soltou uma gargalhada.

— Você viu alguma coisa? — perguntou Ingrid.

— Nada. Só barro e algas.

— Olhe na cascata — disse Egil.

— Na cascata?

— Atrás da cascata, para ser mais exato — explicou Egil.

Gerd o encarou, confuso. Virou-se e observou a cascata, então assentiu e nadou até lá. Mergulhou e desapareceu. Um longo momento se passou, e ele não voltava.

— Será que não está se afogando? — supôs Nilsa, apreensiva.

Egil negou com a cabeça.

— Eu não teria tanta certeza... — disse Viggo. — O grandalhão não é precisamente uma sereia na água...

— Vou tirá-lo de lá — avisou Ingrid, preocupada, fazendo menção de se jogar na água.

Nesse momento, o grandalhão reapareceu com um grande bornal de couro na mão e nadou até eles.

— Tem uma caverna atrás da cascata! — anunciou, cuspindo água.

Egil sorriu.

— Foi o que eu imaginei.

Gerd saiu da água.

— Aqui está. — Entregou o bornal.

Eles o abriram e viram que dentro estava o lenço de guardião e uma urna de vidro. Egil a abriu.

— Há um mapa dentro.

— Até que enfim! — disse Ingrid.

Enquanto o examinavam, Lasgol cortou o bornal em dois e, com o último lenço de guardião, confeccionou uma camisa cruzada para Gerd. Não cabia direito, mas o protegia um pouco do frio. Nilsa riu ao vê-lo.

— Parece um andarilho gigante — disse a garota entre risadas, correndo em volta dele.

— É claro que somos dignos de pena... — confessou Ingrid, olhando para todos com cara de desespero.

— As aparências enganam — disse Egil, e piscou para a capitã.

— Vamos, equipe, em frente! — gritou ela.

Seguiram o mapa durante algum tempo. Formavam uma fila com a líder na frente marcando o ritmo, Nilsa e Viggo atrás, Egil e Gerd no meio e Lasgol fechando o grupo. Já tinham se acostumado com essa formação e era quase natural para eles.

Chegaram a uma esplanada enorme com duas rochas solitárias no centro.

— Onde está a próxima pista? — perguntou Viggo, olhando para todos os lados.

— O mapa indica esta posição — afirmou Egil.

— Mas não há nada aqui... — disse Nilsa. — Exceto essas duas grandes rochas.

— Vamos investigar — propôs Gerd.

Lasgol rastreou a zona e descobriu alguma coisa fora do lugar: havia uma árvore solitária de um lado, um carvalho. No entanto, o bosque era de pinheiros. Que estranho. Ele se aproximou da árvore. Nada, além da espécie, parecia estranho. Observou os galhos e folhas outonais. Nada. A posição... as raízes... Ele se agachou, seguindo o instinto, e encontrou uma coisa entre as raízes... O lenço de guardião e o mapa com as instruções! Chamou os colegas.

— Como você fez isso? Usou suas habilidades *especiais* para encontrá-lo? — acusou Viggo.

— É melhor você não ter usado a magia suja! — vociferou Nilsa, apertando o punho em um gesto ameaçador.

— Não, não usei. As rochas são o lugar mais óbvio. Óbvio demais. É uma pegadinha para nos fazer perder tempo.

— Com certeza você usou seu talento para passar nas provas desde o início — disse Viggo.

— Não usei nem vou usar — declarou Lasgol.

— Aham, e você quer que eu acredite — respondeu o outro.

— Se não quer acreditar, é problema seu.

— Mas a verdade é que você é um problema nosso — disse Ingrid. — É um Pantera das Neves, e isso faz com que você seja um problema nosso.

— Não quero ser o problema de ninguém!

— Tarde demais — disse Viggo.

— O que diz a prova? — perguntou Egil, em uma tentativa de parar a discussão.

— Temos que preparar um antídoto contra a picada de serpente prateada — respondeu Ingrid.

— Isso não vai ser fácil... — disse Gerd, em um esforço para se lembrar das instruções da erudita Eyra.

— Alguém se lembra dos componentes? — perguntou Ingrid.

Todos olharam para Egil, que ficou vermelho.

— Eu lembro, sim — respondeu ele.

— Muito bem. Vamos dividir as tarefas — disse a capitã, organizando o grupo.

Egil informou ao grupo os componentes que precisavam encontrar, e todos partiram. Ele ficou para acender uma fogueira. O último a voltar foi Viggo, que tivera problemas para encontrar a resina de que precisavam.

— Quase percorri meia Norghana procurando! — reclamou.

— Isso é porque você é mais cego que uma toupeira — retrucou Ingrid.

Viggo fez uma careta. Gerd e Nilsa riram. Egil utilizou o recipiente de vidro que guardava o mapa para misturar os ingredientes e o colocou no fogo.

— E agora? Quanto tempo esperamos? — perguntou Ingrid.

— Devemos mexer até que fique com a cor azulada — respondeu Egil.

— Não podemos ficar aqui mexendo isso e perdendo tempo — disse Ingrid, olhando para o céu; o tempo corria. — Já está começando a anoitecer.

— Eu posso ficar aqui mexendo. Quando estiver pronto, eu os alcanço — sugeriu Lasgol.

— Certo… Termine isso e se reúna conosco ao leste, no primeiro lago — disse Ingrid. — Não se atrase. Se eu tiver que voltar para te buscar, vai se arrepender.

— Tranquilo, eu alcanço vocês daqui a pouco.

Gerd o olhou preocupado antes de partir.

A noite caiu sobre os bosques, e o rapaz se sentiu desamparado em meio à solidão e ao silêncio, mas, quando o antídoto ficou pronto, ele se animou. Tirou o vidro do fogo e o deixou ao lado para esfriar.

— Vejo que seus companheiros te deixaram sozinho — disse, de repente, uma voz grave atrás dele. — Isso facilita muito as coisas para mim.

Lasgol se virou surpreso e viu uma figura saindo do matagal. Estava envolto em uma capa escura com capuz. Não era a capa de guardião.

— Quem é você? — perguntou Lasgol. Tinha um péssimo pressentimento.

— Você e eu já nos conhecemos — respondeu o estranho.

Sua voz era vagamente familiar. Lasgol se concentrou, mas não conseguiu reconhecê-la.

— Me reconhece agora? — perguntando o estranho, puxando o capuz para trás, o que deixou seu rosto à mostra.

— Nistrom! O que está fazendo aqui? — Lasgol se surpreendeu por encontrar o mercenário ali.

A última vez que o vira havia sido na aldeia, em Skad, quando Nistrom venceu o concurso de combate com espada e escudo. Lasgol e Ulf tinham entregado a ele o troféu de vencedor.

— O que você acha que alguém como eu faz aqui? — Ele abriu um sorriso traiçoeiro.

A mente do garoto dava voltas tentando encontrar uma resposta àquela pergunta. Só uma fazia sentido. O mercenário estava ali por ele, para matá-lo.

— Você sempre foi gentil comigo…

Nistrom assentiu.

— Tinha ordens de observar você de perto, e foi o que fiz.

— Por isso se mudou para a aldeia?

— Sim.

Lasgol balançou a cabeça, desnorteado.

— E agora?

O mercenário inclinou a cabeça, como se lamentasse a situação.

— Você não devia ter se unido aos Guardiões para revirar o que deve permanecer enterrado. Teríamos poupado este último encontro tão desagradável.

— Você não precisa fazer isso. — Lasgol tentava achar uma saída.

— Tarde demais. Você enfiou o nariz onde não foi chamado. Isso desagradou alguém. Tenho ordens para te matar.

— De quem?

— De alguém muito poderoso.

— A flecha envenenada. Foi você?

— Talvez sim, talvez não. Querem você morto, pode ser que tenham pagado mais alguém…

Lasgol levantou as mãos em sinal de paz:

— Não sei o que fiz, mas posso deixar de fazer. Você não precisa me matar. Não descobri nada, juro.

— Sinto muito. Eu gosto de você, mas você tem inimigos muito poderosos. Vou matá-lo. Se eu não fizer isso, vai custar a minha vida — disse, tirando uma espada e uma adaga das bainhas.

— Nistrom... por favor...

— Não resista. Terá uma morte rápida. Não vai sofrer.

Lasgol observou o mercenário. Sabia de primeira mão que era um excelente lutador. Não tinha chance contra dele. Sentiu um nó horrível no estômago. *Não vou deixar que ele me mate sem lutar. Nunca. Vou lutar!* Lasgol pegou o machado curto e a faca de guardião.

Nistrom balançou a cabeça devagar.

— Isso só vai piorar seu final.

— Não vou deixar você me matar. Vou me defender.

— Como preferir — disse o mercenário, avançando decidido na direção de Lasgol, com um olhar letal.

Lasgol procurou o dom; encontrou a energia azulada no interior do peito e a usou. *Reflexos felinos*, invocou. Um lampejo verde percorreu seu corpo. Nistrom não perdeu um instante; dando um salto para a frente, atacou mirando direto no coração de Lasgol. Com os reflexos potencializados pelo dom, Lasgol se deslocou para o lado, desviando como um felino. A espada de Nistrom não encontrou nada além de ar. O homem imediatamente desferiu um golpe lateral com a adaga; mirava no pescoço de Lasgol. Por instinto, o garoto recuou, desviando da arma, que passou rente ao seu rosto.

— O que está acontecendo aqui? — perguntou Nistrom, percebendo que havia algo errado.

Lasgol não respondeu. Flexionou as pernas e esperou atento o próximo ataque. Dessa vez foi um drible. Um movimento enganoso executado por um espadachim excelente. Tentou atingir a coxa de Lasgol com um corte fugaz, mas o garoto recuou a perna, e a espada se dirigiu como um raio a seu peito. Lasgol foi para trás, porém o drible de Nistrom tinha funcionado, Lasgol tinha demorado demais para se mexer. Sentiu uma pontada fria e dolorosa no ombro.

— Como você conseguiu evitar esse drible? Matei muitos homens com esse movimento, homens muito mais preparados do que você.

— Treinamento de guardião — respondeu o garoto, tentando ganhar tempo. O ombro estava sangrando.

— Esse sangue devia ser do seu coração. Alguma coisa está acontecendo aqui. Nenhum guardião consegue se mover como você, muito menos um iniciado. O que está escondendo?

— Só sou Lasgol, filho de Dakon. E não vou deixar você me matar.

— Consigo distinguir o cheiro de jogo sujo. E aqui tem jogo sujo. Luto e mato há muito anos, muitos!

De repente, Nistrom lançou um corte tremendo no rosto do garoto. Ao ver a espada se aproximando, Lasgol se agachou instintivamente. A espada passou por cima da cabeça e cortou vários fios de cabelo. Agachado, Lasgol procurou o dom. Um lampejo verde percorreu suas mãos. Utilizou uma habilidade que tinha desenvolvido com a ajuda do pai, Lançar Sujeira. Fincou a ponta da faca no chão e, com um movimento brusco, lançou a terra no rosto de Nistrom. Por meio do dom, a terra foi potencializada com sujeira ofuscante. O mercenário cobriu os olhos com o antebraço justo quando uma nuvem de terra e sujeira os atingiu.

— Maldito! — gritou Nistrom, dando vários passos para trás, tentando ver alguma coisa.

Lasgol aproveitou o momento e, sem se levantar, levou a mão às costas, até o cinto, onde guardava uma armadilha. Com rapidez, a colocou no chão e voltou a usar o dom junto com a habilidade de Ocultar Armadilha. Um lampejo verde a cobriu. A armadilha desapareceu e ficou pronta.

— Você quase me cegou! Acabou a brincadeira! — gritou Nistrom, com um olho fechado e o outro lacrimejando.

Avançou disposto a desferir um golpe com a espada no garoto; este, por sua vez, deu um passo para trás. Nistrom avançou e pisou na armadilha. Fez-se um som metálico, e o mercenário olhou para o chão. Meia dúzia de estacas afiadas atravessaram seu pé direito.

— Ahhh! — Ele grunhiu de dor.

— Me deixe ir, não há necessidade disso — pediu Lasgol.

— Maldito! Tenho ordens de matar você e vou fazer isso — respondeu o mercenário e, em seguida, com um puxão forte, levantou o pé e se libertou das estacas, rugindo aos céus de dor. — Vou te quebrar em pedacinhos por causa disso! — gritou mais uma vez, ao apoiar o pé no chão para ir até Lasgol.

Nistrom mancava de uma perna e via com apenas um olho, mas aquilo não o deteria. Não sendo tão experiente.

Lasgol retrocedeu enquanto pensava em como se defender. Ativou o dom e a habilidade de Agilidade Melhorada. Nistrom soltou um golpe com a mão esquerda, e a adaga saiu em disparada em direção ao pescoço do garoto. Estava muito rápida, ele não conseguiria esquivar-se dela nem com seus reflexos e agilidade aumentados. Só conseguiu se inclinar para trás, para evitar que o atingisse. Flexionou as pernas ao máximo e deixou o tronco paralelo ao chão. A adaga passou roçando seu abdômen e rosto, mas Lasgol não conseguiu manter o equilíbrio e caiu de costas.

— Te peguei! — gritou Nistrom, avançando para espetá-lo.

— Não faça isso — suplicou Lasgol no chão, com a mão levantada.

O braço de Nistrom se preparou para o golpe final.

O garoto se viu perdido. Ia morrer.

O braço não avançou. Algo extraordinário aconteceu: o braço desceu.

Lasgol piscou com força. Não entendia o que estava acontecendo. Dois braços fortes apareceram prenderam os de Nistrom com força.

— Levante-se, Lasgol, rápido! — urgiu Gerd.

— Gerd! — exclamou, com os olhos vidrados, e ficou em pé num pulo.

— Me solte! — gritou Nistrom, lutando contra o gigantão, que o segurava com um braço nas costas.

O grandalhão era muito forte, o mercenário não conseguia se libertar. De repente, Nistrom se inclinou para a frente.

— Cuidado! — advertiu Lasgol.

Gerd não percebeu a jogada. Nistrom se ergueu com grande velocidade e lhe deu uma cabeçada forte no nariz. O garoto sentiu o nariz explodir com a dor intensa. Os olhos começaram a lacrimejar e saía sangue do nariz. Levou as mãos ao rosto e recuou vários passos. O mercenário ficou livre. Levantou o braço com a espada e foi atacar Gerd, mas Ingrid chegou correndo e ficou entre eles.

— O que acha que está fazendo? — disse ela.

— Vou matar todos vocês!

— Não vai matar ninguém, não enquanto eu estiver no comando! — exclamou Ingrid, com um olhar decidido.

— Pois vou matar você primeiro — afirmou Nistrom, lançando-se para atacá-la.

A capitã se defendeu como uma leoa, bloqueando a espada do mercenário com o machado e a faca.

— Vejo que sabe lutar, mas isso não vai te salvar.

Lasgol levou Gerd com ele, que mal enxergava e era um alvo fácil. Ingrid aguentou o máximo que pôde, embora não fosse uma rival à altura do mercenário.

Com um giro magistral de punho, ele fez o machado de Ingrid voar. Depois, driblou e cortou a garota no punho, fazendo com que derrubasse a faca. Ingrid ficou desarmada.

Nistrom sorriu. Fez menção de atravessá-la com um golpe. No mesmo instante, algo metálico o alcançou por trás do braço. Nistrom grunhiu. Uma adaga se fincara ali.

— Malditos! — gritou, desferindo o golpe contra Ingrid.

Uma sombra voou por cima dela. A espada de Nistrom alcançou o ombro de Viggo, em vez do corpo de Ingrid. Viggo tinha pulado sobre ela para protegê-la e recebeu o golpe no ombro. Os dois rolaram pelo chão, ficando fora do alcance do mercenário.

Nistrom avaliou a situação. Estava manco e não enxergava bem. Além de estar com uma adaga enfiada no braço direito. Ele se virou para Lasgol.

— Tenho que te matar, é sua vida ou a minha.

Lasgol se preparou. À distância, saindo do bosque, viu Nilsa e Egil, que corriam até eles. Vinham escondidos, se fundindo com as sombras da noite, como tinham aprendido na maestria de Perícia. Nistrom não os tinha visto. Houve um momento em que Nilsa pareceu tropeçar e perder o equilíbrio. Se caísse no chão, o inimigo a ouviria e os descobriria. Mas, em um reflexo fora do comum, ela conseguiu manter o equilíbrio e evitou a queda.

— Se quiser me matar, estou aqui — disse Lasgol, abrindo os braços e mostrando o machado e a faca de guardião, tentando concentrar a atenção do mercenário em si.

O homem avançou e, em um movimento fugaz, trocou a espada de mão e desferiu um golpe com a mão esquerda. Lasgol, pego de surpresa, inclinou a cabeça, e a espada cortou sua orelha esquerda. *É ambidestro. Nada acaba com ele? Está preparado para tudo!* O mercenário atacou com a mão esquerda, com quase a mesma excelência que tinha com a direita. Lasgol se esquivava dos golpes e dribles como conseguia, mas sabia que uma hora Nistrom iria caçá-lo e que iria morrer. Arriscou. Deu um passo para trás e levantou a adaga para lançá-la, Nistrom viu o que ele ia fazer e se preparou. Seus olhos profundos, carregados de experiência, brilhavam com confiança; sabia que desviaria do lançamento do garoto.

— Agora! — gritou Lasgol, fazendo um lançamento com toda a força.

Nistrom desviou do lançamento de Lasgol, como planejado, mas o que não havia previsto eram os outros duas facas em direção às suas costas. Nilsa e Egil tinham lançado ao mesmo tempo que Lasgol, entre as sombras. A ruiva o atingiu no meio das costas. Nistrom se virou rápido, e a faca de Egil passou roçando seu rosto.

— Malditos! — gritou, se arqueando.

— Machado! — disse Lasgol.

— Não! — gritou Nistrom.

Os três machados saíram em disparada. Nistrom se viu no centro dos três lançamentos cruzados. Esquivou do de Egil, mas o machado de Lasgol se fincou profundamente em suas costas, e o de Nilsa, no peito. O mercenário deu um passo para o lado, soltou a espada e caiu.

Por um momento, ninguém se mexeu. Observaram Nistrom, esperando que ele voltasse a se levantar. Isso não aconteceu. Lasgol se aproximou dele com cautela. Pegou a espada e, com a arma na mão, se agachou perto do mercenário. Ele estava morrendo.

— Quem te enviou? — perguntou Lasgol.

— Você... não vai sobreviver...

— Quem quer me matar? Por quê?

— Você... está morto... — disse Nistrom, e expirou.

Lasgol suspirou fundo.

— Nós... o matamos? — perguntou Nilsa, assustada e incrédula.

— Sim, está definitivamente morto — respondeu Egil, examinando o corpo.

— Obrigado a todos... Se não fosse por vocês... Agora seria eu no lugar dele — disse Lasgol.

— Guarde os agradecimentos para depois — disse Ingrid, ajoelhada perto de Viggo. — Este imbecil precisa de uma bandagem.

— Imbecil, eu? — reclamou Viggo, indignado, no chão. — E ainda salvei sua vida!

— Eu o teria controlado — disse Ingrid enquanto rasgava a camisa e envolvendo o tecido no corte no punho do garoto.

— Sim, por seu magnetismo pessoal irresistível — argumentou Viggo.

Egil foi ajudar Ingrid com Viggo. Gerd se aproximava balançando a cabeça. Nilsa correu até ele.

— Você está bem? — perguntou ela.

— Dói muito, mas parou de sangrar. Acho que está quebrado.

— Quebrado eu não sei, mas está torto, desencaixado...

— Coloque-o no lugar — pediu Gerd.

— Tem certeza? Vai doer muito.

— Não tenho medo da dor, pode ir.

Nilsa o encarou, confusa.

— Não sente medo da dor?

Gerd negou com a cabeça e ficou de joelhos.

— É só dor, vai passar.

— Você é muito estranho... Tudo bem.

Ela deu de ombros. Pegou o nariz de Gerd e, com um puxão forte, o colocou no lugar.

O garoto gritou de agonia. Depois de um momento, voltou a ter o semblante calmo.

— É sério, eu não entendo o que te dá medo — murmurou Nilsa. — Você se assusta com a própria sombra, mas não sente medo da dor nem de se jogar no lago gelado — disse, balançando a cabeça em negação.

O outro deu de ombros com uma expressão de quem não tinha a resposta para aquele questionamento.

— E o que me diz de você? Você é gentil na maior parte do tempo, mas se falam de magia ou algo misterioso, você fica agressiva, irracional, como se fosse outra pessoa... Parece que existem duas dentro de você.

Nilsa o observou, pensativa.

— Nunca tinha percebido isso. Eu... sou só uma... eu.

Lasgol observava o corpo do mercenário sem vida. Não acreditava no que tinha acabado de acontecer. Balançava a cabeça sem sair de seu assombro.

— Reviste para ver se encontra algo — disse Viggo, gemendo de dor por causa da bandagem que Ingrid e Egil colocavam nele.

Lasgol verificou o cadáver. Nada. Então, se lembrou de onde Nistrom tinha saído e foi para lá. Encontrou um bornal atrás de uma árvore. Levou-o até os colegas e o esvaziou. Dentro, havia roupas de guardião, um pouco de comida e uma caixa.

— Essa não é a caixa do ovo? — perguntou Egil.

— Sim... — disse Lasgol, que a segurou e a analisou.

— Então foi ele quem me atacou na cabana — afirmou Gerd.

— Parece que sim — confirmou Nilsa.

— Mas para que ele queria a caixa do ovo? — perguntou a capitã.

— Acho que estava procurando o que estava na caixa — deduziu Egil.

— O ovo? Camu? — perguntou Lasgol, confuso.

— Acho que sim — disse Egil.

— Queria pegar o ovo e matar Lasgol. — Foi a resposta de Viggo.

— As duas coisas estão relacionadas? — perguntou Nilsa.

— Tudo indica que sim — concluiu Egil.

— Como? Por quê? — Lasgol estava perplexo.

— Esse é um mistério que você vai ter que resolver, se não quiser acabar como ele — respondeu Egil.

Todos ficaram em silêncio, contemplando o cadáver do mercenário. Infelizmente, não encontraram outra pista que pudesse explicar aquilo.

— Lasgol, você está sangrando — disse Nilsa.

— Ah, não tinha percebido.

Terminaram de colocar as bandagens nas feridas da melhor maneira possível.

— Utilizem os unguentos da prova individual de Natureza — sugeriu Egil. — Nos ajudarão.

— Temos que chegar ao acampamento — informou Ingrid. Depois olhou para Viggo. — Você consegue?

— É claro que consigo — respondeu ele, com cara de poucos amigos.

— E você? — perguntou a capitã a Lasgol.

— Sim, minha ferida não é tão profunda.

— Ótimo. Então, andando.

Caminharam a noite toda. Tiveram que parar várias vezes para fechar a bandagem de Viggo. Lasgol ainda não acreditava que Nistrom tinha tentado acabar com ele. Estava confuso, e um enorme desassossego o consumia.

— Obrigado... — disse de novo aos companheiros enquanto descansavam antes do último trecho até o acampamento.

Egil assentiu. Nilsa sorriu por um instante, depois franziu a testa.

— Não ache que iríamos deixar que matassem você — disse Gerd, apalpando o nariz com cuidado.

— Mas o fato de termos ajudado você não quer dizer que esquecemos — disse Viggo, com uma careta de dor.

— É melhor não perdermos a prova em equipes por causa disso — disse Ingrid para Lasgol.

Ele não disse nada. Tinha um nó na garganta. Estava emocionado e grato. Seus olhos umedeceram.

Correram até o acampamento e cruzaram a linha com o sol nascendo.

Oden olhou para o sol, fez um gesto para que soubessem que passaram por muito pouco e considerou que tinham passado na prova. Então, se aproximou de Ingrid para pedir os lenços e viu as feridas de todos. Então soltou:

— Mas o que aconteceu agora? Vocês não conseguem completar uma prova sem derramar sangue?

Ingrid deu de ombros e fez cara de inocente.

— Sigam-me até a curandeira! Por todos os ventos do inverno! E nem uma palavra! — ordenou Oden, irado.

Capítulo 24

DOLBARAR ESTAVA MUITO SÉRIO. COÇAVA A BARBA BRANCA ENQUANTO observava com olhos atentos os seis integrantes da equipe dos Panteras das Neves. Ele os tinha convocado, e os jovens estavam em formação no meio da sala comum da Casa de Comando. O líder do acampamento estava sentado à longa mesa de reuniões em forma de carvalho, onde tratavam de questões importantes referentes aos guardiões. Os quatro guardiões-maiores o ladeavam.

— Obrigado por trazê-los, Oden — disse Dolbarar ao instrutor-maior, que se retirou.

— Todos recuperados? — perguntou o líder.

— Sim… todos recuperados, senhor — respondeu Ingrid como capitã.

— Muito bem — disse Dolbarar, e assentiu ao encarar um por um, como se os avaliasse mentalmente. — Convoquei esta reunião porque quero chegar ao fundo deste assunto tão grave. Pedi aos quatro guardiões-maiores que comparecessem, dada a suma gravidade dos fatos. — Fez um gesto de respeito para eles.

Os quatro saudaram com um gesto breve. Os semblantes eram graves.

Os seis iniciados devolveram o cumprimento. Estavam incomodados, inquietos.

— Será melhor que vocês nos contem o que aconteceu. Gostaríamos de escutar cada um de vocês, pois é provável que a visão dos fatos seja diferente e complementar. Comecemos em ordem inversa à confrontação. Quem chegou por último ao enfrentamento?

— Fomos Nilsa e eu, senhor — respondeu Egil.

— Muito bem. Relatem o que aconteceu desde sua perspectiva, com o maior número de detalhes que lembrarem.

Nilsa e Egil fizeram o que foi pedido, tentando não deixar de mencionar algo. Quando terminaram, foi a vez de Viggo. Depois dele, foi Ingrid, e em seguida, Gerd. Por último, Lasgol relatou sua parte, sem omitir que conhecia Nistrom da aldeia. Quando terminaram, fez-se um longo silêncio enquanto os líderes consideraram todo o exposto.

— O que aconteceu na prova é algo... terrível e lamentável. — Dolbarar quebrou o silêncio. — É a segunda vez que atentam conta a vida de Lasgol aqui, em nosso acampamento. Algo impensável... desconcertante... muito grave.

— É inaceitável — acrescentou Ivana. — Ninguém deveria poder entrar em nossos domínios sem que detectássemos. Repreendi os guardiões. Haverá castigos. Duros.

Lasgol não conseguia afastar o olhar da fria e letal beleza daquela mulher. Ele se compadeceu pelos guardiões.

— O terreno a ser protegido é muito vasto... — disse a erudita Eyra, em um tom de desculpa. — Nosso maravilhoso refúgio, o Vale Secreto, como o chamamos, é um lugar recôndito, mas enorme. Saindo do acampamento, no centro, é necessário ao menos uma semana a pé em cada direção para alcançar os limites do vale.

— Sim, mas por quase toda a extensão estamos rodeados de montanhas intransitáveis, exceto a entrada pelo rio Sem Retorno, ao sul — lembrou o domador Esben. — Há guardiões nessa entrada, devemos conseguir controlar quem entra em nossos domínios.

— Você encontrou o rastro desse mercenário assassino? — perguntou Dolbarar.

— Sim, eu o segui. Tudo indica que ele entrou no vale pela Passagem Secreta ao norte do acampamento.

Lasgol arregalou os olhos, surpreso. Aquilo lhe interessava muito. Não sabia que havia uma passagem ao norte. As montanhas naquela região eram tão majestosas quanto inacessíveis.

— Vou pendurar pelos dedões dos pés os guardiões da Passagem Secreta! — exclamou Ivana.

— Não devemos nos precipitar nas conclusões — disse Haakon, o Intocável. — Até agora, pensávamos ser um dos nossos, devido aos conhecimentos do acampamento e à utilização de um veneno de guardiões no primeiro atentado contra a vida de Lasgol, embora não haja denúncias de roubo.

— O veneno foi roubado do meu armazém — reconheceu Eyra, abaixando a cabeça.

— Como assim? Você disse que não faltava nada — contestou Esben.

— No começo, não detectei; nenhum vidro havia sumido, não faltava nada, a contagem do inventário batia. Tudo parecia em ordem.

— E então...? — questionou Haakon.

— O que ele fez foi muito mais inteligente. Descobri que em vários recipientes falta um pouco de conteúdo.

— Entendo... muito perspicaz. Encheu um frasco próprio esvaziando só um pouco de vários dos seus. Boa jogada — reconheceu Haakon.

— Desde quando sabemos disso? — perguntou Ivana, incomodada.

— Acabamos de descobrir — respondeu Dolbarar.

Eyra assentiu.

— Ao me dar conta do ocorrido com o mercenário, não consegui dormir e recontei todas as poções e venenos, um por um, então me dei conta do que tinha acontecido e comuniquei a Dolbarar.

— Um mercenário muito esperto — disse Haakon. — Talvez até demais...

— E que conhecia muito bem o acampamento — acrescentou Esben. — O que me preocupa, e muito. Como pode um estranho conhecer nosso terreno, nossos procedimentos e se locomover entre os nossos sem que o detectemos?

— Sim, é justamente isso o que me preocupa — concordou Dolbarar. — Como ele sabia onde conseguir o veneno e como enganar nossos guardiões?

— Temos um traidor — afirmou Haakon.

— Essa é uma acusação grave — respondeu Eyra.

— É a explicação mais lógica. Ele contou com a ajuda de alguém, e deve ter sido de um dos nossos. Não acredito que seja possível de outra forma. Nós o teríamos caçado se fosse o caso.

Dolbarar olhou para Lasgol.

— Ele te disse para quem trabalhava? Se tinha um cúmplice no acampamento?

— Não... Tentei fazer com que dissesse, mas não consegui...

— Vocês conseguiram deduzir algo nesse sentido?

— Não, senhor... — disse Ingrid —, exceto que era excelente lutador e muito experiente.

— E conhecia Lasgol — apontou Viggo —, e por isso é provável que estejam o observando há muito tempo.

— E só agora decidiram matá-lo — apontou Egil. — Isso leva ao fato de Lasgol estar aqui e agora ser o motivo do ataque.

— O jovem iniciado tem razão — disse Haakon. — O homem tentou matá-lo duas vezes, simplesmente em nosso acampamento, sendo que podia ter feito isso em sua aldeia com a maior facilidade.

— É verdade. Por que agora? Por que aqui? — perguntou Eyra.

— Essa, minha querida amiga, é a questão, ou melhor, essas são as questões — disse Dolbarar, com os olhos semicerrados.

— De qualquer maneira, o problema deveria estar resolvido com a excelente atuação da equipe dos Panteras, que neutralizou a ameaça — acrescentou Ivana.

Dolbarar assentiu.

— Sim, deveria, mas não baixaremos a guarda. Não ficarei tranquilo enquanto não descobrir como ele conseguiu roubar o veneno sem o detectarmos em nossos domínios. Por outro lado, devo lhes dar os parabéns por terem eliminado a ameaça e salvado seu companheiro. — Passeou o olhar por todos. — Duas ações dignas.

— E muito — disse Eyra.

— Quando um inimigo morre, os guardiões não o celebram, pois é nosso dever acabar com a ameaça. Quando um irmão está em perigo, o defendemos, sempre — disse Haakon. — Os guardiões não deixam ninguém sozinho. Nunca.

— O que vocês fizeram e como fizeram, com a colaboração de todos, é um exemplo a ser seguido por outros — apontou Esben.

Os iniciados se entreolharam, envergonhados por terem deixado Lasgol sozinho, pela maneira como o trataram.

— Preciso ter certeza de que não temos mais infiltrados — disse Dolbarar. — Datas importantes se aproximam. Não posso arriscar a cerimônia de Aceitação. O rei Uthar virá presidi-la pessoalmente, como todos os anos. É uma das suas cerimônias favoritas, ele raramente a perde. Não posso ter dúvidas, devo estar certo de que não há um assassino rondando quando o rei chegar com o séquito nem arriscar a expor sua majestade a qualquer perigo. Se eu tiver que cancelar a presença de Uthar por causa disso, o farei, mesmo sendo uma desonra para os Guardiões. Não sei como explicarei ao rei que ele não pode comparecer porque não somos capazes de proteger nossos próprios domínios. Justamente o acampamento, a casa dos guardiões que o servem, um lugar que foi concebido para ser secreto e seguro. A desonra será terrível... terei que renunciar ao meu posto...

— Isso não acontecerá — afirmou Ivana, obstinada.

— Temos tempo, vamos solucionar esta situação — afirmou Eyra.

— Cuidaremos do acampamento e de todo o vale — acrescentou Haakon. — E, quanto à possibilidade de que haja um traidor entre nós, eu mesmo me encarregarei de encontrá-lo e castigá-lo.

— Ninguém manchará a honra dos Guardiões — disse Esben —, não enquanto estivermos aqui para protegê-la.

— Obrigado a todos. A visita do rei é o acontecimento mais importante do ano. É uma verdadeira honra que Uthar nos dê o prazer de sua presença.

— Ele virá acompanhado de Gondabar? — perguntou Eyra.

— Acredito que sim. O mestre guardião do rei comparecerá. Como nosso líder, não perderia o acontecimento.

— Nós o vemos cada vez menos — reclamou Ivana.

— As obrigações na corte do rei são muitas... — justificou Dolbarar.

— Acredito que ele prefira a vida na corte à vida no acampamento — disse Esben, em tom jocoso.

— Não deixe que ele ouça isso, pois negará e o fará pagar por isso.

Esben sorriu.

— Não deixarei.

— Gondabar tem uma centena de guardiões, além de Gatik, o primeiro guardião, com ele em Norghânia. Não são muitos para proteger somente a cidade? — perguntou Haakon. — Não deveriam estar guardando o reino?

— Foram exigências de Uthar. A ameaça de Darthor está aumentando. O rei só confia nos Guardiões para proteção pessoal. Por isso, pediu a Gondabar que reforçasse a proteção na capital.

— Darthor pode ser poderoso, mas não chegará a Norghânia; os exércitos do rei o deterão — garantiu Esben.

— O rei teme que o ataquem de surpresa em sua morada. Por isso, chamou seus mais fiéis servidores, nós, os Guardiões, para que o protejamos.

— Darthor jamais chegará ao Castelo Real — afirmou Ivana.

— Não devemos subestimá-lo. O rei não faz isso. É um inimigo extremamente poderoso. Um mago sem igual, que agora conta com um exército temível a seu dispor. Um exército de homens e bestas: trolls das neves, ogros corruptos e outros seres bestiais, reforçado com elementais e criaturas do gelo.

— Isso foi confirmado? — perguntou Haakon.

Dolbarar assentiu, com pesar.

— Nossos guardiões os localizaram. Desembarcaram na Costa de Gelo, muito ao norte. Nossos irmãos os guardam. É um exército enorme.

— Se estão tão ao norte... ou atacam agora, ou deverão aguardar até a primavera. Não conseguirão cruzar as passagens em pleno inverno — ponderou Eyra.

— Certo, mas Uthar não confia. Além do mais, há rumores de que alguns rivais do rei podem estar planejando se juntar a Darthor para derrotá-lo.

— Nossos nobres? Como pode ser? — disse Ivana, ultrajada.

— São apenas rumores, mas nem todos os duques e condes são vassalos fiéis do rei. Algum deseja a coroa do rei para si...

Lasgol olhou para Egil, que engoliu em seco. Os guardiões estavam se referindo ao pai e seus aliados.

— Traidores! Vou meter uma flechada na testa de cada um deles! — Ivana cuspiu as palavras.

Dolbarar fez um gesto para que ela se acalmasse.

— A política não é para nós. Servimos ao rei e seguimos suas ordens. Por ora, vamos nos concentrar no problema que temos em mãos. Devemos proteger o acampamento, ainda mais sabendo que Uthar comparecerá à cerimônia de Aceitação e que Darthor está cada vez mais perto desejando a morte do rei.

— Percorri o entorno do acampamento com os sabujos, não encontraram rastros estranhos — informou Esben.

— É melhor liberar Gretchen — disse Dolbarar. — Não podemos correr riscos.

— Muito bem, farei isso esta noite. Se houver um humano ali fora, rondando nos bosques altos, ela o encontrará e o trará até nós pelo menos o que restar dele...

Lasgol lançou um olhar para Egil, que se encolheu.

— Decretaremos toque de recolher. Com Gretchen à solta para a caçada, ninguém deve deixar o acampamento até que ela volte — informou Dolbarar.

Lasgol, que não se aguentava de curiosidade, resolveu perguntar:

— Gretchen, senhor?

Dolbarar sorriu.

— É a leoa albina de Esben, uma caçadora nata. Não se preocupem. Enquanto estiverem dentro dos limites do acampamento, nada acontecerá com vocês. Agora voltem à cabana e descansem. Se perceberem qualquer coisa estranha, fora do comum, me avisem imediatamente.

Lasgol pensou na leoa e sentiu um calafrio. Observou de soslaio os companheiros, mas ninguém disse nada. Deixaram a Casa de Comando. Ninguém comentou nada nem no caminho, nem ao se deitarem. Todos tinham muito para digerir. Ainda mais Lasgol, que carregava o sinistro pressentimento de que o perigo não tinha cessado com a morte de Nistrom. Nem mesmo a companhia de seu amigo brincalhão, que lambia sua mão, o reconfortava. Ele estava fazendo o certo?

Só poderia fazer uma coisa: seguir em frente e ver no que dava. Manteria todos os sentidos alertas. Não o pegariam desprevenido de novo. Acariciou Camu e, com seu toque frio na bochecha, adormeceu. No entanto, não descansou. Seus sonhos estavam cheios de pesadelos, magos corruptos e enormes bestas assassinas.

Capítulo 25

Não demorou para que se recuperassem das feridas. A curandeira operava milagres com o dom, ou, como ela dizia, "ajudava a mãe natureza com o trabalho árduo". Não conseguia tratar feridas mortais ou doenças terminais, mas conseguia curar e acelerar a recuperação de feridas e doenças não letais.

Lasgol voltaria a treinar com todos em uma semana, e Viggo estaria novinho em folha na semana seguinte. O nariz de Gerd tinha se curado bem, mas cada vez que se olhava no espelho, ele jurava que estava um pouco mais torto. Reclamava que o incidente — como eles chamavam — tinha acabado com sua cara de galã. Viggo afirmava que fora o bom senso dele que tinha se entortado.

No entanto, outras feridas não cicatrizariam tão rápido, talvez nunca cicatrizassem. Tinham matado um homem. Era um ato traumático que os marcaria para sempre. Não tiveram outra opção, mas, ainda assim, era um acontecimento cujas magnitude e importância as jovens almas demorariam para assimilar. Cada um encarava aquela experiência de maneira diferente.

Fora um passo decisivo na evolução de Ingrid para se transformar na líder que desejava ser. Tinha sido difícil, mas necessário. Ela havia tomado a decisão correta em um momento muito conturbado. Não se arrependia. Viggo protestava pela ferida sofrida, mas não sentia o mínimo remorso de ter matado o mercenário. Ao contrário, se vangloriava disso. Se algum outro mercenário ou assassino tentasse feri-lo de novo, receberia a adaga do garoto no olho direito. O resto da equipe não estava processando aquilo tão bem. Gerd estava mais medroso do que de costume e, inclusive, alguns medos já superados acabaram voltando. O grandalhão voltou a ficar assustado constantemente. Nilsa, por sua vez, estava muito mais nervosa e inquieta do que o habitual, o que propiciava novos acidentes. Sua divagação tinha se multiplicado por dez.

No entanto, o mais afetado pelo acontecimento fora Egil. Não acreditava que tinha matado um homem. Para o estudioso, matar alguém era impensável, atroz, maligno. Ele pegara alguns livros de filosofia da biblioteca e os lia numa tentativa de acalmar seus remorsos. Havia noites em que acordava de pesadelos horríveis, encharcado de suor. Todos sabiam ser pelo ocorrido. Como sempre, Egil tentava racionalizar e chegar a uma explicação ou entendimento que lhe permitisse seguir em frente.

Lasgol era muito grato aos colegas. Tinham salvado sua vida. Era doloroso para ele vê-los tão afetados pelo ocorrido. Afinal, aquilo havia acontecido por causa dele. Ele não sentia remorso ou culpa; tinha se defendido, era sua vida ou a do mercenário, e, no fim, se alegrava por não ter sido a sua. Mas sentia pesar pelos amigos, porque tiveram que enfrentar aquele momento horrível.

E enquanto se recuperavam da experiência, o inverno chegou ao acampamento. O frio, que já era intenso no outono, tinha tornado tudo gélido. As nevascas eram constantes, e todo o vale havia sido coberto por uma manta branca e grossa que não os abandonaria até a primavera. A paisagem era assustadora, de uma beleza alva e perigosa. Os bosques e, em especial, as montanhas, ficavam tão belos quanto letais no inverno de Norghana. Um descuido e era possível cair por um barranco; um passo em falso ou uma distração poderiam matar alguém congelado em um bosque, preso por uma nevasca.

A instrução se tornou ainda mais difícil, não porque os instrutores aumentaram a dificuldade dos exercícios, mas por causa da dureza acrescida pelo clima adverso. Oden os fazia entrar em formação a cada amanhecer, estivesse muito frio ou não, ou mesmo que estivessem em meio a uma tempestade.

Ele tinha dado às equipes roupas de inverno, que, nas palavras dele, eram mais do que o suficiente, mas os corpos entumecidos, os dentes rangendo e os joelhos trêmulos dos iniciados indicavam o contrário. Oden os fazia correr em volta do lago, mesmo que estivesse gelado, nevando, e que não desse para ver nada por causa da névoa espessa ou porque o vento e a chuva os atingiam com força. Quanto piores as condições, mais os instrutores pareciam gostar e mais os iniciados sofriam.

A única coisa boa do inverno era voltar à cabana depois de um dia duro e gélido de instrução. Coberta de neve, ela os recebia, e, no interior, a fumaça da chaminé e o calor de um fogo baixo reconfortavam o corpo e a alma. Lasgol sempre parava na porta e contemplava a cabana meio enterrada na neve e, através das janelas, via a cálida luz do fogo que a iluminava. O cenário lhe remetia a uma pequena cabana na montanha. Parecia uma imagem idílica, que ele apreciava. Lá dentro, no entanto, as coisas não eram tão plácidas. Lasgol tinha agradecido aos companheiros, um por um, por terem salvado sua vida, mas as reações que recebeu não foram tão calorosas quanto desejou. Gerd era o único que se mostrava agora mais próximo e gentil. O restante continuava mantendo distância, mas já não o ignoravam completamente. As coisas tinham melhorado, embora Lasgol ainda tivesse que trabalhar muito para voltar a ter o respeito e a confiança da equipe. Ele sabia disso e, apesar de triste, não desanimava e tentava manter uma atitude positiva. Conseguiria restabelecer os laços desfeitos.

Egil era quem ele notava mais distante e frio. Aquilo o surpreendeu muito; pensava que, de todos, Egil seria o primeiro com quem poderia reatar a amizade. Estava muito enganado.

— Eu não perdoo traições — declarara o garoto.

— Eu errei, agora eu entendo, devia ter contado tudo — dissera Lasgol.

— Meu corpo pode não ser forte, mas minha determinação e minha honra são.

— Peço mil desculpas, não era a minha intenção...

— Também não sou dos que perdoam e esquecem por causa de boas palavras.

Foi tudo o que falaram sobre o assunto. Lasgol estava abatido, mas não queria pressionar Egil, então lhe deu espaço, na esperança de que, aos poucos, voltassem a recuperar a amizade. Só poderia esperar e ver. E não voltar a fazer besteira.

Camu continuava crescendo. A cada dia se tornava mais brincalhão e tomava mais liberdades. Corria pela cabana e dava saltos maiores. A nova mania era perseguir Viggo, que ainda o chamava de "bicho" e tinha adicionado "dos abismos gelados". Gerd ia superando o medo da criatura aos poucos. A cada dia enfrentava seu temor ao desconhecido, à magia, e tentava vencê-lo. Lasgol via a luta interna refletida no rosto do companheiro, que interagia com Camu fazendo um enorme esforço. E, surpreendentemente, Camu começou a lhe obedecer em algumas ocasiões. Aquilo tinha deixado todos boquiabertos, porque a criatura sempre fazia o que queria, sem escutar ninguém. O que era inegável era que Gerd tinha uma habilidade especial com os animais, inclusive os mágicos.

Nilsa, por outro lado, não aceitava Camu. Se estava na cabana, o tolerava por algum tempo a duras penas, mas ela logo abandonava o ambiente e se afastava. Lasgol a observava pela janela, até que desaparecesse na noite. Ele se perguntava como poderia resolver aquela situação. Ingrid implorava para que Nilsa ficasse, mas ela quase sempre saía.

Ingrid continuava exercendo o posto de capitã com a mesma autoridade e determinação de sempre, mas com a proximidade do final do ano, parecia que a pressão começava a afetá-la. Estava mais irritadiça do que de costume e tinha discutido com Jobas, o capitão dos Javalis, na instrução de Perícia. Jobas era um garoto enorme, quase tão alto quanto Gerd, e tinha um gênio péssimo. Quase todos os integrantes da equipe dos Javalis tinham. Em um exercício, ele havia derrubado uma garota com um empurrão mal-intencionado e depois zombado dela, que tinha a metade de seu tamanho. Ao ver isso, Ingrid na mesma hora foi para cima dele, mas Jobas não se envergonhou pelo que tinha feito e a confrontou. Haakon observou à distância e deixou que a coisa explodisse. Dessa vez, Ingrid perdeu, Jobas era muito grande e forte para ela, que terminou no chão com o lábio cortado.

Viggo foi defendê-la e Nilsa o seguiu. Armou-se um verdadeiro alvoroço. Ingrid não foi penalizada, pois Haakon não denunciou o incidente, coisa que Lasgol estranhou.

Em uma noite, Lasgol estava contemplando a cabana nevada antes de entrar, como gostava de fazer, pois sabia que o calor do lar, os companheiros e Camu o esperavam lá dentro e queria saborear aquela sensação de bem-estar um pouco mais antes de entrar. Uma voz às suas costas o trouxe de volta à realidade.

— Duas tentativas de assassinato. Você é uma celebridade no acampamento — disse a voz que Lasgol reconheceu na hora.

— Astrid… — disse, virando-se para a garota e, ao ver seu rosto, os olhos verdes, o cabelo preto, ficou sem fala. — Eu… Bem… não sei se celebridade…

— E tão eloquente, como sempre — zombou ela.

Lasgol enrubesceu.

— Falar… não é um dos meus fortes.

— Parece que atrair problemas, sim — respondeu ela, com um grande sorriso.

— Bom… isso eu não posso negar. — Lasgol sorriu também.

— E eu que pensei, quando te vi pela primeira vez e fiquei sabendo quem era, que você teria muitos problemas… Jamais teria esperado por isso…

— Sim, nem nos meus piores pesadelos. — Lasgol tentou melhorar a situação fazendo uma cara engraçada.

— Bom, pelo menos parece que tudo acabou.

— Espero que sim.

— Dizem que você o conhecia. Sabe por que ele tentou te matar?

— Eu o conhecia, sim, da minha aldeia. Não sei por que fez isso. Disse que por ordem de alguém muito poderoso.

— Darthor?

— Parece que sim.

— Sim, os rumores sobre ele aumentam a cada dia. E as notícias não são boas. Dizem que ele tem um grande exército e criaturas abomináveis.

Lasgol ficou pensativo. Queria ver o que mais Astrid contaria, então disfarçou.

— O que dizem?

— Vejo que não está muito informado.

— Ninguém me conta nada...

— Eu posso te ajudar com isso.

— Obrigado, significa muito para mim. Minhas relações pessoais não vão lá muito bem...

— Está bem, vou contar. Darthor tem um exército de selvagens do gelo.

— Selvagens do gelo? Não são um mito, folclore norghano?

— Não. São muito reais. Posso garantir. Meu avô lutou contra um deles. Longe, ao norte, quando era jovem — explicou Astrid.

— E o que aconteceu? — perguntou Lasgol.

— Morreu. O bicho o partiu em dois com uma machadada.

— Ah! Sinto muito...

— Não se preocupe. Para falar a verdade, não me lembro disso. Mas meu avô sempre falava deles. Isso eu tenho gravado na memória. Homens enormes, com cerca de duas varas e meia de altura e de uma musculatura e força assustadoras. Ao seu lado, os maiores entre os norghanos, como era o meu avô, parecem crianças. Selvagens de pele lisa, sem rugas, que não parecem envelhecer e têm uma cor azul-gelo assustadora — descreveu Astrid.

— A pele é azul-gelo? — interrompeu Lasgol, tentando imaginar.

— Tem mais. O cabelo e a barba são de um loiro-azulado, como se o pelo tivesse congelado em uma tempestade invernal. Mas o que mais chama a atenção são os olhos: de um cinza tão claro que parece se fundir com o branco do olho, quase carente de vida. A certa distância, parecem não ter íris, com olhos completamente brancos. Quem os vê tem pesadelos. São seres muito reservados e odeiam ser incomodados. Eles se vestem com pele de urso branco. Não conhecem a espada, abrem caminho com o machado e o enorme poder físico. Dizem que um deles pode matar cinco soldados norghanos. Inclusive vários invencíveis do gelo, a infantaria de elite do rei.

— Ah. — Lasgol estava sem palavras.

— Fazem parte dos Povos dos Gelos. Vivem no Continente Gelado, ao norte. Mas não todos. Uma parte habita o norte do nosso reino, no solo de Trêmia.

— Pensava que todos viviam para lá dos mares.

— Não, vários povos estão neste continente, no extremo norte. De fato, dizem que Norghana, nosso reino, pertenceu a eles mais de mil anos atrás, antes que migrassem para o Continente Gelado. Para eles, esta terra que pisamos lhes pertence.

— Isso não é nada bom — afirmou Lasgol.

— De fato. Raramente cruzam as montanhas do norte e adentram nosso território, mas, quando fazem isso...

— Entendo. E por que se uniram a Darthor? — Lasgol não se conteve.

— Boa pergunta. Uns dizem que Darthor os domina com artes arcanas. Outros, que se cansaram de ser importunados e desejam recuperar Norghana.

— O que você acha?

— Que há um pouco de verdade nas duas teorias. Meu avô topou com eles porque foi até os confins da nossa terra procurá-los com outros como ele. Possivelmente não foram os únicos. Devem ter enviado expedições para além das montanhas. Os selvagens do gelo não devem ter gostado. Também acho que Darthor os controla de alguma maneira, obscura ou não — contou Astrid, parecendo sincera.

— Como diria Egil, tudo isso é fascinante.

— E muito perigoso.

— Acho que sim — concordou ele.

— O rei Uthar está reunindo um exército. Espera-se um confronto no degelo — disse a garota.

— Ao final do inverno?

— Sim, as passagens do norte estão se fechando pelo mau tempo. Logo serão impenetráveis. A neve e o gelo as fecharão por completo até o inverno passar e começar o degelo, na primavera. Darthor não vai conseguir cruzar as montanhas e avançar ao sul. Todos acham que os exércitos vão se enfrentar depois.

— Todos? — Lasgol não sabia a quem Astrid se referia.

— As equipes. Tem sido o principal tema de conversa nos últimos dias. Bom, isso e as tentativas de acabar com a sua vida.

— Com certeza fizeram apostas...

— E das boas! Eu estou ganhando uma fortuna.

O garoto fez cara de desentendido.

— Sou uma das únicas, para não dizer a única, que aposta que você consegue chegar ao final do ano. Vivo, claro.

— Entendi... Mas tenho a intenção de fazer todos perderem dinheiro — disse Lasgol, erguendo a sobrancelha.

— Maravilhoso, assim eu vou levar um saco de moedas.

— O que mais andam dizendo?

— Algo preocupante... Dizem que o mercenário não deve ter agido sozinho, que há um traidor.

— E você acredita nisso?

— Não gosto da ideia, mas devo reconhecer que faz sentido. Como explicar que um mercenário tenha conseguido penetrar o acampamento, roubar o veneno de Eyra e atacar sem que a presença dele fosse descoberta? Alguém deve tê-lo ajudado. Alguém que conhece bem o acampamento e seu funcionamento. Um dos nossos.

Lasgol ficou pensativo, não queria revelar tudo o que Dolbarar tinha lhes contado.

— Pode ser um dos estudantes... Alguém do quarto ano? Um infiltrado?

— Pode ser... Mas, para ocultar o mercenário, tem que conhecer tudo isso muito bem e poder se deslocar à vontade...

— Talvez um guardião?

— Acho que alguém de uma classe maior, um instrutor, talvez. Alguém que passa muito tempo aqui e conhece o acampamento perfeitamente.

A cara de Haakon surgiu na mente de Lasgol, e ele não conseguia parar de visualizá-la.

— Essas seriam péssimas notícias para Dolbarar — disse ele.

— E para todos. Ter outro traidor entre nós seria uma mancha terrível.

Lasgol ficou sério. O comentário era em referência ao pai dele.

Astrid percebeu.

— Sinto muito, não me dei conta.

— Sou quem sou.

— Sim, mas você não é o seu pai, e não devem te julgar por causa dele, nem você deve ter que se justificar por ele.

— Sou filho do meu pai. Carrego esse peso. Não vou renunciar a quem sou.

— Muito digno. Sinto muito por tudo o que você está passando...

— É por isso que você fala comigo enquanto a maioria não se digna a me dirigir a palavra? Por ter pena do filho do Traidor? — perguntou Lasgol, magoado.

Astrid o olhou nos olhos e não disse nada por um instante.

— Sim, por isso, e porque você tem algo especial, não sei o quê, mas é algo que te torna interessante — disse ela, com um sorriso sedutor, e saiu, mantendo os intensos olhos verdes fixos nos olhos absolutamente surpresos dele.

Os dias se passaram conforme os seis integrantes dos Panteras das Neves treinavam sem descanso. Ingrid os instigava dia e noite, como se já não bastassem os instrutores. O progresso de todos era cada vez mais evidente, sobretudo porque, nas condições e nos terrenos tão adversos que eles se viam obrigados a enfrentar todos os dias, pagariam caro por menor que fosse o erro. Lasgol observava Egil e Gerd correrem sobre a neve como lebres incansáveis em meio a uma tempestade e mal conseguia acreditar. Nilsa pulava por cima de troncos caídos e subia em árvores quase tão bem quanto Ingrid. Ele mesmo, inclusive, agora atirava com o arco como nunca havia feito. Era surpreendente o que a força de vontade e o sacrifício podiam alcançar.

À medida que a prova final se aproximava, Ingrid ficava cada vez mais inquieta. Ela se precipitava nas decisões e agia quase por instinto em vez de pensar, e isso não era bom em um líder. Lasgol achava que era efeito da grande pressão que ela mesma se impunha. Eles se arriscavam muito, é verdade. Se não se saíssem bem, haveria expulsões, e não só isso: muitos teriam as portas para as especializações de elite fechadas. Isso significava que as treze equipes se esforçariam ao máximo e que a rivalidade seria fratricida. Ingrid queria que sua equipe vencesse, que os seis fossem vitoriosos, e isso a afetava.

O discurso motivador do mestre instrutor Oden na semana anterior à prova não ajudara em nada:

— A Prova de Inverno será diferente das anteriores — disse quando se colocaram em formação em frente às cabanas ao amanhecer. — Será mais difícil, mais competitiva... mais dura. — Como gostava de fazer, parou para contemplar o rosto dos jovens, que o observavam nervosos, analisando se o medo aflorava em suas feições. — Não haverá provas individuais, apenas uma grande prova em equipe. Uma prova eliminatória.

Ouviu-se o burburinho de surpresa entre os grupos.

— Surpresos, hein? Pois essa é a vida do guardião, deve estar preparado para qualquer imprevisto, assim ensina *O caminho do guardião*. Competirão por três posições de honra. Apenas as três melhores equipes serão recompensadas, e somente uma alcançará a glória.

Os murmúrios se transformaram em exclamações de surpresa. Os Águias, os Javalis e os Lobos gritavam de alegria, certos de que seriam os vencedores. Outras equipes, como os Corujas e os Raposas, receberam a notícia com uma euforia contida, pois sabiam que tinham chances contra as equipes de valentões. No entanto, outras equipes, incluindo os Panteras das Neves, olhavam para o chão cabisbaixos. Não se viam capazes de vencer os mais fortes.

Ingrid os instigou a treinar ainda mais duro. Não restava muito tempo, e as chances da equipe eram mínimas.

Capítulo 26

CHEGOU O GRANDE DIA DA PROVA DE INVERNO, A QUE COROAVA O ANO. Seria decidido quais equipes alcançariam a glória, quais iniciados passariam para o segundo ano e quem seria expulso. A semana tinha sido intensa, não só pelo que estava em risco, mas porque o rei compareceria ao evento. Eles vinham trabalhando sem descanso nos preparativos da visita real. Tanto eles como os do segundo e terceiro anos. O acampamento estava impecável. Tudo reluzia.

Dolbarar reuniu as equipes do primeiro ano na frente da Casa de Comando. Era uma gélida manhã invernal. A neve cobria todo o acampamento, e uma capa de gelo tinha se formado em muitos pontos durante a noite. Os quatro guardiões-maiores das maestrias estavam em formação atrás dele.

— Bom dia a todos — cumprimentou Dolbarar, com um sorriso gentil. — Vejo por seus rostos ansiosos e pelo nervosismo que mal conseguem conter que todos sabem da importância da prova de hoje. Durante o ano inteiro vocês vêm passando por instruções, formando o corpo e a mente, sob a tutela dos melhores — disse, apontando para os quatro guardiões-maiores às costas, que reconheceram a honra com uma pequena inclinação de cabeça. — Hoje é o dia em que deverão utilizar tudo que aprenderam para triunfar na prova final.

— Estou muito nervosa — sussurrou Nilsa, sem conseguir ficar quieta.

— Meus joelhos estão tremendo — reconheceu Gerd.

— Shhh. Me deixem ouvir o que ele diz, não quero perder nenhum detalhe — repreendeu Ingrid.

— Como se isso fosse nos ajudar — implicou Viggo.

— A prova é uma competição por eliminatórias — continuou Dolbarar. — Vocês competirão contra as outras equipes em eliminatórias até que sobrem apenas duas, as finalistas. Portanto, duas equipes se enfrentarão, a vencedora seguirá adiante e enfrentará a vencedora de outra eliminatória, e assim sucessivamente, até restarem apenas duas equipes.

— Desde que não caiamos com os Águias... — disse Nilsa.

— Nem contra os Ursos — acrescentou Gerd.

— Nem contra a maioria — concluiu Viggo, com uma careta.

— Amanhã ocorrerá a grande final — informou Dolbarar, apontando para os preparativos em frente à Casa de Comando —, aqui mesmo. Será celebrada na frente do rei Uthar. Sua majestade chegará esta noite ao acampamento e presidirá a final pessoalmente.

Com a notícia, burburinhos e cochichos correram entre as treze equipes. Era uma grande honra, mas ao mesmo tempo adicionava muita pressão à prova.

— Sem nervosismo, sem medo — disse Ingrid, tentando animá-los.

— Vamos iniciar o sorteio — disse Dolbarar, e fez um sinal para Oden.

O instrutor-maior se aproximou do líder do acampamento e lhe mostrou uma bolsa de couro.

— Dentro desta bolsa, estão os emblemas de todas as equipes. À medida que eu tirá-los, chamarei as equipes selecionadas. A equipe dos Águias Brancas venceu em duas das três provas em equipe, portanto, não precisa passar pelas duas primeiras eliminatórias. Já estão qualificados. Entrarão na competição a partir da terceira.

— Boa! — exclamou Isgord, batendo no peito, e os integrantes de sua equipe se gabaram, orgulhosos. Eram os favoritos e sabiam disso.

Dolbarar continuou:

— Primeira eliminatória. Atenção. — Ele colocou a mão na bolsa e tirou um emblema. — Ursos — anunciou.

Houve um instante de silêncio. Ele colocou a mão na bolsa de novo e tirou outro emblema.

— Contra os Lobos.

Ouviram-se comentários das duas equipes tentando intimidar os rivais.

O sorteio continuou.

— Os Corujas contra os Serpentes — anunciou Dolbarar em seguida. Seguiu tirando os emblemas.

— Os Raposas contra os Javalis.

O sorteio das equipes prosseguiu. Todos esperavam a própria sorte com os nervos à flor da pele. E, por fim, chegou a vez deles.

— Os Panteras das Neves contra os Falcões — anunciou o líder.

— Os Falcões, ótimo! — exclamou Ingrid.

— Podia ter sido muito pior, sim — concordou Viggo.

Dolbarar terminou de sortear as equipes.

— Uma última observação. Para que as eliminatórias sejam mais emocionantes — disse Dolbarar, com um sorriso travesso —, serão realizadas em três terrenos diferentes, cada um sendo um pouco mais complicado que o anterior. As equipes vencedoras no primeiro terreno lutarão depois no segundo, e as vencedoras do segundo, no terceiro. Acredito que já me entenderam.

— Como se já não fosse *emocionante* o bastante — reclamou Viggo, fazendo uma careta.

— Cale a boca, imbecil — repreendeu Ingrid.

— As primeiras eliminatórias ocorrerão nos bosques das montanhas baixas, ao norte. Oden os conduzirá até lá, e os quatro guardiões-maiores serão os árbitros.

Após um gesto de Dolbarar, andaram até as montanhas, em silêncio, concentrados no que enfrentariam.

Ao chegar, Oden lhes explicou as regras:

— Vocês receberão capas completamente brancas, um arco curto e uma aljava com doze flechas com ponta de marcação.

Pegou um arco e atirou contra uma árvore. Quando a ponta tocou a madeira, ouviu-se um som abafado e uma mancha vermelha de um punho de diâmetro apareceu. Oden lançou também a faca e, depois, o machado, e a mesma coisa aconteceu.

— Acho que entenderam como funcionam as armas de marcação. — Olhou em volta, e os iniciados assentiram. — Cada equipe entrará por uma extremidade do bosque. Vencerá a que fizer com que um dos integrantes o atravesse, até outro extremo e pegue o emblema da equipe rival, que estará amarrado em uma lança presa no chão no ponto de início de cada equipe. O combate corpo a corpo é permitido. As lesões graves, não. Cuidado com a brutalidade ou serão desclassificados. — Passou os olhos pelos iniciados com um semblante duro que não deixava dúvidas. — Vence o primeiro que pegar o emblema da outra equipe. Vocês decidirão que estratégias utilizar. Há um tempo estabelecido. Se ninguém conseguir o emblema ao final desse tempo, haverá um duelo de capitães, até que um dos dois seja atingido, para desempatar.

— Isso vai ser um *espetáculo* — comentou Viggo.

Ingrid não respondeu. Tinha um semblante preocupado.

Oden repetiu as regras para que todos entendessem bem. As eliminatórias começaram com o enfrentamento entre os Ursos e os Lobos. Os primeiros entraram pelo lado leste do bosque das montanhas, os outros, pelo oeste. Ivana ficou perto do emblema dos Ursos, e Eyra, próximo ao dos Lobos. Para a arbitragem, Haakon e Esben se embrenharam no bosque com as equipes. Os outros grupos esperavam sua vez, nervosos. Houve um longo e tenso período de silêncio e, de repente, ouviram-se gritos. Gritos tão reais que pareciam vir de um combate mortal. De repente, um competidor de branco apareceu correndo e se aproximou do emblema dos Ursos, pulando por cima de troncos e da vegetação coberta de neve. Era Luca, o capitão dos Lobos. Uma flecha zuniu em direção às costas dele. O garoto se agachou, por pouco não sendo atingido. Ele ziguezagueou, se esquivando de outra flecha, e pegou o emblema dos Ursos.

— Os Lobos são os vencedores! — proclamou Ivana.

Os integrantes de ambas as equipes saíram do bosque nevado. A maioria tinha a capa marcada de vermelho. Os Lobos parabenizavam o capitão, enquanto os Ursos, uma das equipes favoritas, não entendiam como tinham perdido e discutiam entre eles, muito chateados.

As eliminatórias se seguiram. Os Corujas venceram os Serpentes, e Lasgol ficou feliz por Astrid e pela equipe dela. Os Javalis venceram os Raposas com facilidade.

Chegou a vez dos Panteras das Neves.

— Vamos, nós conseguiremos! — animou a capitã.

Lasgol observou a equipe dos Falcões, que se dirigia ao posto. Era uma boa equipe. A verdade é que, quando comparada à deles, todas as equipes eram boas. Lasgol observou o rosto dos companheiros e viu quão apreensivos eles estavam. Ingrid deu o emblema para Ivana, que o colocou em posição, e o grupo se embrenhou no bosque.

— Que comece! — disse Oden, iniciando a eliminatória.

Ingrid fez um gesto para que a equipe se aproximasse. A capitã se agachou, e eles formaram um círculo em volta dela.

— Que estratégia seguiremos? — perguntou a capitã. — Ficamos na defensiva ou atacamos?

— Eu atacaria — respondeu Gerd, olhando para as armas.

Por alguma razão estranha, não havia sinal de temor nele.

— Hmmm… discordo substancialmente. Acho que atacar talvez não seja nossa melhor opção, dadas as circunstâncias — disse Egil, pensativo.

— Acha que não? Pois é claro que não! Nos deixariam em pedacinhos, se atacássemos — disse Viggo.

— Que pouca confiança — reclamou Ingrid.

— Sou realista.

— Ou melhor, pessimista — disse Nilsa.

— Cale a boca e não aponte para mim, você ainda vai me eliminar por causa de um descuido, sua lerda — vociferou Viggo.

— Eu melhorei muito, não tenho mais nem a metade da lerdeza que tinha — respondeu ela, e mostrou a língua.

— Calem-se todos, não temos tempo para isso — ordenou Ingrid. — Egil, o que você propõe?

— O mais prudente, e me atrevo a dizer, inteligente, é defendermos nossa posição. Teremos mais chance assim do que tentando vencê-los pela ofensiva. Deduzo isso contemplando todas as variáveis em jogo na situação em que nos encontramos — disse, observando o bosque nevado.

— Pois então nos defenderemos — decidiu Ingrid.

— Como nos posicionamos? — perguntou Viggo.

— Tenho uma ideia... — disse Egil, fazendo um sinal para que se agachassem.

Pegou um tronco e desenhou as posições na neve.

— Quando se posicionarem, cuidado com a respiração, ou o vapor denunciará nossa localização — advertiu a capitã.

O vento soprava gélido entre as árvores, produzindo um som ululante, que era acompanhado do estranho som de passos na neve, precavidos. Uma silhueta coberta de branco avançou até se proteger atrás de um pinheiro. No meio da neve, mal podia ser vista. Outras duas iam atrás dela e se posicionaram à esquerda e à direita. Um instante de silêncio se passou, e outras três silhuetas apareceram um pouco atrasadas. Os Falcões estavam a cem passos do emblema dos Panteras.

Não havia rastro dos Panteras. Era como se a terra os tivesse engolido. A primeira silhueta se agachou, fez um sinal e começou a avançar, entocada, em direção ao emblema. A cinquenta passos, um rosto apareceu de súbito detrás de uma árvore. Era Nilsa, que havia esperado escondida como uma estátua de gelo. Atirou contra o invasor. A flecha o atingiu nas costelas, e a mancha vermelha apareceu na capa. Ouviu-se um xingamento.

— Arvid, eliminado. No chão — informou Esben.

Não conseguiam ver o guardião-maior, mas sabiam que ele estava ali arbitrando. O membro da equipe dos Falcões obedeceu. Os colegas dele avançaram a posição e atiraram contra Nilsa. Ela se protegeu atrás da árvore.

— Fiquem em volta dela — disse Gonars, o capitão dos Falcões.

Dois dos Falcões obedeceram e cercaram Nilsa, que não conseguia se mover sem que a atingissem.

Como um relâmpago, Ingrid apareceu por trás de outra árvore, cinco passos à direita de Nilsa, e atirou. Atingiu um dos invasores.

— Rasmus, eliminado. No chão. — Ouviu-se de novo a voz de Esben.

O outro Falcão atirou contra Ingrid, mas ela se protegeu atrás da árvore.

— Saiam e lutem! — gritou Gonars, enraivecido.

Como se atendessem ao pedido, Gerd apareceu por trás de outra árvore, cinco passos à esquerda de Nilsa, e atirou. Gonars se jogou para um lado e esquivou-se da flecha dele. Na hora, três flechas foram disparadas na direção de Gerd, mas ele se protegeu a tempo atrás da árvore grossa.

— Vão atrás do grandalhão! — ordenou Gonars, e três colegas avançaram até a posição de Gerd.

Nilsa tentou se defender, mas foi atingida pelo Falcão que estava à espreita. Ingrid, por sua vez, o atingiu.

— Eliminados os dois. Para o chão.

De repente, Gerd surgiu atrás da árvore com um machado em cada mão, como a personificação de um semideus da guerra norghano. Os três invasores levantaram os arcos. Três flechas voaram na direção de Gerd. Com um arremesso potente, ele lançou os dois machados contra os Falcões mais próximos. As flechas alcançaram Gerd, mas os machados eliminaram dois inimigos.

— Maldição! — exclamou Gonars. — Me proteja, vou atrás do emblema! — disse para o último companheiro, e começou a correr em ziguezague.

Ingrid foi interceptá-lo. Atirou, mas Gonars era muito ágil e desviou da flecha. O colega dele tentou atingi-la, mas ela se protegeu. Gonars avançou como um raio, deslizando pela neve. Estava a cinco passos, ia conseguir! De repente, das duas últimas árvores na frente do emblema, apareceram Egil e Lasgol com os arcos prontos.

— Não! — gritou Gonars, impotente.

A dois passos do emblema, as flechas de Egil e Lasgol o atingiram, uma de lado, nas costelas.

— Gonars, eliminado — disse Haakon.

Jacob, o último Falcão que ainda competia, atirou contra Ingrid e ia correr, quando ouviu um som atrás dele. Ia dar meia-volta, mas já era tarde. As duas facas lançadas por Viggo o atingiram.

— Jacob, eliminado — disse Haakon.

— Os Panteras das Neves são os vencedores! — proclamou Ivana.

Lasgol e Egil se olharam quase incrédulos. Tinham conseguido! O plano tinha funcionado! Tinham vencido! Toda a equipe se uniu entre abraços e exclamações de alegria. Mal podiam acreditar naquilo.

As eliminatórias continuaram. Depois que as doze equipes se enfrentaram no bosque, seis foram as vencedoras, conduzidas para os lagos. As equipes perdedoras permaneceram na montanha e competiram entre si.

Nos lagos, Dolbarar aguardava para continuar as eliminatórias. Aquele era o segundo terreno em que os jovens se enfrentariam. Ele sorteou de novo os embates. Que equipe enfrentariam agora? As seis se entreolhavam nervosas. Lasgol reparou que os outros grupos eram muito fortes. Os menos fortes eram eles e os Corujas. Mas qualquer coisa poderia acontecer, por isso não podiam desanimar.

— Próximas eliminatórias — disse Dolbarar, e em seguida enfiou a mão na bolsa, tirando o primeiro emblema. — Os Lobos contra os Tigres — anunciou.

Ambas as equipes se olharam e se avaliaram. Tinham forças parecidas. As duas tinham bons atiradores e vários fortões. Competiriam de igual para igual.

— Os Corujas contra os Gorilas — anunciou Dolbarar.

Aquilo seria interessante. Os Gorilas eram seis rapazes fortes e grandes, tinham vantagem física, mas os Corujas eram mais habilidosos, com Astrid e Leana. Lasgol desejou sorte para Astrid e a equipe dela, iam precisar. Falando em precisar de sorte, chegou a vez dele.

— Os Javalis contra os Panteras. — Dolbarar finalizou o sorteio das equipes.

Lasgol sentiu como se tivessem jogado um balde de água fria em sua cabeça. Os Javalis eram, junto com os Lobos, uma das equipes mais fortes. O rosto dos companheiros mostrava a frustração. Até Ingrid estava abatida. Tirando os Lobos, eram a pior equipe que poderiam enfrentar. Os Javalis sorriam e se felicitavam, parecia que já tinham ganhado, certos de sua superioridade. Gerd se levantou em todo o seu tamanho e avançou na direção deles. Cruzou os braços sem demonstrar medo.

— Isso, isso! Esse é o espírito! — comemorou Ingrid, inspirada.

— Vamos enterrar esses convencidos! — exclamou Viggo, animado.

— Isso! — disse Nilsa entre aplausos.

Lasgol sentiu seu ânimo crescer.

A segunda eliminatória foi, em efeito, muito mais complicada do que a primeira para todos. Não só por causa do terreno, mas por causa da perícia dos competidores e sua ânsia de triunfo. Todas as equipes tinham alguém que os colocava em risco de ser eliminado e não chegar a uma das posições de glória.

Os Lobos se livraram dos Tigres com certa facilidade. Era um resultado previsível, pois os Lobos eram uma das equipes mais fortes e era esperado que estivessem na luta para alcançar a vitória final. Mas, no enfrentamento seguinte, algo imprevisto aconteceu. Os Corujas conseguiram derrotar os Gorilas graças à habilidade de Astrid e Leana. Três garotos fortes e bons atiradores tentaram detê-las, quando, no final do enfrentamento, as duas se jogaram para pegar o emblema dos Gorilas, sem sucesso. Astrid e Leana se movimentaram como gazelas perseguidas por predadores no meio do bosque. Leana foi derrubada a cem passos do emblema. Lutou com ferocidade, embora a tivessem marcado. No entanto, Astrid saiu por cima de um tronco caído e, com uma pirueta no ar, conseguiu se esquivar do capitão dos Gorilas. Ela pegou o emblema inimigo, em uma exibição de agilidade e rapidez.

O enfrentamento seguinte foi o dos Javalis contra os Panteras. Os Javalis começaram muito fortes. A neve não era tão abundante perto dos lagos. Havia menos possibilidades para se camuflar, e isso os favorecia. Eram grandes, fortes e muito bem preparados. Tinham todas as vantagens. Ingrid, Gerd e Viggo saíram ao encontro dos oponentes sem medo e confiantes nas próprias habilidades, conforme os seis adversários avançavam formando uma linha. Egil se escondeu, defendendo o emblema, caso algum rival tentasse chegar até ele. Mas, como era de se esperar, os Javalis eram muito superiores. Gerd foi o primeiro a cair. Logo depois, Nilsa. Viggo e Ingrid conseguiram igualar a conta, mas tiveram que arriscar, e Viggo foi eliminado. Ingrid lutou como uma tigresa e eliminou outro oponente, mas, no fim, a pegaram. E enquanto o combate rolava, os Panteras colocaram em marcha o estratagema que tinham idealizado, ou melhor, que Egil idealizara.

Desafiando o frio em um movimento que só um louco tentaria e se arriscando a morrer congelado, Lasgol se jogou no lago e mergulhou até ultrapassar a linha inimiga. Emergiu na retaguarda e se arrastou para fora da água, tremendo. Enquanto os Javalis destroçavam os companheiros dele, Lasgol ficou em pé de qualquer jeito e correu para pegar o emblema, forçando o corpo congelado. Não havia ninguém dos Javalis na defesa, já que estavam certos de sua superioridade. Tinham acabado com Egil e iam pegar o emblema dos Panteras, quando Lasgol pegou o deles um segundo antes.

Os Panteras venceram. Diante das reclamações dos Javalis a respeito da artimanha, Haakon deu a vitória como válida. O lago era parte do terreno, e, como tal, cada equipe poderia usá-lo como bem entendesse. Os garotos pulavam e gritavam de alegria por uma vitória em que nem eles mesmos acreditavam. Lasgol estava a ponto de pegar uma pneumonia, mas valeu a pena. Tiveram que secá-lo rápido, lhe dar uma roupa seca e acender o fogo para que se esquentasse. Gerd lhe fez uma massagem vigorosa para que se aquecesse.

Conduziram as equipes vencedoras dos lagos às planícies, o terceiro terreno escolhido por Dolbarar para as últimas eliminatórias. O líder do acampamento recebeu as três equipes no terreno. Lá, não havia montanhas ou lagos para usarem como aliados. Os Águias esperavam com Dolbarar.

— Estes serão os últimos combates de hoje — anunciou. — Daqui, sairão as duas finalistas que competirão amanhã, na grande final, diante do rei Uthar e de seu séquito.

Lasgol e Egil se entreolharam, incrédulos por terem chegado até ali.

— Temos que chegar nessa final — disse Ingrid, fechando o punho com força.

— Isso nos salvaria da expulsão — acrescentou Egil.

— Precisamos disso — continuou Gerd.

— Seria um desastre nadar até aqui e morrer na praia — disse Viggo.

— Não seja um pássaro de mau agouro — reprimiu Nilsa.

Lasgol observava Isgord e o grupo dele. Não tinham chance de vencer aquela equipe; eram muito bons em tudo. Sem nenhum ponto fraco. Não se deixariam enganar, Isgord era inteligente, e Marta, muito esperta.

— O último sorteio de hoje — anunciou Dolbarar.

Todos prestaram atenção absoluta, enquanto o líder do acampamento tirava o primeiro emblema. Era o dos Corujas.

— Corujas contra...

Todos esperaram tensos. Lasgol olhou para Astrid. Não queria enfrentá-la. Por outro lado, eram a equipe que tinha mais possibilidade de vencer. Os Águias e os Lobos eram adversários formidáveis. Enquanto a mente de Lasgol se debatia entre enfrentar ou não Astrid, Dolbarar tomou a decisão por ele:

— Corujas contra Águias.

Lasgol suspirou. Nem um nem o outro. Tinham ficado com os Lobos. Pelo menos não se sentiria mal.

— Lobos contra Panteras — anunciou, por fim, Dolbarar.

As equipes trocaram olhares tensos. Os Lobos não eram convencidos ou confiantes. Eram bons. Todos e cada um deles. Ágeis, fortes, excelentes lutadores com arco e armas curtas. Uma equipe muito potente.

— Preparem-se — disse Oden, apontando para o terreno de enfrentamento. — Primeira eliminatória: Corujas contra Águias.

As duas equipes entraram na mata aberta e se posicionaram. O terreno, plano e com poucas árvores, deixava os competidores à vista. Haakon e Esben os acompanharam para arbitrar. Ivana e Eyra se posicionaram próximo aos emblemas.

O confronto foi mais curto e desigual do que Lasgol esperava. Torcia por Astrid e pelos Corujas, mas a superioridade dos Águias era evidente. Eles se posicionaram com dureza, em alguns momentos arriscando serem penalizados, e acabaram com os Corujas com facilidade. Astrid e a equipe terminaram surrados e derrotados.

O garoto praguejou por dentro. Os outros Panteras, ao ver o pouco que os Corujas tinham durado e como saíram do enfrentamento, desanimaram. Os Lobos iriam destruí-los.

Ingrid reparou nisso. Chamou o grupo e os juntou em um círculo.

— Os Lobos são muito bons, todos nós sabemos — disse a capitã —, mas nós temos uma oportunidade de chegar à final. Devemos aproveitá-la. Agora não é hora de duvidar, não é hora de ter medo, é hora de ter força de vontade e determinação. A expulsão está em jogo, temos que dar o melhor de nós. Está claro?

— Sim — disse Nilsa, levada pela paixão da capitã.

— Estão comigo?

— Estamos com você, capitã! — gritou Viggo.

Gerd e Lasgol assentiram.

— Vamos conseguir — disse Egil, reforçando o sentimento de Ingrid.

— Para cima deles! — exclamou ela.

Os membros dos Panteras se posicionaram em volta da lança com o emblema. Analisaram o bosque. Não tinha muita vegetação, a neve só chegava até os tornozelos. No meio, havia uma clareira grande e uma formação rochosa.

— É preciso atravessar para chegar ao outro lado — explicou Egil, pensativo. — É como um pequeno mar com uma ilha no meio.

— Certo, o que faremos? — perguntou Ingrid.

— Melhor defender, acho que está evidente que a ofensiva não é o nosso forte — respondeu Egil.

— Alguma estratégia? — questionou Viggo.

— Com esse terreno tão aberto, não consigo pensar em nada. Teremos que lutar.

— Pois lutaremos — disse Ingrid, convencida.

Ouviu-se o sinal de início. Os Lobos se jogaram em uma corrida descontrolada.

— Querem chegar ao centro! — gritou Ingrid. — Corram!

Os membros dos Panteras corriam pela neve, pulando por cima de raízes, arbustos e matagais. Ingrid e Lasgol chegaram primeiro ao limite do terreno. Os Lobos corriam na clareira até as rochas do centro. Ingrid armou o arco e atirou. Lasgol a imitou logo depois. Luca, o capitão dos Lobos, subia na rocha, procurando a vantagem da posição elevada. Ashlin, a única garota dos Lobos, subiu logo depois dele com uma agilidade prodigiosa. O restante da equipe se refugiou atrás da grande rocha. Um instante depois, três flechas foram disparadas na direção do corpo de Ingrid e Lasgol, que se protegeram atrás das árvores.

— São muito bons! — disse Ingrid, e apontou para Nilsa e Viggo, que chegaram correndo para se jogar no chão.

— São mesmo — concordou Lasgol, lançando uma olhada rápida para os rivais e se escondendo de novo atrás da árvore.

Gerd e Egil enfim chegaram, e Ingrid os mandou para a posição. Formaram uma linha defensiva atrás das árvores, no limite do terreno. Houve uma troca de tiros. Infelizmente, os Lobos eram melhores atiradores e estavam mais bem posicionados. Luca atingiu Gerd, que não conseguiu esconder por completo o corpo enorme.

— Me acertaram! — avisou.

— Se protejam! — disse Ingrid, e uma flecha passou roçando sua cabeça.

De repente, os quatro Lobos atrás das rochas começaram a correr em ziguezague. Dois para o leste e dois para o oeste.

— Estão nos atacando pelas laterais! — disse Egil.

— Afastem-se! — gritou Ingrid.

Todos atiraram, tentando atingi-los. Viggo acertou um deles, mas foi atingido por Luca logo depois, ficou desprotegido para atirar. Aconteceu a mesma coisa com Nilsa; dois atiradores no alto a atingiram em um tiro duplo.

— Maldição! — praguejou a capitã.

— Eles têm as laterais — advertiu Egil, se arrastando até a posição de Ingrid e Lasgol.

Duas flechas, uma do leste e outra do oeste, já a seu lado, confirmaram o aviso de Egil. Ingrid e Lasgol se agacharam.

— Desta não nos livramos — lamentou Ingrid, olhando para os dois lados.

— Ele poderia… suas habilidades… — disse Egil, fazendo uma careta na direção de Lasgol.

Ingrid fez que não.

— Não vamos trapacear. Se perdermos, perdemos.

— Não seria exatamente trapacear… Eu sou assim…

— Tem razão, mas não quero ganhar a qualquer preço. Não, nada de magia.

Lasgol assentiu.

— Certo, não usarei minhas habilidades.

Egil aceitou, e o pacto foi selado. Quatro flechas iam na direção dele.

— Temos que recuar. Não conseguiremos aguentar essa posição, estão se aproximando pelas laterais — disse Lasgol, verificando os rivais.

Egil negou com a cabeça.

— Se recuarmos, os dois atiradores da posição elevada nos caçarão.

— E então? — perguntou Ingrid.

Egil sorriu. Um sorriso travesso, como se tivesse uma ideia. Fez um sinal para que Lasgol o seguisse, e os dois se arrastaram para o leste.

— Não valho nada em combate, mas lhe darei uma vantagem, aproveite — disse ele para Lasgol.

A cem passos, ajoelhado e com o arco pronto, um dos rivais o esperava. Aguardaram que ele atirasse. Errou.

— Agora! — gritou Egil.

Os dois ficaram em pé, deixaram cair os arcos e correram para o atirador dos Lobos com toda a força. A cinquenta passos, o adversário acertou Egil, que corria na frente, protegendo Lasgol. Após o sacrifício de Egil, Lasgol continuou avançando com tudo. A dez passos, o Lobo atirou ao mesmo tempo que ele se jogou para a frente. A flecha roçou a cabeça, mas não o acertou. Lasgol rolou pelo chão e se levantou na frente do Lobo. Desembainhou o facão e o machado. O rival atirou o arco e também desembainhou, mas foi um tempo depois. As armas de Lasgol marcaram o peito do adversário em dois cortes cruzados.

Ele recuou até a posição de Ingrid e viu que a capitã tinha abatido o membro dos Lobos que os cercava pelo oeste. Olhou para a rocha. Luca e Ashlin não estavam ali. *Ah, não!* Quando se deu conta, os dois caíram em cima dele. Os três rolaram pelo chão nevado. Lasgol ficou em pé e recebeu um soco potente de Ashlin. Recuou, atordoado. Luca lançou um corte com a faca. Lasgol foi para o lado por instinto e conseguiu desviar. O machado de Ashlin foi na direção do peito dele, mas ele bloqueou o corte com o machado. Recebeu um chute de Luca no estômago. Sem ar, se encolheu. Luca ia acabar com ele, quando Ingrid apareceu e, com um enorme salto, fez o adversário sair rolando pelo chão.

Lasgol conseguiu respirar um pouco, e Ashlin veio para cima dele. Tentou se livrar dela, mas não conseguiu. Era quase tão forte quanto Ingrid, e ele estava um pouco atordoado e quase sem fôlego. Naquele estado, poderia lutar e provavelmente perder ou arriscar... Não pensou duas vezes. Se jogou em cima de Ashlin no momento em que esta o atacava com a faca. Com os olhos fixos, Ashlin viu que o machado de Lasgol abandonava a mão dele e se dirigia ao peito dela. O facão marcou Lasgol e o machado marcou Ashlin.

— Ambos eliminados — anunciou Esben.

Lasgol sorriu. Agora tudo estava nas mãos de Ingrid. Os eliminados das duas equipes se juntaram para presenciar a cena e animar os capitães. Os dois competidores, com faca e machado nas mãos, se olhavam e se moviam em círculo.

— Aqui acaba o nosso trato de capitães — disse Luca.

— Era um trato justo — respondeu Ingrid.

— E foi respeitado. Não houve sangue ou artimanhas entre Lobos e Panteras, como concordamos.

— Certo, você cumpriu a sua parte.

— E agora esse pacto deve ser quebrado, pois um dos dois deve ganhar.

Ingrid assentiu.

— Sorte — desejou Luca.

— Sorte — desejou Ingrid.

Na hora, ambos se lançaram ao ataque. A capitã lutava contra Luca como uma leoa, mas ele se defendia como um tigre. Trocavam cortes, bloqueios e reveses com rapidez e agilidade impressionantes. Nenhum dos dois parecia estar vencendo. E, então, um erro desencadeou a competitividade. Não um erro dos capitães, mas de um dos colegas.

— Vai deixar que uma garota te vença? — provocou Bjorn, um garoto grande dos Lobos, com muita coragem, mas pouca noção...

Uma fúria incontrolável se apoderou de Ingrid ao ouvir aquilo. Ela se transformou em um furacão imparável, uma força da natureza. Luca foi destruído. O capitão dos Lobos acabou no chão, detonado e marcado.

— Vencedores: os Panteras das Neves — proclamou Dolbarar.

Os integrantes dos Panteras se lançaram sobre Ingrid e a levantaram no ar com gritos de uma alegria que não conseguiam conter.

Ashlin se aproximou de Bjorn e bateu na barriga dele.

— Idiota! Você nos fez perder!

E os Panteras conseguiram o impensável. Estavam classificados para a grande final.

Capítulo 27

A CHEGADA DE UTHAR HAUGEN, REI DE NORGHANA, E DE SEU séquito ao acampamento foi um grande acontecimento. O muro de árvores e o matagal que formavam a muralha impenetrável ao redor do lugar se abriram para lhes dar passagem, como se fosse magia. Lasgol sabia que não era magia, mas roldanas ocultas que criavam a cena fascinante.

Para receber o rei, tinham instruído que os iniciados se colocassem em formação em longas filas. Todos os guardiões deveriam se apresentar para receber sua majestade. Estavam em formação desde a entrada até a Casa de Comando. À direita, os alunos dos quatro cursos. À esquerda, os guardiões e instrutores. Todos com uniforme oficial. Na frente da Casa de Comando, aguardavam Dolbarar e os quatro guardiões-maiores em vestimentas de gala.

A longa comitiva cruzou a entrada. Primeiro, uma coluna de cavalaria leve: os Exploradores do rei. Vestiam armadura de escamas leve e botas altas de montar. Eram seguidos por um regimento completo dos Invencíveis do Gelo, a infantaria da elite norghana.

— Uau! — deixou escapar Ingrid quando os viu.

— Eles impressionam — disse Gerd ao vê-los nas armaduras de escamas.

Eram homens não muito grandes, mas pareciam ágeis e experientes. Espadachins excelentes. Estavam completamente vestidos de branco: capacete com aba, peitoral e capa, até os escudos eram brancos. Apenas o aço das espadas norghanas era de outra cor.

— São a melhor infantaria do continente — explicou Ingrid. — Dizem que ninguém consegue derrotá-los em formação fechada.

— A cavalaria pesada rogdana, os Lanceiros, conseguiriam — afirmou Viggo.

— A infantaria deles com certeza, não — garantiu Ingrid, e fez uma expressão de desagrado. Viggo sorriu, contente por ter provocado a garota mais uma vez. — E me deixe em paz, que meu humor não está propício para os seus comentários.

— É o que você tem que aguentar. Lembre-se de que salvei sua vida.

— Você me lembra disso todos os dias. Ainda não sei o que te levou a fazer isso.

— Sua beleza oculta debaixo dessa dureza do Norte — disse Viggo com um sorriso travesso e um brilho nos olhos pretos.

Gerd se engasgou e Egil sorriu de orelha a orelha. Lasgol teve que conter um risinho. Ingrid ficou brava.

— Quando sairmos da fila, vou te deixar lindo — garantiu a garota, mostrando o punho.

— Não precisa, eu já sou mais que lindo — disse Viggo, com uma piscadinha.

Ingrid não conseguiu se conter. Todos riram.

A infantaria foi seguida por um regimento de guardiões reais com as capas verdes com capuz. À frente estava o primeiro guardião, Gatik Lang. Os seis o observavam boquiabertos. Despertava enorme admiração e inveja.

— São os melhores entre os nossos. Os que protegem o rei — disse Egil.

Ingrid estava com os olhos fixos em Gatik. Era alto e magro. Tinha cerca de trinta anos. De cabelo loiro e barba curta, seu rosto exibia determinação e seriedade. Não parecia afeito a brincadeiras.

— Eu serei a primeira mulher a chegar ao posto de primeira guardiã — garantiu aos colegas.

Todos esperaram uma resposta irônica de Viggo, mas não veio. Ingrid disse aquilo com tanta convicção e segurança que o garoto não quis ferir os sentimentos dela e se calou.

Fechando o grupo só poderia estar Arvid Gondabar, o líder dos guardiões. Lasgol ficou surpreso ao ver que ele já era bem velho. Se Dolbarar já tinha idade avançada, Gondabar tinha uns dez anos a mais. Não parecia lhe restarem muitas primaveras. Era enxuto e de nariz longo e fino. Mal tinha cabelo. O rosto, murcho pela idade e pelas intempéries da vida, era rude, diferente do de Dolbarar, muito mais plácido. Apesar disso, o olhar profundo daquele homem transmitia bondade.

Atrás dos guardiões reais, apareceu a Guarda Real. Enquanto os Invencíveis do Gelo congelavam o sangue, estes o derretiam. Eram enormes, todos tão grandes quanto Gerd, mas homens curtidos, cobertos de cicatrizes e com o rosto marcado pela guerra. Conseguiam matar um homem com apenas um golpe. Carregavam uma espada e um machado curto na cintura, mas o que chamou a atenção de Lasgol foi o machado de duas cabeças que todos levavam nas costas.

— Esses machados de duas mãos têm o mesmo peso de um homem — explicou Lasgol, se lembrando da arma de Ulf.

— Com certeza Gerd conseguiria usar um — disse Nilsa.

— Não me importaria em tentar — disse o grandalhão, com um sorriso.

— Primeiro domine o machado curto e depois conversamos, não vamos correr o risco de você decapitar alguém por acidente — zombou Viggo. — Se bem que, se Nilsa estiver por perto, isso pode acontecer a qualquer momento.

— Tonto! — A ruiva mostrou a língua.

Nesse momento, o rei Uthar passou na frente deles em um enorme puro-sangue albino. Lasgol o observou impressionado. Era exatamente como tinha imaginado. Um homem formidável. Maior até do que os guardas. Seus ombros tinham a largura dos ombros de dois homens e era metade de uma cabeça mais alto do que Gerd. Devia ter por volta de quarenta anos. O cabelo loiro estava solto na altura dos ombros e ele usava uma coroa adornada. Vestia uma armadura belíssima, de ouro e prata com joias cravejadas. Uma longa capa vermelha e branca cobria suas costas.

Os seis amigos ficaram de joelhos diante do rei, que avançava olhando para a frente com porte real. Eles o observaram de soslaio, sobressaltados por sua tremenda presença e pela aura real que exalava. À direita de Uthar, cavalgava Sven Borg, comandante da Guarda Real. Lasgol ficou surpreso com a aparência dele. Não era grande e forte como o rei ou os guardas reais. Pelo contrário, era magro e não muito alto. Seu cavalo era escuro, igual aos olhos dele. Na verdade, ele destoava dos outros.

— Dizem que Sven é o melhor guerreiro de todo o Norte — comentou Viggo.

— É norghano? — perguntou Lasgol.

— Sim, do sul, da fronteira. Por isso tem esses traços. Venceu todos os torneios de espada. Dizem que ele é invencível com espada e adaga. Ele se move com tanta agilidade e tem tanta maestria no uso do aço que os oponentes caem com um suspiro.

— Eu já gostei dele… — murmurou Nilsa.

Lasgol tinha interesse naquele homem. Foi ele quem salvou o rei do ataque do pai dele. E se aquele homem o interessava, quem cavalgava à esquerda do rei ainda mais: Olthar Rundstrom, o mago real. Vestia uma túnica branca sem enfeite. Ele tinha um longo cabelo branco e gelados olhos cinza. Parecia ter saído da própria neve. Seu corpo era frágil, mas tinha algo nele que irradiava poder, como uma ameaça latente e velada. Sim, aquele homem era poderoso. E muito. Lasgol observou o cajado que ele levava: era perfeito, branco com incrustações em prata. Fora aquele poderoso mago com aquela arma quem tinha matado seu pai.

E ali passaram diante de Lasgol os três homens envolvidos na morte da pessoa que ele mais amava no mundo. Queria falar com eles, perguntar o que tinha acontecido, por que o pai tinha morrido. Sabia a resposta, mas queria escutá-la deles, para ver se descobria alguma inconsistência, se tinha alguma lacuna em seus relatos. No entanto, ao vê-los em carne e osso, tão poderosos ali, suas esperanças começaram a desaparecer.

A comitiva chegou a Dolbarar e aos quatro guardiões-maiores. O rei Uthar, o comandante Sven, o mago Olthar, o líder dos guardiões, Gondabar, e o primeiro guardião Gatik desmontaram os cavalos, fizeram uma saudação e entraram na Casa de Comando com os anfitriões. A Guarda Real rodeou o edifício e os guardiões reais tomaram posições. A cavalaria leve e a infantaria se retiraram.

O instrutor-maior Oden deu a ordem, e todos desformaram as filas. Lasgol e os companheiros voltaram à cabana e passaram a tarde conversando animados sobre tudo o que tinham presenciado e sobre a grande final que os esperava ao amanhecer. Falaram durante horas, até o cair da noite.

— Amanhã venceremos os Águias! — exclamou Ingrid.

— Não vou dizer que não me dá um pouco de medo... — disse Gerd. — O rei e toda essa gente importante vão estar olhando...

— O que acontece, amigo — comentou Egil —, é que você está sentido apreensão diante do desconhecido. Uma ideia ou um conceito abstrato faz com que sua mente não o compreenda ou o aceite e, por isso, você se defende com essa sensação de temor diante de algo que não é necessariamente ruim.

— Você é esperto mesmo — disse Gerd, dando no amigo uma palmada nas costas que quase o partiu em dois. — Me diz, o que posso fazer para me livrar do medo?

— Você já os viu. Eles são reais. Imagine-os sentados à mesa da cantina, bebendo, comendo e conversando, como todos nós fazemos. Isso ajudará.

— Obrigado, amigo, vou fazer isso.

— E o que recomenda para mim, para que não faça besteira amanhã? — perguntou Nilsa logo em seguida, muito interessada.

— Você não tem mais jeito. — Viggo se adiantou na resposta.

— Cale a boca e escute, que você vai aprender muito — soltou Ingrid.

— Para você... — disse Egil, pensando. — Acho que o que deve fazer é se concentrar em uma única tarefa de cada vez e realizá-la com tranquilidade. Você tem a tendência de tentar executar várias coisas ao mesmo tempo e por isso sua mente pula de uma coisa para a outra, você fica nervosa e comete erros.

Nilsa assentiu.

— Minha cabeça está sempre cheia de ideias. Vou tentar me concentrar mais. Obrigada.

— E para essa pedra no sapato constante que é o Viggo, o que recomenda? — perguntou Ingrid.

Todos riram, menos o garoto, que enrugou o nariz.

Egil deu de ombros.

— Acho que isso requer um estudo muito mais profundo e exaustivo. Mas ele fará o que for necessário pela equipe, disso não tenho dúvidas.

— Por todos, menos pela mandona — apontou Viggo.

Ingrid fez cara feia.

— Ele não está de todo errado… — explicou Egil para Ingrid. — Às vezes… você tende a impor sua opinião sem antes consultar… ou valorizar sentimentos…

— Eu sei, mas não vou admitir para ele — respondeu Ingrid, fazendo uma careta engraçada, coisa muito rara nela.

Todos riram com vontade.

— E já que estamos nessa, o que nos diz dele? — perguntou a capitã, apontando para Lasgol.

Egil suspirou.

— Ele… tem que ser mais sincero, primeiro consigo mesmo, depois com todos nós — disse, ainda ressentido. Muito ressentido.

— Eu… sinto muito… de verdade… — Lasgol se desculpou.

— Já vou ficar feliz se você brilhar na final amanhã — disse Ingrid.

— Vou brilhar — garantiu o garoto. — Podem contar comigo.

— Muito bem, então. Amanhã lutaremos e, apesar de nossos defeitos e limitações, venceremos!

Tosos aplaudiram as palavras de Ingrid e animaram uns aos outros.

Lasgol saiu para brincar com Camu, que estava com a mania de roubar as roupas dos outros e levá-las para ele. Estava repreendendo a criatura quando viu Nilsa saindo da cabana para dar um de seus passeios noturnos. Lasgol se sentiu culpado. Sabia que era por causa da criatura.

Leve a meia de Gerd.

O animal flexionava as patas e mexia a cauda, contente, mas não obedecia. Lasgol se concentrou e, usando o dom, deu a ordem: *Devolva a meia para Gerd*. Dessa vez, Camu olhou para Lasgol e obedeceu.

— Estava aí! Faz dias que estou procurando — disse Gerd para Camu.

A criatura flexionou as patas e mexeu a cauda de novo.

— É melhor você fechar o baú — disse Lasgol.

Gerd fechou rápido, e Camu pulou em cima.

— É meu, nada de me roubar — advertiu Gerd, balançando o dedo indicador na frente da cara sorridente do animalzinho.

Enquanto Camu perseguia Gerd achando que ele queria brincar e o garoto tentava desviar da criatura, Lasgol observou através da janela. Viu Nilsa perto de uma árvore e percebeu que a garota fazia um sinal para que ele fosse até lá. Ele saiu e apontou para si mesmo com o polegar. A colega assentiu. Lasgol assentiu e se dirigiu até ela.

— Tudo bem? — perguntou Lasgol.

— Sim, preciso falar com você.

— Claro, o que houve?

— Vem, vamos aonde ninguém nos veja e possamos ficar tranquilos — respondeu ela.

Lasgol seguiu a garota até a cabana de lenha. Era um lugar afastado, com um único edifício enorme coberto de neve, onde guardavam toda a lenha de inverno, rodeado de carvalhos. Entraram e estava escuro, a luz da lua entrava por uma janela e era a única iluminação. Havia um cheiro forte de madeira úmida.

— O que aconteceu? — perguntou ele para Nilsa, estranhando.

— Ele quer falar com você.

— Quem?

— Eu — respondeu a voz entre as sombras.

Lasgol se virou e viu uma silhueta que vinha na direção dele. Quando se aproximou da janela, reconheceu quem era.

— Isgord!

— Ele me falou que queria fazer as pazes com você. Por mim… para podermos ficar juntos…

— Pode nos deixar a sós, lindinha — disse Isgord para Nilsa.

— Lindinha? Juntos? — Lasgol não estava entendendo nada. — O que significa tudo isso?

— Bom… Nilsa e eu iniciamos uma bela amizade. Costumamos ficar aqui à noite.

— Amizade? — perguntou ela, ofendida. — Você me disse que era muito mais que isso! Que eu era a princesa que você procurava e não encontrava.

— Ah, sim, isso... Bom... são coisas que a gente diz quando precisa de algo, de alguém... Não leve para o pessoal.

— O que queria de mim? Você disse que precisava me ver, estar comigo.

— Vejamos... Não é você quem eu quero ver, é ele — respondeu, apontando para Lasgol. — Infelizmente, sempre está acompanhado. Eu não conseguia ficar a sós com ele.

— Você me usou!

— Acho que sim.

Então, Isgord a golpeou no queixo com um forte soco de direita.

A ruiva, pega de surpresa, caiu desmaiada, como um saco de batatas.

— Ei! — exclamou Lasgol, e empurrou o outro com uma força que fez Isgord recuar vários passos.

Depois foi ver como Nilsa estava.

— Você e eu temos algo pendente. Chegou a hora de resolver — afirmou Isgord, sacando a faca de guardião.

Lasgol ficou em pé. Ele imaginava que Nilsa estava bem, apesar de inconsciente. Viu a ameaça e sacou a própria faca.

— Isto é um erro. Pense no que está fazendo.

— Passei muito tempo pensando. Chegou a hora de saldar as contas.

— Que contas? O que você tem contra mim?

— Vou te explicar, assim vai entender. Você sabe o que aconteceu no dia da emboscada de Darthor na passagem da Garganta do Gigante Gelado? No dia em que seu pai levou o rei para a emboscada e depois tentou matá-lo, certo?

Lasgol assentiu com cara feia.

— Sim, todos conhecem a história.

— O que acontece é que não sabem a história completa. Alguns detalhes foram perdidos ou omitidos. A história que Norghana toda conhece está centrada no rei Uthar, no guardião traidor, Dakon, e em como o comandante Sven e o mago Olthar salvaram o rei naquele dia. Mas o que poucos sabem é que todos eles teriam morrido e Darthor teria triunfado se não fosse por um herói esquecido.

— Que herói?

— Exato, nem o filho do Traidor sabe quem impediu o pai de executar seu plano maligno.

— Explique.

— Vejo que tenho sua atenção. Bom, seu pai guiava as forças do rei para a emboscada. As forças de Darthor estavam posicionadas na passagem. Teria sido uma carnificina. Uthar e os seis não teriam sobrevivido, mas, no último instante, quando estavam entrando no desfiladeiro, um mensageiro chegou e avisou o rei da emboscada. Isso lembra algo a você?

— Dolbarar me contou alguma coisa assim…

— Esse mensageiro era um guardião. Seu nome era Tomsen. Sabe quem ele era?

— Não…

— Era o meu pai! Tomsen Ostberg!

Lasgol começou a entender.

— O que aconteceu com ele?

— Morreu na emboscada. Defendeu a retirada do rei ferido e foi abatido.

— Sinto muito…

— Está vendo a ironia? O guardião que salvou o rei morreu sem reconhecimento. Ninguém sabe de seu sacrifício, ninguém sabe o que ele conseguiu com coragem e bravura. Porém, todos conhecem Dakon, o Traidor.

— Eu não sabia de nada disso. Sinto muito.

— Acho que vai sentir, sim. Meu pai morreu como um herói anônimo, mas o destino me deu a oportunidade de vingá-lo — disse Isgord, mostrando a faca para Lasgol.

— Se você se vingar e me matar, estará condenado. Te pendurarão em uma árvore por isso.

— Tem razão. Não é essa a vingança que eu procuro.

— Não entendi.

— Não vou te matar. Vou fazer algo pior, vou te mutilar. Você não vai poder ser um guardião. Vou acabar com o motivo pelo qual está aqui, seja qual for. Sei que é muito importante para você, para suportar tudo o que tem suportado.

— Vão te expulsar.

— Não acho que vão fazer isso. Não pelo filho do Traidor. Todos sabem que há rusga entre nós dois e que a competitividade aqui é desmedida. Vou dizer que perdemos o controle da discussão, que você puxou uma faca e tive que me defender. Em quem vão acreditar? No filho do Traidor ou no capitão dos Águias?

Lasgol balançou a cabeça.

— Ainda dá tempo, pare com essa loucura.

— Vou te confessar mais uma coisa. Mesmo que me expulsem, o que duvido muito, terá valido a pena. Poderei me alistar no Exército Real, lá não se importam com o passado de ninguém.

Lasgol viu o brilho nos olhos de Isgord e percebeu que ele falava sério, muito sério. Ia mutilá-lo para o resto da vida. Isgord atacou com tanta rapidez e fúria que Lasgol mal conseguiu desviar. Vendo o perigo que corria, decidiu usar o dom para se defender. Um corte o alcançou no antebraço. A dor o impedia de se concentrar para ativar uma defesa.

— Não resista e vai sofrer menos. Serei rápido. Um corte profundo no tendão de Aquiles e tudo terá acabado.

— Você está louco, se acha que vou deixar — disse Lasgol, invocando os Reflexos Felinos.

Isgord intensificou o ataque. Era muito bom com a faca, o que não surpreendeu Lasgol. Isgord o superava em quase tudo. Lasgol desviava dos golpes certeiros e das tentativas de desarmá-lo. Isgord tentou derrubá-lo após um drible e quase conseguiu. Lasgol usou o dom para aumentar a agilidade e o reflexo.

Isgord começou a suspeitar de que algo estranho acontecia. Não conseguia atingi-lo. Ele se balançou sobre Lasgol com um salto selvagem, e o outro se esquivou girando o corpo com rapidez e agilidade. Lasgol deu um golpe na cabeça de Isgord com o cabo da arma quando passou na frente dele. Isgord rolou pelo chão e ficou de joelhos. Apalpou a cabeça e comprovou que estava sangrando.

— Como você consegue se defender assim? Você não era tão bom. Eu te observo desde o primeiro dia.

— Todos temos os nossos segredos.

— Não sei se você enganou todos nas provas e não se esforçou para se sobressair ou se há algo acontecendo, mas vejo que isso aqui não é normal, e não gosto disso.

— Vá embora e vamos nos esquecer disso. Não tem por que continuar.

— Jogue a faca e renda-se, ou ela vai pagar — disse Isgord, ficando ao lado de Nilsa, ainda inconsciente.

— Espere! Não a machuque!

— A faca…

Lasgol jogou a arma no chão.

— Deite-se no chão, de barriga para baixo.

Lasgol contemplou Nilsa desmaiada e obedeceu.

— É assim que eu gosto — disse Isgord, e segurou o pé direito de Lasgol.

— Não faça isso.

— Sua compaixão é a sua fraqueza. Eu nunca faria nada contra Nilsa. Ela é inocente. E é uma garota. Ela aguenta um soco, é uma guardiã, afinal. Mas feri-la de verdade? Nem pensar. Eu nunca faria algo assim.

— Eu imaginei, mas não quis correr o risco.

— Você não vai sofrer — informou Isgord, e começou a torcer o tendão de Lasgol.

Nesse momento, ouviram uma voz.

— O que está acontecendo aí? Saiam agora mesmo.

Isgord virou a cabeça. Houve um momento de hesitação. Lasgol ia pedir ajuda, mas o outro o ameaçou com a faca. A porta da cabana começou a se abrir. No momento em que a pessoa entrou pela porta da frente, Isgord fugiu pela de trás.

Lasgol suspirou. Tinha se salvado por um fio. A pessoa entrou e Lasgol a reconheceu. Era inconfundível com o tom de pele e a cabeça raspada.

Era Haakon!

Lasgol se alegrou, mas mudou de opinião na mesma hora. A sensação de alívio havia sido precipitada. O que o homem estava fazendo ali? Por que Lasgol sentia que ele o seguia? Uma certeza começou a invadi-lo. Haakon era o traidor. Fazia todo o sentido. Ele conhecia o acampamento e os entornos como

335

a palma da mão. Conseguia se locomover sem ser visto graças à maestria em Perícia. Sabia preparar o veneno... Estava seguindo Lasgol... Era um sujeito sombrio e agora estava ali. O garoto sentiu um suor frio descer pelas costas. Haakon tinha a oportunidade e a desculpa perfeitas para acabar com ele.

— O que você fez? — perguntou, enquanto se agachava perto de Nilsa para examiná-la.

— Não fui eu — respondeu Lasgol, e foi pegar a faca.

— Deixe essa faca onde está — pediu Haakon e, com um movimento rápido, sacou a dele, apontando para Lasgol.

Lasgol fitou os olhos escuros do instrutor e viu neles um perigo mortal. Afastou a mão da faca. Haakon ficou em pé com a arma erguida. Na penumbra, a sinistra figura parecia um espírito enviado para acabar com sua vida. Lasgol engoliu em seco.

— Você não devia ter se juntado aos Guardiões.

Ele estremeceu. Já tinha ouvido aquilo antes.

— O mercenário Nistrom disse a mesma coisa...

— Aonde você for, o perigo vai te seguir.

— Como agora? — disse Lasgol, recuando um passo e chamando o dom para invocar de novo os Reflexos Felinos.

Haakon o observou por um longo instante, como se estivesse ponderando a situação.

— Não se engane, iniciado. Eu estou aqui por ordem de Dolbarar, não para matá-lo.

O garoto ficou petrificado.

— Por ordem de Dolbarar?

— Dolbarar me deixou encarregado de segui-lo para que não acontecessem outras desgraças com você no acampamento.

— Achei que você fosse o traidor...

— Não. Estou tentando fazer com que não o matem, não o contrário. Mas, se você ficar bisbilhotando... se não deixar os mortos descansarem... eles virão para levar a sua alma.

— Não posso. Tenho que descobrir a verdade sobre o que aconteceu com meu pai.

— Todos em Norghana sabem o que aconteceu.

— Mas essa não é toda a verdade.

Haakon o ameaçou de novo com a faca.

— Não gosto de você, você não ouve ninguém e é teimoso. Preferia que não estivesse aqui. Os problemas te perseguem e respingam em todos nós.

Lasgol estremeceu.

— Mas vou cumprir meu dever como guardião — prosseguiu Haakon. — Pegue a garota. Vou acompanhá-los até sua cabana.

O garoto hesitou.

— Vamos, não tenho a noite toda. Se eu quisesse, já teria matado você.

Lasgol suspirou. Passou ao lado do instrutor e carregou Nilsa no ombro.

— Vamos, filho do Traidor.

Capítulo 28

Ao amanhecer, a pedido de Nilsa, Lasgol narrou aos colegas o que tinha ocorrido na noite anterior. A ruiva sardenta estava tão envergonhada que não conseguia falar nada.

— Injustificado! Ele perdeu a cabeça por causa do ódio! — exclamou Egil, incrédulo

— Vou acabar com ele! — vociferou Ingrid, enfurecida. — Vou dar uma surra tão bem dada que nem a mãe dele vai reconhecê-lo.

— Eu te ajudo — disse Gerd, batendo com o punho direito na palma da mão esquerda. Pela primeira vez viram ódio no olhar do grandalhão.

— Se quiserem, eu posso mutilá-lo em várias partes, sem problemas — disse Viggo, fazendo gestos imitando cortes em várias partes do corpo. Falou isso como se fosse a coisa mais natural do mundo.

Lasgol ficou arrepiado.

— A verdade é que às vezes você me dá medo — confessou Ingrid.

— Não, por favor, nada de brigas. — Lasgol tentou acalmá-los.

— De qualquer maneira, terá que esperar a prova passar — comentou Viggo —, porque o rei e todos esses pomposos esperam um espetáculo e não aceitarão que os privemos da diversão.

— A grande final de inverno, a que coroa a melhor equipe? — perguntou Lasgol retoricamente. Sabia bem a resposta. — Aquela até onde nós seis chegamos, contra todos os prognósticos?

— Bom, sim, tem isso também — disse Viggo, dando de ombros com um sorriso.

— Vamos sair, estou vendo Oden ali fora, vindo nos buscar — avisou Ingrid, olhando pela janela da cabana.

Antes de sair, Lasgol se despediu de Camu, que ultimamente se mostrava muito ativo e saía da cabana para explorar o mundo quando eles estavam fora, o que deixava Lasgol muito nervoso.

— Nada de explorar até eu voltar, combinado? — Camu olhava para Lasgol com expectativa e flexionava as patas. — Não, não podemos brincar agora, e você não pode sair da cabana. O rei está aqui com todo o séquito, tem muita gente no acampamento, é perigoso.

A criatura emitiu um guincho alegre e começou a pular pelo quarto. Lasgol suspirou. *Não saia da cabana*, ordenou, usando o dom. A criatura parou, olhou para Lasgol e soltou um guincho triste.

— Sinto muito, é para o seu próprio bem.

O rapaz saiu para se juntar à equipe. Ele se perguntou se a ordem duraria tempo suficiente na mente de Camu. Levando em conta que a criatura não dominava direito as habilidades, ele temia que não. Não, era provável que não fosse durar o suficiente. *Terei que voltar logo.*

O instrutor-maior os conduziu à grande praça na frente da Casa de Comando. Tinham posto um palanque alto, bancos corridos e uma grande poltrona que a distância parecia um verdadeiro trono de madeira com confortáveis almofadas. Sentado nela, estava o rei Uthar, aguardando. Conversava intimamente com Gondabar, líder dos guardiões, acomodado ao lado dele em uma cadeira muito mais modesta, embora também confortável. Nos bancos corridos estavam os instrutores do acampamento. Acompanhavam Uthar, o comandante Sven e o mago Olthar. Atrás deles, estavam Dolbarar Ivana, Eyra, Esben e Haakon. O primeiro guardião Gatik estava à direita do rei com os guardiões reais.

Oden apontou onde os iniciados deveriam se sentar e se retirou.

Dolbarar se levantou e apresentou as duas equipes para a audiência. Em volta da praça, estava o público: todos os guardiões e alunos do primeiro, segundo e terceiro anos.

— Que venha a equipe dos Águias Brancas — pediu Dolbarar.

Isgord ia à frente, como capitão. Era seguido pelos gêmeos Jared e Aston, dois garotos fortes e atléticos que pareciam ter nascido para serem guerreiros da Guarda Real. Atrás, estavam Alaric e Bergen, mais baixos, mas robustos, duros como pedras. Quem fechava o grupo era Marta, uma garota loira muito esperta de cabelo longo e cacheado. Eles se ajoelharam diante do rei Uthar.

— Que venha a equipe dos Panteras das Neves.

Ingrid conduzia a equipe com passos decididos e queixo erguido. Era seguida por Nilsa e Gerd. Atrás deles, Lasgol e Viggo. Egil fechava o grupo. Eles se ajoelharam diante do rei. Uthar ficou em pé. Era tão grande e irradiava tamanha força que impressionava. O rei se dirigiu a eles com um sorriso:

— Esta é uma final de que sempre gosto muito. Os melhores entre os novatos. Uma amostra do futuro que nossos guardiões nos apresentam. Dolbarar me garantiu que são os mais brilhantes, que não chegaram a esta final por sorte. Espera-se muito de vocês, é verdade, mas posso garantir que a recompensa por seus esforços será maior do que imaginam. As especializações de elite aguardam aqueles dentre vocês que se sobressaírem hoje, na final. Os quatro guardiões-maiores não perdem um detalhe sequer e já escolheram possíveis candidatos — disse, fazendo um gesto para Eyra, Ivana Esben e Haakon.

Os quatro assentiram para o rei com grande respeito.

Lasgol deu uma olhada rápida por cima do ombro em direção à grande praça. Onde antes havia uma ampla planície com poucas árvores, construíram uma espécie de labirinto complexo com paredes altas de madeira.

— Inclusive, algum de vocês poderá ser selecionado para um posto em minha escolta pessoal. Os melhores entre todos os guardiões fazem parte dela — prosseguiu Uthar.

Lasgol observou os guardiões reais que estavam em formação à direita do rei e não teve dúvida alguma de que eram os melhores.

— Pode até mesmo se tornar primeiro guardião. Algo que não é nada fácil de conseguir. Mas, se lembro bem, meu campeão começou ganhando este torneio em seu primeiro ano. Não foi assim, Gatik?

O primeiro guardião deu um passo à frente.

— Foi um dia memorável, majestade.

— Quem sabe, talvez entre vocês esteja o próximo primeiro guardião. Além disso, pode também estar o próximo líder. Meu querido amigo Gondabar deseja se aposentar. — O rei deu um pequeno sorriso, e o líder dos guardiões fez uma breve reverência.

— Seria uma honra me aposentar depois de uma vida a serviço da Coroa, majestade.

Uthar riu. Uma gargalhada forte e profunda.

— Nada disso, você ainda tem muitos dias para me servir, não vai se liberar de suas obrigações com tanta facilidade.

Lasgol olhou para Isgord, que lhe devolveu um olhar de ódio misturado com convencimento que dizia: "Hoje vou te derrotar". Lasgol sentiu um calafrio.

Uthar olhou para as duas equipes e, batendo as palmas, anunciou:

— Adiante, que comece a final! Quero ver de que são feitos estes jovens! Dolbarar os fez ocuparem as posições.

— Os Águias começarão no extremo leste, e os Panteras, no oeste.

Cada equipe se posicionou junto à lança com o emblema e observou o campo de batalha. Era rodeado por uma cerca de madeira e vários corredores se abriam em diversas direções.

— Construíram um labirinto de madeira — disse Ingrid, confusa.

— E com obstáculos — continuou Gerd, apontando para uma vala com água no final do corredor do meio.

— Como se não estivesse complicado o bastante — reclamou Viggo.

Todos olharam para Egil.

— Deixem-me pensar um instante…

— Que comece a final! — anunciou Dolbarar.

— Vamos andar todos juntos — ordenou Ingrid.

— Não — disse Egil, balançando a cabeça. — Há três corredores que saem do nosso emblema. Devemos nos separar em duplas e segui-los. Assim, teremos mais possibilidades. Se eles não fizerem a mesma coisa, um dos corredores ficará livre e teremos uma chance de ganhar, chegando ao emblema deles.

— Como você é esperto! — exclamou Nilsa, dando um beijo na testa de Egil.

O garoto ficou vermelho até as orelhas.

— Muito bem, Egil, comigo pela direita — disse Ingrid. — Lasgol e Nilsa, pela esquerda. Viggo e Gerd pelo meio.

— Quando encontrarem o inimigo, gritem quantos são — disse Egil.

— Vamos, Panteras! Somos os melhores! — gritou Ingrid para a equipe.

Lasgol e Nilsa seguiram o corredor, agachados e com os arcos prontos. Só conseguiam ver o que estava diante deles e, mais acima, as copas das árvores e as torres de vigilância do acampamento. O resto ficava coberto pelas paredes do labirinto e pela cerca que o rodeava. Saíram para uma região um pouco mais ampla. Havia dois barris de um lado e vários troncos empilhados do outro. No meio, uma passagem. Lasgol fez sinal para Nilsa, e eles se protegeram atrás dos barris,

— Dois! — Ouviram a voz de Ingrid.

— Atenta — disse Lasgol para Nilsa.

De repente, duas pessoas apareceram agachadas diante deles. Lasgol se levantou e atirou. A primeira rolou no chão e se escondeu atrás dos troncos. A segunda atirou contra Lasgol, que se protegeu atrás dos barris.

— Dois! — gritou Viggo.

Nilsa atirou contra a segunda pessoa, mas ela se protegeu recuando no corredor.

— Dois! — gritou Lasgol.

— Eles se dividiram como nós — disse Nilsa para Lasgol, se agachando perto dele.

— Esses dois são os gêmeos Jared e Aston. Se eles se aproximarem, vão nos destruir. Temos que mantê-los longe — advertiu Lasgol.

— Egil, eliminado! — Ouviu-se a voz de Dolbarar.

— Maldição! — gritou Nilsa, e atirou contra Jared.

Lasgol atirou contra Aston.

— Gerd, eliminado!

— Estão nos destruindo! — disse Nilsa, nervosa.

Lasgol atirou de novo, primeiro em Jared e depois em Aston, mas não os atingiu. De repente, os gêmeos soltaram os arcos, pegaram a faca e o machado e pularam por cima dos troncos até os barris.

— Estão vindo! — avisou Lasgol.

Nilsa ficou de pé e atirou. Falhou. Jared a derrubou.

Lasgol atirou e atingiu Aston no peito.

— Aston, eliminado!

Nilsa recebeu um soco poderoso no olho e perdeu o machado que estava segurando. Jared, em cima dela, ia marcá-la com o machado. Lasgol se lançou sobre o braço erguido e parou o golpe. Recebeu uma cotovelada na têmpora que o derrubou. Ficou atordoado no chão. Nilsa aproveitou a chance para se virar como uma pantera e marcou o gêmeo com o facão quando ele ia acertar Lasgol.

— Jared, eliminado!

Nilsa foi até Lasgol e o ajudou a se levantar.

— Vamos, em pé.

Lasgol, meio enjoado, pegou o arco.

— Temos… que aproveitar… a vantagem — balbuciou o garoto. — Ganhamos esse corredor.

— Certo, Ingrid e Viggo aguentam nos outros.

— Ou devem ter recuado para defender o emblema.

— O que fazemos? — perguntou Nilsa, com o olho cada vez mais inchado, começando a se fechar.

— Continuamos rumo à vitória — respondeu Lasgol, obstinado.

Percorreram o corredor seguinte, sempre virando à esquerda nos cruzamentos. Passaram duas áreas abertas superando os obstáculos, de barricadas de madeira a buracos no chão, postes e rampas inclinadas. Ninguém saiu na frente deles.

— Viggo, eliminado!

— Perdemos o centro — disse Lasgol. — Corra, temos que nos adiantar!

Chegaram ao final do labirinto. Lasgol viu o emblema dos Águias. *Está lá mesmo, ninguém está defendendo. É nosso, vamos ganhar.* Ele se lançou na direção do emblema. A um passo de conseguir pegá-lo, Isgord apareceu à esquerda e o interceptou com uma grande rasteira. Lasgol foi empurrado para fora do labirinto e rolou pelo chão. Perdeu o arco. Isgord desembainhou a faca e o machado e foi atrás dele.

— Nilsa, o emblema! — gritou Lasgol enquanto recuava para afastar Isgord.

— Ela não vai conseguir — disse Isgord, com um sorriso, avançando até Lasgol. — Marta está na defesa.

— Alaric, eliminado!

Isgord balançou a cabeça e praguejou. Foi na direção de Lasgol, que recuou de novo.

— Vou te derrotar na frente de todos — disse Isgord, e apontou para trás de Lasgol.

Lasgol se virou e descobriu estar na frente da audiência. O rei e todos os outros seguiam o desenrolar com enorme interesse. Sentiu o peso de todos os olhos fixos nele.

Isgord atacou e Lasgol bloqueou, deslizando para fora do alcance do rival.

— Bergen, eliminado!

Lasgol sabia que era Ingrid. Ela devia estar defendendo o emblema dos Panteras. Isgord atacou com um drible, mas Lasgol se deslocou de novo para fora do alcance.

— Nilsa, eliminada!

Isgord sorriu triunfante.

— Vamos ganhar.

— Eu não teria tanta certeza. Ingrid vai acabar com Marta.

— Não se eu for ajudar.

— Pode ir quando quiser…

— E te dar as costas? Aham, com certeza.

De repente, Lasgol percebeu uma intensa sensação de perigo. Olhou para Isgord, mas não, não era por causa dele. Preocupado, verificou rápido o entorno. Não percebeu nada estranho. Pelo canto do olho, viu a faca de Isgord procurando sua barriga. Esquivou-se do corte com um pulo para trás. O ataque da faca seguiu o do machado. Lasgol pulou para um lado e desviou do golpe.

— Lute, não fuja! — gritou Isgord, frustrado.

A sensação de perigo intenso voltou. Mas não vinha de seu interior. Não era algo que ele estivesse prevendo, como quando sentia estar sendo observado. Era algo diferente. Algo não natural, enigmático e exterior. *O que está acontecendo? O que é isso?*, pensou Lasgol. Não entendia. Também não tinha a ver com o combate, que na verdade lhe produzia uma sensação de exaltação e temor que conhecia bem. Alguma coisa revirava seu estômago a cada ataque de Isgord.

— Vou te derrotar. Pode desviar e bloquear o quanto quiser, mas sou o melhor entre nós, e você sabe disso. Vou te marcar, não vai conseguir evitar.

Não, definitivamente não vinha de Isgord. O sentimento era de urgência, de perigo muito intenso, mas não era em seu estômago, era em suas entranhas. *Algo muito ruim está acontecendo, mas não sei o que nem onde.*

— Vou gostar muito de te derrotar na frente do rei e de todos.

Lasgol não se deixou intimidar pelas palavras do inimigo. Estava muito preocupado. Precisava entender o que estava acontecendo. *É algo relacionado ao dom. É externo. Estão me enviando o sinal, como um recado.*

Isgord lançou um ataque combinado de faca e machado. Lasgol rolou no chão, desviando. Ficou de joelhos. Ia se levantar quando apareceu uma imagem distorcida na mente dele. Alguém ou algo a estava enviando. Viu uma aura borrada em seu interior, uma imagem que não conseguia discernir. Fechou os olhos um instante, arriscando que o outro o atingisse. E foi então que a vislumbrou. A imagem mostrava um guardião em uma das torres de vigilância. O contorno da imagem estava distorcido e a própria imagem um pouco borrada, mas sem dúvidas era um guardião com a capa e o capuz. E um arco nas mãos.

O som de uma pisada o obrigou a abrir os olhos. Isgord se lançou sobre ele com um grande salto, com as armas na frente. *Tenho que desviar!* Lasgol deu duas cambalhotas e quase bateu nos pés do comandante Sven.

— Covarde! — gritou Isgord, cada vez mais frustrado, se levantando com agilidade.

A sensação de perigo voltou a surgir na mente de Lasgol. Dessa vez, era uma urgência máxima. O garoto fechou de novo os olhos e se concentrou no rosto da imagem que recebia. O guardião erguia o arco e apontava. Ao fazê-lo, os raios de sol iluminavam seu rosto.

Lasgol o reconheceu!

É Daven, o recrutador! Mas o que está fazendo?

Lasgol estava totalmente confuso, precisava entender quem ou o que estava enviando a imagem. Usou o dom. Invocou a habilidade de detectar presença animal, e um resplendor dourado lhe mostrou alguém que conhecia bem.

Camu!

A criatura estava sob a torre. O corpo rígido e a cauda apontavam para o guardião no alto.

É Camu que está me enviando a imagem e me avisando do perigo! E se era Camu, isso só podia significar uma coisa... *Magia! Há magia em uso!*, ele se deu conta. *Magia. Perigo. Daven.* E sua mente ligou os pontos em um estante de clarividência.

Fechou os olhos. Viu Daven atirar. A flecha saiu em grande velocidade. Nesse momento, Isgord foi para cima dele.

Lasgol usou o dom. Invocou uma habilidade. *Agilidade Melhorada!* Deu um passo de apoio e se lançou pelos ares.

As armas de Isgord alcançaram suas costas enquanto ele estava no ar.

— Traição! — gritou Lasgol.

— O que é isso? — exclamou Sven, mas não teve tempo de desembainhar sua espada.

A flecha, dirigida ao coração do rei, atingiu Lasgol no ombro com um ruído seco. Grunhindo de dor, o garoto caiu em cima de Uthar, que o segurou com os olhos fixos.

Lasgol apontou para a torre.

— Traidor! — disse.

— Pelos abismos do gelo! — exclamou Uthar.

— Protejam o rei! — ordenou Sven, com toda a força dos pulmões.

Uma segunda flecha voou em direção ao rosto de Uthar.

Olthar reagiu. Ergueu um muro de gelo na frente do rei. A flecha a atingiu, mas não atravessou. Um momento depois, toda a Guarda Real cercava o rei em um círculo defensivo com os escudos levantados. O mago Olthar ergueu uma esfera de gelo sobre ele e se posicionou junto ao rei para reforçar o muro de gelo.

— Gatik! Guardiões Reais! Abatam-no! — gritou Sven, com a espada na mão e apontando para Daven na torre.

O primeiro guardião e os guardiões reais atiraram contra Daven, que fez um movimento defensivo e se agachou com enorme rapidez. Mas uma flecha atingiu seu pé de apoio com uma força terrível e o fez cair da torre. Daven bateu no chão com um golpe seco, muito perto de onde Camu estava. Ao ver os guardiões correrem até ali, a criatura se camuflou e desapareceu.

— Não o matem! Eu o quero vivo! — ordenou Uthar aos gritos para os homens.

Em um instante, o assassino estava cercado por Gatik, o primeiro guardião, que foi quem o atingiu, e uns trinta guardiões com os arcos apontados para o peito. Mas Daven não se mexia. Tinha perdido a consciência devido ao impacto.

— Está inconsciente. Temos que verificar o acampamento, pode haver um segundo assassino — propôs Gatik.

— Invencíveis! Varram o acampamento! — ordenou Sven à infantaria.

Com frieza marcial, os Invencíveis do Gelo bloquearam a saída e começaram a verificar todo o acampamento formando duas longas fileiras nas quatro direções.

— Como você está, rapaz? — perguntou o rei a Lasgol, que, jogado no chão, lutava para não gemer por causa da dor intensa que sentia.

— Bem... majestade... — mentiu.

O rei se agachou e observou a ferida.

— Quase te atravessa, você está vivo por um milagre. Não se mexa ou perderá esse ombro. Precisamos de um cirurgião! — pediu Uthar.

Dolbarar se aproximou com os quatro guardiões-maiores. A Guarda Real os deixou passar.

— Temos que chamar Edwina, rápido.

— Eu vou — disse Haakon, e saiu correndo.

Uthar suspirou.

— Você salvou minha vida, iniciado, nunca me esquecerei disso. Qual seu nome?

— Lasgol… majestade.

— É o filho de Dakon — sussurrou Dolbarar para o rei.

O rosto do rei mostrou grande surpresa.

— O filho do Traidor salvou minha vida?

— É isso mesmo, meu senhor — respondeu Dolbarar.

O rei não disse nada por um longo momento. Seu rosto passou de surpresa a preocupação.

— Quero que esse assunto seja analisado com muito cuidado — disse a Sven e Olthar. — Quero saber o que aconteceu e por quê.

— É claro, majestade, mas agora devem buscar refúgio. Pode haver mais assassinos.

— Muito bem — disse Uthar. — Para a Casa de Comando. Tragam o rapaz e o assassino, para que sejam atendidos lá dentro. E protejam o acampamento e o entorno. Isso é obra de Darthor.

Capítulo 29

— Como está? — perguntou o rei para Edwina.

A curandeira trabalhava há algum tempo na ferida de Lasgol, que repousava em uma banqueta em frente ao fogo baixo na área comum. Ela o havia curado com o dom e tinha aplicado unguentos para evitar a infecção e acelerar a cicatrização. Agora estava imobilizando o ombro com bandagens fortes para que a ferida não se abrisse.

— Teve muita sorte — disse Edwina, suspirando. — A flecha não atingiu nenhum órgão vital, mas foi por muito pouco.

Uthar assentiu várias vezes.

— Ele se jogou para me proteger com seu corpo. A flecha poderia ter atingido qualquer parte.

— Nesse caso, reitero que o garoto teve muita sorte — disse Edwina. — A ferida vai sarar, mas ele precisará de um mês de repouso absoluto e outro mês para reabilitar o movimento do ombro e do braço esquerdo. Uma flecha dessa distância... causa muitos danos.

— Faremos isso — aceitou Dolbarar.

— Um ato heroico — disse Sven.

— Você fez a coisa certa, rapaz — comentou Uthar para Lasgol.

— É seu dever como guardião — lembrou Gondabar.

— Ainda assim, heroico. Foi salvo pela sorte dos ousados — disse Uthar.

O garoto não sabia o que dizer.

— Vi que ia atirar e reagi sem pensar.

— O salto que você deu foi prodigioso — disse Sven.

— Sim, voou mais de cinco passos — acrescentou Olthar. — Vocês os preparam bem aqui — disse o mago para Dolbarar.

O líder do acampamento assentiu.

— É um dos melhores deste ano.

— Como você o viu? — perguntou Gatik. — Estava a mais de duzentos passos em uma torre de vigilância na copa de uma árvore.

Lasgol pensou em contar tudo, mas, vendo o recinto cheio, hesitou. *Melhor ser prudente, não os conheço... Contarei a verdade, mas não tudo.*

— Durante o combate, tive um mau pressentimento... Senti que algo não estava certo... Pensei que era porque íamos perder, mas então vi algo... que me chamou a atenção... Identifiquei o arco erguido, apontando. Não sei como. Sorte, com certeza. Percebi que o pressentimento era muito real e reagi.

— Fez bem em seguir seus instintos, seu rei agradece — disse Uthar.

Edwina se aproximou da grande mesa onde Daven jazia ainda inconsciente. Os quatro guardiões-maiores o observavam.

— Não acredito que Daven é o Traidor — disse Dolbarar, balançando a cabeça. — É o melhor recrutador que temos.

— Que afronta, um dos nossos é o traidor do acampamento! — exclamou Gondabar, muito aflito. — Majestade, é uma mancha terrível... imperdoável. Lamento...

— Vamos discutir isso logo. Agora quero entender o que aconteceu. Ele não pode morrer, preciso interrogá-lo — pediu Uthar para Edwina.

— Farei o possível, majestade.

A curandeira começou a tratar a ferida da flecha no pé de Daven. Todos os olhos estavam voltados para ela. Eles a deixaram trabalhar em silêncio. Lasgol observava a energia azulada sair das mãos de Edwina e penetrar no corpo do recrutador. Ele se perguntou se mais alguém além dele enxergava. Então olhou nos olhos de gelo de Olthar. Sim, o mago também a captava. Lasgol se lembrou das palavras do pai. "Só aqueles abençoados pelo dom conseguem identificar quando outra pessoa o está utilizando, e nem sempre."

Quando Edwina terminou de curar Daven e ele estava fora de perigo, o rei pediu que ela o acordasse.

— Um momento, majestade. Ao examinar seu corpo, descobri algo estranho... — advertiu ela.

— Ao que se refere?

— Tem uma Runa de Poder gravada no peito.

O rei a olhou sem entender.

— Mostre-a.

Edwina abriu a túnica de Daven. Na parte inferior do torso, apareceu uma runa circular do tamanho de uma maçã, gravada sobre a pele. Era composta de três frases estranhas, em um idioma desconhecido, que formavam três círculos concêntricos ao redor de um olho aberto. Brilhava em um tom dourado.

— É a marca de Darthor! — exclamou o rei.

— A runa emana poder... — advertiu Edwina.

Olthar se aproximou para examiná-la. Pôs a mão sobre ela e se concentrou.

— Nada, não percebo nada. Mas, em mim, a habilidade para perceber o dom não é muito grande. No entanto, concordo com sua majestade, é a marca de Darthor, sem dúvida. Nós a encontramos em vários de seus agentes.

— Por que são marcados? — perguntou Dolbarar. — Com que fim?

Sven também se aproximou e observou a marca.

— Sim, é a mesma marca. Acreditamos que seja algum ritual arcano de obediência, de servidão a Darthor. Gravam uma runa com fogo na carne, como prova de lealdade.

— Isso faz sentido, sim... — disse Dolbarar. — Em muitas culturas primitivas, as tatuagens, marcadas com faca ou com fogo, são usadas como prova de pertencimento e lealdade.

— É a mesma runa que encontramos gravada no peito de Dakon, o Traidor — lembrou Olthar.

Ao ouvir aquilo, Lasgol ficou tenso. Esticou o pescoço e observou a runa.

— Sim, é idêntica — confirmou o comandante Sven.

— Sem dúvida, é a marca de Darthor, e é um de seus agentes — disse o rei. — Agora, acordem-no, quero interrogá-lo.

Edwina se aproximou, pôs as mãos sobre a cabeça de Daven e fechou os olhos. Ao abri-los, Daven também os abriu. A curandeira se retirou, enquanto Daven levantava metade do corpo. Ivana, Haakon, Esben e Eyra, que o vigiavam em silêncio, ficaram tensos e se aproximaram da mesa como as sombras de um carrasco sobre um condenado à morte.

Daven olhou diretamente para o rei, que, cercado por Sven e Olthar, observava o guardião com um olhar profundo de ódio.

— Fracassou em sua tentativa, assassino — disse o rei.

— Seus dias estão contados — respondeu Daven, com os olhos fixos nos de Uthar.

— Como se atreve a me ameaçar? A mim!

— Claro que me atrevo, seu fim está próximo. Meu exército está se preparando. Logo, vou arrancar seu maldito coração podre e acabarei com todo o mal que está fazendo às terras do Norte.

— Tenham cuidado, algo está estranho — advertiu Dolbarar. — Este não é o Daven que eu conheço.

Os quatro guardiões-maiores corroboraram. Uthar olhou para Olthar e Sven com uma expressão de surpresa.

— Quem é você? — perguntou Olthar a Daven, levantando uma sobrancelha.

— O grande mago do gelo do rei não sabe a quem se dirige? Não importa, você morrerá ao lado dele. Pagará com sua vida pelo ocorrido na Garganta do Gigante Gelado.

— Está fora de si — disse Sven.

— É claro que não estou, comandante — disse Daven, olhando fixamente para ele. — Você morrerá primeiro, pois salvou o rei na passagem e, com isso, selou seu destino.

— Está falando por Darthor? — perguntou Uthar, confuso.

Daven soltou uma risada profunda, distorcida.

Lasgol observou a cena sem saber o que pensar. Aquele não era Daven. Parecia outra pessoa. Até a voz estava diferente.

— Eu não falo por Darthor. Eu sou Darthor! — proclamou.

Uthar ficou tenso na hora. Haakon e Esben seguraram Daven pelos braços e pernas. Ivana pôs uma faca no pescoço dele.

— Quer dizer que possuiu este homem? — perguntou Edwina, com um brilho de entendimento nos olhos.

— Claro que o possuo, é meu. Seus atos, seus pensamentos, sua vontade, é tudo meu. Assim como naquele dia possuí o pai desse que te salvou hoje — disse, atravessando Lasgol com o olhar.

Lasgol ficou boquiaberto, mas se recuperou. Aproximou-se dele.

— Possuiu meu pai?

— Sim, o grande Dakon Eklund, primeiro guardião e melhor amigo do rei. E ele quase conseguiu realizar meu propósito. Matar esse tirano.

O garoto sentiu uma mistura de dor, raiva e alívio. Os primeiros sentimentos pela perda e o último por ter confirmado o que sempre soube: o pai era inocente.

— Você vai pagar por isso! Vou te queimar vivo! Você não vai vencer! — gritou Uthar, furioso.

Daven soltou uma risada sórdida de novo. Uthar se jogou sobre ele o golpeou com força repetidas vezes.

— Majestade! Não é ele! — Sven o deteve.

O rei conseguiu se acalmar e recobrar a compostura. Daven continuava rindo enquanto sangrava pela boca e pelo nariz.

— Temos que acabar com isto. Muito provavelmente Darthor está nos vendo através dos olhos dele. Não podemos dar essa vantagem a ele — disse Sven.

— Como fazemos isso parar? — perguntou o rei para Olthar.

— Devemos quebrar o feitiço. Ou matá-lo.

— Sabe como quebrá-lo?

— Não, não é minha especialidade.

Uthar olhou para Daven.

— Não quero matá-lo, mas Sven tem razão: é um espião, está a um passo de nós. Não vou me arriscar.

— Majestade, talvez eu consiga — disse Edwina.

— Muito bem, tente.

— Deitem-no.

Haakon, Esben e Ivana o seguraram na mesa. A curandeira pôs as mãos sobre a runa. Lasgol via que ela brilhava com uma cor dourada. A energia curadora de Edwina começou a agir sobre a runa. Daven se contorcia de dor.

— Segurem com força, isso será doloroso!

A energia azulada de Edwina lutava contra a dourada da runa de Darthor. Daven começou a gritar de dor e a se revirar. Eles o seguraram na mesa com força e taparam a boca dele. A curandeira, com os olhos fechados, tinha a testa encharcada de suor. A luta continuou durante várias horas. De repente, a runa começou a desaparecer do torso de Daven. Ele ficou inconsciente. Aos poucos, a imagem foi sumindo de sua pele até desaparecer completamente. Edwina abriu os olhos e separou as mãos. Deu um passo para trás e, por causa da exaustão, quase desmaiou. Eyra a segurou e a levou para perto do fogo, deitando-a em uma poltrona. A curandeira estava exaurida.

De repente, Daven arregalou os olhos.

— O que...? O que está acontecendo? — perguntou, angustiado, olhando para todos.

— Quem é você? — perguntou Uthar, com os olhos semicerrados.

— Daven Omdahl, majestade, guardião recrutador, meu senhor — respondeu Daven, que parecia totalmente perdido.

— E Darthor?

— Darthor? Não... não sei, majestade.

— Não sabe ou está tentando me enganar?

— Não sei o que está acontecendo, meu senhor, não entendo... O que estou fazendo aqui? Como vim parar aqui?

— Qual é sua última lembrança? — perguntou Olthar.

— Partia para o leste... para a costa. Em missão de reconhecimento.

Olthar e o rei olharam para Dolbarar.

— Isso foi há três meses... — disse o líder do acampamento.

— Em que estação estamos? — interrogou Sven.

— Meados de outono, senhor. O que aconteceu? — indagou Daven. O tom era de grave preocupação.

— Qual é sua última lembrança de antes de acordar nesta mesa? Pense no último detalhe de que se lembra — perguntou Olthar.

Daven ponderou.

— Me lembro de um estranho... Ele me pediu a direção em um cruzamento, perto da cidade de Sewin.

— E?

— Nada além disso... A próxima coisa de que me lembro é de acordar aqui.

— O estranho... Como ele era? — perguntou Sven.

— Não cheguei a ver o rosto dele, estava escondido sob o capuz.

— Era Darthor, maldição! — berrou Uthar.

— Isso significa que cruzou para este lado das montanhas — concluiu Sven.

— Não necessariamente, pode ser um de seus feiticeiros — ponderou Olthar.

— Seja como for, é óbvio que dominou este infeliz — disse Uthar, apontando para Daven.

— Portanto, os rumores são certos. Darthor não é apenas um mago do gelo corrompido, mas um dominador — afirmou Sven.

— E muito poderoso, como acabamos de comprovar — disse Olthar. — Controlou este guardião durante meses e a grandes distâncias.

— Não importa quão poderoso ele é. Nós o derrotaremos — sentenciou Uthar. — Não conseguirá invadir Norghana. Quando chegar o degelo na primavera, cruzaremos as passagens e acabaremos com ele ao norte. Têm a minha palavra de rei!

— Salve o rei Uthar! — exclamou Sven.

— Salve! — gritaram todos em uníssono.

Capítulo 30

Por vários dias, as forças do rei inspecionaram o acampamento de cima a baixo. Verificaram cada cabana, alpendre, bosque, matagal, procuraram debaixo de cada pedra. Interrogaram todos e cada um dos guardiões, mas não conseguiram descobrir outro assassino ou complô para a acabar com a vida do rei, nada que parecesse específico demais ou suspeito. Os guardiões ajudaram a todo momento e observaram o entorno. Por fim, Uthar se deu por satisfeito e decidiu voltar à capital, Norghânia, para preparar a ofensiva contra as forças de Darthor.

Antes de ir embora, pediu a Dolbarar que todos os guardiões do acampamento se colocassem em formação em frente à Casa de Comando. Queria dirigir-se a eles.

— O que aconteceu aqui manifesta o perigo que o reino corre — disse Uthar. — Darthor ousou atentar contra minha vida. E, de todos os lugares, fez isso em um que é sagrado para mim: o acampamento. Este lugar é o coração dos guardiões, onde se formam, de onde operam. Vocês são os protetores da Coroa, os defensores das terras do reino. O fato de ele ter se atrevido a fazer isso aqui nos deixa um recado claro: ele enfrentará tudo para conseguir o reino. — O homem olhou de soslaio para Gondabar, líder dos guardiões, que assentiu com um semblante preocupado.

Um murmúrio de mal-estar se ergueu entre os guardiões, descontentes por terem falhado com o rei e não terem descoberto e evitado o atentado contra a vida dele.

Uthar balançou a cabeça.

— Não quero que este incidente seja interpretado como uma desonra a este corpo glorioso. Não. O inimigo nos atacou onde achamos que nunca seria possível. E isso demonstra, sem dúvidas, que é muito poderoso e inteligente. Um inimigo que será muito difícil de derrotar, mas que derrotaremos juntos. Não descansarei até que ele seja castigado. Por Norghana! Pela Coroa!

Os guardiões gritaram todos de uma vez:

— Por Norghana! Pelo rei!

O rei assentiu.

— Há um erro do passado que devo corrigir. A justiça deve ser feita, pois um rei deve ser justo e imparcial. — Uthar se virou para Sven, que lhe deu o pergaminho com o selo real. — Foi provado que o primeiro guardião Dakon Eklund, meu amigo, não cometeu alta traição. Ele foi dominado por Darthor por meio de uma runa gravada em sua carne e não estava consciente nem foi responsável pelos atos que cometeu contra minha vida, contra a Coroa. Portanto, proclamo sua inocência comprovada e, para que assim conste, fica registrado neste perdão real. Dakon Eklund fica exonerado dos crimes pelos quais foi condenado. Seus títulos, terras e bens lhe serão devolvidos. Nesse caso, ao herdeiro. Assim proclamo como rei de Norghana.

Os burburinhos se transformaram em vozes de surpresa e assombro e interromperam as palavras do rei. O mago Olthar fez um gesto para que a multidão ficasse em silêncio. Diante disso, todos se calaram, tamanho era o medo que sua pessoa e sua magia provocavam.

O rei sorriu.

— Que se apresente o iniciado Lasgol Eklund, filho de Dakon! — solicitou o rei.

Lasgol andou até se posicionar diante do rei, se ajoelhou e baixou a cabeça. Tinha os olhares de todos os guardiões direcionados a ele.

— Quanto a você, Lasgol, pelos serviços prestados à Coroa, por ter salvado a vida do rei de Norghana arriscando a própria, pela coragem e pela honra demonstrados, te concedo a Medalha de Valor. É a maior condecoração que um soldado pode obter.

Sven se aproximou do rei e estendeu a própria medalha.

— De pé, Lasgol — ordenou Uthar.

Lasgol ficou em pé e conteve um grunhido; o ombro doía a cada movimento.

— Como não dispomos de uma medalha para você aqui, a de Sven fará as honras — sussurrou Uthar no ouvido de Lasgol enquanto a colocava.

O garoto estava tão emocionado com tudo o que acontecia que mal conseguia conter as lágrimas.

— Obrigado… majestade… É uma honra… — balbuciou.

— Obrigado a você. Salvou minha vida.

— E obrigado… por restituir o nome do meu pai…

— É o justo. Nunca entendi o que havia acontecido. Éramos como irmãos. Agora compreendo tudo.

Lasgol assentiu. Fez uma reverência e se retirou com a equipe.

Uthar se virou para Dolbarar e abriu passagem com um gesto de mão.

— É a hora da cerimônia — disse o rei para o líder do acampamento.

Dolbarar se levantou e, dando um passo à frente, olhou para as primeiras fileiras, onde os guardiões do primeiro, segundo e terceiro anos estavam em formação. Dirigiu-se a eles.

— Este ano foi estranho. As provas finais estão suspensas por causa do ocorrido. A do primeiro ano, invalidada, e a dos outros cursos não chegou a ser realizada. É a primeira vez em mais de 25 anos que acontece algo assim, mas a tradição deve ser respeitada, apesar de tudo. Devemos continuar com a cerimônia de Aceitação.

Os iniciados se agitaram inquietos, pois alguns precisavam dos pontos para não serem expulsos, e outros, para alcançarem as especializações de elite.

— Portanto, dou por iniciada a cerimônia de Aceitação, em que serão decididos os méritos de cada um de vocês, além de quem seguirá conosco e quem será expulso.

Fez-se um silêncio fúnebre após aquelas palavras. Nilsa estava tão nervosa que pisou em Gerd. O grandalhão nem percebeu, estava pálido, morrendo de medo de ser expulso. Egil observava com uma expressão consternada. Tinha calculado as probabilidades e eram quase inexistentes. Ingrid estava convicta de que passaria, enquanto Viggo, com os braços cruzados, parecia ter certeza de que não ia passar.

— Após uma longa deliberação com os guardiões-maiores, pois é uma decisão difícil em muitos casos — continuou Dolbarar —, consideramos que as quatro finais terminaram em empate. Não há vencedor, mas também não há perdedor. As duas equipes finalistas receberão a Folha de Prestígio, como se ambas tivessem vencido. Decidimos que é o mais justo, dadas as circunstâncias.

Eyra, Ivana, Esben e Haakon, que estavam em formação atrás de Dolbarar, assentiram com uma leve reverência ao líder. Os suspiros de alívio de muitos e de frustração de alguns se elevaram entre os que haviam competido.

— Guardiões-maiores, a lista do primeiro ano — pediu Dolbarar. Haakon andou até ele, solene, e o entregou um pergaminho. — Os resultados de todas as provas e os méritos alcançados durante o ano foram levados em conta na hora de elaborar a lista dos que ficarão e dos que serão expulsos. Quando eu ler seus nomes, subam para receber um emblema. Se o emblema for de madeira, significa que passaram, se for de cobre, não conseguiram.

Dolbarar começou a ler os nomes. Isgord foi o primeiro a subir e passar. Mostrou o emblema de madeira para a equipe, exultante, orgulhoso. Um por um, foram passando todos. De cada equipe, havia um ou dois que não conseguiam. Os rostos decepcionados e as lágrimas de alguns cortavam o coração. Chegou a vez dos Panteras das Neves. Ingrid, como capitã, subiu primeiro. Recebeu o emblema de madeira. Levantou o punho em sinal de triunfo e animou a equipe.

— Sim, vamos, Panteras!

A seguinte foi Nilsa. Estava tão nervosa que deixou o emblema cair. Demorou para pegá-lo e perceber que era de madeira.

— Eu passei! — gritou, com expressão de incredulidade.

Dolbarar chamou Gerd. O gigantão subiu a passos lentos. Os joelhos tremiam. Recebeu um emblema. Era de cobre. Com grande esforço, segurou as lágrimas e, sem dizer uma palavra, se retirou com Ingrid e Nilsa, que o abraçaram, tentando consolá-lo.

Viggo foi o próximo. Para surpresa de todos, inclusive dele mesmo, conseguiu passar. Saiu olhando o emblema, como se não acreditasse que era de fato de madeira. Até olhou para trás para ver se o chamavam para dizer que tinha sido um erro.

Chamaram Egil, que subiu com o semblante preocupado. Dolbarar entregou seu emblema. Era de cobre. Egil soltou um grande lamento, balançou a cabeça e se retirou com os ombros caídos. Os companheiros o receberam e tentaram consolá-lo com palavras de carinho e abraços, mas ele estava desolado.

Lasgol foi o último. Ele se aproximou temeroso e com o nervosismo revirando o estômago. Estava a ponto de vomitar. Ao ver os resultados de Gerd e Egil, temeu o pior. Dolbarar sorriu e lhe entregou o emblema. Lasgol olhou para o objeto com medo e se deu conta de que era de madeira. Abafou um grito de alegria. Andou até os colegas.

Dolbarar continuou a cerimônia. Os últimos a passar foram os Corujas. Astrid passou e Lasgol suspirou quando soube.

— Que os capitães das equipes se aproximem — pediu Dolbarar.

Ingrid se apresentou ao líder do acampamento. Astrid e Isgord ficaram a seu lado, assim como o restante dos capitães.

— A norma estabelece que vocês têm a oportunidade de salvar alguém da equipe por ter conseguido uma Folha de Prestígio após terem vencido uma das quatro provas em equipe. Os Águias dispõem de duas Folhas de Prestígio pelas provas de Primavera e de Inverno. Os Lobos, de uma, por terem vencido a de Outono. Por último, os Panteras, com uma, por terem vencido a de Inverno. Retirem-se com a equipe e deliberem. Voltem com o nome da pessoa salva da expulsão.

Ingrid voltou para os colegas e explicou. Tinham que escolher entre salvar Gerd ou Egil com a Folha de Prestígio que tinham recebido pelo combate na Prova de Inverno. A decisão era impossível.

— Como nos pedem para escolher? É horrível — disse Nilsa, aos soluços.

— O melhor é jogar uma moeda — disse Viggo, com um semblante contrariado.

Lasgol estava mal, não queria perder um dos companheiros.

— Que Gerd seja salvo, é o correto — disse Egil. — Ele precisa. Eu não.

— Egil, não. Não é justo — rebateu Gerd.

— É, sim, amigo — disse Egil. — Eu sou filho do duque mais importante do reino. Não vai acontecer nada. Você precisa disto. Eu, não.

— Mas seu pai... a desonra...

— Eu vou superar. Está decidido. Gerd fica. Eu serei expulso.

Nilsa correu até Egil e o abraçou com força, quase o derrubando. O restante se uniu em um abraço coletivo. Egil, entre lágrimas, agradeceu o gesto.

— A decisão — pediu Dolbarar.

Os capitães voltaram. Os Águias e os Lobos, por não terem ninguém para ser expulso, reservaram as Folhas de Prestígio para poder optar pelas especializações de elite. Os Ursos salvaram Polse. Ingrid deu o nome de Gerd.

— Muito bem. Nesse caso, Egil, dos Panteras das Neves, será expulso — comunicou Dolbarar.

Egil se ergueu e secou as lágrimas. Assentiu para o líder, aceitando seu destino.

Isgord sorria de orelha a orelha e lançava um olhar zombeteiro para Lasgol, que estava com os olhos úmidos.

— Um momento, Dolbarar — disse o rei.

— Sim, majestade?

— Tenho um pedido. Gostaria de solicitar que fosse concedida uma Folha de Prestígio adicional à equipe dos Panteras das Neves por terem ajudado a salvar a vida do rei.

Dolbarar olhou para os quatro guardiões-maiores.

— Não é um pedido comum, não há precedentes...

— Ninguém tinha tentado matar o rei de Norghana no acampamento antes, e ele não tinha sido salvo por iniciados — disse Uthar, lembrando-se do fato.

— Podemos concedê-la, mas tem que ser uma decisão unânime — respondeu Dolbarar, apontando para o restante dos guardiões-maiores.

O rei assentiu, aceitando a decisão que eles tomassem. Dolbarar se virou para os guardiões-maiores e, formando um círculo, eles deliberaram. Após um instante, o líder do acampamento voltou a se pronunciar.

— É unânime. Concedemos a Folha de Prestígio à equipe dos Panteras das Neves por petição real com base em um comportamento extraordinário.

— Podem usar a Folha de Prestígio para salvar o expulso? — perguntou o rei, sendo que na verdade isso era o que ele desejava com o pedido.

— Sim, podem, majestade.

— Isso me deixaria muito feliz — disse Uthar.

— Nesse caso, Egil está salvo da expulsão — anunciou Dolbarar.

Os Panteras ficaram atônitos. Se havia uma coisa que não esperavam, era aquilo. Nilsa soltou uma exclamação de alegria, e o restante da equipe se juntou a ela nos gritos, abraços e na felicidade transbordante. Todos se salvaram!

Isgord olhou para Lasgol vermelho de ódio, a ponto de explodir de raiva.

A cerimônia prosseguiu com a entrega dos emblemas dos iniciados do segundo, terceiro e quarto anos. Mas os seis integrantes da equipe dos Panteras das Neves estavam tão exultantes que não cabiam em si, e o restante da cerimônia de Aceitação passou como se estivessem aproveitando um sonho incrível. Gerd não conseguia acreditar que estava a salvo. A cor voltou ao rosto dele, substituindo o medo. Nilsa abraçava e sorria para todos sem parar, com uma animação e um nervosismo insuportáveis. Viggo observava o emblema, incrédulo. Ingrid agradecia a Egil pelo bom trabalho e pela cabeça de estudioso. Lasgol sorria de orelha a orelha. Não só tinha conseguido restituir o bom nome do pai, mas tinha se graduado. E não só ele, como toda a equipe. Não conseguia acreditar. Estava tão contente que teria gritado aos céus como um louco.

Dolbarar finalizou a cerimônia com algumas palavras para todos os guardiões.

— Vocês são o futuro. Depende de vocês que a Coroa e o reino sobrevivam. Lembrem-se sempre: "Com lealdade e valentia, o guardião cuidará das terras do reino e defenderá a Coroa de inimigos, internos e externos, e servirá a Norghana com honra e em segredo".

Os guardiões repetiram o mantra em uníssono:

— Com lealdade e valentia, o guardião cuidará das terras do reino e defenderá a Coroa de inimigos, internos e externos, e servirá a Norghana com honra e em segredo.

O rei Uthar assentiu, sorrindo.

— Mais uma vez, foi uma grande cerimônia.

Uthar abraçou Dolbarar e se despediu dos quatro guardiões-maiores com uma saudação. Logo depois, deu a ordem, e a comitiva ficou em formação. Assim como tinham chegado, começaram a sair do acampamento em uma longa fila de homens armados.

Os guardiões entoaram a "Ode ao valente" enquanto o rei e sua comitiva deixavam o acampamento.

Oden ordenou a todos que voltassem às cabanas.

Os Panteras das Neves se apressaram. Ficaram no alpendre vendo a comitiva partir.

— Me deixe ver a medalha do rei — pediu Ingrid a Lasgol.

Lasgol a entregou, e todos se juntaram para olhá-la.

Todos menos Nilsa. Ela se aproximou de Lasgol e, com um olhar de sincero arrependimento, disse:

— Eu sinto tanto... Você perdoa minha estupidez?

— Está perdoada. Isgord te enganou. Não é culpa sua.

— É, sim, mas obrigada.

— Bom, no final das contas, ele não conseguiu o que queria e está furioso — disse Viggo.

— Como é ser um herói? — perguntou Gerd, com uma piscadinha.

— Só estou feliz de tudo ter acabado bem.

— Você não sentiu medo?

— Sim, Gerd, senti. Mas reagi por puro instinto e um pouco de treinamento, provavelmente...

— Tomara que eu também consiga fazer isso um dia — disse o gigante, com um olhar esperançoso.

Lasgol lhe deu um tapinha no ombro.

— Não se preocupe. Na hora da verdade, você vai agir. Não tenho dúvidas.

— Obrigado, amigo.

Nesse momento, o rei Uthar, acompanhado do mago Olthar e do comandante Sven, passou à distância. Todos o observaram. De repente, Camu apareceu no ombro de Lasgol. Ficou rígido e apontou com a cauda na direção do rei e de seus acompanhantes. Começou a guinchar no ouvido de Lasgol.

— Faça esse bicho calar a boca ou vamos ter problemas — disse Viggo.

— Calma, Camu, não aconteceu nada — disse Lasgol, e acariciou a cabeça da criatura.

Mas o animal continuava apontando enquanto a comitiva passava.

— Sim, Camu, eu sei que você detectou magia. É o mago Olthar, é muito poderoso. Tranquilo. É amigo. Agora se esconda antes que vejam você.

Camu esbugalhou os olhos para Lasgol. Não parecia muito convencido, mas obedeceu e desapareceu.

Egil se aproximou de Lasgol. No olhar do estudioso, Lasgol leu que o amigo continuava magoado pelo que tinha acontecido entre os dois.

— Vai me perdoar algum dia? — perguntou, se adiantando.

Egil respirou fundo.

— Me promete que não haverá mais segredos? — perguntou, com um olhar sério.

— Prometo.

O estudioso suspirou.

— Tudo bem, então. — Os dois amigos se uniram em um abraço sincero. Os sorrisos voltaram ao rosto dele.

— Vocês vão me fazer vomitar com tanto sentimentalismo — reclamou Viggo, fazendo uma careta.

— Cale a boca e diga algo positivo pelo menos uma vez — reprimiu Ingrid.

Viggo ergueu as sobrancelhas.

— Você está muito bonita hoje com essas tranças douradas — disse ele para Ingrid, e pela primeira vez estava sentindo aquilo que dizia.

Ingrid ficou vermelha. Depois empalideceu. Por fim, golpeou Viggo com um soco de direita que o derrubou. Todos riram enquanto a capitã entrava na cabana praguejando.

— Essa garota tem algum problema. Não dá para entender — disse Viggo no chão, massageando o queixo.

Gerd estendeu a mão, sem conseguir parar de rir, e Viggo ficou de pé.

— Como você é tonto — disse Nilsa, balançando a cabeça com um sorriso.

Lasgol olhou para a cabana dos Corujas e viu Astrid ali. A jovem o cumprimentou com a cabeça e logo lhe deu um enorme sorriso. Lasgol devolveu a saudação, nas nuvens.

— O que vai fazer agora que resolveu o mistério do que aconteceu com seu pai? — perguntou Egil.

O garoto ficou pensativo.

— Irei à minha aldeia, Skad, pedir as posses e os títulos do meu pai. E garantir que seu nome está limpo.

— Entendo. E quanto a se tornar guardião? Já não tem mais um motivo para continuar aqui.

— Hmmm — considerou Lasgol, refletindo. — É curioso. Na verdade nunca quis ser guardião, vim aqui pelo que aconteceu com meu pai, mas agora...

— Não diga que quer continuar conosco? — Egil tentava arrancar as palavras dele.

— Bom... Você não vai acreditar, mas sim... — gaguejou Lasgol. — É exatamente isso o que quero fazer.

— Tem certeza disso? Sabendo que o ano que vem será ainda mais difícil? — perguntou Egil, com um meio sorriso e uma sobrancelha erguida.

Lasgol assentiu.

— Quero ser guardião. Como meu pai foi. Agora não tenho dúvidas. É o que quero ser.

Egil sorriu de orelha a orelha.

— Pois é melhor que aproveite as semanas de descanso que nos concederam até o início do segundo ano — aconselhou Viggo. — Eu vou aproveitar o máximo que puder e recomendo que todos façam o mesmo.

Os companheiros sorriram diante da perspectiva e entraram na cabana. Lasgol viu as últimas unidades da comitiva saírem. Uma lágrima desceu por sua bochecha. Ele tinha conseguido. Tinha absolvido o pai. Tinha limpado o nome dele. Fora para o acampamento com esse objetivo, e conseguiu alcançá-lo, apesar de tudo. Suspirou. Sempre pensou que, se um dia conseguisse, sentiria alegria e até euforia, mas não, só sentia um alívio imenso. Como se tivessem envolvido a alma dele em um bálsamo de paz.

Foi por você, pai, obrigado por tudo. Sempre te amarei.

Agradecimentos

Tenho a grande sorte de ter muitos bons amigos e uma família fantástica, e graças a eles este livro é uma realidade hoje. Não consigo expressar com palavras a ajuda incrível que me proporcionaram durante esta viagem de proporções épicas.

Quero agradecer a meu grande amigo Guiller C. por todo o seu apoio, alento incansável e conselhos impecáveis. Mais uma vez, ele esteve ali todos os dias. Muitíssimo obrigado.

Obrigado a Mon, estrategista magistral e *plot twister* excepcional. Além de ser editor e estar com o chicote sempre pronto para que os prazos sejam cumpridos. Um milhão de vezes obrigado!

A Luis Regel, pelas incontáveis horas que me aguentou, por suas ideias, conselhos, paciência e, sobretudo, pelo apoio. Você é um fenômeno, muito obrigado!

A Keneth, que sempre esteve pronto para ajudar e me apoiar desde o início.

A Roser M., pelas leituras, comentários, críticas, pelo que me ensinou e por toda a ajuda em mil e uma coisas. Também por ser um encanto.

A The Bro, que, como sempre, me ajudou e ajuda do seu jeito.

A meus pais, que são a melhor coisa do mundo e me apoiaram e ajudaram de maneira incondicional neste e em todos os meus projetos.

A Rocío de Isasa e a toda a equipe incrível da HarperCollins Ibérica pelo magnífico trabalho, profissionalismo e apoio à minha obra.

A Sarima, por ter sido uma grande artista com um gosto excepcional e desenhar como um anjo.

E, por último, muitíssimo obrigado a você que está lendo, pela sua leitura. Espero que tenha gostado e tenha se divertido.

Muito obrigado e um forte abraço,
Pedro

Este livro foi impresso pela Cruzado, em 2024, para a
HarperKids. O papel do miolo é pólen
natural 70g/m², e o da capa é cartão 250g/m².